王秦川 著

长篇抗战小说

狼兄虎弟

BROTHER TIGER
AND
BROTHER WOLF

一曲滇缅路华侨抗战的悲壮赞歌

黄河出版传媒集团
宁夏人民出版社

图书在版编目(CIP)数据

狼兄虎弟 / 王秦川著. —银川：宁夏人民出版社，2015.9
ISBN 978-7-227-06114-4

Ⅰ. ①狼… Ⅱ. ①王… Ⅲ. ①长篇小说—中国—当代
Ⅳ. ①I247.5

中国版本图书馆CIP数据核字(2015)第233782号

狼兄虎弟 王秦川 著

责任编辑 管世献
封面设计 沈家菡
责任印制 肖 艳

黄河出版传媒集团
宁夏人民出版社 出版发行

地 址 银川市北京东路139号出版大厦（750001）
网 址 http://www.yrpubm.com
网上书店 http://www.hh-book.com
电子信箱 renminshe@yrpubm.com
邮购电话 0951-5052104
经 销 全国新华书店
印刷装订 宁夏银报印务有限公司
印刷委托书号 (宁)0017833

开 本 720mm×980mm 1/16
印 张 18.5
字 数 300千字
版 次 2015年9月第1版
印 次 2015年9月第1次印刷
书 号 ISBN 978-7-227-06114-4/I·1546

定 价 28.00元

目录

CONTENTS

第一章　因为恨更因为爱

1

叫花子“发油仔”最恨的东西就是那些看不懂的字，不管是中国的还是马来的，甚至是印度的、英国的，可眼下的他必须爱上这些字，因为这或许可以改变他今后的生活。

“发油仔”是这一带的王，个子不高，小眼睛，脸上肉肉的，皮肤很黑，他属于油性皮肤，头发油旺旺臭烘烘的，所以得了这么个绰号。身后经常跟着十几个衣着破烂的小孩子，以要饭为生，偶尔兼做别的营生，行走在犯法的边缘，比那些手下强一些的是，他穿着木屐不用光脚乱跑。除了恨那些弯弯曲曲的字母，他还对那些戴着眼镜的家伙仇视万分，这其中包括高傲的不可一世的坡督①，还有那个经常找自己麻烦的“马打②”，或者是少年惩戒所的管教，他们都有一个共同的外部特征——戴着眼镜，尽管颜色样式各有不同。当然，他或许不知道，未来的不久，他还会碰上这样一个也戴着眼

①英属新加坡总督的简称。

②二十世纪三四十年代马来半岛警察的俗称。

镜、一直跟自己较劲的家伙，让他恨得牙痒痒。

他不知自己的父母是谁，也从来不去想这件事。这十五年来，他就是个无家可归的机灵小子，现在嘴唇上和裤裆里都长出了些毛，嗓子变得沙哑。对于未来，他也根本没有想过，可是看着眼前这么多围观的人，听着听着，他不知怎么搞的，忽然觉得眼前亮了。

已经进入九月底的新加坡依然灼热，但比天气更热的是眼下招募机工的事，大街上张贴着招募的海报，看热闹的人蜂拥着议论着，无风的时候臭汗让人窒息。

报童抱着报纸、赤脚呐喊着穿过人群叫卖着——快报快报！湖南甘坊来电，中国军队血战日军，十七岁战士抱着炸药冲进敌阵……浴血疆场，快来看哪，看我英勇将士的感人来信……还有还有，牺牲的战士嘴里还咬着敌人的半个耳朵……

脏兮兮的五颜六色的墙上张贴的是新崭崭的南侨总会①第 26 号通告。这里识字的人显然不多，一个戴着眼镜、学生模样的人在给大伙儿念着通告的内容。

学生：……四、每月报酬为 40 元国币，自上船之日起算。五、凡应募者，须持该地筹赈会或商店介绍函，知其平素确具爱国志愿。招募广告附告：各地筹赈会负责征募，考验合格者报南侨总会……

有人高喊着：再念一遍，刚才没听清楚。

这句话正符合刚刚进入人群的“发油仔”的心愿，他往前凑去，可不少人嫌他衣衫褴褛且身上有怪味，躲避着他。

学生被感动，再次一字一顿地念了起来：《南侨总会第 26 号通告》，机工招募的条件是：一、能驾驶大型货运汽车的司机及修理工。二、年龄在 20 岁以上，40 岁以下，持有当地侨居地汽车驾驶执照者。三、略识中文，略会讲国语，无不良嗜好（尤其不嗜酒）。四、每月报酬为 40 元国币，自上船之日起算。五、凡应募者，须持该地筹赈会或商店介绍函，知其平素确具爱国志愿……

---

①“南洋华侨筹赈祖国难民总会”的简称，由著名爱国侨领陈嘉庚先生于 1938 年 10 月创立。

要是能当上机工，不就可以每月都能拿到那40元的国币了！40元国币和坡币相比是多还是少呢？“发油仔”完全不晓得，只是觉得能每月固定领薪水，那就是世界上最幸福的事，和饥一顿饱一顿的要饭生涯相比，简直一个天上一个地下。他恨死眼下这种住水泥管子的落魄生活了，苦不说，最重要的是没有尊严。和他相伴的小狗都懂得这一点，这只他收留的流浪狗得了皮肤病，他感到小狗和自己同病相怜，于是收留下来，给它取名叫“阿尊”，人可以受苦，但不能活得没有尊严。后来他才知道，被羞辱不是什么坏事，势利眼也未必不好，这些可以刺激你激励你，让你产生强烈的改变自己命运的念头。

眼下就是一个改变自己未来的机会，他听到了很多完全不懂的内容，只记住了“国币40元”这一句话，必须找人帮着自己才行。

龙汉良！“发油仔”不知为什么一下子就想到了这个富家少爷。按说他这样身份的人根本不可能和富人有任何交集，可偏偏他就成了龙汉良的好朋友。准确地说，龙汉良是他崇拜的人，每年的农历春节前，他都会带领一帮子小弟兄去富人家门前敲鼓，为的是讨几个过年的钱，很多富人对这种带有敲诈性质的行为十分鄙视甚至武力驱赶。龙少爷不一样，他不仅发赏钱给“发油仔”，还要多给，这一来二去，两人就熟了。龙汉良没有从心底鄙视他，不是因为少爷有多高尚，而是“发油仔”对少爷从来不提要求，这就是“无欲则刚”的力量。龙汉良交给他办一些小事，他总是立即办到，所以，“发油仔”成了龙汉良的编外马仔，招之即来的小伙计。这种互信带着一种默契，是一种交易，但却是一种平等的交易，“发油仔”能找到一种成就感和尊严，这就是他愿意为龙汉良办事的原因。但龙汉良不是那种没事就跟你瞎聊的人，他最热衷的事不是做生意，生意由他祖父龙万里打理，他只管恋爱、花钱。“发油仔”认为龙汉良是世界上最最幸福的人，龙汉良却认为“发油仔”是世界上最潇洒的人。“发油仔”在梦里曾经和龙汉良有过一段对话，龙汉良很轻松地答应他两人可以互换一下彼此的生活，“发油仔”当时就醒了，是笑醒的。

一个主意就这么忽地一下产生了，他做出一个决定，让龙汉良来帮自己圆梦，这种爱国的事情他龙少爷不会轻易拒绝的。“发油仔”趁人不注意，猛地上前，一把撕下告示迅速逃离。众人反应过来，有几个人骂着上前去追。

"发油仔"见追得太紧，索性甩掉了脚上的木屐，这样可以跑得更快，不久，他就和几个脏兮兮的孩子没了踪影。最有意思的是"阿尊"的表现，它先是对着要追赶主人的人群大声狂吠，意思是要阻吓他们，后来看主人没了踪影，又赶忙掉头去跟随主人了。

"发油仔"忽然想起，不能就这么脏兮兮地去见龙汉良。龙汉良是个极爱干净的人，最爱穿淡色或者是纯白色的衬衫，不允许一个小虫子或者小树枝之类的东西落在自己身上，真要见到它们，他会打断谈话而先驱赶虫子。要是这么个状态去找龙汉良，能办成的事情或许也搞砸了。

在喷泉边上，"发油仔"正在使劲洗脸，刚才还脏兮兮的外表马上焕然一新，他对着水面仔细地照着，拾掇着自己油亮而密实的头发，找到足够的自信，他这才来到了龙万里宅第。

累了一天的龙汉良刚把车停下，就发现"发油仔"出现在自己面前，和平时很不相同的是对方似乎换了整洁的衣服，脸也洗得挺干净。龙汉良立即就明白了，这小子有事要求到自己，否则不会弄得跟过节一样正式。

龙汉良是个喜欢开玩笑的人，要是能找到捉弄对方的机会，他更是不会放过。这会儿他有些糊涂了，几乎认不出对方来，更不知对方今天葫芦里卖的什么药。

龙汉良：你是谁？看着挺面熟啊——谁？不说我走了。

"发油仔"：是我，龙少爷。

龙汉良走出汽车，上前仔细又看了看：改行了？

"发油仔"摇头。

龙汉良：找到那个有钱的爹了？

"发油仔"还是摇头。

龙汉良之所以那么问，是因为"发油仔"总是吹嘘自己是个有钱人的私生子，总有一天会找到亲爹，或者说亲爹会驾着豪车来接自己——理由是亲爹只有五个女孩子没有男丁继承庞大的家业。

龙汉良掏出一枚硬币来：本少爷今天累了，你有事就说，没事让开！我要洗个热水澡好好睡一觉——对了，这两块钱你拿去买吃的。

"发油仔"摇头。

龙汉良：不要？那好……

“发油仔”知道龙汉良接下来要做什么，赶忙高喊着阻拦：少爷，少爷，别扔，那可是我们好几天的饭钱啊。

龙汉良一使劲，做出一副要把钱扔进河里的样子，忽然又停下了。

见对方真的要进自家大院，“发油仔”慌了：不行不行，今天龙少爷得帮我一个忙。

龙汉良：没功夫。

“发油仔”：你帮了我，我就会帮你。

龙汉良不屑地：鬼才信你一个叫花子的胡话呢。

“发油仔”急了：真的，龙少爷，我有关于林小姐的情报。

他使出了杀手锏，龙汉良一直让他帮着打探心中的恋人——林婉珍的消息。

龙汉良：说。

“发油仔”：先办我的事，然后再说林小姐的事。

龙汉良妥协了：那好，你说吧，帮什么忙？

“发油仔”慢慢展开那个已经被他都快要揉烂了的招募公告：少爷，请一定一字一句念一遍。

龙汉良：嘿，还学会“请”了，不错不错，你要当机工？

“发油仔”：是的。

龙汉良心里有数了，他很快地略带敷衍地把那份公告念了一遍。

“发油仔”：念完了？

龙汉良：完了。

“发油仔”：第四条好像不对。

龙汉良知道对方不识字，故意漏念了一项，还指着公告：没错呀，这不是第四条吗？四、凡应募者，须持该地筹赈会或商店介绍函，知其平素确具爱国志愿。你得爱国才行，还得有人介绍和担保，你个叫花子还想去当机工？别胡闹了。

“发油仔”看出了龙汉良是在故意消遣自己，他没恼，反倒笑了。

龙汉良：你笑什么？

“发油仔”自有对付龙汉良的办法：我知道少爷心里思念的人是谁，看样子少爷以后用不到我收集关于林小姐的信息了！也好，我有重要的消息本来要告诉少爷的，可惜少爷不肯帮我，也好，人常说帮别人就是帮自己，少爷不肯帮我，也别怪我不帮少爷你。

龙汉良：哎，哎，我平时对你可不错啊，要有良心才是啊。

“发油仔”：好吧，先告诉我这个第四条到底是什么？

龙汉良：是……

“发油仔”很坚定，因为他知道自己捏住了对方的短处：少爷，再见。

龙汉良：等等，是——四、每月报酬为40元国币。

“发油仔”：国币是什么？大概是多少钱？

龙汉良十分不屑：中国国内的钱嘛！合大概10个坡币，叫花子，你会为10个坡币回国去卖命吗？

才10个坡币？多轻松！也只有龙汉良这样出身于亿万富豪家里的少爷才会说出这样的话，对“发油仔”来说，这已经不是个小数字了。看着龙汉良进了自己家，“发油仔”知道想说服龙汉良给自己帮忙，不是那么容易的，而报名当机工，对他来说还有很多关口要过，比如考取驾照报名等等，这些事情都得花钱，只有龙少爷能帮上自己。

最关键的还是要紧紧抓住龙汉良的诉求——林婉珍。

这个机会很快就来了，“发油仔”发现那个叫林婉珍的漂亮女大学生在和一个高个子的男青年来往，神秘兮兮的，而且有进一步约会的可能。等把这一切落实之后再来通报给龙汉良，这样可以在少爷面前再加一个谈判的筹码。

2

那是一根血管，我们的任务就是斩断它。

望着下面白色的云层与波光粼粼的东海，田中茂森在心中默念着上司大川内传七少将叮嘱自己的话。

田中今年二十九岁，从外貌上看就是一个典型的东亚人，个子不高也不低，面部轮廓很柔和，假如走到人群里很快就再难被认出或者找到。但他的智商却不能小视，他是那种走一步能看四步甚至五步的人。眼下，他知道自己的肩章是中佐，离金底银星的少将还差四个阶梯，但他深信只要付出超常的努力，就能实现自己的理想，这是一个蓬勃向上的国家，民众优秀而制度合理，只要努力就会有回报。

唯一让他有些牵挂的是妻子与女儿，这次本来可以顺路回家探望她们的，可大川内传七似乎看出了他的内心，要求他立即随着自己的专机直飞海南岛。

一周之前，军令部部长佐田中将宣布了一个重要的决定，成立由海军为主的“滇缅路封锁特别课”，专门对付中国西南部新修的滇缅路。大川内传七少将就是这个特别课的临时课长，而田中茂森是其深得信任的一个骨干。他必须立即深入到新加坡，因为那里的南侨总会正在招募会开车的司机奔赴中国。

滇缅路对中国来说是一条生命线，对日本人来说却是一个巨大的麻烦。有了这条路，就会有源源不断的军事物资输送给前线，尽管中国军队人员素质、军事设备都不行，但中国军人并非一盘散沙，他们仍在对抗着日军。

一个有着庞大身躯笨拙的巨人，眼看就要窒息，因为有了滇缅路这条血管，它苟活着。是斩断它的时候了！

佐田在下令组成特课之前，认真地给大家分析了那时的局势，他指着一个很大的、挂在墙上的日英两种文字的军事地图，带着焦虑，语速很快，可见当机立断才是最需要解决的问题。

佐田这样描述着局势：……眼下，赣湘会战正在紧张进行当中，岗村司令官的第 11 军团下辖 10 万大军，本想快速结束战斗，不想却在这里遇到中国军队罕见的顽强抵抗。目前，我 106 师团正准备突破敌军的包围，可显然凶多吉少，最主要的原因就是因为中国军队在这里（他特地把小木棒停在了滇缅路上）得到了境外军事物资源源不断的供应……诸位，去年的 8 月 26 日以来，我外务省宣布对长江口至潮州的中国船只进行封锁。到目前，已经把封锁范围扩大到除辽宁、青岛以外的全部中国海岸，这样，就等于完全切断了中国从境外的一切补给。可中国人不是笨蛋，他们早在去年，就开始举十几万云南边民之力，日夜赶工，终于在这里，就是这里——修成了一条南至缅甸腊戍、北到昆明的滇缅公路，还开始从南洋的华人华侨中招募了大批的司机，夜以继日地往作战前线运送军用物资……可以毫不夸张地说，这条滇缅路就是中国人的血管，只要它还存在，中国人就会不断获得营养，就会继续抵抗，就会对我大日本军队形成极大的军事威胁！因此，我们要不惜一切代价，斩断这根血管！参谋本部已经责成我海军军令部尽快研究可行的办法，现在我宣布，“滇缅公路封锁紧急应对课”即日起正式开始运行，具体事宜由大川内传七少将全权负责。

大川内传七赶忙起立，与大家见面。

田中知道对付滇缅路的难点在哪里，最快的办法就是派飞机轰炸，可问题马上就来了，最近的让日军可用的机场在海南岛，飞过去路途遥远不说，因为那边多是崇山峻岭，气候条件恶劣，加上没有准确的情报提供，对滇缅路的轰炸往往效果不大。而此时有飞机起落条件、距中国云南稍近的地方——法国人统治的越南却不愿意配合日本人，因为那样或许会侵害了法国人的利益，因为越南和昆明直通火车，有不少法国与越南的商人长期在昆明经商。

田中：破坏南洋华侨参加机工的热情、最好派出合格的间谍混进机工队伍，这恐怕是目前特别课最好的选择，我想。

田中试探着对大川内传七讲出自己的打算，语气肯定但态度谦逊。

大川内传七：果然不负我对你的期望，咱们想到一起了。咳，小子，知道为什么这次是咱们海军主导吗？因为我们实力强大，有翅膀啊，千万不要给我还有我们海军丢脸！

田中：是。

大川内传七：照你的想法大胆去做吧！需要什么，要怎么配合，给我发电好了！我还是了解你的能力的，好好干吧！对你来说，只要不犯年轻人常犯的错误——心急，那就基本上成功了！

一周以来，田中的工作已经有了重大的进展。其实，一上飞机，田中就开始阅读那些马来公使发来的密电。里面一个叫陈沫的中日混血青年引起他的特别注意，还有一个叫欧昭通的当地人，以及一个叫林婉珍的女学生，这些人都是他要重点了解的。

陈沫不到三十岁，父亲是中国的商人，母亲是日本人，随父亲常年居住在马来半岛，家里在福建、云南都有生意，对那里的熟悉程度不亚于在马来的一切。其本人虽是中国人，却是十足的反华分子，他认为中国就该被灭亡，这是个没有前途的国家——贫富差别太大，当官的只为自己着想。毋庸置疑，陈沫将会是自己重要的助手，很多事情由他来办会更好、更有隐蔽性。

田中的目标已经确定：第一是针对陈嘉庚的，这是个极有号召力的侨领，招募机工就是由他来主导的，必须给他点颜色瞧瞧；第二就是打击华人华侨参加机工的热情，必要时诉诸暴力；第三就是找寻能担当间谍任务的人选，这个人目前已经几乎完全被他田中茂森掌握了。

此人就是肄业的大学生欧昭通。

欧昭通有一个十三岁的弟弟欧兆铭，父亲早逝，而母亲因私自贩卖日货，被颇为激进的华侨割下一只耳朵，患有间歇性精神疾病，发作时会有自残的举动。除此之外，欧昭通的母亲还得了一种怪病，怎么都检查不出来原因，更谈不上治好了。她经常莫名其妙地发烧，四肢无力，几乎已经丧失了基本的劳动能力。欧昭通听说母亲的耳朵跟陈嘉庚家族有直接的关系，把一切仇恨都对准了陈嘉庚，只要机会合适，势必要实施报复。

这个信息对田中来说真是再重要不过了，为了能将拴住欧昭通的缰绳拉得更牢靠，他想出一个好办法。而眼下，这个计划已经完成了大半。

田中不相信这个世界上真的有什么怪病，只是大夫不用心检查罢了，特别是对那些没有医疗条件的穷苦家庭更是如此。他让陈沫出面，将欧母带到一个著名的日籍大夫的医院做了精心的检查，通过反复拍片终于找到了欧母的病因——一个半粒花生卡在了气管，不仔细检查完全看不出来。

田中要求那个日籍大夫对此完全保密，然后开始用日本最新的止痛药定量交给欧母去吃，谎称是最贵的、最新研制出的特效药。欧母只要吃了消炎药，症状就会减轻。但田中却并未给她做手术除掉病根，为的就是永远控制住这个病人，进而控制住她的儿子欧昭通。欧昭通是个孝子，对此自然是感谢万分，尽管他完全不晓得里面包含着日本人的诡计。这个时候，再要求欧昭通去做任何事，他为了感谢救助母亲的恩人，会毫不犹豫地为恩人做事。

欧昭通已经答应去刺杀陈嘉庚。

至于林婉珍，这个是新客，其实来新加坡没有多久，且是投奔舅妈来的，原来一直在大陆，私下和中国驻马来公使馆有些来往，是个当然的学生领袖，她和当地一个叫吴忠标的工人领袖也有来往。在当地，华侨分为“侨生”与“新客”两种，前者是几代移居本地的华侨，而后者则是新来的。

田中：对这个姓林的女孩子，不要留情面，应该下手重一些。

陈沫：是，他们明天要在一个仓库开会，我们已经准备了万全之策。

田中：最好斩草除根。

陈沫：是。

田中：干得漂亮一些，不要留下痕迹。

陈沫：请放心吧！都完全安排好了。

3

龙汉良感到最难堪的是，不管自己怎么努力，似乎都难以走进林婉珍的内心。

龙汉良是约翰理工学院的本科二年级学生，与一般的华侨男生相比，他皮肤没那么的黧黑，身高中等，面部棱角分明，眼睛是双眼皮，更像一个女孩子，水汪汪的过于秀气了。从小到大，除了祖父龙万里之外，喜欢他的人还真不少，男孩子女孩子都喜欢他。比如，那个非正式和他定了娃娃亲的吴惠琳就是其中的一个。

可龙汉良偏偏就喜欢上了从大陆来此地没多久的林婉珍。林婉珍身材不高，可眼睛很亮很大，鼻梁很高，嘴巴也大，单独来看并不出色，可五官放在一起就有了独特的气质。林婉珍很大气，对于男孩子的调侃并不计较，更不用说害怕了，她喜欢和男孩子在一起，做事也很大胆。这种种因素加在一起，就对少爷龙汉良形成了一种致命的吸引力。

问题是林婉珍对他不远不近，不冷不热，让他这个刚满二十岁的青年不知如何应对。

那天“发油仔”前来告密，说是林婉珍和一个高个子青年约会，龙汉良妒火顿生立即赶到，不料，迎接他的不是“奸夫淫妇”，而是一场生死较量，后来才晓得对手居然是日本人。

怒气冲冲的龙汉良开车带着“发油仔”来到仓库前，发现那里大火已经燃烧起来。

龙汉良：怎么回事？林小姐呢？

“发油仔”吓坏了：我哪里知道？

龙汉良这下慌了：是不是林小姐在里面？

“发油仔”：对，我看见她和一个高个子男人握手，然后一起进去约会了！

龙汉良：是手拉手还是——握手？算了算了，你狗屁不懂！出事了！

龙汉良冲上前，拿起一块石头，拼命想砸开大门的锁，无奈打不开，而且门口还堆了其他的重物。很显然，有人故意想要里面人的性命！

其实，林婉珍是来和工人们开会的，那个高个子青年就是吴忠标——原来马来铁矿的工人领袖，因为带领工友们抵制生产被日方开除，现在靠互助会的救济金生活。林婉珍就是来动员他们参加机工的。大火越来越旺，林婉珍和几个人都被呛得直咳。吴忠标和绰号叫“大头”的好友拼命想打开大门，还有人想爬窗逃离，可窗户上还有铁栅栏，一时半会儿打不开。

林婉珍忽然发现“发油仔”出现在窗口。

林婉珍大喊：你来干什么？危险，快躲开。

“发油仔”边喊边做手势：你们快往后撤，往后。

吴忠标：往哪个后啊？

老刘仔细看看已经说不出话来的“发油仔”的手势，示意大家远离仓库大门，尽量往仓库后面撤。

几乎同时，一辆大卡车呼啸着倒着冲破仓库大门闯了进来，林婉珍惊喜地发现龙汉良出现在驾驶室。他很聪明，用卡车屁股冲撞仓库大门，这样才伤不到自己。

林婉珍惊喜地喊道：汉良！

龙汉良一连几个熟练的动作，反复前后用力，大门被撞得变了形，众人冲出了仓库。

林婉珍和龙汉良紧紧抱在一起，这一刻，龙汉良感觉自己是世界上最高尚、最幸福的男人，他有力量，他救出了心爱的女人！

但两人的甜蜜只延续了很短的时间，多亏“发油仔”高喊了一声做了提醒，龙汉良有了准备。几个忽然冒出的健壮的家伙手持木棍、铁棍将龙汉良、林婉珍、吴忠标等人包围，呼啸着打来，几人拼命抵抗，却因为赤手肉搏，不敌壮汉。龙汉良死死地护住林婉珍免遭伤害，自己却几处受伤，那些暴徒长相各异，但都有一个共同点——不说话只动手。

这时，“发油仔”从卡车上取下一个卡车摇棍扔进包围圈，龙汉良立即捡起，如虎添翼地和对方干了起来。在自己钟情的女人面前，龙汉良感到力量倍增，无奈虽然勇猛，但还是吃了不少的亏，“大头”也被打伤。

这时，“马打”的哨声响了，暴徒四下散去……

年近五十的老刘十分勇猛，单独抓住了一个暴徒死死不放手，“大头”手持铁棍，想结束暴徒的性命。

吴忠标急忙阻止：别动，问清楚再说。

老刘用木棍敲打着被俘的暴徒：说，谁让你们来的?

暴徒一声不吭，只是笑着，他的头在流血，他诡异地笑笑，忽然，猛地向墙上撞去，自杀了。

“大头”黎旺忽然冒了一句：我好像见过这个家伙，是日本商社的，上次打伤工友老林的就有这人。

对于日本人，龙汉良一直都有很好的印象。祖父的朋友中就有不少日本人，他们衣着干净，谈吐优雅，非常有礼貌。但今天的日本人给他留下的是另外一个记忆，当然，这和他后来在中国遇见的残暴的日本兵相比，这些人只能算是小混混而已。

龙汉良在罗寅生的“指点”下，开始了对林婉珍更猛烈的追求。罗寅生是祖父龙万里的私人保镖和贴身助理，也是龙家最信任的人，特别是龙汉良的父母因车祸意外去世之后。龙汉良在林婉珍主导的劝捐现场做出了惊人的举动，他当场朗诵一封陈嘉庚写给海外华人华侨的劝捐信，赢得了数百人的欢呼，他借势又宣布捐出坡币十万元！这可是个惊人的数字，据说在当时可以买到十多辆美式道奇卡车，当然，这是他背着祖父龙万里私自决定的。龙汉良和林婉珍的照片登上了《星洲日报》的头版，他是趁着祖父出差的工夫捐出的，最怕祖父秋后算账，但让他没有想到的是，龙万里不仅没有骂他，还夸他懂事识大局。

这次的捐助的确让林婉珍和龙汉良接近了，和龙汉良想的不一样的是，林婉珍对龙汉良看法的改变绝非因为钱，而是他的风采得到了最大的展示。林婉珍这才感受到了龙汉良那颗炽热奔放的心以及他身上巨大的力量，但林婉珍是带着更大使命的人，她明白假如真爱一个人，就应该懂得放弃，否则会带给两个人更大的痛苦。这样的觉悟对于一个二十岁的女孩子来说，感悟得有些过早，尽管是真实而残酷的。

但龙汉良的判断完全是直觉的、原始的、不假思索的，他已经做出了决定，从现在起开始追随林婉珍的脚步，她走哪里自己就跟到哪里，她喜欢做什么他就跟着做。

让龙汉良没料到的是，他很快就遇到了一个坎儿，差点儿让他丢了命。

那天，林婉珍很晚的时候突然找到自己，要他和几个同学去给陈嘉庚先生做一下临时的护卫，陈先生要去女子学院做一次演讲，老人家本身的保镖让他支回家了，因为女子学院不会有事的，再说保镖们跟了自己一整天了。

可意外偏偏就在那个晚上发生了，龙汉良惊讶地发现疑似是自己的救命恩人居然要向陈嘉庚开枪，他毫不犹豫就冲了上去，挡住了两颗子弹。或许是因为对方的犹豫和紧张，子弹击中了龙汉良的左臂，没有伤及骨头，却给龙汉良造成极大的震撼。

警察把几个嫌犯带到警察局让龙汉良辨认，龙汉良认出了那个人——此人正是欧昭通，可在最后的关头，他却对警察说了假话……

4

欧昭通现在想逃避，尽管眼下会不会立即被警察带走还是没准儿的事情。

他内疚的是无意中居然打伤了龙汉良！而他的目标是陈嘉庚啊！

和一排所谓的嫌疑人站在一起，身处警察局的欧昭通知道对面的玻璃墙后面或许就有龙汉良，那一刻，纠结无奈的他竟然产生了希望龙汉良站出来指证自己的念头，那样的话对他来说或许是一种解脱。他的忍耐已经到了极致，他想逃离陈沫逃离家庭，甚至逃离新加坡。

欧昭通个子很高，消瘦，眼睛往内陷，睫毛很长，他戴着一副近视镜，很多的内心世界常常借镜片的折射与反光而被遮蔽，给人一种冷酷而绝情的感觉。其实，他内心炽热似烈火，性格也坚毅得不同寻常。欧昭通和龙汉良的结识缘自一次暴力。那天，仅有十八岁的欧昭通发现一个十五岁的少年被人卡住脖子，几乎喘不上气来，而少年的脸色在慢慢变成白色。最要命的是，这个身强力壮的施暴者根本没有停手的意思。

欧昭通犹豫了，他弄不清这场冲突的缘由，但目测感觉自己不是施暴者的对手，假如上前阻止，他或许会落得一个更惨的下场。

但善良的本能还是起了作用，欧昭通采取了一个极端的做法——不用上前喊话制止对方，而是直接给施暴者意外猛烈的一击，他想过了，只有这样才会避免自己遭报复的可能。果然，他成功了，被卡脖子的少年却没有很快缓过劲儿，逼着欧昭通再次给了施暴者几下，这会给少年更多的缓冲时间。

这个少年就是龙汉良，也是欧昭通生平第一次用计谋偷袭成功。

龙汉良在知道了欧昭通一家的境况之后，十分慷慨大方，无数次地拿自己的零花钱帮助欧昭通，弄得欧昭通心存感激但总是内疚。自己是个年长对方三岁的大男人，为什么要接受小弟弟的资助？他自己有手有脚，为什么不能自食其力？他无数次被雇用他的小老板辞退，不是因为他懒惰，而是他母亲的病完全需要他的照顾，弟弟还小，他只能顾一头，也只能打短工来赚钱。想到这里，他开始仇恨起陈嘉庚那个庞大的家族来，虽说母亲的病不是陈嘉庚亲手造成的，但毕竟和他有斩不断的关系。所以，当陈沫说服他刺杀陈嘉庚，欧昭通毫不犹豫就答应了！

可现在，他本来有足够的把握除掉仇人陈嘉庚，而且陈沫早就布置好了掩护他逃跑的极为详尽的方法。他的刺杀失败不仅受到陈沫的指责，还会背起另外一个包袱——今后将怎么面对龙汉良？又怎么能给他解释清楚？当然，也许龙汉良根本就没有认出自己，因为他那天是乔装上阵的——嘴唇上粘了一个胡子，足以将自己的年龄加大好几岁。问题是，万一龙汉良真的认出了自己又该怎么办？

逃吧！越远越好！

欧昭通是在买票时和田中认识的，从前都是陈沫和自己打交道。田中直接挑明了自己的身份，警告他不要再动摇，因为他已经被捆绑在了大日本帝国的战车之上！到现在他才知道，那个先前对自己一家十分友好、经常资助自己甚至帮着母亲检查身体的大好人陈沫居然是日本人，至少有一半的日本血统，他母亲获救完全是日本人帮的忙！

欧昭通不会那么轻易地顺从，但脖子上的绳索已经被陈沫和田中茂森牢牢卡住，且越勒越紧。他想逃走，无奈母亲的病离不开人照顾，自己又没有稳定的工作和收入，弟弟欧兆铭才十三岁，还在上学。就这一段时间自己的生活费，也是“好心人”陈沫支付的。拿了人家的钱不给做事，这是到哪里都说不过去的事。可做了就成了汉奸！到底怎么做才能两全其美呢？

纠结与无奈之中，欧昭通最终还是接受了田中交给他的更多的任务。比如去了解那些热心报名当机工的人的具体资料，再有，就是混进学生、工人之中，甚至还让田中茂森把他送进看守所里，让他了解更多的信息。

只要不杀人，干什么都行，还有一笔钱能尽孝心，欧昭通反复地如此安慰自己。让他没有料到的是，他越陷越深，想拔出泥沼的时候却完全难以提起双腿来。因为，他得不断地用一个新的谎言掩盖前面的过错，用更多的罪过掩盖前面的过错，如此反复循环，足以毁灭任何一个有着强大心理的男人，更不要说他只是一个二十岁出头的青年。

田中年纪比欧昭通大不了多少，但此人绝对是个可怕的对手与上司，他居然是个中国通，不仅是汉语，甚至对中国各阶层民众的心理揣摩也极为到位。至于中国的哲学理论，他知道得比欧昭通这样的海外华人华侨更多更全面。这一点，也足以让欧昭通臣服与敬佩，他想，要都是这样的日本人来对付中国人，那中国真的存在不了多久了！

弄回欧昭通，田中茂森不忘使劲地抽着欧昭通的耳光，嘴里还不住骂骂咧咧的。很显然，他气坏了，尤其是面对一个受了惠又不辞而别的家伙！

田中：……欧桑，你太不够意思了，你们中国人最看中的就是一个“义”字，可你是最不讲义气的一个人，你太让我失望了。

桑，是先生的意思，即使对欧昭通极为不满大打出手，也要喊他先生，这就是田中茂森的方法。他还蛮横地强加解释中国的“义”字，让欧昭通觉得犯错的不是控制者而是自己这个跟随者。

田中用手比画着：开弓没有回头箭！咱们现在是一条大船上的人，是兄弟！可你看看，你这个兄弟做了什么？拿到我们发给你的钱，居然偷偷买票，准备带着母亲和弟弟逃了！可是，你没想想自己可以逃得脱吗？你也太小看我们日本人了！告诉你，只要我们愿意，无论你逃到哪里、藏身多久，我们最终都可以抓到你！这是你欧昭通的第二次反复了，你可以再做第三次，那你的母亲、弟弟就不要活了，你考虑清楚！

欧昭通沉默着。

田中拿出一个名单（《华侨抗日名册》第十三卷）：你好好看看这个，这部分应该算作是你的成绩——你亲手收集的参加机工人员的名单，假如我们把这个交给中国人，他们知道你做了这些事，特别是行刺过陈嘉庚，人家会把你一家子活活撕碎的！欧桑，不要幻想了，跟着我继续干下去吧！

欧昭通：要我怎么做？

田中：去当机工！

欧昭通心想，这正是自己希望的事情，他想逃离新加坡，但田中接下来的话却让他惊讶得合不上嘴了。

田中：嗯，当然，先帮着我们上船去做一件惊天动地的大事！

欧昭通：什么？

田中比划着：大爆炸，把油轮炸掉！

这完全违反了自己当初给自己制定的底线——不能杀人，欧昭通这么想着。

田中压根不理睬欧昭通，他当然知道欧昭通的小算盘，只是不点破他而已。他看着手中的一份表格慢条斯理地说：欧桑的基本技能好像已经过关了，射击 4.5 分，紧急救护 5 分，疟疾特殊方法的治疗 4 分，化学反光剂配置 4 分，游泳 4 分，驾驶 4.5 分，炸药配置 4 分，野外生存 5 分。嗯，这些很不错了，特别是欧桑能够在这么短的时间里完全掌握它们！

欧昭通只是在听，有些心不在焉，他脑子里尽是海轮爆炸后的画面，几百人死于火焰或者沉入大海，更多的遇难者家属痛不欲生……

田中：但你千万要记住，所有这些技能绝对不能轻易显露，假使实在不得不运用一次，也一定要动作笨拙，或是假扮生手，或者对此只是从前有所耳闻，只是在试着做做而已，一旦失误被认作是熟练操作，那就是你即将暴露的开端。

欧昭通：让别人不能知道你受过特别的专业训练。

田中：吆西。

欧昭通很谦逊的样子。

田中：可这些还很不够，我很担心你的性格。

欧昭通：什么性格？

田中：据我本人的观察，欧桑有些冷漠、孤傲，好像不太合群啊，这是很危险、很容易暴露自己身份的事情啊。

欧昭通：田中先生，请具体一些。

田中来回踱步，等他经过站着的欧昭通时，突然张开嘴，猛地朝欧昭通面部吐了一口痰。欧昭通惊呆了，立即变得恼怒异常，似乎准备发作。

田中低声但严厉地制止了对方：不要动，千万不要动。

欧昭通已经愤怒至极，眼看就要爆发出来。

田中引导着对方：对了，不要动，就这样子！控制住自己的情绪，特别是面部的变化，让面部变得不那么细腻，让它冷却，对了，对了，就是这样子！然后，让唾沫慢慢干了，再次调节好自己的即将爆发的情绪，知道你们中国把这个叫什么吗？

欧昭通摇头。

田中叹口气：要想战胜敌人，必须比敌人更懂得敌人的一切，这在你们中国叫作“唾面自干”，就是要忍耐的意思，你应该微笑不语，等它自己干掉……这才是真正的唾面自干。

欧昭通依旧恼怒，可以听出他的声音是从牙缝里挤出来的：非要这样才行吗？

田中：假如你真的想成功的话，那就必须如此。我们日本人有句俗话叫作“要蒙骗敌人，必须首先蒙蔽自己”，可真正能做到并融会贯通运用的人少之又少——比如说，到了滇缅路，你只是一个司机，如何才能不让别人怀疑你，如何才能更好地、更不被怀疑地将我们需要的情报传递出来？

欧昭通想也没多想：我早想过了，夹着尾巴做人，不让任何人看出我的动机。

田中摇头。

欧昭通有些不解：不对吗？

田中：不完全对，第一是要活下去，生存下去；第二是尽量和所有人搞好人际关系，特别是那些和你有矛盾的人；第三要尽一切力量获得权力，有了权力才能任意挥发，才能压制周围一切反对你的人……

欧昭通若有所思地点头。

田中这才把一块手绢递给对方，示意他现在可以擦掉脸上的痰。

田中继续：帮助别人是为了更好地为自己的目标服务，特别是要帮助那些企图伤害你或者伤害过你的人，那样会得到意想不到的好结果……我们还有其他人会在机工队伍之中，他们会配合你，联络暗号已经告诉你了，另外，从马来到越南，甚至到昆明、缅甸到处都有我们的人，我们会随时支持、配合你，当然，你说是为了监视你，那样理解也没有什么不对……祝你好运！

欧昭通点头。

田中拿起一颗定时炸弹：当然，眼下你首先要做的是干好这件事——这个，只要拨一下它，这样，反着，到你要的时间，比如，两个小时之后爆炸，就拨到这里……

欧昭通胆怯地问道：威力大吗？

田中：不会伤害到你自己的，但必须按照我们的要求去做！这次不要再犯上一次对付陈嘉庚的错误，只能成功不许失败。你拨好时间放在船的底部靠近发动机隐蔽处，到柔佛码头找个借口下去，大约不到两个小时，它会在中国的南海发挥作用的……

田中眯着眼睛，看着远方，仿佛已经看到了他所期盼的结局：一个巨型油轮，瞬间变成一片火海……

5

刘月美最近发现，父亲开始染头发了，而且，经常出入一个场所。最初，她怀疑父亲是为了给自己找个后妈，但很快就否定了自己的猜测。

刘月美在一家医院做护士，已经有四年的工夫了。自从父亲被马来铁矿开除之后，家里的生活一下子变得窘迫起来，虽然父亲每月都领回一些钱来，后来她才晓得那是工友之间的互助金。看来，穷人之间的情谊还是更重一些，特别是一起患难过的工友。这不，今天给父亲过生日，蛋糕刘月美都舍不得买大的，只是挑了一个最小的，蜡烛居然少买了一支，这个还是最小的妹妹发现的。她有两个妹妹，大妹妹上初中，小妹妹才八岁，而她们的母亲几年前因病去世了。

刘月美悄悄跟踪父亲，终于弄清楚了事情的缘由，作为家里的老大，她得把这个消息告诉妹妹，让她给自己出出主意，大妹妹学习很好，脑筋又灵活，或许会给自己帮上忙的。

刘月美：告诉你一个秘密，爸爸想去国内当机工。

大妹不以为然地反驳姐姐：机工的事情我知道，人家不要四十岁以上的，你不必担心啦！姐。

刘月美：要是想办法，或许人家会同意的，现在知道爸爸为什么染头发了？

大妹大吃一惊：啊？爸爸是要假装年轻啊！那可怎么办，爸爸年纪大了，真去了身体恐怕吃不消！人家说那里很苦的！还很危险，经常有很老练的司机掉下悬崖摔死了！

刘月美：我就是为这个着急呢！咳，真恨自己不是个男孩子，要是男孩子，我就去滇缅路上当机工去。

大妹想了一下：哎，大姐，女孩子也行啊。

刘月美：不行，我早问了，人家不要女孩子，姐又没念大学，念了大学还可以报名当后勤服务人员，现在我真急死了。

没想到，大妹很随意的一句话改变了刘月美一生的命运。

大妹说：大姐不知道花木兰的故事吗？

刘月美：什么花木兰？

大妹顺嘴就背起《木兰辞》来：唧唧复唧唧，木兰当户织，不闻机杼声，惟闻女叹息。问女何所思，问女何所忆……出门看火伴，火伴皆惊忙：同行十二年，不知木兰是女郎。姐，十二年啊。

刘月美跟着妹妹高兴了没一会儿，马上就泄气了，因为《木兰辞》并没有告诉她怎么去女扮男装，所有的一切都得自己重新试验，要想骗过别人，首先得能骗过自己身边最亲的亲人。姐妹俩一番嘀咕之后，一个全新的计划让大妹妹也兴奋起来，她担当的是挑剔者的角色，说监督也可以，只要她说不行，刘月美就得再继续努力。没多久，刘月美回到医院做了一次试验，果然骗过了同事们，她挨了骂，却像个快乐的小鸟，一路唱着回的家。

看到姐姐的初步成功，大妹却沉默了，接着就抽泣起来。大妹是个聪明敏感的女孩子，善良的她一下子想到了很远很远的未来。

刘月美：你怎么了？

大妹摇头不说。

刘月美上去抓捂住眼睛的大妹的手指：你到底怎么了？怪怪的。

大妹有些难过：我一想起你今后可能的样子，心里就难受，我的好姐姐要变成一个全家人都不认识的男人了吗？我真后悔。

刘月美：后悔什么？

大妹：不该告诉你花木兰的故事。

刘月美给大妹擦眼泪：那你愿意看到爸爸那么大年纪还去当机工吗？

大妹摇头。

刘月美：还是呀！那假如非要在我和爸爸之间必须选一个，你会选谁呢？

大妹头一拧，倔犟地说：谁都不选……

刘月美知道，必须哄骗妹妹才行，哪怕是暂时的也好：别这样，我去不去还不一定呢，万一我装扮了很久，还不像个男人，我就不去了！

大妹破涕为笑：真的？

刘月美：当然是真的！

姐妹三个一直偷偷做着各种准备，不仅瞒过了父亲老刘，连医院都没有察觉，为了多留一些钱给家里，刘月美还经常加班。为了确保成功，她专门去了另一个州报名，还起了一个男性的名字——刘志枚，这个名字刘月美让两个妹妹在父亲不在家的时候叫她，直到她习惯为止。

这还不算，刘月美姐妹最后做了一个更绝的大事，引得老刘操起棍子要打三个女儿。老刘很疼爱三个孩子，从来没有打过她们，但这一次，他真的暴怒了——因为有人替他退出了机工的报名，还戳穿了他的真实年龄。老刘没法再去当机工了，他几个月的努力全白费了，他认定问题出在自己家里。

老刘：你们都给我坐好，统统坐好！

三姐妹互相使个眼色，知道她们做的事情或许已经被父亲发现了，否则老刘不会这么暴怒的。老刘把木棍在桌子上砸得山响，小桌上的物件不住跟着跳动，三姐妹眼睛眨着、闪着、躲避着。

老刘怒火万丈：说，谁让你们去报名点的？为什么三番五次要给人家戳穿我，说我已经四十八岁了？我报名说三十九，好容易过了关，你们为什么要坏我的好事儿？我是去参加抗战，也给你们挣些小钱，为什么要坏我的事儿？说，谁的主意，站起来？

出乎老刘的预料，三姐妹居然一起站了起来，那意思是争相承认那事是自己做的，与他人无关。刘月美把两个妹妹按下，但大妹小妹仍倔强站起，刘月美明确告诉父亲，是自己干的，也不怕挨打！

老刘一时没了主意：肯定是你，月美，就你懂点事儿，说，为啥？

刘月美：说就说，我们不想让爸爸去前线。

老刘：为啥？

大妹小妹：年纪太大。

老刘一拿棍子：什么屁话，人家招募的人都不嫌，你们多什么嘴？

大妹小妹：因为你是我们的爸爸。

老刘：我不去谁去挣钱？

大妹小妹：大姐。

老刘：月美一个医院的护士她能挣几个钱？

刘月美：爸爸，是这样的，我要去替你，我去当机工！

老刘有些惊讶，大女儿月美从来没有这么大嗓门和自己嚷嚷，这孩子什么时候变成这样了呢？

老刘：你是个女孩子！人家不要！

刘月美高兴起来：这么说你同意了，假如我要是个男孩子？

老刘：当然！

刘月美：就是说，我要成了男的你肯定不反对？

老刘不以为然地还带着嘲讽的口吻：有本事你去，看你能不能变成个男孩子，看人家要不要你！

刘月美兴奋地、变戏法般地拿出通过书：爸，你看这个！

老刘接过：这是什么？我一个字也不认识。

大妹赶忙上前念了出来：刘志枚先生，你已通过参加机工的资格考核，请务必于10月16日在太古码头集结。

老刘好奇地：刘志枚是谁？

刘月美：就是我呀。

小妹抢着说道：二姐给起的，里面有爸爸名字里的一个字，还有妈妈名字里面的一个。

老刘：那先生是怎么回事？

刘月美：我女扮男装，骗过了报名点！而且，我没在这边报名，怕你知道会阻拦，我去的柔佛那边……

老刘恍然大悟：让两个妹妹坏我好事儿的就是你刘月美在背后主使了，

对吧？

刘月美：是我，爸爸，原谅我事先没有告诉你，要打就打我吧……反正也打不了几次了。

老刘怔住了，一时不知该说什么好，这孩子一下子戳到自己心窝子上了。

刘月美继续道：爸爸，你有三个女儿，少一个没关系，可我们三个女儿却只有你一个爸爸，你年纪大了，不能再去吃那样的苦，我还年轻，请同意我替你去吧！

老刘把棍子一扔，背过身去，显然他被女儿的行为所感动，但他却不愿意让孩子们看到自己软弱的一面。这时，三姐妹一同上前，和父亲拥抱在一起……

到了出发的前一天，老刘为到底送不送女儿刘月美，和女儿们争论了很长时间，然后陷入短暂的沉默。

老刘固执地下着命令：不行，我必须去送你，这么大的事儿，我是你老子，把你养了快二十年，你去那么老远的地方当机工，我还不能送了，非送不可。

刘月美也毫不退让：不行爸爸，让我还要给你解释多少次才行？我女扮男装，你们一去咱们一说话，认识你的人不就知道我了？那我不是白准备好几个月了？我吃了多少苦、试了多少遍才像个男人，你们一去我全暴露了。

大妹忽然跳了起来：哎呀，别吵了别吵了，我有个好办法。

大家急切地转向她：你快说。

大妹：我去送，代表你们！

老刘失望地说：那不是和没说一样么？白让大家高兴了一下。

大妹：实在不行，我还有个好办法让爸爸能去送大姐，就怕你们办不到！

老刘：我们一定能办到，说吧，只要能去送你姐姐。

大妹：咱们这样，爸爸带着我和妹妹去送你，当然，咱们不走在一起，也不和你说话，姐姐等船刚一开动，你就挥手，我们也跟你挥手，这不就行了吗？

老刘：那万一有人问起咱们，说你们来送谁呀，咱怎么说？

大妹：就说送自己的工友，爸爸不是说有很多他的工友也去当机工了吗？

老刘赶紧点头：有，有啊。

刘月美一把搂住大妹：到底是念过书的，就这么办！可有一点，你们三个谁也不许哭，你们要哭了，我肯定控制不住的。

大妹拿过一条很抢眼的黄色毛巾：还有，姐姐，你把这个绑在右手臂上，这样我们远远地就能从海轮上几百个人当中一下子找到你。

刘月美：真聪明！我现在就缝上，省得明天一忙就忘了——咱们今天说定了，到那天谁也不许难受、不许哭！能不能做到？

老刘和两个女儿强忍着，句子很不整齐：能。

6

月色下的监牢内，远处传来的是不规则的虫鸣声以及人犯偶尔的叫喊声，林中吹来的湿而微甜的晚风，还有偶尔的看守的脚步声。身处其中的龙汉良却并不沮丧，反倒十分兴奋，只要一宣判，他就可以立即去当机工了，去了滇缅路，或许就能见到林婉珍了！

龙汉良在想，只要林婉珍能按他说的去办，但愿爷爷一切安好，要骂就使劲骂吧！他爱婉珍，绝不后悔自己的选择。

要说去滇缅路当一个司机，这绝不是先前龙汉良的初衷。对于没钱报名学驾驶的吴忠标等失业的工人兄弟，他慷慨解囊，还安排家族的修车厂让那些人去实习；对一直闹着要挣四十元国币的小叫花子“发油仔”，龙汉良最终还是答应帮他，出了证明不说，还让他学习驾驶，弄得“发油仔”当机立断改名为龙老七，还表示今后一定要伺候好龙少爷。

林婉珍就是龙汉良的人生指南针，她走到哪里，他就要跟到哪里。林婉珍劝捐，龙汉良就倾力捐助；林婉珍积极动员失业工人，他就帮机工报名学习驾驶；林婉珍和马来共产党联络，他就充当司机和保镖；林婉珍帮着被打伤的工人组织学生、工人到日本驻马来公使馆抗议，龙汉良就敢烧日本的国旗。

现在，林婉珍坐牢了，龙汉良也要坐牢，还要帮着林婉珍脱身。当然，他知道此事重大，必须依靠专业律师帮助才行。

最着急的要算龙万里老先生了，他儿子儿媳死于一次车祸，他就龙汉良这么一个孙子，万一汉良去了滇缅路，出个什么意外，他龙家就后继无人了，这是他绝不可以答应的事。他苦恼万分，用尽各种办法，比如给美国一所著名的大学捐助，要他们给龙汉良发来入学邀请函，甚至想提前让和龙汉良定了娃娃亲的吴家小姐吴惠琳与龙汉良立即成亲等等，但这一切都不能阻止龙汉良的狂热。其实，自己也曾经年轻过疯狂过。

管家罗寅生甚至动员了“车王”林广怀来替龙家解忧。林广怀年轻时受恩于龙万里，一听说龙家少爷要当机工，立即报了名，弄得自己年轻貌美的老婆天天哭鼻子，但这都没能让这个“车王”改变自己的决心。放着每月三百坡币的好日子不过，丢下可爱的双胞胎，去滇缅路当个九死一生的机工，这不是有病么？三百坡币，在这里可以过得很舒坦啊！

“不不不，你们不懂，我今天的一切都是龙老爷给的，要没有他，我林广怀哪有今天的好日子？我早就在南海喂鲨鱼了！多活一天都是幸福！我已经活够了，我就要报恩，不这样我难以心安。”

林广怀不仅自己报了名，还拉上三个得力的徒弟一起上路，最聪明最有眼色的就是绰号“大副”的小个子爱徒。

即使这样，龙万里老爷子还是没有能够阻止汉良去追随林婉珍的脚步，家族“御用”的侯律师居然帮着龙汉良暗中操作，龙汉良得以主动投案“自首”，把已被起诉的林婉珍的勾结“共产党”的罪名全部包揽到自己身上。因为龙汉良确实见过马来共产党的领袖马理达，所以说得头头是道，法官不再怀疑，释放了林婉珍，而将龙汉良判为“驱逐出境，永远不得返回新加坡”。

原来，在日本发动侵华战争之后，英国对日本推行“中立”政策（暹罗亦然），英国殖民统治当局禁止马来亚（包括新加坡）华侨公开进行抗日活动。新加坡是南洋华侨的经济、文化和爱国救国活动的中心，在那里的华侨抗日救国组织，不允许公开打出“抗日”的旗号，于是就以“服务”、“救护”、“救济”等民众慈善社团的名目出现。当时的坡督怕共产党甚于怕日本人，为此专门制定了严酷的法律条文，只要涉及共产党的嫌犯，一经查证立即驱逐。当龙万里听到这个消息时，当场解雇了侯律师，侯律师辩称这一切龙少爷说是龙老爷同意的，龙万里气得当场晕厥，然后就住了院……

这种牺牲与担当，真正被打动的就是林婉珍。一开始，她根本看不起龙汉良，以为他只是个不愁吃喝的纨绔子弟，整天就会追女孩子罢了。林婉珍来新加坡不到一年，她其实已经是国民党党员，来到这里负有重要使命——动员海外华侨参加机工回国抗战，这一点她做得问心无愧，其中，很大一部分得益于龙汉良的帮助。林婉珍真的喜欢上了龙汉良，但是，现在国难当头，她必须立即返回国内听从召唤，不能因为个人情感而继续和龙汉良卿卿我我。她告诉龙汉良，要真的相爱，那就互相等待吧，等到把日本人赶出中国，他们就结婚！

听说龙汉良主动揽罪替自己担当，林婉珍心痛万分，手中攥着船票的她觉得此时就这么不辞而别，今后良心上对不住龙汉良，尽管好友庄海莲劝了她很久。

海莲：婉珍，再不走就来不及了。

林婉珍：我不能撇下汉良自己走，那样太不像话了，我会内疚一辈子的。

海莲：你爱他吗？

林婉珍：当然，千真万确。

海莲：汉良说了，你要真的爱他，就一定要按他说的办！你的事完全是日本人在背后捣的鬼，他们看不惯你组织工人和他们对抗，而且早就盯上你了，还有可能继续找你的麻烦甚至取你的性命！你要因为滞留此地出了事，岂不辜负汉良的一片苦心？

林婉珍：可我怎么舍得下汉良，就算人走了，心还在这里，还在牢房！

海莲：侯律师说了，汉良判刑后会被逐出新加坡，汉良出来后停留不了几天，就会去当机工的，手续早都办好了！他希望你们能在国内见面！对了，这是汉良留给你的信，让你路途之中再看，快走吧，婉珍，船很快就要开了。

林婉珍带着遗憾与自责，离开了新加坡。

7

今天的码头完全不亚于过节的气氛，中华民国驻新加坡公使馆代表、新加坡坡督代表、“西南运输公司驻新加坡办事处”的代表、学生代表、工人代表等都来为即将远行的机工送行。

新加坡顶尖舞狮团在舞“救国醒狮”，长龙舞动、跳跃，锣鼓声声声震天，激励着心怀壮志的热血男儿，也让那些前来送行的难舍的亲朋们热泪盈眶。这不是普通的告别，对于许多人来说，他们根本不会知道，今天的告别实际上就是生死离别。他们中间至少三分之一将为国牺牲在滇缅路上，还有三分之一永远留在了祖国大陆一辈子不能和亲人团聚，只有三分之一历经坎坷在抗战胜利后回到了这里。

这些机工们穿着筹赈会发的淡黄色的胸前印有“新加坡回国服务机工”蓝色字样的卫生衣，外面穿着绿色军衣、军裤，头上戴着军帽，背上是卷好的灰色毛毯，大家排队而列，等待陈嘉庚会长的讲话。

身为“南侨总会”的会长，陈嘉庚先生照例再次登台，开始发表热情洋溢的讲话。陈嘉庚先生为募捐以及动员华侨民众参加机工，不知发表了多少次热情洋溢的演讲，而每次，他都情绪饱满，都当作第一次讲演。

陈嘉庚：……各位侨胞、各界代表、机工兄弟，我国抗战后，海口等港口相继被敌占领，外贸可入口者，只靠香港、越南两路而已，广州失守、滇缅路修成之后，应国民政府之邀，我马来一十二区侨胞已有两批机工回国效力，获政府及民众赞誉。今第三批勇士即将启程，我代表南侨总会及其他各界朋友前来送行，望各位不因环境险阻而惊心，不以卓绝艰苦而气馁，勇往直前，报效国家……

下面机工们齐声回应：不灭敌寇誓不返乡……不灭敌寇誓不返乡……

机工团的吴忠标、“大头”黎旺、林广怀以及徒弟“大副”，以及女扮男装的刘志枚等和二百多机工们同陈嘉庚会长一一握手告别，然后迈着决绝的步伐，踏上“丰庆号”海轮的舷梯。

欢送的人群中，有为哥哥送行的十三岁少年欧兆铭、“车王”林广怀的漂亮老婆和两个孩子，最后是老刘和两个女儿，大家不住向亲人们挥手告别。

这其中，当然还有日本人田中茂森，他脸上挤出笑，向欧昭通挥手，而欧兆铭注意到了这一点。

一声长长的鸣笛，海轮开动了。

老刘眯着眼睛、手搭额头在找女儿刘月美。

老刘：你们看到姐姐了吗？

大妹眼睛不眨地望着海轮，似乎在找姐姐，但没有找到，只好摇头。

海轮上，刘月美其实早就看到了父亲和两个妹妹，她强忍分别的痛苦，故意站得稍稍往后了一些，她刚想举起绑有黄毛巾的右臂，忽然之间又改了主意，把黄毛巾撕了下来。她注意到父亲和两个妹妹努力找寻着，有些失望地互相交流了一下意见，但依然执着地找寻着。

刘月美再也忍不住了，她不忍再看家人一眼，多看一眼只会加重彼此骨肉分离的痛苦，她转过身轻轻抽泣起来。

海轮渐渐远去，不少送人的各界代表、民众已经离开。

老刘还在埋怨、生气：这个月美，到底怎么回事？昨天说的都全忘了吗？

小妹：大姐说话不算话，害得咱们找不到她。

大妹忽然悟出什么来：爸爸，小妹，不要找了，姐姐不会挥手了，咱们回家吧。

老刘、小妹几乎同时：为什么？

大妹哭了：她一定是怕咱们伤心，也怕她自己受不了，故意撕下黄毛巾的。

趁人不注意，欧昭通下到船的底部，把定时炸弹伪装好，然后打开了按钮，“嘀嗒”声开始了……欧昭通下意识地看了一下手表。

与此同时，前来参加欢送仪式的龙万里也上了自家小车，准备离开。

龙万里：走吧，寅生。

罗寅生：着什么急，等等少爷。

龙万里早有准备似的：不用等他了。

罗寅生疑惑地：为什么？

龙万里：我的孙子我了解，他肯定已经走了。

罗寅生：去哪里了？

龙万里叹口气：去当机工了。

罗寅生不解：我仔细找过，没看见少爷出现啊。

龙万里摆摆手：会从别的地方上船的，我太了解他了！

龙万里心情沉重，他慢慢打开了龙汉良的告别信。

龙汉良的信是这样写的：

亲爱的爷爷，我们暂时告别了。这个世界上最爱我的莫过于爷爷您，而我伤害最深的、最对不起的也正是您。我实在无颜在码头上再看见您，我只想说，我对自己的选择绝不后悔，相信您最终也会理解我的选择，我不是简单地替一个女孩子坐牢而去自首，我是在为抗战事业而选择自首。记得您曾经说过，自古忠孝不能双全，现在，我就要离开您和罗叔奔赴祖国去抗战了，爷爷保重！我会经常写信回来的……

罗寅生忽然从车子后镜发现龙万里在偷偷抹眼泪……

“丰庆号”海轮上，吴忠标、刘月美等机工们拥簇在一起，唱着那首悲壮的告别曲。

再会吧，南洋！
你海波绿，海云长，
你是我们的第二故乡。
我们民族的血汗，
洒遍了这几百个荒凉的岛上。
再会吧，南洋！
你椰子肥，豆蔻香，
你受着自然的丰富的供养。
但在帝国主义的剥削下，
千百万被压迫者都闹着饥荒。
再会吧，南洋！
你不见尸横着长白山，
血流着黑龙江。
这是中华民族的存亡！
再会吧，南洋！
再会吧，南洋！
我们要去争取一线光明的希望！

满载着南洋一千万华侨炽热报国之心的“丰庆号”海轮，一直向祖国方向驶去，向北、再向北……

就这样，这么一群勇敢的青年，或者因为对日本鬼子的仇恨，或者因为对家人的爱，对国家的厚爱，终于踏上了抗战的征途。不管前方迎接他们的是什么，他们都不会犹豫恐慌，直到把青春的灿烂无悔地书写在伟大的抗战事业的画卷之中。

随着时间的推移，欧昭通显得紧张起来。

“丰庆号”海轮临时停留丹戎巴葛码头，按事先制订的计划，欧昭通戴上一顶帽子伪装了一下，迅速下了海轮。

走下舷梯时，意外突然出现了！龙汉良、叫花子“龙老七”等机工们和他擦身而过，迅速沿海轮舷梯拾阶而上。这是怎么回事？汉良怎么也来当机工了？这下我该怎么办？炸弹的指针已经拨下了呀！

欧昭通已经下到了地面，望着龙汉良的背影，他变得犹豫起来。

龙汉良和龙老七走在最前面，吴忠标惊喜地发现了他们，和他们紧紧拥抱在一起……

吴忠标：兄弟，你终于来了。

龙汉良：我只想尽快和你们一样，理个光头才行。

众人笑了起来。

时间在一分一秒地走动着……

第二章　士可杀不可辱

1

那天，欧昭通最终没有在马来丹戎巴葛码头下船，而是随着“丰庆号”海轮到了越南的西贡，然后换乘火车，随着龙汉良等将近二百个机工到了昆明的机工整训营——那是国民政府西南运输处专门为即将上路的机工们设置的准军事训练机构。

不能说他拯救了一船人的性命，而是因为恩人龙汉良的突然出现，欧昭通出于良心的谴责选择了中止罪恶的继续。当他把已经取消的定时炸弹用黑布包好，悄悄扔进大海时，内心忽然变得明朗起来。但这种明朗持续了不到几分钟，巨大的压力再次冲击着他的内心，就像黄昏天刚擦黑时你站在海边看到那压向自己的巨浪，强大而坚定，完全无法躲避那种可怕的恐惧。

有人说，在大海上人与人才能坦白胸怀，因为大海上没有靠山，只有无垠的海天，可明明知道龙汉良就在船上，欧昭通还是选择了沉默，他实在无法面对龙汉良，无法直面龙汉良的责问，更无法面对波涛汹涌的大海。

欧昭通已经按照田中的指示，拨下了炸弹的时间按钮，只需等待两个小时，这艘海轮就会被炸沉在南海，而作为行凶者的他，将会换上便装在丹戎巴葛下船，神不知鬼不觉地去领赏。这是田中答应他的，只需干这一次就可以，然后带着母亲和弟弟移民到他处。田中茂森的计划是有效的，也在一步步进行着，但欧昭通参与的两次重大的行动最后都失败了，一次是对陈嘉庚的暗杀，另一次就是炸"丰庆号"海轮。奇怪的是，两次的失败都和龙汉良有关，后来欧昭通才明白，不只是和龙汉良有关这么简单，而这一切都是天意。

欧昭通下船时与一个熟悉的身影擦肩而过，等他意识到这个人就是自己的恩人龙汉良时，他的双脚已经踏在了丹戎巴葛码头上。

他本想转身就走，任凭海轮在几分钟后重新起航。可龙汉良昔日的笑容与慷慨让他变得焦躁不安，浑身难受，还有这么多鲜活的生命，都是和自己年龄差不多的年轻人，他必须重新做出选择。至于田中那边，用意外来解释好了。

重新起航的哨声、汽笛声已经响了第三遍，就在舷梯即将收起的瞬间，欧昭通突然冲向舷梯，这几个快步动作甚至撞倒了两个人，他迅速跳上已经收起近两米的舷梯，爬了上去。

欧昭通看准四周无人，看看表，急忙向海轮底部跑去，不料，却被一个人拦住了去路。这个人正是龙汉良。龙汉良对于欧昭通的出现颇感意外，他完全不知道欧昭通准备去做什么事，今天是个大好时机——他想要在一个很短的时间内，了解清楚欧昭通到底为什么要刺杀陈嘉庚。以他对欧昭通的熟悉程度，他认为面对大海，两个人坦诚相对，什么难言之隐都会不加隐瞒地和盘托出。

龙汉良：你一直从我这里拿给伯母治病的钱，忽然不拿了，你从哪里弄来的钱？学长！你有困难尽管开口，可帮日本人干坏事却万万不行！哪怕是被迫的也不行！你说，你从哪里搞来的巨款？为什么要向陈嘉庚会长开枪？现在这里没有别人，我们可以把一切都讲清楚！

龙汉良一口气打出了无数的问号。

欧昭通：汉良，我问心无愧，尤其对你！我现在有急事，回头我们再好好说！

欧昭通心里想的是船底他安放的炸弹，龙汉良多说一个标点都让他难以容忍，更何况龙汉良不依不饶，那句绝情的话都冒了出来。

龙汉良：正因为这样，我才把学长你当兄长一样对待，你有事千万不能瞒着我，今天必须告诉我！不告诉我，我今后就不认你这个学长，咱们就此一刀两断！

欧昭通使劲一甩手，没甩开，他猛地出拳挥向龙汉良，对方猝不及防摔倒在地。欧昭通顾不得太多，一溜烟跑向海轮的底部。还好，龙老七早就注意到了他们，及时拦住了准备起身去追欧昭通的龙汉良。

处理完炸弹，欧昭通长长出了一口气，今天，他意识到自己显然做出了一个正确的决定，龙汉良是其中最重要的因素，龙汉良是自己母亲的救命恩人啊！

来整训营的第一天，所有人都被这里的气氛吓住了，与其说这里是一个训练营地，不如说它更像一所看守严密的监狱。拉着铁丝电网的高墙、持枪哨兵日夜巡逻、夜间刺目的探照灯以及不得随意外出的规定，所有这些都让新来的机工们难以适应。欧昭通却不怕这些，田中对他的训练比这个更严酷、更无情。欧昭通感受深刻的是，自己背后有一股巨大的无形的力量时时在牵制推动着自己，而所向何方却不得而知。这才是他将要面对的最大危险，有预判才可以躲避，前途不明则心乱如麻，他相信，自己的对手虽然还没有出现，但只要自己做出一个失误的小动作，必然会有人来找他的麻烦，让他提防。所以，现在欧昭通面对的最大问题，就是在生存下来的前提下，迅速拉拢人心，最好能获得一个官位，就算很小，也能给自己多一个保护伞。

欧昭通找到的第一个盟友就是刘志枚。在第一次教官问话时，刘志枚听不懂什么叫“民国某年”而被教官嫌弃，是站在她后面的欧昭通及时替她解了围。接下来是体检，女扮男装的刘志枚立即感到大祸将临，假如身份被戳穿，那替父当机工的事情一定会败露，自己也必然会被遣送回新加坡，那将是一个让她以及全家人颜面扫地的大丑闻！

刘志枚决定找欧昭通求助，不知为什么，刘志枚只一眼就和欧昭通结下眼缘。她喜欢这个高大、帅气、冷酷的戴着眼镜的男孩子，帮她不说，还淡淡地回应“不用谢”，说得那么轻巧那么随意，那么让人心暖。现在大难临头，她决定豁出去了，把自己所有的一切都明明白白告诉欧昭通，请求他的帮助，因为此时已经没有其他的办法了。

欧昭通用自己的办法巧妙帮着刘志枚过了关，那就是“行贿”加时机的把握，刘志枚不用脱衣就检查身体过关，这对经过严格特务训练的欧昭通来说，根本不算什么。从这一刻起，他们的心自然贴近了，不是说欧昭通喜欢上了刘志枚，而是两人之间有了一种默契，那是因为默契背后是那个只有这两人才知道的隐秘——刘志枚是个女孩子。在今后很长的一段时间，刘志枚必须依靠欧昭通来替自己打掩护，把自己的真实身份掩藏下去，而作为可能的回报，刘志枚也应该去帮助欧昭通。本来是很简单的一种互相帮助，却因为刘志枚动了那种私欲的念头，这种不平衡就会使这种秘密复杂了一些，或者说可能要让刘志枚做出妥协牺牲，甚至给她带来巨大的伤害，而她明明知道却依旧初衷不改。

2

进整训营的第一天，龙汉良就目睹了一个违纪者的自杀——他叫何大力，这个名字之前他完全不知道，事后却怎么也难以忘记。这里就是监狱，龙老七就是这么讲的，龙汉良没有反对，也没有赞同，主要是因为他自己的全部心思都在林婉珍身上。林婉珍就在国内，具体在哪里谁也不知道，但只要留在这里，就会有机会见到她，他坚信这一点，为了这个，再大的苦也要吃，再难受也要忍受。至于学长欧昭通，反正也没有和自己住在一起，暂时顾不上理会他。龙汉良是少爷，在家有仆人伺候，出门都是以车代步，现在却不一样了，住着五六十人在一起的大通铺，和昔日他根本不愿意多说话的浑身臭汗的机工战友们在一起，晚上身下的稻草扎得他难以入睡，这对于睡惯了沙发软床的他来说简直就是上刑一般。更不要说每天十公里的跑步训练，他有苦叫不出，不是不苦，是他心有旁骛——还对见到心爱的女人抱有幻想。

欢迎会那天，训练营主任路振邦的讲话让大家热血沸腾，他说，欢迎大家回到祖国参加抗战，你们正值青春少年，来自不同的阶层，为了国家和民族的利益，抛却舒适的生活，加入机工队伍，他代表国民政府、代表西南运输处和训练营的教官向大家致以崇高的敬礼！

路振邦以及主席台数十位教官们站立得笔直，一起向台下机工敬礼。这个军礼让龙汉良激动，他忽然觉得自己是一名军人了，至少是准军人。事先他听过很多次陈嘉庚的演讲，但路振邦的讲话更动情、更让人难忘。

路振邦所说的让龙汉良觉得新鲜，而陈嘉庚更多的是鼓动；陈嘉庚的意思是要大家去前线，而路振邦说这里就是前线，说不定整训营里面就有敌人，这里就是作战的第一线。

路振邦是这样结束第一次讲话的：各位侨胞朋友，从这一刻起，你们就不再是客人了，国家和民族、在前方和侵略者鏖战的将士们都对你们报以殷切的希望，盼着你们早日熟悉业务，驾车在滇缅路上驰骋，为这条唯一的生命通道添加有生力量！有人说，这个训练营像个监狱，像个集中营，我要说——他讲对了，这里就是集中营，是抗战的集中营，革命的集中营，诸位将在这里接受严格的军事化的训练，才能成为一名合格的机工、合格的战士！我还特别要求各位熟读并遵守《回国机工服务人员十条例》，不要违纪违法。现在各位还有机会，退出还来得及，有想退出的吗？

所有人都回答——没有。尽管一个月之后，改了主意的不在少数。

接下来何大力登场了。

路振邦再次提出要求：各位或许还不知道，可恶的侵略者恨不得立即破坏掉滇缅路，对来自南洋的你们也恨不得置于死地才痛快！所以，为了保证大家的安全，我要求大家做到以下几点。第一，不准请假、严禁随意外出，实有必要必须结伴有带队领路组织才行；第二，不得以任何理由和训练营外的亲朋好友联络；第三，加强训练，如两月后不能达标，将会被遣返回你们的原驻地……

一场震撼这些新机工的戏码居然当时就开演了，对于大家来说，这是真正的死亡这么直接地发生在大家面前。何大力趁管理漏洞自己外出，和一个当地的阵亡军人的遗属好上了，整训营要处理他，问他是否知错，是否愿意改正。

何大力不愿意被遣送回新加坡，那对他这样一个要面子的人来说，是一种侮辱。不就睡个女人么，你情我愿的，没什么了不起，但羞辱他是接受不了的！有这种想法的不只是何大力一个人。这时，一辆云南警备区宪兵队的小车疾驰而来，副主任立即在路振邦耳边说了几句。

路振邦厉声喝问：你身为革命军人，却混入民居，强暴革命军人的家属，知错吗？

何大力：我们是两厢情愿的，再说，她的先生已经为国捐躯了。

路振邦：她的丈夫是战时失踪人员，并不意味着已经阵亡！好了，我们不想再听你的狡辩了！我身为整训营的长官，为没有教育好你而感到痛心！现在摆在你面前有两条路——一是去昆明军人监狱服刑，二是被驱逐回新加坡。你选一个吧！

何大力忽然抬起头来：路主任，我知道自己错了！我请求您给我一个机会，我会英文，驾驶技术也好，让我继续去滇缅路当司机好了，那样就是死了我也没有遗憾的！要我回新加坡，我丢不起那个人啊。

路振邦：你们是军人，军人就该有军人的标准纪律！对不起，请尽快选择吧！

何大力：真的就只有这两个选择吗？

路振邦斩钉截铁地回答：是。

何大力：没有一丝的通融？

路振邦：没有！

何大力忽然发力，猛地跃起，一把抢过路振邦腰间的手枪，迅速推弹上膛对准自己的太阳穴开了一枪。

这就是龙汉良他们在整训营接受的第一课。

这种枯燥乏味的训练生活很快就让龙汉良垂头丧气，这里要把一个人首先训练成合格的机器，这样合格的机器才能在抗日的战车上发挥作用，这无可厚非，问题是这些对一个娇生惯养的富家少爷来说就是一种折磨。呆板、机械都不是问题，问题是不给你任何想象的自由，而这正是龙少爷急需的。支持抗日有很多种办法，除了当机工以外，还可以捐款捐物，这是祖父龙万里说的，龙汉良忽然觉得这句话很对，而自己为什么当初那么冲动呢？他忽然想起了祖父，七十有一的祖父现在一个人，忍受着思念孙儿的痛苦，黑夜中醒来时，一定会暗自抹眼泪的。

就在龙汉良完全无法忍受这种生活、心里萌生出逃走的念头时，龙老七带来了一个让他振奋的消息，他决定留下来——林婉珍就在离这里不远的地方，只要出了这座高墙大院或许就可以见到自己的心上人。

3

一进整训营，“车王”林广怀就和教官发生了冲突，要不是路振邦及时赶来，他或许会和对方打起来。

你或许没见过当车老板时的林广怀，那个气场之大，不是随便什么人可以比的。他早年吃了很多苦，但人聪明又好学，很快就掌握了修车的绝门技术，成为马来一带有名的“车王”。他大约四十出头的样子，头微微有些秃，眉清目秀，皮肤白皙，一贯衣着整洁，气度不凡。和一般修车师父蓬头垢面、亲历亲为不一样的是，他派头很足，自己叼着雪茄，旁边常常跟着一个少年学徒，端着一个盘子，上面放着一杯飘着浓香的咖啡。

他的耳朵就是一只精妙的听诊器，不管发动机有什么毛病，他只需在安静的环境下仔细聆听就能找出毛病，至于那些方方面面的奇招怪招，也只有他丰富的经验可以对付得来。在新加坡，他的月薪是三百坡币，多少老板想将他撬走都没有得逞，这主要缘于他和自己的老板龙万里老先生的相识。

他脖子上总戴着一个铜牌子，一个很旧磨得发亮的铜牌，上面有龙的图案，看起来至少有几十年的磨砺才能到这种程度。当年，林广怀独身一人来南洋给父亲送葬，办完事就没钱了，连老家也回不去了，只能流落街头。恰好碰见了龙万里，龙万里给他几元钱，林广怀却倔犟地予以拒绝。龙万里从对方的口音知道此人是自己的同乡，可以猜测到他也一定是一个好面子的同乡，于是强行塞给他让他吃饭，然后就把这块铜牌交给他，说务必要保管好这个铜牌，有困难就去某某地方去找他龙万里……

后来，凭着自己的吃苦精神与勤奋，也得力于龙万里的帮助，林广怀很快就稳定下来，现在的他娶了一个貌美年轻的老婆，还生下一对儿龙凤双胞胎，男孩儿叫“大同”，女孩子叫“小异”。假如不是罗寅生来找他商量，林广怀是不会来当什么机工的，他知道，自己现在的日子这么好，完全是因为当初龙老先生的慷慨，否则恐怕早就饿死了！他其实一直很忐忑，不知道自己这一生究竟能在什么时候、以什么方式来回报龙先生，现在机会来了，能替龙汉良去当机工，他高兴还来不及呢！再说了，他家乡也被日本人占了，一样恨死了日本人！

林广怀因为带了一把咖啡壶而和教官起了冲突，教官不是嫌别的，就是因为老林的傲慢以及随口带出的英文“coffee maker”。老林的徒弟“大副”上前要和教官干仗，路振邦出现了，教官向主任报告情况，他认定此人不服从管理，还说按规定要关他禁闭，因为这个“老头”煽动闹事。

路振邦看看名单上的表格，忽然抬起头来：您就是林广怀林先生？

林广怀：先生谈不上，林广怀正是我！

路振邦：巧了，我正好在找您呢！

林广怀不解：干什么？

路振邦：您在新加坡拿着每月三百的坡币、放着优越舒适的生活不过，非要来这里受苦，我代表刚才这位教官向您道歉，给您鞠躬。

路振邦一个九十度的弯腰，足足过了半分钟才起身，态度显得极为诚恳。

原来，陈嘉庚陈会长专门给管理处整训营来电，告诉他们要对“车王”进行特殊照顾，整训营早就给林广怀安排了单独一间房子，还可以带个徒弟料理他的生活，一场冲突就这么化解了。

其实，这种苦根本不算什么，林广怀当年去南洋时，在船底人畜混住，臭气熏得人不能入睡，那么艰苦都过来了，这些不算个什么，但既然是陈会长的意思，那就必须给路振邦一个面子。说不定还能多其他的优待呢，这样可能会帮到龙少爷——林广怀满脑子都是报恩，来这里也一样。果然，他们师徒成了特殊机工——可以在固定的时间里出入整训营，上街采购自己需要的日常物品，在这里，这已经是最好的待遇了，让龙汉良他们羡慕得厉害。

没多久，一个对龙汉良来说的大好消息传了过来。

林婉珍就在昆明！

龙汉良问了好几遍真的吗，龙老七也回答了好几遍——是“大副”说漏嘴，被去林广怀那里的龙老七偷听到的。龙汉良决定亲自去找林广怀，要他务必帮自己一个忙——把一封信带给林婉珍。他想，这对林叔来说绝对是一件轻而易举的小事。当初为救龙汉良出狱，林婉珍也曾经找过林广怀，也认识林广怀的大徒弟“大副”，“大副”在街上巧遇林婉珍，林婉珍也知道了龙汉良就在整训营，专门给“大副”留下了自己的地址，但她要求不要让龙汉良知道此事，因为她的工作性质，不能在单位接待亲朋好友。

“是不愿意见少爷吗？”林广怀问徒弟。

“不像是不愿意，而是现在不方便，好像是，具体为什么她也没有讲。”“大副”如实答复师傅，说句实话，林广怀就像他的父亲。

龙汉良亲自来找林广怀，说出自己的心事，林广怀并不隐瞒，满口答应利用外出的机会去找林婉珍，转达少爷的意思。可等龙汉良刚一出门，林广怀就告诉“大副”：我不会去办这个事情的，你更不能去办，而且要保密。

“大副”：为什么？

“大副”有些困惑了，师父怎么耍起了两面三刀?!

林广怀：为什么？我能给龙汉良和那个女孩子当信使么？不会！龙汉良待在这里，迟早是个死！这苦是这种少爷能受得了的吗？不行！不是被炸死就是累死！或者摔死在悬崖下面！我恨不得龙汉良现在就回新加坡去。他见不到林小姐，就会死心的，在这里一天也待不下去的！我林广怀来这里干吗？就是来保护他的，想办法把他弄回新加坡，就是一种保护！今后不要再问我林广怀对这件事的态度啦！

“大副”还想再多说几句，都被林广怀阻止了。

林广怀：你还想说什么？我请你不是帮忙，是请你帮我背黑锅的，少爷要问起，你就主动说那个地址好像不对，或者说人没找到，理由有很多，瞎编，磨时间就行……

但龙汉良不是笨蛋，他察觉出林广怀的意图，决定单独找“大副”问清林婉珍的地址，然后自己设法出去见林婉珍。林广怀暗中察觉，他不动声色，又做了一次周密的布置——自己直接找到林婉珍说了自己想让龙汉良回新加坡的想法，林婉珍答应予以配合。就算龙汉良找到她那里，林婉珍也有应对他的办法。

龙汉良用了一个最老套的办法，借助刘志枚的帮助，把握好药量，让自己出了状况——得了一场看起来蛮严重的急病，必须出整训营住院治疗。尽管计划实施得天衣无缝，但还是没有见到林婉珍，等他自己找到林婉珍的工作单位时，被告知对方已经去了外地出差。

小子，想和我斗，你还太年轻，林广怀喝着云南的“猫屎”咖啡，觉得味道相当地道、够劲。

这个回合，林广怀赢了。

4

欧昭通一直在找机会与龙汉良和解，他知道龙汉良一门心思想出去和林婉珍约会，哪怕只见一面也行。龙汉良对自己的意图被别人看穿有些不爽，他怕欧昭通为着某种目的去向路振邦检举自己，但欧昭通向他坦白，假如机会合适，他自己也想离开整训营。这本来是欧昭通的心里话，但他感觉到龙汉良投来的却似乎是怀疑的一瞥。

龙汉良虽说没有当场反驳他，但总算自上次冲突以来，两个昔日的好兄弟重新讲话了。

欧昭通万万没有想到日本人会直接把手伸进整训营里，那天王教官告诉他，医务室的孙大夫找他有事，他刚进医务室就被惊呆了——他面前坐着田中茂森的手下——陈沫。欧昭通一连把王教官、孙大夫等人快速扫描了一番，但对于到底谁是日本人的奸细还是一头雾水。

陈沫：欧组长，你好啊。

欧昭通：我现在已经不是了，新组长是那个工人领袖吴忠标。

陈沫：欧先生应该努力夺回这个位置啊。陈沫给欧昭通让座。

欧昭通：你不怕我检举你？

陈沫笑了：害怕的应该是你，不是我，欧组长不是有个患病的妈妈和年幼的弟弟吗？好了，时间不多，我尽快给你交代一下。这个整训营里，包括机工队伍中，还有不少我们的人，他们随时会告诉田先生关于你的消息。怎么，你想离开这里吗？

欧昭通一下子被戳中了要害，眼神赶忙躲闪：没有没有。

陈沫：你别无选择，家里那边我们来照顾，必须继续为我们服务。

欧昭通：那现在我该怎么做？

他无奈地出了一口长气。

陈沫：千万不能有打退堂鼓的念头，不仅你自己，还要帮着这些落后的机工，让他们一定能够重新通过考核，然后和你一起上路。欧先生，你的战场在滇缅路，不在整训营，请牢记这一点。你要树立自己的威信，不要让吴忠标走在你的前面。

陈沫说的没错，包括欧昭通、龙汉良、刘志枚、龙老七等将近三十个机工在考核中被刷了下来，他们眼睁睁地看着昔日的同伴们上街买东西，然后奔赴滇缅路，而他们被转到一个靠近厕所的大屋子里，门口还钉上了一块木牌子，上面写着“暂留待复查遣返小组”。偌大的宿舍中只有龙汉良他们十几个人，紧接着，林广怀的徒弟“大副”进来了，吴忠标的小兄弟“大头”黎旺和其他没有过关的机工也都垂头丧气地走了进来，大家情绪都很低落，一副不知所措的样子。

“少爷，咱这新宿舍门口木牌上是什么字？”龙老七问道。他最烦的东西又一次来骚扰到了自己。

龙汉良没好气地说：英文不认识，汉字也不认识吗？

他知道龙老七就是文化课没过关的。

欧昭通接过话：暂留待复查遣返小组。

刘志枚：什么意思呀？这么拗口。

龙汉良：什么意思？一共呢有三个意思，你记好了。第一，是暂时留在这里的，那就是说不能总住在这里，白吃白喝白住房子；第二呢，是等待再次考核复查，这之前就得学习；第三，你要是再通不过，就遣返回原驻地。

众人大吃一惊，几乎都张大了嘴巴。

龙老七：那我怎么办？得回去干老本行了。

龙汉良：现在后悔了吧？

龙老七：少爷别吓唬我，这不是还有再考试的机会嘛。

吴忠标一肚子的怨气：我就不明白，平时看着比我差的怎么都通过了，我为啥不行？名字里一个字写得不好看也不行？什么标准嘛！难道让我再回马来去当矿工不成？我老婆怎么办？走的时候我连招呼都没打。

刘志枚急得都快哭了：我爸要是知道了，肯定要骂我，一定会说还不如让他自己来呢！

龙老七：我看训练营有些欺负人，你们说，我一个当司机的为什么要会洋文？开好车不就行了？

龙汉良没好气地说：老七，你没过就是没过，别强词夺理！我过圆木桥车子摔下来，王教官一说道理我就服气！老七你洋文多少得会一些，咱多数时间运的是洋货，得分清是炸药、衣服还是食品，在弹药箱跟前抽烟不是找死吗？

龙老七吐了一下舌头：看来人家教官这么考是对的。

刘志枚：可开车为什么非得做三十个俯卧撑？

欧昭通：体力不行，累的时候万一把不住方向盘，不出事才怪！至少车子歪一边去了，还不说你可能翻下山沟丧命呢。

刘志枚：我错怪考官了？

“大副”：你们这些都还好，知道考我什么？手语，妈呀，我有嘴还会手语有什么用？

欧昭通：高犁贡山里有不少少数民族兄弟，根本就不会汉语，他们的文字咱也不太懂，万一咱们碰上了，问路打听事情，你准备怎么交流呢？

欧昭通没有放过这次的大好机会，他和龙汉良商量，要尽一切力量帮着大家在复考时过关。龙汉良还专门找到林广怀，要他出马在驾驶课上辅导。复考结束了，让龙汉良、欧昭通没有想到的是，新小组的人所有课程都过关，就是驾驶不过关，而林广怀竟然是复考的考官之一，这是他主动向路振邦申请的。

这个林广怀一定有问题，欧昭通猜测很多次却没有证据。这次机会来了，在龙汉良暴怒无比地质问林叔时，欧昭通在窗外偷听起来，也知道了事实真相——林广怀在里面做了手脚，为的就是报恩！

忽然，一只大手揪住了他后衣领，欧昭通一回头，发现是吴忠标。

吴忠标：欧昭通，你这边来说话。

吴忠标一把将欧昭通拉到十几米开外的一个空地。

吴忠标：你偷听人家说话？

欧昭通：偷听？你错了，我只不过是想弄清事情真相而已。

吴忠标：现在清楚了？

欧昭通：当然。

吴忠标：说说看。

欧昭通：为什么要给你说？

吴忠标：欧昭通，告诉你，我观察你很久了，你整天阴沉沉的，不知道脑子里想的是什么！这些我可以不管，可你要陷害林老板或者龙汉良，我可饶不了你！

欧昭通：你是组长，居然要替他们护短？

吴忠标：受人滴水之恩，当以涌泉相报。我这个粗人都知道的道理，你个大学生比我应该更清楚，龙汉良和林广怀都帮过我，也帮过我的工友兄弟，我当然不许任何人做出伤害他们的举动！

欧昭通：怪不得咱们总是通不过，你们几个的驾照不会是买来的吧？

吴忠标：就算是又怎么样？我们爱国，就是想回来报国，车开得不好可以慢慢学。

欧昭通：对，至少想法是好的，可我这么做，不是着急弄清事实真相么。

吴忠标：你听到了什么？

欧昭通：林广怀就是不愿意让龙汉良当机工，为了做到这一点，他还特意弄了几个陪绑的，这样的结果就是把大家都弄得通不过。

吴忠标：林广怀是个知恩必报的人，我理解他。

欧昭通：或许还有别的办法，能阻止此事。

吴忠标：你准备怎么做，我听听。

欧昭通：咱俩一起去找路主任，就说林广怀太严厉，请他换个考官。

吴忠标：万一路主任不愿意呢？

欧昭通：就说前方运输任务这么紧张，那么缺人，不能因小失大。

吴忠标觉得有道理，尽管他很反感欧昭通：行，咱俩这就去。

欧昭通就是有化险为夷的本领，他抓住了吴忠标的心理，和对方暂时结成了同盟。路振邦很快就婉转地将林广怀调离了，准备让他去运输处的技术科任职，新考官由那个“爱占小便宜”的王教官担任，这是大家对王教官的一致印象。

5

林广怀开始着急起来，自己的小把戏被人戳穿了，再要找不到好办法，龙汉良一定会在复考中过关的。而一过关，那少爷的命运就完全不在自己的掌握之中了，甚至他龙汉良本人也无法预测自己的未来，但结局肯定是凶多吉少。不要急不要急，总会想出办法的，他找到那本《机工回国服务守则十条》，逐条进行研究分析，相信一定会找出对付龙汉良的新办法。

林广怀戴着花镜，边读边点评着：一、国家至上民族至上，是一切精神动员的基本信念，也是为争取民族的自由国家独立的最高信念；二、为要争取全民族的自由，必先牺牲个人的自由；三、我们必须坚信抗战必胜，建国必成必须努力为国家民族服务……八、生活要集体化，做事要系统化，行动要纪律化，对同志要亲爱、和平、互助，对公众要尊重，严守秩序，注意卫生；九、虚心学习技术，爱惜国家物力，勿傲慢，勿浮动；十、尽忠国家同时不可忘记孝悌与忠信，到国门之后，必须按期寄信并经常安慰家属之怀念。以上十条，凡有意违犯任何一条，经队劝诫不听者，即取消其服务资格，并追偿一切损失……好，什么惩罚？一点儿也不严厉，追偿？龙汉良家有的是钱，不行不行，这十条都违反了也都无所谓……

林广怀又找出《国民政府西南运输处昆明军事训练营机工守则细则》，快速翻了几下，脸上露出笑容来，显然他已经有了对付龙汉良的主意，他要找来几个志同道合的帮手，一起来对付龙汉良，让他产生恐慌，让他犯规，最后让他出局。

林广怀找的第一个合作者就是欧昭通，这个面色阴沉的年轻人正在铆足了劲头要夺了吴忠标的小组长位置，他最近总是很上进，主动和路振邦套近乎；第二个合作者就是吴忠标，听徒弟说吴忠标心里一直感激龙汉良，因为龙少爷帮着好几个失业的矿工兄弟，给他们拿钱学习驾驶技术；龙老七更不用说了，连姓都改成龙姓了，让他做一些对少爷有好处的事情想必他不会拒绝；最后一个是王教官，大家都说他爱占小便宜，林广怀却不那么看，人家是个正经的军人，爱开玩笑却是真的。

一切安排就绪，林广怀就等着龙汉良上当。所有人带给龙汉良的信息就是，王教官是个爱贪小便宜的人，这次假如不行贿，八成他龙汉良还是过不了关，连龙老七都是这么说的，龙老七还主动要求帮着行贿——他趁着王教官和龙汉良说话的机会，把那只镶金手表悄悄塞进对方的口袋里，王教官似乎没有拒绝。

龙汉良松了一口气，紧接着又憋了一肚子气。

路振邦带着副主任等几名教官急匆匆走进六号宿舍，这次，他是来宣布第三次复考结果的。

王教官：全体立正，点名。

龙汉良、吴忠标等二十几名参加完第三次复考的机工们迅速列队排成两排。

路振邦：各位辛苦了。

龙汉良等大声回应：长官辛苦。

路振邦：现在我宣布，暂留待复查遣返小组第三次复考全员通过，恭喜大家。

龙汉良等人热烈鼓掌。

王教官笑眯眯地看着龙汉良、龙老七等人。

路振邦：除了一个人。

龙汉良等人紧张起来。

路振邦：龙汉良出列。

龙汉良背后的吴忠标、欧昭通等人开始悄声议论，他们都不知发生了什么事。

路振邦：你被开除了。

龙汉良：为什么？

路振邦扬扬手里的小册子：依据《国民政府西南运输处昆明军事训练营机工守则细则》第十九条，王教官。

王教官站出：到。

路振邦：这块手表是你交上来的？

王教官：是的。

路振邦：是龙汉良悄悄塞给你，请你考试时特别照顾他的？

王教官：千真万确——虽然他没有明确说出来。

路振邦：龙汉良复考完全过关，可行贿考官，违反十条中相关守则，现予以除名，你听清楚了？

龙汉良顿时没了脾气。

路振邦：总有人说王教官爱贪小便宜，事实证明王教官是个正直、合格的教官，他主动举报龙汉良行贿，奖励国币一百元。

王教官：为祖国做事，为训练营服务是我的荣耀，检举不当行为是作为一个教官的分内事，王某人不要奖金，谢谢路主任。

路振邦：除了龙汉良之外，我们马上为大家办理相关手续，龙汉良很快就会被遣返回新加坡。

林广怀开怀大笑，龙汉良中了自己的圈套，他这次是聪明反被聪明误啊，后来，少爷还去找了路振邦一次，据说还是被拒绝了。

林广怀这次不敢太大意，必须确保龙汉良死心，那就得再找林婉珍，加一把火再烧烧，最好让她有所表示，彻底让龙汉良绝望才好。这叫什么？双保险啊！

6

但天无绝人之路，就在龙汉良被遣返的前夕，滇缅路上的凤凰岭出事了，因为整训营实在无人可以调遣，路振邦临时组织了“待复查小组”的全体人马上了路，龙汉良也包括在内。在现场，做事认真的龙汉良依靠自己以前做过海滩护卫者的经历救出了一个本来已经快要窒息的伤者。

这次第一个动摇的不是别人，而是龙老七，他吓坏了。滇缅路那么险峻陡峭，别说开车了，坐车时都感到头晕，龙老七甚至不敢向公路两旁下面看。车祸现场，那残肢断臂，泥土中的发黑的血迹以及弥漫在空气中的各种臭气让他觉得几天都清除不掉，龙老七回来后就得病住院了。当然，在路振邦面前他表现得十分坚定，等主任一走，他就开始向龙汉良抱怨，说自己宁可不挣那四十元国币，也要保住一条小命，回新加坡继续当乞丐也比死在滇缅路上强一万倍！

龙汉良：我就知道你要当逃兵，难怪，你才十五岁，孩子一个，我不怪你！

龙老七：少爷，真佩服你，那人嘴里还挂着血，你怎么敢上去做，那个叫什么，人……工……呼……

龙汉良：人工呼吸。

龙老七：对呀，多恶心啊！现在想起来我都想吐呢！

龙汉良：救人要紧，当时没想那么多，你要是学过海滩救护，会和我一样上去救人的。

龙老七：不，我真的不想干了，少爷，咱俩一起回吧。

龙汉良：我还没见到林婉珍呢。再说了，你真要走，刚才路主任就让你走，在他跟前为什么豪言壮语，挣扎着要起来，看起来像个英雄，弄了半天是给路主任演戏呢！

龙老七有些不好意思：是这样的，我——我——我想拿了第一个月的工资再走也不迟。

龙汉良：你小子，都什么时候了，还惦记着那点儿钱，咱的命要紧，要不我给路主任说说，要是你不好意思的话。

龙老七赶忙阻拦：别，别，让我再想想。

龙老七知道，要想说服龙汉良和自己当逃兵，还得找林广怀帮忙，可是，林广怀这次却说什么也不愿意了，至少从表面上是如此。龙老七不肯罢休，终于从“大副”那里知道，林广怀也需要人回去照顾自己的老婆和两个孩子。这次，龙老七完全掌握了主动，他的一句话就让林广怀改了主意。

林广怀：小叫花子你怎么又来了，我说过了，不想帮你也不愿意再帮龙汉良了。

龙老七：林叔你不要急着发脾气，这次不是帮他，这次是帮你自己。

林广怀：帮我？我林广怀可没什么用得着你老七的。

龙老七：那未必，我是这么想的，假如能返回新加坡，我或许可以帮着照顾林叔一家呢，再加上少爷，我们俩总会能多少帮着林叔的……

林广怀沉默了。

龙老七：求你了林叔，只有你才能说服龙汉良。

林广怀：我有那么大的能耐？

龙老七：当然，这事儿要是加上林婉珍小姐的话，那力量就更大了。

林广怀叹口气：咳，帮人就是帮自己啊。

龙老七高兴了：林叔答应了？

林广怀：算是吧，不是说把龙汉良的处分取消了吗？他现在又成了机工，你们三天后就要开赴西南边开工了，龙汉良会同意和你一起离开吗？

龙老七：所以我才找你啊。

林广怀：拦了几次，拦不住龙汉良也就不想再管了。

龙老七：不不，林叔你这回一定得管，前几天参加救援你没去，那路真的太险了，不拉东西都很危险，龙汉良万一真要出事，你给人家龙老爷怎么交代？

林广怀愣了一下：你的意思是让我再试试？

龙老七：只有你才行。

林广怀：你不会出卖我？

龙老七：哪能呢，这次是帮我自己呢，我为什么要出卖帮忙的恩人？不会的。

林广怀：那我得先留下来才行，看看人家给不给我这个面子。

龙老七：路主任会同意的，只要你开口。

林广怀：好吧。

龙老七：一定要抓紧，也就三天时间！

龙老七的恳求还是有了作用，林广怀去找了林婉珍，还要回了一封"诀别信"。林广怀费了很大的力气说服了林婉珍，林广怀把这封信带回，交给了龙老七。

林广怀：拿好，没人的时候交给龙汉良。

龙老七要打开看，被林广怀阻止。

林广怀：别动，反正你也不识字，这是林小姐和龙汉良的分手信，或者说是绝交信。

龙老七：啊？他们真分手了？

林广怀：白纸黑字儿还能有错？

龙老七：那少爷岂不是太可怜了？让女孩子给甩了？

林广怀：这都不是你要操心的地方。再说了，你不是要鼓动龙汉良和你一起回新加坡吗？林小姐不甩了他，他龙汉良能踏实和你走么？

龙老七：对对，他死了心才会踏实下来，我知道了。

林广怀又拿出三百元国币：有地方藏钱么？

龙老七眼睛睁得老大：这么多钱？

林广怀猛拍他脑袋：问你有没有地方能把这些钱藏起来？

龙老七：有，有。

林广怀：拿着，这是给你和龙汉良的，买票回新加坡的钱，千万不能让其他人知道，更不能弄丢了。

龙老七：林叔，你保证这封信一定能让少爷改了主意？

林广怀：放心吧！他就是为了追女仔才来的，人家甩了他，他还待在这里干什么？你快回去吧。

龙老七起身要走。

林广怀：对了，明天你们集体出去买生活用品，龙汉良肯定要抽时间找林小姐，你不用管他，肯定找不见的；你抽个空儿，到西文百货旁边的火车站买去西贡的火车票，不要给别人看见就行。后天上路时，大家坐车去保山，你们坐火车走，到西贡后再乘船回新加坡就好了。

龙老七：知道了，谢谢林叔。

龙老七趁没人的时候把信交给了龙汉良。看完信，龙汉良迅速将信撕个粉碎，他知道这是林婉珍写的，但总觉得里面似乎多少有些问题。

龙汉良：不行，我得找她去亲口问个明白，我不相信这是她写的。

龙老七故意提醒龙汉良：不是她的字么？林小姐的字少爷应该能认出来啊。

龙汉良：就算是她亲笔所写，也必定是受什么人胁迫所致，不行，我得当面和她说个明白。

龙老七：你现在也出不去呀，明天不是集体出去买东西么？听说是在西文百货，和林小姐工作的地点很近的，你抽空去一趟不就行了？

龙汉良怒气冲冲地就要离开。

龙老七：少爷，既然林小姐不愿意和你在一起了，你是不是可以不当什么机工、和我一起回新加坡了？

龙汉良大声地说：现在还不知道！

龙老七：什么时候能知道？

龙汉良：不知道。

龙汉良没有见到林婉珍，事实上，林婉珍在窗前看到了自己的恋人，但是，因为爱他，所以希望他平安，希望他回到新加坡。她最想对龙汉良说的话就是——爱他就给他自由，爱他就让他平安。

无奈之下的龙汉良终于答应了龙老七，两人一起离开昆明回新加坡。只要没有人举报，那这次一定会成功的，龙老七还不忘把好消息悄悄传给了林广怀。

7

龙汉良最终还是去了滇缅路，成为了三千名南侨机工中的一员。

事情的发展完全出乎所有人的预料。

欧昭通是通过刘志枚探听到了龙汉良和龙老七要当逃兵的信息，他用左手写了举报信，让刘志枚趁没人注意的时候送到了主任办公室。他知道，只要路振邦带着人搜查一下六号宿舍，一定会找到龙汉良枕头下的去西贡的火车票。

欧昭通这么做，费了很大的力气说服了刘志枚，他说龙汉良、龙老七的行为是在为全体华侨抹黑。刘志枚却死活认定，为了爱情而做出的选择太伟大了，只有电影里才会有，她羡慕龙汉良与林婉珍之间这种纯洁的爱情，尽管自己暗恋的欧昭通只是在利用她做事而已。欧昭通已经获得了路振邦的再次青睐，当上小组长是没有问题了。

欧昭通：……小刘，老七这几天鬼鬼祟祟的，和龙汉良整天在私底下嘀咕，还不停往林广怀那里跑，肯定有事，你得去探探。

刘志枚为难地说：大欧，我不能再干这种事情了，多像个间谍啊。

欧昭通：你这是什么话？这事关华侨机工的声誉。

刘志枚回忆了一番：我听到有这么一句，说什么票的事情。

欧昭通立即来了兴趣：票？咱们去保山不用买票。

刘志枚：我就知道这么多。

欧昭通：小刘，我帮了你那么大的忙，关键时候你总得反过来帮我啊！更何况这是大家的荣誉，不能让两个害群之马给破坏了。

刘志枚：老七的枕头里面，好像就放着什么票……

其实，当逃兵一事龙汉良自己也是很犹豫的，这毕竟很不光彩，特别是吴忠标的话让他羞愧得难以自容。这次标哥主动找他，算是给他送行的。

吴忠标：少爷啊，你要真走，那就太让我吴忠标失望了，我第一次知道你是在《星洲日报》上，说是你慷慨陈词，还当场捐出了十万块钱，还带动了一批商铺跟着捐助。你开卡车救过我们，帮着我们工友说话，还勇敢地烧了日本人的国旗，我一直很钦佩你。再后来，我有事求你，你帮着我们几个失业的工友去找了林广怀，帮着弟兄们学习开车、修车，我从来没把你看成是纨绔子弟，而是一直把你当一个有正义感、有本事、了不起的人看待，可你……

龙汉良：我说实话，来这里我也有些受不了，太艰苦了。

吴忠标：也罢，冲着你的善良和好心，我吴忠标也能理解你！抗日的路很多条，未必非要当机工！少爷真的要走，我也不拦着，只是希望你一路顺风。

善意的吴忠标最后还是选择了理解，毕竟，这个少爷帮了自己很大的忙。不仅如此，吴忠标甚至和"大头"等人揍了一顿欧昭通，认为一定是他写密信告发了龙汉良，尽管路振邦没有搜到任何东西。

那天的搜查完全是突然袭击，教官们冲了进来，并不理睬大家的抗议，只是要求谁都不许动自己的私人物品，然后就开始等待进一步的命令。

等大家在屋外列队完毕时，路主任怒气冲冲地站到了大家的对面。现场气氛紧张，谁也不敢说话，但都知道一定是发生了什么大事。路振邦的身后还站着七八名随时进入宿舍检查的教官，这一安排让机工们内心更加不安，但此时绝大多数人其实并不知道问题是出在龙汉良和龙老七身上。

龙汉良的余光随着路振邦走来走去的身影左右移动着，很显然他是最担心明天当逃兵一事被揭露出来的，他瞅瞅龙老七，龙老七更是连看都不敢看龙汉良，只是低着头，心虚地等着路主任的发作。

路振邦转够了，好像是给大家释放了足够的坦白机会，觉得差不多了，他停下脚步。

路振邦清清嗓子：今天，训练营里出了一件大事，我这里有一份很简单的举报信，说训练营六号宿舍里藏有违禁品。我本来想立即让人检查宿舍，检查你们身上，可我不愿意那么做，我更愿意相信大家，也一定要给那个犯规的人一个改过的机会，或者说，让他自己出来主动坦白，不要连累大家了。

回应他的是对面的一片安静。

路振邦：真的没有人愿意主动坦白吗？

回答他的还是沉默，路振邦有些生气了。

路振邦：现在交代出来，都还来得及，训练营也不会处分的，因为明天就是大家出征的日子，我希望你们中的某些人不要带着遗憾或者背着处分上路。

龙汉良心里有些打鼓，但他还是忍住了，刚才他差点儿“自告奋勇”讲出来。

路振邦：搜查。

教官们兵分两路，一路进入宿舍，另一路开始在机工身上检查起来。

而这其中最紧张的要算刘志枚了，为了避免暴露自己的性别，在教官搜查自己时，她主动把外套脱下，把口袋翻出，甚至把裤带解开……六七名教官一丝不苟地检查着机工们的床铺、衣物，甚至鞋底等很隐秘的地方，地上开始堆积起零乱的物品，衣服、被褥、帽子……不一会儿，负责室内、室外两部分搜查的领队走到路振邦面前，示意没有发现任何违禁物。

龙汉良用手轻轻触碰了一下一直低着头的龙老七，示意他抬头，不要过于慌张，因为教官的突击检查没有什么结果。

吴忠标紧盯着欧昭通，他认定是对方告的密，但到底用的什么方式还没有弄清楚。欧昭通和吴忠标的目光一碰，更是露出心虚的样子，看着正前方的路振邦，其实，他早就做好了规划——故意找打，让吴忠标让出小组长的位置。

路振邦似乎早有准备，他为没有搜查到结果预备了第二套说辞：各位，我们刚才成功地进行了一次模拟突击检查，这是训练营临时的决定，其实并没有什么违禁品一事，举报信也是假的。看样子大家很配合，觉悟也很高，表现出一个机工应有的素质。现在我宣布，模拟突击检查结束，全体解散。

众人这才散去，龙老七这才长长地出了一口气。

欧昭通很快就尝到了告密的滋味——他被吴忠标等人算计，由龙老七下手，将一张百元的国币放到欧昭通铺下，众人上前痛揍他一顿。因为挨打的人主动承揽了责任。整训营没有再追究打人者的责任。欧昭通这是故意自找的，为的就是博得上司的同情，果然，不久之后他达到了自己的目的——成为了九号车队的队长。

路振邦不相信密信里的内容是虚假的，事实一定存在，但藏匿的人必定想出了好办法来对付可能的检查，假如有所准备，那只有一个人会替准备逃走的人做事——“车王”林广怀。

副主任忽然想起了什么：有人说今天白天搜查六号宿舍前，龙汉良找了一趟林广怀，不知道这件事跟匿名信有没有关系。

路振邦一拍大腿：你怎么不早说?!

副主任：我也是刚刚想起。

路振邦：我去找找林广怀，看能不能有所突破。今晚你和我都不要回家来了，就住办公室，你没事多去六号宿舍内外看看，省得再出什么差错。

副主任：是。

路振邦起身要走。

副主任：主任等等。

副主任打开自己的小柜子，取出里面的一瓶酒。

路振邦：你还藏着这个，不是受贿得来的吧?

副主任：怎么可能？我觉得你去找林广怀，不能直截了当地刨根问底，那样会引起他的反感，说不定就僵在那里了，有这个，可以从思念家人说起，或许……

路振邦接过酒瓶揣好：到底是我路振邦的好哥们儿，等着我的好消息吧。

的确，路振邦用一瓶酒打动了身在异乡思念亲人的林广怀，搞明白了一切——龙汉良和龙老七趁出去集体买东西时，买了两张去西贡的火车票！他们之所以没有搜到，是因为龙汉良他们提前把票交给了林广怀。

路振邦和副手决定，等第二天一大早再宣布处分开除龙汉良与龙老七。

第二天一大早，打着哈欠的龙汉良等人正忙着收拾行李，忽然从外面传来一阵紧急的集合哨声。龙汉良有一丝惊慌，因为此时还没到出发的时间，怎么又紧急集合了，只有一个可能——路主任他们终于知道内情了。

数辆小车在一整卡车全副武装的军人保护下，缓缓向训练营大门开来。大门守卫放下电话，吃力地打开沉重的大门，车辆驶入，路振邦等人立即快步上前迎接，看样子是高官的突然造访。

路振邦陪着一个高官模样的人走到龙汉良他们早已排列整齐的队伍面前，龙汉良、龙老七以及所有人都搞不清到底发生了什么事。当然，路振邦他们是事先通过电话知道内情的，不过，与大家想象的完全不同。

路振邦亲自高喊着口令，机工们迅速立正站好。

路振邦：龙汉良。

龙汉良一惊：到。

路振邦：出列。

龙汉良踏步上前，动作很像军人，略显僵硬却很利索，可脸上却是一副惶惶的样子。

路振邦：授奖仪式现在开始！

大家全部都愣住了，接着窃窃私语、交头接耳。

这时，那个曾经被龙汉良救助过的伤兵，身着整齐笔挺的军服坐着轮椅被推上前来，大家谁也没有在第一时间认出他来，他就是罗炳少校，那个被龙汉良救活的军官。

路振邦：有请国防部参谋次长武胜昆长官讲话。敬礼！

机工们立即立正、敬礼。

武胜昆给机工们回礼，很随意的样子，这个动作显示出他与听者们之间很大的官阶差。

武胜昆：前方战事吃紧，咱们闲话少叙。现公布国防部军事委员会对龙汉良先生的嘉奖令。龙汉良先生在 11 月 6 日凤凰岭的救助活动中，表现卓越，救出身负重要使命的罗炳少校，为我军及时掌握日军在缅泰的军事部署机密情报立下战功，特此嘉奖。此令。国防部，中华民国 28 年 11 月 16 日。

路振邦带头鼓掌，吴忠标等人紧跟着使劲拍巴掌，武胜昆亲自给龙汉良颁发奖章和奖金。

乾坤在一瞬间发生了逆转，一个无意但尽职的举动，把自己推到了一个出其不意的高度，这是谁也没有想到的，尤其是龙汉良自己。昨天，抗战似乎离自己很远，今天，他就已经立下战功！这种意外到来的荣誉激励着龙汉良，把不久之前的胆怯、猥琐、小气、狭隘全部一扫干净，他是个男人，不能再那么小气量，前面或许是险途，但更是好男儿的疆场！他要冲上去，谁都不能拦住他！

路振邦在和大家做最后一次告别，很是深情，眼眶中含着真诚和眼泪：各位华侨青年，各位远道而来的机工兄弟们，短短的两个多月很快就这么过去了，在这里，你们经受住了各类严酷的考核以及考验，包括情感上和肉体上的。现在，你们已经通过了训练营的考核，成为了一名合格的机工，你们已经收拾好行装，马上就要奔赴抗战的前线——滇缅路为国家服务了，我必须再次感谢你们，对你们精忠报国之心致以崇高的敬礼。

路振邦身后的八个教官也一起敬礼，机工们报以整齐的掌声。

路振邦情绪很是激动：我要问各位一个问题，哪边是东南方向？

大家都在识别着，显得有些纷乱。

路振邦用手一指某个方向，停住了，可以看见他的眼中饱含着泪水：是的，那是你们各位父母家人居住的地方，你们要时时刻刻记住！你们不仅是为国家而战，更是为你们家人而战，为中华民族而战！你们是永远值得大家牢记的英雄！

众人情绪激动起来。

路振邦继续道：我宣布，南侨机工三大队十 中队九号车队正式成立，队长欧昭通！欧昭通出列。

路振邦把一把手枪带枪套交给对方，欧昭通接过佩戴好，然后给路振邦敬礼，正步走回到队伍，站在第一排第一位。

大家一起鼓掌祝贺，林广怀身着制服也站在机工队伍中间。

路振邦示意大家静一静：几个月前，也就是在这里，在我们见面的第一天，我宣布过训练营的纪律，同时还提醒过另一件很重要的事，相信各位也不会忘记的。现在，我路振邦要再问大家一次，上了滇缅路，或许意味着牺牲、或许就是和你们亲爱的家人的永别，我们鄙视胆怯的人，但允许有真实的犹豫和退缩，现在退出还来得及，你们当中有想退出的吗？

众人的回答响亮而坚定、整齐划一：没有。

龙老七嘴没动，他看了一眼龙汉良，但对方没有理睬他。

路振邦：好样的，那不退出的机工兄弟请上前一步。

龙汉良和大家丝毫没有犹豫就上前一步。

龙老七犹豫了半秒，也跟了上去。

龙汉良、吴忠标等人高唱《机工之歌》，乘卡车沿滇缅路向西南而去。嘹亮有力的歌声传得很远很远，这样一群爱国的华侨青年，今天终于踏上征途了，完全不顾忌前方将会是什么在等待着自己，心中只有“祖国”两个字。

一把纸屑散落开来，留撒在了公路上，那是龙汉良把手中的两张车票悄悄撕碎了。很快，这些飞动的纸屑就消失得无影无踪……

第三章　兄弟决斗

1

欧昭通很快就发现，他的敌人——准确地说是情敌，正是昔日的好哥们儿龙汉良，而这一切都因为吴惠琳的出现。

那天，当一身制服、腰别手枪的吴惠琳来到九号车队时，全队男人的眼睛忽地一下子都被点亮了，吴惠琳瘦高但凹凸有致，眼睛不大眼睫毛很长，似乎有意掩盖着自己的内心，这是一个冷艳、高傲，甚至有些不可一世的女孩子。她在看人时，永远让你觉得她没有正眼看你，而是稍稍偏斜那么一点，让你顿时慌张起来，立即会检讨自己是不是哪句话说得不合适或者脸上有头发、杂物落上，再或者是牙齿里有没有清掉的菜叶子什么的。在昆明的整训营里待了整整三个月，这些正值青春的小子们早就烦躁不安、无处发泄，这么一个尤物的到来恍若一道大菜端了上来，有机会逮着的当然想大快朵颐。路振邦有些看不过眼了，他跟在吴惠琳后面，大声地清清嗓子，提醒大家注意风度，但人人都不愿掩饰自己的原始本能，那带着钩子的眼神连他这个见过大世面的主任都有些后怕。

鉴于九号车队的特殊情况，路振邦把工作交给了新来的副主任吴惠琳，然后自己也主动要求下放到第二先锋大队，他实在不放心这些“暂留待复查小组”出身的机工们。他几次邀请吴惠琳到九号车队当副队长，要不是虚心请教了林广怀，路振邦是请不动吴惠琳的，也就是说，吴惠琳是听说龙汉良在这里，才勉强同意来车队任职的。

吴惠琳要求路振邦给自己介绍一下大家的情况，路振邦有些纳闷，她不是认识龙汉良吗？为什么还要来一个专门的介绍？这其中难道还有什么纠结与不合？得确认一下才对。

“巡视”了一圈儿，吴惠琳回到路振邦跟前。

路振邦小声地问她：有熟人吗？

吴惠琳摇头。

路振邦：你确认？

吴惠琳点头，这句话被欧昭通听得清清楚楚，因为他随后就根据这一点做出了一个举动，这个举动得到的结果却让他很没面子，同时也开始怨恨起了龙汉良。龙汉良实际上很能装的，尤其当他觉得有必要时，看样子，欧昭通对龙汉良还不像他自己认为的那么熟悉和了解。

吴惠琳立即就在欧昭通的心里扎下了根，完全难以驱除。吴惠琳的确几乎是所有车队成员包括刘志枚的偶像。刘志枚每晚就睡在欧昭通的旁边，她不住羡慕吴惠琳可以亮明自己的女性身份，在男人众多的车队如同公主般被捧着。起初，她还不知道吴惠琳和龙汉良的关系，鼓励欧昭通主动去追求吴惠琳，因为她本能觉得，吴惠琳不会真的喜欢欧昭通的，欧昭通应该迟早是她刘志枚的。

路振邦：为了确保大家顺利执行好任务，我们特别派遣吴惠琳小姐来担任九号车队的副队长，主抓业务，吴惠琳小姐也是南洋华侨、大学生，出身富裕家庭，一心爱国，向往为国出力，她是我们滇缅路先锋第一大队的干部，也是最出色的车手之一，有她负责你们车队的业务，我们一千个放心……

路振邦还在絮絮叨叨地说着，尽管他知道可能没有人会记得其中的任何一个字，大家都在欣赏吴惠琳的风采，在这个凌乱纷杂的滇缅路上，她就是一个能量巨大的分子，瞬间就激活了热血男儿的最初始的本能。

让大家稍稍有些失望的是，吴惠琳自己有单独的一个房间，不出车的时候，她永远是这边男人们的话题。她的每一个表情、服饰甚至偶尔飙出的一句脏话都成了大家议论的焦点。初次见面，根本不施粉黛的她一下子就征服了大家，但真正让大家服气的绝不仅仅是她的天生丽质，而是在“滚尸床”的那次亮相。

在“滚尸床”前面不远的一个中转站，有些第一次来当志愿者的国外司机，他们的车身上面还有张贴外国国旗的，有几个印度、缅甸籍，甚至是高鼻子深眼窝的洋人司机在高声聊天。当刚刚布置完工作的吴惠琳经过这些司机的面前时，他们忽然被吴惠琳带过的清风或者说是香风惊动了，这么美若天仙又带着英武之气的女孩子居然可以出现在这么一个险峻的山里。司机们猛地吸了一下鼻子，吹着各色长短口哨进行骚扰，吴惠琳没有理睬。

一个胆大的洋人忽然用英文喊住了吴惠琳。

洋人：美丽的小姐，请留步。

吴惠琳回眸一笑，也用英文，非常有礼貌地问：我可以帮你做些什么？

洋人看呆了，这个美丽的女孩子居然会讲英文，他有些结巴了：当然，当然。

吴惠琳很有礼貌：请讲。

洋人：小姐看样子也是司机，我们第一次来这里，想请教几个问题，可以吗？

吴惠琳：没问题。

吴惠琳的大方与开朗，让队友们替她捏把汗，却更让这个高鼻子的洋司机胆子大了许多，他直接提出要吴惠琳做自己的女朋友，而吴惠琳也答应了！最着急的要算是龙老七了，他立即跑到龙汉良跟前求救，龙汉良并不理睬他。

欧昭通觉得表现自己的时候到了，他要做打抱不平的英雄，这是老天爷给自己的绝佳机会呀！英雄救美不就是这样产生的吗？虽说他身高不能与那个高鼻子相比，力气也没他大，但他有大队配给的手枪，必要时可以亮剑的！

吴惠琳认真地问：你真的喜欢我吗？

洋人坚定地回答：一见钟情。

吴惠琳：恐怕不行，你自己说是单身，可我怎么知道你是单身？说不定在你们那里，你也许已经有了好几个孩子了。

洋人认真地说：我向上天发誓，我没有结婚。

吴惠琳：那好，我答应你。

啊？这么随意就答应了吗？这不是在做梦吧？洋人和几个印度籍、缅甸籍司机高兴得欢呼起来，互相击掌庆贺，还有人摇头叹息好事没有落在自己身上，大家都认为——这才是英雄配美人，真正的战地浪漫曲啊，除了羡慕就是嫉妒，再没别的。

怒气冲冲的欧昭通走近吴惠琳二话不说，拉着她就往外走。不料吴惠琳根本不买他的账，使劲想甩开他，高个子洋人火了，猛冲过来直接揪住欧昭通，准备揍他。

洋人大喊着：她是我的未婚妻，我们说好了。

欧昭通毫不示弱用英文：什么未婚妻，我还说她是我的未婚妻呢！

洋人：是真的，我们说好了条件。

欧昭通猛地推开了要抓自己的洋人，洋人上前就和欧昭通厮打起来。

众人一起起哄，吴惠琳似乎想解释什么，但情况似乎不允许英文中文一起说出，她一时不知道该使用英文劝洋人，还是用中文给队友解释。情急之下，欧昭通忽然拔出了手枪对准高个子洋人，对方愣住了。

洋人用英文：你要干什么?

欧昭通同样也用英文：不得无礼，小心我的枪走火！

洋人趁欧昭通不备，一把将他的枪缴下扔在地上：我们是来支援中国抗战的，你居然敢拿枪指着我们?

吴惠琳：你们都给我住手！

洋人和欧昭通都停了下来。

吴惠琳：欧队长，你不要这么激动！我还没解释清楚，你就扑了上来！是这样的，这位洋人大哥说喜欢我，还要娶我，我已经答应了。

欧昭通等人吃惊不小：什么?

龙老七嘴巴张得快合不上了，这个吴小姐也太开放、太不把自己当回事了吧！她还是自己以及队友眼中的女神吗?！

吴惠琳：但是有条件的，前面十公里处是“滚尸床”，洋人大哥要是敢独自驾车翻过那一小段鬼见愁山路，我吴惠琳就嫁给他，要只是找我帮忙，他就为自己刚才粗鲁的要求给我道歉，是这样的吗？

洋人：当然。

吴惠琳：可我现在还有个条件，只是道歉好像不行，我看你们的罐头和矿泉水不错，你输了的话把你们洋人司机这些东西的一半分给我们华人机工，怎么样？

洋人想了想：OK 。

但洋司机们很快就后悔了，他们这些所谓的老司机，见到“滚尸床”之后，才晓得世界上还有这么险峻的公路，他们或许不知道，这是我云南军民用生命和鲜血冒死修出来的，因为不这样就无法完成修路大业，更无法赶走侵略者。

紧跟在洋人车队后面的是吴惠琳，她坐在头车里，一声不吭地盯着前方，直到洋人司机前来求援，这一切其实都在她的预料之中，这里她至少走过十次以上。接着，她没有急着上洋人的车，而是伸手去要洋人事先答应好的报酬，大个子立即将饼干、肉罐头、矿泉水等吃食交了出来，更多的洋司机照着他的样子交出东西。吴惠琳让龙老七、刘志枚等把东西一一拿到，清点之后，这才像个女神一样伸出一双大长腿，自信地登上了洋人的第一辆装满货物的卡车。

起初，洋人也有些不以为然，冷眼看着吴惠琳，似乎是盼着她犯错误或者退缩下来，可他们失望了，吴惠琳动作干脆，换挡、踩离合、转方向盘什么的一气呵成，胸有成竹。吴惠琳替洋人将七八辆货车一一开过陡峭的山路，洋人直率且可爱，从不掩饰自己的喜怒哀乐，每过一个车，洋人就为吴惠琳欢呼一次。

龙汉良、吴忠标等人全部看傻了眼，被吴惠琳高超的车技所折服，这其中刘志枚更是张大了嘴巴，因为吴惠琳和自己一样是个女性。洋人竖起大拇指，向吴惠琳表示感谢。

吴惠琳笑了，也举起手向对方回应，感谢他们的援华行为，那意思他们也是了不起的英雄。

必须有所行动，晚了或许就被龙汉良抢先了，龙少爷的条件要比自己更好，欧昭通暗暗给自己下了命令，但让他没有想到的是，等待他的将是一场不小的羞辱，他感到自己被欺骗了，而这个羞辱他的人，表面上看是吴惠琳，其实是龙汉良——他把受辱一事记在了龙汉良的头上。

2

进到这个九号车队没多长时间，吴惠琳就感到浑身不自在，倒不是因为男人们那些能刺进你肉体里的目光，而是有那么几个人目光异样，让她一时难以分辨出其中的意味。吴惠琳是那种看起来大大咧咧，其实很敏感、聪明的人。她首先发现刘志枚的眼神，那是一种混合着羡慕甚至嫉妒的迷离，她总是盯着自己的腰身和胸部，让她很不舒服；还有那个欧昭通，经常以谈工作为名找自己交心，还把他自己的好想法硬往吴惠琳那里扯，让路振邦把明明属于欧昭通的功劳都记在吴惠琳那里，这是讨好她的表现，她知道也不去戳穿他。至于其他队友的目光完全可以忽略，男人的本能都属于正常的。

龙汉良装作不认识自己，一定是因为他心里有那个叫林婉珍的已经坐稳了；吴惠琳干脆也来个装傻，她想：你既然不认识我，我也不认识你，只要让我抓住机会，我会让大家知道咱们的关系的。至于那个林婉珍，除非你现在就来九号车队，否则我迟早会把龙汉良拉到自己怀抱里的，只不过要等合适的机会。

说起和龙汉良的相识，那应该回到十几年前，两人还都是七八岁的小孩子。龙汉良的衣着整洁，彬彬有礼，甚至害羞、沉默都给吴惠琳留下深刻的印象。两家的长辈是老乡更是很好的生意伙伴，以及无话不谈的好朋友，互相帮扶都有很多个年头了。所以，龙万里早就和吴惠琳父亲约好，让龙汉良和吴惠琳结下娃娃亲。

不知为什么，吴惠琳对龙汉良持续保持着好感，但青春期之后的龙汉良却似乎缺少对吴惠琳那种男女之间的激情，或许是相互之间太过熟悉的原因，彼此见了面也更多的是礼貌，最多也就是大哥哥般的爱护。这让怀春的吴惠琳很是不解甚至恼怒，等后来知道龙汉良喜欢上一个来自中国大陆的“新客”林婉珍后，自视甚高的吴惠琳失望之际，甚至大哭了一顿。

来到滇缅路，很大程度上就是赌气，她是在生父母的气，怪父母没有做更多的努力把龙汉良拉到自己这边，也生龙汉良的气，她不甘心败给一个贫民家的姿色也不及自己的女孩子。她把所有精力投入到运输工作之中，从中获得了前所未有的成就感和快乐。要不是路振邦来找自己，说龙汉良就在九号车队，她实在不愿意来这里当什么副队长的。现在的她已经不是两年前的自己了，对于任何自己不满意的事情已经不再抱怨，抱怨是毫无益处的，她有办法把对自己不屑一顾的龙汉良拉到自己身边来。

现在机会来了，原因是吴惠琳接到了一封“情书”，这封情书写得很直接，也很短，很抒情，充满着战地的浪漫与情怀，但因为带着试探性质，不是那么炽热与坚决：

吴惠琳小姐，实在不知道该怎么表达对你的钦佩和敬意，也不晓得你现在有没有男朋友，真希望你能把那温柔的目光停留在我的身上，哪怕很短暂也好！当然了，更希望你留在这里，让我能与你一道，将青春的力量奉献给伟大的抗战事业……

这是一个很难再遇见的大好时机，只不过，吴惠琳的举动可能会伤害到那个写信的人，她已经估计到了这一点。吴惠琳是怒气冲冲地闯进宿舍的，那是个大家都在的时间，正好符合她希望的场景。

吴惠琳：胆子不小啊，敢给我吴惠琳写情书，我到这里这么长时间，还没谁敢这么明目张胆干的！说，是谁？有种就站出来。

众人面面相觑，但没人应答。

吴惠琳环顾四周：没人敢承认！那好——

吴惠琳立即将“情书”撕得粉碎，然后扔进门边的火炉子里，信瞬间化为灰烬。

吴惠琳给自己将要讲出的话做了一个倒装——先说出结果再说初衷，一下子就把欧昭通彻底打蒙了：有胆量写，没胆量承认！我本来想着，只要此人敢当面承认，我会立即同意和他交往的，可现在晚了！

欧昭通鼓起勇气站了起来。

吴惠琳一笑：难道是欧队长写的？

众人也把目光投向欧昭通。

欧昭通脸色通红，他本想承认来个及时补回，可最终却有些发怵，因为吴惠琳太漂亮了，让他完全没有自信心与把握，他的个性就是——没有把握的事情尽量不要去碰。

欧昭通：我，我是说，不要烧它，总能知道是谁写的。

事实上，因为信是欧昭通用左手写的，所以他不怕别人认出写信人。

吴惠琳很大度：不必了，即使我不喜欢这个写信人，我也不会当众给他难看或者贬低他，爱是伟大而且无罪的。

欧昭通有些追悔莫及。

吴惠琳接着就笑了，面带极大的善意：各位队友，其实，我已经有男朋友了。

这绝对是一个突然袭击，尤其对欧昭通来说更是如此，这一宣布直接葬送了大家的幻想。众人期待地望着吴惠琳，几乎一起问道：谁？

吴惠琳：龙汉良。

吴惠琳说完，看了龙汉良一眼就径自走了出去。龙汉良起身，有些尴尬地嘟囔了一句，紧接着跟了出去，这正是吴惠琳想要的效果，对龙汉良来说却有点胁迫的意味在里面，他得找吴大小姐解释清楚，完了再给大家解释。

到了门外，龙汉良这才开始发问了。

龙汉良：惠琳，你怎么能随口乱说？当着大家的面？

吴惠琳头一偏：我说的也算实话。

龙汉良认真地强调着：什么实话？我的女朋友是林婉珍。

吴惠琳：我吴惠琳才是你正牌的女友，是咱们龙、吴两家共同承认的。

龙汉良：那是两家定的娃娃亲，你怎么可以当着这么多人的面提起？让大家误以为我龙汉良成什么人啦？有几个女朋友？这是品质问题啊！

吴惠琳：这是对你龙汉良的惩罚！告诉你，我本来就不愿意到九号车队来，路振邦最后从林广怀叔叔那里知道我和你两家的关系之后，专门提到你龙汉良在这里，我这才答应了，我问你，咱们见面的第一天，你为什么假装不认识我？

龙汉良：你不是也告诉路振邦和我们大家都不熟吗？

吴惠琳：说不熟、并没有说和你不认识！

龙汉良：这简直是强词夺理，惠琳，你还和过去一样不讲理，大小姐脾气、霸道。

吴惠琳这才得意地坏笑起来：随便你怎么说，反正大家都知道咱们的关系了。

龙汉良：你错了，队员们几乎人人都知道我和林婉珍的关系，我为去见林婉珍还差点儿被训练营开除。

吴惠琳：既然为了她而来，人家为什么不跟着你来这里？林婉珍现在又在哪里？

龙汉良：说是去了重庆。

吴惠琳：算了吧汉良，不要再自欺欺人了。我听林叔说林婉珍已经给你写了绝交信，人家心里根本就没有你，你还这么想着人家，自娱自乐，真是天下第一贱人！

龙汉良：我是什么？贱人？

吴惠琳：不是刀剑，是卑贱的贱！汉良，我根本不愿意多说你，这可是你逼着我说的！我觉得你根本就不像个男人，连大哥哥都不合格！这里几乎全部都是男人，个个虎视眈眈恨不得把我吞进肚子里！你就不能假装是我的恋人，保护我不受别人欺负吗？

龙汉良心软了，吴惠琳的最后几句话带着哭腔，就算是演戏他也不愿意看到，她说的是事实。在这样一个环境里，大家未必真要欺负吴惠琳，但有这么一个男人总是站在自己一边，就算是假装的，也比什么人都没有要强很多。这个要求过分吗？这只是一个最低的要求，更不要说吴家、龙家那种深厚的关系了。

龙汉良一下子改变了之前紧绷着的态度：好好好，你要这么说，我当然愿意当你的男朋友，就算大家说我是个见异思迁的坏榜样，我也认了。

吴惠琳笑了：真的？

龙汉良：不真也不行啊，你就差拿枪威胁我了。

吴惠琳笑了，那么灿烂，完全发自心底。这是她成功的第一步，紧接下来还会有第二、第三步。可她根本没有想到，她的直白却差点儿要了龙汉良的命。

3

龙汉良觉得欧昭通这个昔日的好学长变得越来越陌生，联想起有关他的一系列奇怪举动，龙汉良一直想找机会和对方好好谈一次，只要解开了心结，他们还会像从前那样亲密，但他想错了，欧昭通似乎铁了心要疏远自己，甚至把自己当成了敌人，尤其是吴惠琳当众宣布自己是她男朋友之后。

一向理智的欧昭通似乎故意在挑衅自己，他曾经在酒后的大晚上跑到吴惠琳房间，弄得龙汉良揍了他一顿，吴忠标说欧昭通是故意的，故意让龙汉良犯错，然后离开九号车队——最终目标还是吴惠琳。

吴忠标一贯保留着对欧昭通的警惕，从进昆明整训营起，他就认为欧昭通是个小爬虫，一门心思就为了当个小组长。现在，欧昭通的确是本车队最高的长官——他腰里别着一支手枪，队里除了吴惠琳外，再没有第三把枪。对于吴忠标来说，这把枪不仅仅意味着权力，还会给正直忠厚的人带来危险。吴忠标发现了欧昭通的几个奇怪举动，比如让龙老七买了一些化学物品，再比如龙老七在偷偷翻动欧昭通的小秘箱时发现了那个叫田中的日本人的照片，他希望这些引起龙汉良的重视，但龙汉良却觉得标哥对欧昭通成见太深，不必过于在意。事实上，吴忠标并不知道龙汉良与欧昭通曾经的兄弟情深。

没错！那次闯入吴惠琳房间一事，是刘志枚应欧昭通要求配合演出的“苦肉计”。路振邦知道欧昭通被揍后很是生气，他准备按照欧昭通的建议把龙汉良调离，无奈吴惠琳不同意，说要走一起走。为了稳定军心，又因为很快有了一次紧急运输任务，那件事最后不了了之。但龙汉良很快就发现，欧昭通要直接挑战自己了。说实话，龙汉良此时恰好也变成了一个好战分子，他知道欧昭通意在夺得吴惠琳的芳心，且不说吴惠琳愿意不愿意，只要是挑衅，龙汉良就要毫不犹豫地接受，不管它是用哪一种方式。

决斗——这是龙汉良在欧洲古典小说里才看到过的情节，欧昭通不仅当众宣布要和龙汉良决斗，还要刘志枚做书面证据，要两个男人画押。车队的人被要求绝对保密，大家一下子兴奋起来，只是对吴惠琳隐瞒了一切。

欧昭通说完之后，只有一个人提了问题。

欧队长，什么叫决斗？龙老七好奇地问道。

欧昭通：就是我和龙汉良，互相面对面站立，要么用枪，要么用刀，咱相隔三五十米，用刀的话汉良兄弟先朝我来，我没死就再投过去，用枪，咱就数一二三同时开枪！谁先打第一枪商量一下也行，活着的算胜利，死了的不追究另一方。

龙老七：啊，这不是打死仗吗？

欧昭通：老七年龄不大，懂得还不少，汉良，今天当着大伙儿的面你再说一次，愿意和我欧昭通决斗吗？

龙汉良回答得没有任何犹豫：愿意。

欧昭通：够man！那就这么定了，具体的日子咱们再定！我要求大家保守秘密，要告密的人肯定不是男人，我也会查出来的，查出来我就不和汉良打了，和这个告密的人决斗，非分出个雌雄公母不可，大伙儿说好不好？

叫好之余，其实暗中担心的人不少，但当时没有人站出来反对。龙汉良知道，既然欧昭通有这么大的把握，那就一定得弄清楚他的胜券在哪里，自己也必须有绝对的把握才能赢了对方，他忽然在内心生出一种莫名的紧张与兴奋来。龙汉良听到欧昭通激将自己，第一个念头就是必须顶上去，胜负倒在其次。等吴忠标很担心地问讯时，龙汉良心里也开始觉得自己有些草率，但没有说出来。

龙汉良和欧昭通已经面对面站好，大约五十米不到。不远处，找寻两人的吴惠琳的喊声也渐渐清晰起来并传了过来。与龙汉良相比，欧昭通显得更有把握一些，他真的是想要对方的命了，这一刻，什么好友情兄弟情都被抛到脑后了，龙汉良只有死了，吴惠琳才有可能服从自己。就像狮群中的母狮子，新的狮王不杀死老狮王生下的崽子，不断了它们的念想，它们是不会和新狮王交配的，就算强迫交配也可以不怀孩子。

欧昭通：兄弟是条汉子！

龙汉良：学长你也一样。

欧昭通：生死文书都签了，那就不要废话了，这样吧，兄弟你先来，我年长你几岁，让着你。

这里面有欧昭通自己思考了很久的盘算，他专门给自己准备了手套，还调整了手枪的准星，可以确保龙汉良在三十米之外打不准自己或者伤不到要害。在决斗之前，他会要求换枪，他来用吴惠琳的手枪，那是龙汉良刚刚偷拿过来的。假如龙汉良听从自己的建议，那他龙汉良今天必死无疑！

龙汉良：那兄弟我也不客气了。

欧昭通大喊一声：等等，咱俩换一下枪，我的这把你熟悉，用这个有把握，我只求你能一枪结果了我！

出于欧昭通的预料，龙汉良犹豫了一下，最后做了一个摇头的动作，这让欧昭通有些惊慌，因为事情没有朝自己预想的方向前进。就是龙汉良的这个执拗，让欧昭通的如意算盘彻底落了空。昨天，他做了一个美梦——龙汉良像从前那样相信自己，然后没击中自己，随后他亲手解决了龙汉良，最后他是笑醒的。可现在，一切都在瞬间发生了变化，变得方向完全不由他欧昭通来掌控，这一步他事先无论如何也没有料到。

龙汉良：学长，咱们得公平。输，必须认了；赢，也要赢得光彩。我就用吴惠琳的这把好了。

欧昭通欲言又止。

龙汉良步步紧逼：对不住了学长，按你制定的规则，让我先来，那我不客气了。

欧昭通脸色一瞬间变得煞白，这一刻他想了很多，甚至想到了改变两人既定的规则，或者直接给龙汉良说出自己的小把戏取得对方的谅解，再或者立即给龙汉良一枪结果对方的性命，可他自己手里拿的却是自己的手枪，准星已经过自己的调整变得不准。假如杀死龙汉良，自己也脱不了干系，就成了杀人犯。

双方就这样紧张地对峙着，对龙汉良来说，这一枪同样难以打出，此时的他依然把欧昭通当成自己昔日的好兄弟，一个无辜的、为情所困的年轻人，更是那个在他十五岁时救过自己命的好学长。他万万没有想到，他自己已经成了欧昭通的肉中刺，而欧昭通煞费苦心地今天非要拔除他。

龙汉良拿定主意，还是决定射击，可就在这一瞬间，欧昭通忽然瘫软在地。他其实是个胆怯的人，他被自己完全打倒了。

欧昭通的这个举动让龙汉良一时不知如何是好，他甚至怀疑其中会不会有诈，他等了一会儿，这才慢慢走到欧昭通跟前。

龙汉良的枪口没有忘记还对着欧昭通，但语气关切地问道：学长，你怎么了？要不要去医院？

欧昭通摇头，依然脸色煞白。也就在这个时候，吴惠琳赶了过来，她以为是龙汉良开枪击中了欧昭通，致使对方倒地。

吴惠琳：汉良！你干了些什么？把我的枪还我！

龙汉良把枪还给吴惠琳：和你开个玩笑，我什么都没做，你听见什么响声了吗？没有！欧学长在和我开玩笑，我俩在闹着玩儿，对不对欧队长？

欧昭通痛苦地点头。

一场决斗把戏就此结束，欧昭通输了，输得很惨……

4

这场由欧昭通导演的精彩决斗，预演很精彩，大家也都期盼出个结果，最后却悄无声息了。尽管龙汉良给足了他这个队长一个面子，但因为心虚，每当标哥特别是“大头”拉住他质问时，欧昭通总是含含混混，他当然不会主动说出真相的，他得要面子以及威望。这不，他刚要离开宿舍，就被黎旺一把拉住了。

“大头”一连来了几个问题，把欧昭通弄得无地自容。

“大头”嘴里发出“啧啧”的声音来，怎么听都像是嘲讽：队长！那天你义正词严，非要和龙汉良分个公母雌雄什么的，还要刘志枚、标哥帮着做证，你关上门，要大家保密，我们都遵照队长你的意思办了，谁都没敢对外透露半个字，够意思了，可队长你自己却不够意思了！

欧昭通以马上就要出发没时间为由拒绝了“大头”的要求。

可“大头”偏偏是个死较真的人，他拦住了欧昭通：不行，队长要是说话不算话，那今后发号施令谁还听啊，我这是维护队长你的威信呢！小刘，听说是你最后做证的，生死文书在哪里？拿出来让大家看看。

刘志枚：我没做证。

大头：是不是欧队长心虚了？那事儿不准备认账了？

刘志枚小声地说：这个我不晓得。

欧昭通有些尴尬，看见龙汉良出现，赶忙去求援。

欧昭通："大头"，你让汉良兄弟说。

"大头"揪着不放：我问的是欧队长，汉良又不是队长，非要决斗的也不是龙汉良啊！还有，我们都关心吴惠琳队长现在到底是你们俩人谁的女朋友？今后我们该称呼她龙嫂还是欧嫂呢？

欧昭通急忙搪塞着："大头"，你是乱帮忙瞎操心！我和汉良早就是兄弟，你"大头"不了解就不要瞎嚷嚷了。

"大头"：好兄弟也要明算账啊，尤其在女人的事情上，不能说无所谓，得分清楚，欧队长要是再吭哧不说，我们直接喊吴惠琳为龙嫂了，哎，好像那也不行，林小姐才是正牌的龙嫂呢。

尽管是龙汉良上前解除了欧昭通的尴尬，但欧昭通还是没有放弃对付龙汉良，这次他要来个更绝的——用制造车祸的方式弄死他，从这一点上足以看出欧昭通是个狠毒无耻的家伙。而时间就定在了这次出任务的途中，为此，他从林广怀那里偷学了一个最新的技术——悄悄焊接一个小扣，装上了保险绳，这样，就算是自己也跟着下去，顶多也只是负伤，不会送命的。至于动手的地点，他早已按先保住自身安全为前提选定了，只要机会合适。

欧昭通恶狠狠地在心中说道：龙汉良，今天得送你上西天了，不过你放心，我今后每年都会给你烧纸的！

欧昭通是那种阴狠果断的人，他抓住一个极好的机会——"大头"奉吴忠标之命，这一路紧跟并保护龙汉良，他的车子一直紧跟在龙汉良车子的后面。欧昭通在一个急弯儿处猛地加速撞向"大头"，"大头"拼命想踩刹车，可已经来不及了，他眼看着自己的车子猛地撞向前面龙汉良的车子，然后两辆车子一起顺着一个几乎九十度的斜坡滑入几十米深的密布灌木丛的深沟。

欧昭通看计谋成功，连忙准备停下，可自己的车子也因为惯性已经不听他的指挥，跟着"大头"、龙汉良的车子一起滑入深沟，尽管这是他自己做过的预案之一。

当欧昭通醒来的时候，发现自己还在驾驶室当中，而自己驾驶的卡车已经完全倾覆，他一时难以分辨出方向来，只知道自己因为有保险绳还没死，没死就意味着计划成功了一半。

欧昭通没有动，外面很安静，龙汉良和"大头"在毫无准备的情况下被自己撞下了山崖，正常情况下就算还活着，估计也已经奄奄一息了。用不了多长时间，欧昭通就会看到自己人为制造车祸的结果。他试着活动了一下身子，发现除了轻微的擦伤之外，自己居然安然无恙，这当然得益于自己事先的精心准备。

欧昭通第一个要找寻的不是龙汉良和“大头”，而是自己的配枪，枪套还在，仔细找找或许还能找到，有了枪，就像无胆的人忽然装上了胆一样，对付龙汉良、“大头”，甚至野兽、原始部落不通言语的部族人都不在话下。艰难地爬出驾驶室，仔细观察着周遭，终于，他看见了那把熟悉的手枪，就在他伸手要抓手枪时，却被一只黑色的东西攫住了，吓得他差点儿喊出声来，他认出那是一只人的手，而手的身体上方连着的，正是已经奄奄一息的“大头”。“大头”和欧昭通开始抢夺手枪，“大头”因为身负重伤力气全无，只能让对方占了上风。

欧昭通把枪对准了“大头”，犹豫再三，他最终选择用石块砸向“大头”，子弹的重要性在这种情况下大过满地都有的石头。一下，两下，他还觉得不解恨，又砸了几下，还专门在“大头”的鼻子下面试了试，看对方彻底没了鼻息这才罢休。

欧昭通艰难地找到了龙汉良的卡车，让他感到意外的是，龙汉良已经躺在驾驶室里，身上居然也绑有一根自制的保险绳！欧昭通吓了一跳，很显然龙汉良这小子对自己有所防备啊！要不他怎么会也绑上了这个？可今天自己没注意到他拴保险绳啊！欧昭通爬到龙汉良的身边，一摸，果然对方仍活着。

欧昭通没有立即动手杀人，他需要冷静一下，这是杀死龙汉良的最佳时机，错过它或许很难再有了。但他回忆起过去，还是犹豫了片刻，人非草木岂能无情！这是个对自己以及自己母亲十分友善的小学弟，光是帮着家人治病就不知悄悄塞给了自己多少钱！可是，不杀他也不行，他是自己的绊脚石，更是情敌！必须下决断了，妇人之仁是做不成大事的，他忽然想起了田中的话。尽管很痛苦与纠结，犹豫再三的他还是下了决心，把龙汉良拖出了驾驶室。

欧昭通还是想到用对付“大头”的办法杀死龙汉良，他找了好一阵子，才找到一块两手举着刚好合适的石块。要杀掉自己的好朋友、恩人，欧昭通忽然感到自己的嗓子很疼，心口很堵，那是内心压力的外溢。他顿了一下，放下石块，回到龙汉良的驾驶室，找到半瓶水，喝了下去，以缓解巨大的压力。

欧昭通再次来到龙汉良面前，举起了石头，给自己也是给对方说道：咱俩的一切，都该结束了，对不住了，好兄弟。

可就在这个时候，龙汉良睁开了双眼。让欧昭通没有想到的是，龙汉良对他将要做出的举动并没有惊恐的表情，他说了一句话，这句话让欧昭通犹豫起来。

龙汉良：学长……是“大头”把我撞下去的，他现在哪里？

欧昭通的石头仍举着，眼看就要砸下去。

龙汉良：我恐怕活不了了，你砸吧。

5

龙汉良的确没有犹豫要求欧昭通砸死自己，他醒来后一直在想，想逃出高黎贡的原始森林完全是幻想，早点儿死了或许是一种解脱。他没有怀疑欧昭通，尽管吴忠标此前几次提醒自己要留意这个人，还专门派出“大头”保护自己。现在，“大头”没有音讯，可能这会儿只剩下欧昭通和自己了。

欧昭通放弃了杀死龙汉良的打算，不只是昔日的感情深厚，还因为独自一人或许很难走出这无尽的原始森林。

龙汉良和欧昭通走了很久，完全没有掌握到正确的方向，为了确保安全，两人再次返回到了出事地点，那里毕竟有可以遮风挡雨的驾驶室。他们都盼望着行车的战友们能意识到已经掉队的三辆车三个人，或许他们的车子已经开出很远才会发觉，龙汉良他们的三辆卡车出事时位于车队的最后面。

原始森林里弥漫着一种难以形容的混合的味道，那是某种花卉或者其他植物在死去又或在绽放，远处不时传来大鸟飞过的翅膀抖动的声音，回声拉得很长很长。虽说此时还没到黄昏，可遮天的树木已经让两人几乎看不清对方的脸上的表情了。

这是一个安静的时刻，龙汉良忽然觉得应该在这个时候敞开心扉，把之前所有的疑惑砸给欧昭通，无论他回答还是不回答，回答是多还是少，他今后都不会再存疑心了。疑心是朋友之间交流不畅的最大祸首，是抓紧搬除障碍的时候了。在互相看不见对方眼神的此时，不正是毫无顾忌畅所欲言的大好时机吗？那不正如同在无垠的大海上一样吗？

奇怪的是，没等龙汉良开口，欧昭通居然先说话了，而他说出的正是龙汉良自己也想讲出的，真是太神奇了，难道这毫无血缘关系的两人之间真有什么心灵感应吗？

汉良，看着这茫茫的原始森林，我忽然觉得人真的很是渺小！比在大海上感觉还要强烈！我忽然有了个想法，觉得这是个千载难逢的大好机会，咱能不能向对方坦白所有的东西，解释所有的疑惑，今后大家成为真正的兄弟！欧昭通是这样开始的。

龙汉良：跟我想到一起了，我先说吧。

欧昭通：不，我大你几岁，还是我先吧。

欧昭通：先说昆明整训营那件事吧！举报宿舍里有违禁品的那封匿名信是我写的，我让刘志枚化装后悄悄塞到路主任的办公室了，我让刘志枚去送信是因为害怕吴忠标和“大头”他们报复我，我希望你不要当逃兵。

龙汉良：我猜到了。

欧昭通：我是用左手写的，真要去查、我死不承认谁也查不出来。

龙汉良：那给吴惠琳的情书也是你用左手写的？

欧昭通点头：是的，我其实是个很内向的人，进了训练营我就想改变自己的性格，我要抓紧一切机会表现自己，最终如愿以偿，当上了小组长，现在当上了车队队长。我喜欢有权力，尤其是拿枪的感觉，有了枪就有了胆。

龙汉良：那中间有一次龙老七要帮我给林婉珍送信，你为什么又没有报告给路主任？

欧昭通：是为了拉拢人心，汉良，其实你不知道，我是个很自卑的人，我真的需要权力、需要威望，需要有人服从我、拥护我。

龙汉良：你倒是很坦白的，那决斗那次，你为什么忽然倒了下去？是害怕吗？

欧昭通：到了现在我也什么都不想瞒你了，我那会儿嫉妒你恨你，真的想杀了你，而且是借吴惠琳之手，可你不知是识破了我，还是本能的驱使，你没有同意咱俩换枪，我精心准备的计划被瓦解掉了，整个人一下子就崩溃了，说实话，我那会儿就是在等着你龙汉良开枪，等死呢！

龙汉良：我其实早识破你了，但我实在下不了手。

龙汉良的这句话还是让欧昭通害怕起来，这不像是随口说的，或许他真的看出来或者意识到了欧昭通的小把戏。

欧昭通：这就是真正感动我的地方，没想到一直生活优越、高高在上的少爷其实心地善良，那一瞬间我就觉得能和你成为知己，哪怕上一刻咱们是误解的死敌，相互之间有着千仇万恨！

在此之前，欧昭通的话基本上都是真话。他用不太重要的真话，迷惑了龙汉良，然后让龙汉良开始相信他后面即将讲出的假话。不是龙汉良轻信，而是在这样严酷的环境里，任何一丝的真诚足以摧毁所有的诡计。就算为了自己的生存，大家也要结成同盟，一起逃出去，活下来是压过其他一切的首选。

龙汉良：这次车祸呢？

欧昭通：你放心好了，我就是想和你飙车，但没想要你的命，想征服你的意志，在全车队面前树立威信，你知道，全队就咱俩有些文化，你才是我唯一的对手。

龙汉良：所以你偷偷预备了保险绳。

欧昭通：你不也是一样吗？汉良，这些都是小事，还有几件大事，我今天一定要向你坦白，但今后不会给大家解释的，因为人多嘴杂，也解释不清楚，说不定还会引起别人或者路主任的怀疑。

龙汉良：你说吧。

欧昭通：其实吴忠标让龙老七翻我的东西，怀疑我和日本人有联络，不是没有道理的。

龙汉良有些紧张起来：什么？你真是日本人的间谍？

欧昭通：不是，准确地说，是日本人了解了我欧昭通家里的情况，想发展我成为他们的人，但我拒绝了，当然，这很艰难。

龙汉良松了一口气。

欧昭通：我本来有个很幸福的家，父母都是做小生意的，还挺有钱，当然不能跟你们龙家比。后来父亲得瘟疫死掉之后，特别是七七事变爆发后，我家出了一件大事，一下子让我几乎崩溃了——我妈妈因为私卖日货被一些激进的华人割去半个耳朵，后来精神有些失常，再后来又得了一种怪病，痛苦不堪，她太可怜了，生不如死，可我们谁也没有结束她生命的权利，更何况那是生我养我的母亲！你没听说吗？行善和尽孝是最近的事，任何理由不得推托！一个人得什么病其实都不可怕，大不了是一死，可精神病不一样，他让你丧失了尊严而你自己居然根本不知道，你的家人却几乎每天因为你而丧失尊严，需要给他人不停地解释。那滋味，真是生不如死，不是平常人能感受到的……

龙汉良很同情地叹息着：这些我知道啊。

欧昭通：是的，你也帮了我很大的忙，悄悄给我拿了很多的钱。可是，我也是自尊心很强的人，不愿意总拿你龙汉良的钱，可又没有办法！这时，一个姓陈的商人找到我，说他一家和陈嘉庚有私仇，只要我替他杀了陈嘉庚，他就会好好帮我给母亲治病。

龙汉良：啊，那次杀陈嘉庚果然是你干的，还打伤了我。

欧昭通：对不起。

龙汉良：那个姓陈的不会是日本人吧？

欧昭通：应该不会，汉语说得那么流利，怎么会是日本人？

龙汉良：那说不定。

欧昭通：不会，日本人找过我，要我当间谍，但我拒绝了，再怎么样，当汉奸也是耻辱啊！

这几句话欧昭通明显撒了谎，但龙汉良却无法验证对方所说是真是假，从上几句真话过渡到这几句假话，中间毫无缝隙，只有说话人自己明白哪里是破绽。

龙汉良：那你怎么对付那个姓陈的？你毕竟拿了人家的钱啊。

欧昭通：只有一个办法——就是逃跑、来当机工。一是给家里减轻一些负担，二是散散心，整天面对一个病人，我快要崩溃了！先前我几次找工作都因为自己的情绪难以控制，给人家制造了麻烦，最后丢掉了职位。

龙汉良：你来当机工也是为了摆脱这个姓陈的？

欧昭通点头：算是吧。

龙汉良：可你母亲怎么办？还有你小弟？

欧昭通：这就是让我最担心的地方，那张日本人的照片本来是要给我弟弟欧兆铭的，让他认下这个日本人，将来好应付他、尽量躲开他，结果走得太急，居然给忘了，所以才引起你们的怀疑——日本人是不会放过我的，或许还会再拉拢我的弟弟。

龙汉良：那海轮上你急着摆脱我是怎么回事？

欧昭通：我要解大手，你非要问刺杀陈嘉庚的事，我又着急又理屈，怎么给你说？只好对你动粗了，对不起，兄弟！

龙汉良：学长，我真没想到你会这么坦率，事实上，不光是标哥，就连我自己也是对你有所怀疑，今天听你这么一说，什么疑问都没有了，你为什么不早点儿澄清自己？

欧昭通：其实我早有这个想法，可实在是没顾上。今天有这么个机会，通过你全说出来了，我心里压着的那块石头也去掉了，觉得豁然开朗，心里轻松很多。

龙汉良：我觉得既然把心里话都说出来了，今后大家就应该像以前一样，是互相信任的好兄弟，大小事都应该开诚布公。

欧昭通：不会那么顺利的，肯定还会有人怀疑我、或者说不放心我的，只要你相信我就够了。

龙汉良：学长你放心好了，有我龙汉良在，大家就会相信你的。

第二天，两人再次上路，走了很久，终于看见了炊烟。再后来，他们经历了大塘人的袭击，要不是有个懂汉语、名字叫“阿美”的女孩子的帮助，两人恐怕早就死在阿美她爹的手里了。

但欧昭通依旧没有准备放过龙汉良，这是龙汉良怎么也没有料到的。第三天，欧昭通正要做一件大事，却被刘志枚的一声高喊制止了。原来，吴惠琳他们一直没有停止找寻失踪的龙汉良、欧昭通与黎旺，现在终于如愿了。

6

刘志枚这几天忽然变得言语甚少，完全是因为那天目睹了一件大事，那件事在她心里深深地埋下了种子，时不时会冒一下或者说触动、提醒她一次，让她欲罢不能，不想都不行。

自从副队长吴惠琳发现掉队的三辆车之后，专门做了标记，还用车上的里程表做了记录。等大家完成任务翻过身去找失踪的队友时，却完全没有了方向。站在悬崖上看下去，那郁郁葱葱的灌木丛如同一片绿色浮动的海面，掉进去一辆车也会迅速没有一点踪迹。

吴忠标不相信三人会失踪，至少还有几辆卡车呢！吴惠琳当然更不相信，龙汉良毕竟是自己的恋人，她更不会见死不救。可接下来几天的找寻都没有结果，路振邦甚至已经给龙汉良等三人做好了墓碑，是吴惠琳的再三坚持，十几个队员做了最后一次努力。

是刘志枚第一个发现欧昭通的。

问题是，当她大声喊出“欧队长——”时，她同时看到对方高举着一块石头正准备往下面砸去，听到刘志枚的喊声，欧昭通停手了。

等大家冲过去时，发现大石头下面坐着龙汉良，显然，欧昭通的目标是要砸死龙汉良，刘志枚感到害怕，这个天天和自己睡在一起的男人，从来不会对她干出任何龌龊之事，他是个一贯爱护自己的队长，为什么一定要杀死龙汉良呢？标哥一直在说，欧昭通把龙汉良当成情敌了，早就想杀死龙汉良，这次车祸就是欧昭通故意制造的，目标就是龙汉良。

刘志枚越想越觉得害怕，欧昭通回来了好几天，她几乎每夜都难以合眼，身边睡了个杀人犯或者杀人嫌疑犯，你还能踏踏实实安生入睡吗？

刘志枚总想找个合适的机会问问欧昭通，可这件事怎么问才好呢？你能找他说，嘿，队长，我看见你举着石头了，你是想杀死龙汉良吗？就算是真的，他都不会回答你的，就算他真是杀人犯。那么，不能问又该怎么办呢？刘志枚陷入困惑当中了。

刘志枚想来想去，还是决定回避这个问题，这是女孩子通常选择的办法。可欧昭通似乎看穿了她的心事，还主动送给她一盒擦脸油，语气也变得十分温柔，不过，这种温柔让她起了鸡皮疙瘩，她没有兴奋，反而感到害怕，她拒绝了，连对方的眼睛都不敢看。

欧昭通：怎么不要？最近皮肤很干燥，看你的脸真像个男孩子了。

刘志枚：男孩子就男孩子。

欧昭通：放心，我不说，没人知道你的秘密——咳，都怪这该死的战争，要不你现在一定穿着漂亮的衣服和两个妹妹在新加坡转街呢！要是穿上好看的衣裳，你一定会很漂亮的。

刘志枚有些不太相信欧昭通的话，因为他从来没认真地跟自己说过这些，一次都没有过，现在这是在夸她漂亮啊，问题是，这真是他想说的吗？自己根本就不漂亮啊，说假话来讨好自己，那就是他心虚的表现。

刘志枚想躲开欧昭通，但欧昭通却主动坦白了，但这种坦白明显是编的谎话——欧昭通说他举起石头是要砸死一条大蛇，可刘志枚记得欧昭通站在龙汉良的正上方大约不到三米处，下面就是龙汉良！砸蛇要爬那么高吗？那么远能看清蛇在哪里吗？下面长满了杂草呢！

刘志枚的压力还在加大，这个压力主要来自于吴惠琳和吴忠标对车祸真相挖掘的执着，更缘于她纯洁的内心，她是个有正义感的人，就算欧昭通再压自己、以戳穿她真实身份来要挟自己，她也应该站出来讲真话，这毕竟牵涉到人命关天的大是大非。

路振邦宣布了对这次翻车事故的处理结果——车难共造成一人死亡，两人轻伤，损失卡车三辆，部队军用过冬物资三整车，按运输处规定，决定给欧昭通和龙汉良记过一次。

吴忠标：我有不同意见。

吴忠标要求欧昭通和龙汉良回避，然后提出异议——这不是一起普通的车祸，而有故意谋杀的嫌疑。路振邦认为吴忠标因为死去的“大头”是他的好友或许有偏颇，但吴惠琳支持了标哥的意见。

不知出于什么原因，刘志枚犹豫了一下，因为欧昭通不在场，她似乎有话要讲，但最终却没讲出来。吴惠琳注意到了这一点，她再次找到了刘志枚，刘志枚犹豫再三，还是把自己心里的怀疑告诉给了吴队长，吴惠琳决定找欧昭通、龙汉良、刘志枚等四人来个当面对质，出乎吴惠琳的预料，刘志枚很坚决地表示，到时一定会讲出真话。

但对质的当天，事情却发生了一个很大的逆转，刘志枚最终还是放弃了讲真话，这是因为欧昭通做出一个令她胆寒的举动。

吴惠琳是这样开头的：欧昭通被暂时免去了队长职务，作为副队长，我今天把你们大家叫到一起，是为了一件重要的事情对质。现在，我们还不能做出结论，所以，在对质结束之前，所有的推论或者猜想都是假定的，大家同意吗？

吴惠琳：好，小刘，你把那天看到的情况再描述一遍。

刘志枚下意识地看了一眼欧昭通。

欧昭通：小刘，不要看我，你大胆说，看到什么就说什么。

刘志枚：那天，我和大家正在按吴队长的布置沿公路找人，无意间一抬头，正好第一个看见了欧队长，我想都没多想就大喊了一声，可我觉得很奇怪的是欧队长正举着一块大石头，准备往下面砸去。

吴惠琳：你回忆一下，是多大的一块石头？

刘志枚比划着：大概这么大吧。

吴惠琳：你确认当时欧队长的下面坐着的是龙汉良吗？

刘志枚：当时没看清楚，是到了他们跟前以后才看清楚的。

欧昭通：小刘，我觉得你一定是眼花了，我当天根本没有举什么石头。

刘志枚脸一下子憋红了：欧队长，前天你找我时，不是亲口承认你当时要拿石头砸死一条蛇吗？怎么现在大家对质时，你怎么又改口了？

欧昭通根本没料到刘志枚这么执着，他一下子站起身大喊着：你胡说。

吴惠琳：别这样欧昭通，他就是胡说，也得让他说完。

欧昭通：我为什么要砸龙汉良？

刘志枚豁出去了：因为你说过和龙汉良势不两立，非要撵他离开九号车队。

欧昭通气急站起：你累糊涂了，看眼花了，你可以问问汉良，看他信不信你的话。

龙汉良不慌不忙：欧学长，按理说我不会怀疑你，可小刘一提这件事，我也觉得有可能啊。

欧昭通：什么有可能？

龙汉良紧盯着对方：我怎么不知道你当时举着石头？我只知道你对我说过要去解大手，可解大手怎么要爬到我上面去解？这件事，你恐怕得给我解释一下。

吴惠琳：对，大家都在这里，解释清楚就行了。

欧昭通激动了：汉良，咱们是什么关系？不是兄弟胜似兄弟啊，咱们是怎么从高黎贡山里走出来的？不是已经彼此掏过心窝子了吗？现在，你忽然连学长都不相信了吗？

龙汉良依旧不愿放过这一疑点：这事儿你从来没说过，我有权利知道。

欧昭通：好，连兄弟都不认，那我活着还有什么意思！

欧昭通说着，怒不可遏的样子，他忽然冲向吴惠琳，猛地从她腰间快速取出手枪，然后快速推弹上膛，打开保险，对准自己的太阳穴。因为他受了处分，自己的枪被路主任临时代管了。

欧昭通此举吓坏了大家，龙汉良赶忙去劝。

龙汉良：欧学长，惠琳说了，只是核实一下，你有话可以说，干吗要这样？

吴惠琳也担心起来：欧队长，你千万不要干傻事。

最惊慌的要算刘志枚了，她怎么也想不到欧昭通会这么做。

刘志枚：欧队长，欧队长，是我糊涂了，我可能是那天找你们太累了，看花眼了，你不要寻短见，快放下枪。

欧昭通：你们大家都不信我，我只能以死证明自己的清白。

龙汉良：小刘，你快好好回忆一下，到底有没有那回事？

刘志枚：吴队长，我看错了，对不起。

欧昭通这才把枪放了下来，吴惠琳赶忙上前，关上保险并卸下子弹。然后，欧昭通气呼呼地离开了。

吴惠琳给刘志枚倒了一杯水。

吴惠琳：小刘，你先回去休息。

刘志枚突然打翻了水杯，情绪失控了：我这是怎么了！我怎么能这样？

龙汉良上前抱住刘志枚：小刘，没事没事，你看错了，这没什么了不起。

刘志枚推开龙汉良：我怎么看错了？我没有，没有。

吴惠琳也拍拍刘志枚的肩膀：小刘，先不要着急，这件事不算什么，我也不会向上面反映的，只是咱们队里自己调查而已，别多想了，我知道欧队长一直对你不错，你费了很大的力气才鼓起勇气来说的。

龙汉良：小刘，今天你不像个男人啊，看错就看错了，我龙汉良不是好好的？毫发无损吗？我和欧昭通早就是好朋友，根本没什么大不了的矛盾，他不会杀我的，好了好了……

现在，反倒是由龙汉良来安慰刘志枚了，他心地善良而软弱，总怕这个胆小的机工兄弟出个什么意外，还好，最后小刘还是稳定下来了。

7

“必须想办法尽快让龙汉良离开这里”，林广怀每天都这么对自己讲上三次，分别是早上、中午和晚上，原因很简单，有人想要少爷的命，或者说少爷待在这里太危险。

路振邦要求林广怀帮着调查车祸原因，吴忠标对欧昭通不依不饶，为此他甚至下到了车祸现场。但此事的根子其实在路振邦身上，欧昭通是他亲自选的队长，他不希望欧昭通出任何问题；而龙汉良这个少爷经事太少，不停地为欧昭通辩护，非要说一起闯出高黎贡山就是生死兄弟。林广怀不信那么多，他只晓得龙汉良很危险，这就够了。

林广怀在等待机会，说句实话，是欧昭通启发了他，必要时，完全可以照样学样给龙汉良再来个轻度的、可控的车祸。

时机很快真的就来了——罗寅生忽然出现在他面前，他是遵龙老爷之命前来照顾龙少爷的，老爷嘴上说要和孙子断绝一切关系，心里却一直放不下。

罗寅生还带来了一个不好的消息，说林婉珍已经牺牲了，政府把抚恤金都交给了她远在新加坡的舅妈。罗寅生希望这个消息能说服龙汉良放弃当机工，但龙汉良听后依然拒绝了，他说既然已经牺牲，回到新加坡又有什么用?不如把仇恨都记在日本人头上，只有多拉快跑才能真正替婉珍报仇。

林广怀的这个计谋瞒住了所有的人，当然，欧昭通除外，他是那天正好要去找林广怀时偷听到的，但他没有透露任何消息，他当然希望林广怀的计策成功，那样龙汉良就可以很快离开九号车队。对于这一点，林广怀也曾怀疑过，但他欧昭通知道后并没有向上级汇报，那就等于和不知道是一样的。

林广怀和龙老七打了一个小配合，龙汉良果然坠入林广怀选定的坡下，他骨折了。罗寅生、林广怀趁机提出要求，希望龙汉良能回新加坡治疗。至于龙汉良的身份问题，只要路振邦愿意，完全可以给龙汉良搞一个新名字——拿一个失踪或阵亡的机工名字替代就行。

路振邦同意了，他一直觉得龙汉良这个大少爷是个麻烦，能离开九号车队或许是个对大家都好的结果。

只有吴惠琳发出了很奇怪的结论，事先她已经从欧昭通那里知道了林婉珍已经牺牲的消息，当然，那是欧昭通故意但却装作无意泄露给她的。

吴大小姐直接走到躺在担架上的龙汉良跟前，大声地问了一句：龙汉良，你说心里话，你是故意这么做的吧?!

龙汉良有些莫明其妙：我不明白你的意思。

吴惠琳声音高了起来：别以为我不晓得你的小算盘，你的心上人牺牲了，你彻底绝望了，你完全没有心思在这里待下去了！对不对?

龙汉良：吴惠琳，你，你这是胡说！

吴惠琳：胡说不要紧，总比做出来强吧?！你这是自残行为，说白了就是故意逃避，我早看出来你来滇缅路的动机就不纯，现在果然是这样！我真替你感到害臊！你不只是丢你龙汉良一个人的脸，简直是丢我们南洋华侨青年的脸！

龙汉良：真是神经病！我懒得解释！

吴惠琳：懒得解释正说明你心虚！你敢不敢当着大家的面承认你是故意要摔成这样好弄个伤残回新加坡呢?

第四章　谍云遮天

1

给龙汉良下了那样的断语，吴惠琳很快就有些后悔了。这分明是小女孩吃醋的表现嘛，好在大家没有当场给她难堪，尤其是那个罗叔，罗叔一定心里明白的，只有她这样在心里在乎龙汉良的人才会在第一时间发出内心本能的呐喊来。

直到这个时候，吴惠琳还没有意识到，龙汉良的离开，欧昭通是最开心的——他的情敌走了，再也不会回来了。

接下来，吴惠琳又提出要把汉良安置在昆明治疗，林广怀和罗寅生一听几乎同时笑了出来，这个默契的笑让吴惠琳觉得无地自容，她是太在乎龙汉良了，舍不得让他离开自己，至少不要离得太远。吴惠琳忽然意识到两个长辈的笑莫不是在说，这孩子或许脑筋彻底坏掉了吧？

毋庸置疑，这是爱情，爱情的力量，尽管现在还是单方面的，还没有得到龙汉良的任何呼应，但吴惠琳不管那么多了。她现在急于找到一个快速让这种感情升温的办法，对了，最快的办法就是要努力争取到和龙汉良单独相处的机会。还有，就是罗寅生的那意味深长的笑提醒她，或许自己不能太狭隘了，要真爱龙汉良，就应该让他安全、让他快乐，那回新加坡治疗不就是最好的选择吗？她放弃了自己的坚持，觉得自己先前的那个提议很可笑。

她又提出要送龙汉良到缅甸的腊戍，除了欧昭通反对之外，龙汉良也很不情愿。欧昭通的理由似乎很合理，他觉得林叔技术好，更安全一些，和罗寅生换着开很快就能把人安全送达。龙汉良的理由很勉强，认为一个女孩子辛苦不说，路上也不方便，一个男人当着女孩子的面大小便太难为情，毕竟，他是骨伤不能随便挪动身体。

看样子关键还是要看林广怀，林叔是多么智慧的人啊！他完全知道欧昭通的小九九！欧昭通当然愿意让林广怀去送汉良了，汉良不在，他和吴惠琳接触的机会不是更多了？

林广怀慢条斯理地提示着吴惠琳：汉良的话看似有道理，欧队长的好意也应该理解，可现在是什么时候？战争时期！男女的分别有那么大吗？再说了，不是还有罗寅生罗叔跟着吗？解个大手也没问题呀，你去吧，吴惠琳。

吴惠琳立即跟上：林叔说得有道理，再说这段路，我熟；人我比林叔更熟悉，我送龙汉良去腊戍！

路主任一锤定音：就这么定了，龙汉良，你是病人，必须服从管理！

吴惠琳趁人不注意，给龙汉良使了个鬼脸，那意思分明是胜利之后的炫耀，这让龙汉良有些哭笑不得。

就这样，龙汉良带着机工兄弟们给家人写的信以及路振邦给他弄的新身份上路了。

人总是在着急的时候会想出一些好办法，成语中叫“急中生智”，吴惠琳意识到，身边的这个罗叔或许可以帮助自己，只要她愿意虚心请教的话。一开始，吴惠琳还有些羞涩，问出的话都是试探性质的，让她没有料到的是，罗寅生比她更着急促成两个年轻人之间的好事。后面的建议，简直就是赤裸裸的“教唆”了，当然，这些都是怀着极大的善意。

吴惠琳：罗叔，你都看见了，这都大半天过去了，我这辈子对谁也没这么细心过，对他这么好，这么耐心，可不管我怎么对他，汉良都跟哑巴似的，阴沉着脸一言不发，不是嫌我累赘就是好像跟我有仇一般。

罗寅生笑了。

吴惠琳：罗叔你还笑呢！不帮帮我还笑！我爹白对你那么好了！

罗寅生：我是笑你这么小，居然用上了“这辈子”这个词！可怜的好孩子！吴老爷对我的好我都在心里记着呢！放心，我一定帮你！

吴惠琳直奔主题：怎么帮？

罗寅生：汉良我太了解了，从小就这样，倔犟得像一头驴。你不能太着急，还得顺毛毛捋——惠琳啊，俗话说，男追女隔层山，女追男隔层纸！惠琳小姐不妨再主动一些，再温柔一些，语气呢，再和缓一些。最后，直接给他来个绝活儿！

吴惠琳：什么绝活儿？快告诉我！这马上都快过了怒江了，得抓紧时间啊，罗叔。

罗寅生：你是不是真心喜欢少爷？

吴惠琳有些不好意思。

罗寅生：还知道害羞了，在汉良面前就不能这样吗？这才是女孩子的本色啊，在本色面前，再强硬的男人都会低头的！

看吴惠琳似乎在琢磨他的话，或者是嫌吴惠琳没有理解他的话，罗寅生干脆给她出了一个具体的主意，吴惠琳饶有兴趣地听着，不住点头。最后，还没等罗寅生停车，具有男孩子性格的吴惠琳已经开始在卡车行进中往后车厢爬去。

可她很快就遇见了一个不大不小的麻烦——管理二科的王道里绰号“王胖子”的家伙借故上了他们的车，因为和自己打过交道，和她吴惠琳算是有工作关系，平时还给吴惠琳送过化妆品，其实暗中喜欢吴惠琳很久了。

王胖子一有机会就得寸进尺，他完全不知道吴惠琳此时的心境，更不顾一旁的病号龙汉良，从皮包的旁边内侧的口袋里抽出一张机工内部的报纸——《机工通讯报道》，指着上面的一篇文章：惠琳，就是这首诗，让我念给你听！我花了一晚上时间写出来的！连宋主任都夸我有真情实感呢！……假如，在翠绿的森林中，能找到一朵盛开的奇葩，那一定是你，我的女神miss 吴；假如，在蜿蜒的滇缅路上，有一只快乐的小鸟，那一定是你，我的诗人 miss 吴！假如……

吴惠琳有些心不在焉与不耐烦：好了好了，现在谁有心情听你的酸诗啊！你饿不饿？

在吴惠琳来到后车厢之前，龙汉良把底儿交给了王胖子——原来龙汉良不是吴惠琳的恋人，他甚至鼓励王胖子大胆去追求吴惠琳，有了这个底王胖子更起劲儿了。吴惠琳最后使出一个小骗术，才甩脱了对方的纠缠。

吴惠琳下车，拉着王胖子一起进入树林，她让王胖子帮着看看四周以防有人过来偷看，她要解手。王胖子乐昏了头，这种地方哪来的人？还会跑树林里偷看美女小便？等王胖子明白过来时，罗寅生的卡车已经开动，吴惠琳把包甩给了还在路上笨拙奔跑的他，根本不顾对方几乎绝望的呼喊。

龙汉良忽然醒来，看着还在辛苦照顾自己的吴惠琳，有些过意不去了。眼前的吴惠琳温柔、体贴、有耐心，看着和以往的她完全不一样，变得很有女人味儿了，龙汉良有些后悔自己前面对她过于严苛与冷漠，语气也慢慢柔和起来。

龙汉良：惠琳，这两天你辛苦了——我知道，你对谁也没这么好过，长这么大也从来没伺候过谁，给你添麻烦了。

吴惠琳：是我自己愿意的。

吴惠琳在找寻着最佳时机，而且她晓得战机稍纵即逝，必须眼快手疾。其实，哭，有时候就是最好的武器，她抽泣起来，发自内心，也带有演戏给对方看的成分。龙汉良赶忙要帮她擦眼泪，却被她一把甩开。

龙汉良：我很快就会回来的。

吴惠琳：骗人。

龙汉良：真的。

吴惠琳试探：是为我回来？

龙汉良：当然，还有大家。

吴惠琳：算了吧，就算你愿意回来，你 grandpa 也不会答应的，加上你的心上人林婉珍小姐已经牺牲了，我知道，这次或许是咱俩的永别。

龙汉良忽然一阵辛酸，伸手要搂吴惠琳：不会的。

吴惠琳：汉良，对不起，在九队大队部，我不该那么说你，说你是故意自残想当逃兵才这样的。

龙汉良：我知道，你是舍不得让我走才那么说。

吴惠琳忽然抬头：啊？原来你什么都知道！那你为什么还牵挂着林婉珍，既然知道我心思全在你身上，为什么就从来没正眼看过我？我哪点不如林婉珍，是长得不好看，还是不如林婉珍温柔？是没有上进心还是好吃懒做只能当个大小姐？我哪点让你这么看不起我？你告诉我呀！

龙汉良愣住了：不，你什么都好，林婉珍是先入为主。

吴惠琳：可林婉珍已经牺牲了啊！你需要有人疼你照顾你，我就是要做这个人，可你为什么总躲着我？为什么我做什么都不入你的法眼？做什么你都不满意，你告诉我呀！

龙汉良：对不起，我还真没好好想过这个问题！

吴惠琳：那现在就想，现在就必须给我个回答！无论爱与不爱！无论喜欢还是不喜欢！马上就要到腊戌了，完了你就要离开缅甸了，或许，或许我真的再也见不到你了！

吴惠琳号啕大哭起来，哭得极为伤心，她是什么都顾不上了，已经自己把自己给感动了，只要能把自己的真实内心完全袒露给心爱的人。这次，完全是发自内心的伤感，她已经深深地投入进去，顾不得演戏还是不演戏了。

其实，被感动的还有龙汉良。听到吴惠琳后一句话，龙汉良也伤感起来，他抚摸着吴惠琳的长发，一时不知该怎么安慰她才好！一个富裕人家的大小姐不顾一切地来到滇缅路上当司机，这可绝不是一般人能做到的！更何况是一个完全的金枝玉叶啊！而和吴惠琳相比，自己的确渺小很多，他不是真的来当司机的，他是为了追随自己恋人才来到这里的！林婉珍对自己是有致命的吸引力，可吴惠琳才是最对的那个人，她就在自己眼前，她的体温她的气息现在就这么紧紧地缠绕着自己，让他陶醉其中，让他感受到一种莫名的力量！不能再让它跑掉了，千万不能!!

龙汉良：惠琳，你，这是非要逼着我现在表态吗？

人在紧张的时候是失态的，是恍惚的，是脆弱而真诚的！现在的龙汉良实际上是在防守，就连外交词汇都用上了，他实际上是最虚弱的那个人，吴惠琳已经感觉到了。

吴惠琳：罗叔说，爱一个人，不管是男是女，都应该勇敢表达，我从小就喜欢你！一直以来就喜欢你！现在是在战场上，死亡是瞬间可能发生的事！我或许再也没有机会表达自己了！我喜欢你！

吴惠琳发起了总攻。

龙汉良：我也喜欢你，你好好等着，我一定会回来的，还得当那个保护你的大哥呢！

吴惠琳：信口开河，胡乱答应！我才不相信你的话呢！

龙汉良：那你要我怎么说、怎么做？

吴惠琳忽然站了起来，还不住摇晃着，因为车子还在行进之中。这是她最后的杀手锏，是甩出它的时候了。

吴惠琳：我决定了，我不准备回九号车队了！

龙汉良：什么？

吴惠琳：我要陪你回新加坡！

龙汉良：你疯了？！

吴惠琳：我没疯！也早做好准备了！我要陪你回去，然后等你养好伤之后就和你结婚！

这个突然的决定让龙汉良猝不及防，让大家知道了，他多没面子啊！女朋友刚刚去世，新任女友就为私情抛下重要的工作和他返回新加坡享受，这完全不行！必须顾全大局才对啊！

不行不行！你先坐下！龙汉良赶紧劝吴惠琳，近乎于喊叫了。很显然，罗叔给吴惠琳教的招儿已经起作用了！

吴惠琳：就这么定了！

龙汉良：吴惠琳队长，你走了可以，可是九队怎么办？大家驾驶技术不娴熟，还需要你的帮助啊！你不能轻易离开九队！千万！

吴惠琳：我有那么重要吗？

龙汉良：当然。

吴惠琳：在你的心中也是这样吗？

龙汉良一咬牙：也是一样的！

吴惠琳：可我还是不太相信你的话！

龙汉良：我说的全是心里话！

吴惠琳：除非你答应我一件事，我可以暂时先不回新加坡！

龙汉良：十件事我也会答应的！

吴惠琳：好，男人说话一言九鼎！

龙汉良：一言九鼎！

吴惠琳：答应伤好后回来，永远和我在一起！

吴惠琳俯下身，热辣辣的眼神盯着龙汉良。

龙汉良被征服了：我答应！一定回来！和你在一起！

两人拥吻在了一起，完全顺其自然。这是一场小小的战斗，对吴惠琳来说却是场大战役，胜者是她，她希望自己爱着的男人平安无事，可很快，她就改主意了。

改主意还是因为欧昭通。

2

欧昭通发现，原本以为龙汉良离开这里对自己来说是好事，可很快他就意识到完全不是那么回事。吴惠琳照旧对他带搭不理的，而吴忠标已经暗中开始了对他的再次调查。欧昭通是让刘志枚帮他打探到的——吴忠标已经聘请了保山警察署一个姓何的老法医开始了重新的现场调查。

林广怀也来凑热闹，听说吴忠标请了病假，他主动向路振邦要求下到九号车队帮忙。欧昭通立即就明白了林广怀的意思——他一定是想帮着龙汉良监督自己的，他不放心龙汉良的情敌欧昭通嘛！

由于吴忠标的坚持，依靠老法医的检验报告，他得出了好友“大头”摔下去时还没死、是后来被人砸死的结论，这一切还有尸体解剖清楚来予以佐证。

吴忠标拿出了那份尸检报告，放在了路振邦面前，路振邦仔细看完后将所谓的报告甩了出去。

路振邦：荒唐！

吴忠标：怎么荒唐，难道您还怀疑科学吗？

路振邦：你懂不懂啊？这是军队的事，真要勘验尸体，也应该是军队派人去，地方的警察署所有的勘验结论都是无效的！

吴忠标慌了：什么？怎么可能?!

路振邦：怎么不可能？我问你，你最终的结论是什么？欧昭通是杀害

“大头”的凶手吗？

吴忠标：是的。

路振邦：你又不在现场，自己就凭着这个报告就做出了最终结论了？

吴忠标：差不多吧！

路振邦：胡闹！欧昭通也是机工，就算和自己同志有矛盾，也不至于去杀害他！更何况车祸情况复杂，到现在都没有得出最终结论！欧昭通自己也是受害者，哪有力气去加害自己的同志？

吴忠标：欧昭通就是有问题的机工，我怀疑他参加机工的动机不纯！

路振邦：这是另一个问题，不要放在一起说。可以怀疑，可怀疑归怀疑，你不能轻易做出结论！

吴忠标：就因为欧昭通是路主任您任命的，他就没有问题了吗？

路振邦：你要拿出有说服力的证据！

吴忠标寸步不让：证据就在这里，您却一再推托！您要再次拒绝，我准备联合队员们向陈嘉庚先生的‘南筹总会’反映！

吴忠标最后这句话很有分量，“南筹总会”是通天的，就连委员长都会让他们几分。陈嘉庚在国内考查期间，几次反映滇缅路管理者以及地方政府的腐败，弄得委员长很生气，因为陈嘉庚反映问题后还要当地的人写信告诉他后来反馈的结果。假如没有改善，陈嘉庚就会继续给委员长反映，如此执着让政府当局某些人很是头疼与无奈。

路振邦有些犹豫了：先把报告书交给我，我再找欧昭通了解一下。

吴忠标：我等着路主任的最终结论！

路振邦很快找了欧昭通，到底是自己提拔的队长，加上此人擅长察言观色，巧言善辩，路振邦的天平很快就向欧昭通这里倾斜。但他还是很矛盾，万一吴忠标说的是真的，自己岂不失职了吗？

路振邦：你知道，吴忠标现在抓住此事不放，他怀疑是你用石头砸死了“大头”，你和“大头”有什么过不去的矛盾吗？

欧昭通：路主任请相信我的为人，小矛盾有，但不至于用杀人的方法解决问题，更何况我自己也摔得半死，哪有力气去砸死“大头”，他还是我们的机工兄弟！

路振邦：听起来都有道理，但假如不能用证据排除你，你还是有嫌疑的。

这样吧，给你一段时间，再好好回忆一下那天发生过的一切，越细致越好。

欧昭通：谢谢主任的信任，我会办好这件事的。

与以往不同的是，路振邦这次特别要求欧昭通拿出足以说服人的旁证，否则就会提交到云南省警备司令部来处理，欧昭通有些惊慌了。看样子，得想个万全之策才能应付过关。他找到刘志枚，想和她说说心里话，说来也巧，刘志枚很乐意欧队长靠近自己，但却没想着帮欧昭通，但她很随意的一句话却提醒了对方。

刘志枚胆怯：欧队长，这几天我一直在想，自己身边睡的这个人，会不会真是个杀人犯?!

欧昭通：别胡闹了，我自己都乱了！

刘志枚：人家法医报告都出来了，那还能有假吗?

欧昭通：小刘，别人不相信我，连你也要怀疑我？我一个队长怎么可能去杀人？荒唐！

刘志枚感慨道：要是龙汉良在就好了。

欧昭通：他在有什么用?

刘志枚：你们三个人一起掉下山崖，活了两个，除了龙汉良能给你证明，还有什么更好的办法?

欧昭通一下子跳了起来，上前就在刘志枚的额头上亲了一下，刘志枚使劲躲着。

刘志枚脸红了：你干什么呢！让人家看见不好！

欧昭通：那怕什么？我得好好谢谢你才对！

刘志枚：龙汉良能回来吗？他现在回新加坡了，怎么回来？我只是随便那么一说，瞧你高兴的！

欧昭通急忙搓搓手：有办法，好好想想，就会有办法！我得去找一个人。

能帮欧昭通的人就是吴惠琳，他是个能在慌乱之中抓住关键的人，他想出一个可以让龙汉良回来的好办法，必须快速动作才行，但实现这个办法得靠吴惠琳，而吴惠琳一定是那个愿意让龙汉良回来的人，那种意愿甚至比欧昭通本人还强。

欧昭通：吴队长，我有事找你帮忙。

吴惠琳：洗清罪名的事我帮不了你。

欧昭通：那让汉良回来，你也是不愿意了？

吴惠琳转过身来：什么意思？

欧昭通：我想请你帮忙，当然也是帮我自己，所以求到了你吴小姐。

吴惠琳双眼看向前方，带着哀怨幽幽地说：汉良是不会回来的，临走的时候，他答应我一定会回来的……可后来我想明白了，他那是为了安慰我，而我还傻傻地等他！就算汉良想回来，他 grandpa 也不会同意的，到了新加坡，那就不由他自己了！

欧昭通：要是我有办法让他归来，你愿不愿意配合我呢？

吴惠琳：你要真有办法，我当然愿意了！

欧昭通：那咱们先一言为定！

吴惠琳：得告诉我是什么办法，我才好决定到底帮不帮你。

欧昭通：你要愿意，就一定能帮到我。你是不是认识管理二科的王胖子？

吴惠琳：他呀，我就不想搭理他！

欧昭通：可为了你自己，就算是不愿意的事情，也应该去委曲求全啊。

吴惠琳：你到底准备怎么办？

欧昭通：我这个办法要想快，就得用到管理科的电报机，那东西一般不会给咱们用，可这次事情太紧急，晚了我的冤情就难以洗清了，所以你必须去找到王胖子！

吴惠琳：行，我试试。

欧昭通：等汉良回来后，我未必会行动自如，你得帮着我给汉良递话。

吴惠琳：订立攻守同盟？

欧昭通笑了：看你说的那么难听，到时你按我说的做就是了！

3

要不是欧昭通的那个通讯报道发到新加坡的《星岛日报》，龙汉良或许会悄然地进行治疗，痊愈后也许再也不会返回滇缅路。现在他用的是化名——黎锦耀，住在一家英国人的私立骨科医院，根本不会受到任何打扰的。因为那场官司，龙汉良是被坡督撵出新加坡的，永远不能返回的。

这份通过王道里的管理二科发来的关于机工的报道一经刊发，立即引发了民众高涨的热情。副社长找到吴记者——恰好就是那位曾经报道过龙汉良捐出十万元坡币的大记者，要他一定深入挖掘下去，这么生动的题材不发扬光大明显是浪费资源了。

副社长兴奋得像个小伙子，他在吴记者面前大喊大叫，显示出职业记者出身的他的新闻敏锐性：……《滇缅机工逞英豪 星岛少年创辉煌》这篇文章很好，本身就是机工工友自己写的，一字不改就登出了！可问题是，英雄少年黎锦耀现在何处？公众要追问的！大家要去探望他、慰问他！可我们报社十几路记者费了两天的时间、跑遍了各大医院居然没有找到这个身在新加坡的少年英雄！也许人家早有准备，不愿意曝光！各位，我说你们失职或许有些过分，但你们应该想想，再这么下去，别的媒体会不会抢在我们《星岛日报》的前面？咱们报社靠什么博取眼球？大家靠什么拿到奖金?!

众人面面相觑，一时不知该怎么办才好。

某记者：社长先生，我们再去找好了！

副社长：不用了，我有办法了，吴记者留下，你们大家都先出去！

众人散去。

副社长：小吴记者，我看你得出动了。

吴记者：我在赶南洋“鬼客”的稿子。

副社长：我看那份稿子可以先停停，这份电报虽然点名是黎锦耀。但最后的附信里却提供了龙汉良这个名字，这或许是写这篇文章的人是有意透露给咱们的，因为龙汉良被驱逐出新加坡，他现在只能用化名，那么，现在简单了，龙汉良捐出卡车是你报道的，龙汉良烧日本国旗也是你拍的照片，我看这次还是你出马吧！

吴记者：是他？那我可以试试。

副社长：不要试，必须找出龙汉良来，我提醒你，骨折，会不会用化名？

吴记者：社长先生，我有自己的办法！

副社长要的就是这句话。

吴记者很快就找到了龙汉良，还拍了照片，这一下，龙汉良猛然间就成了英雄。大批的各界民众不断聚集到私营骨科医院或者龙家，手拿鲜花或慰问品在等候着慰问龙汉良。现在该轮到龙万里发愁了，他知道，要这么下去，汉良的身份会暴露，恐怕还得再返滇缅路了。龙万里安排罗寅生把龙汉良安排到其他地方躲避，但神通广大的吴记者继续追踪，他看到民众的热情已经被点燃，必须深入下去才能满足大众的愿望。新加坡大约有将近三千多机工奔赴到了滇缅路，他们的家属急于知道自己亲人的情况，见到报纸如此报道，更是以自己的亲人为骄傲，龙汉良简直一时无法招架！

龙汉良知道，心里最苦的要算祖父龙万里了，一方面为自己的孙子在滇缅路的表现感到骄傲，另一方面又怕孙子离开自己，这个家需要后继有人才行啊。其实，龙汉良为自己到底要不要重返滇缅路犹豫很久了，那里有自己朝夕相处的战友，他们还在拼搏；那里还有自己的恋人吴惠琳，他从内心里已经完全接受吴惠琳了。自己曾答应过吴惠琳，现在要是食言，恐怕无脸再见人啦！

可是，人是什么苦都能吃，但不是什么福都能享的。没几天，龙汉良就产生了惰性，对于这里的舒适完全没有了免疫力，开始沉醉其中。再加上龙万里和他进行了两次语重心长的谈话，龙汉良彻底放松下来了——不再回滇缅路了！管他呢！不回也罢，在哪里用什么方式都可以抗日嘛！他每天这样对自己说，就是为了慢慢说服自己、安慰自己。

尽管罗寅生把龙汉良藏了起来，但这个没有阻止住刘志枚大妹等九号车队家属的执拗，他们想出了一个对付龙家的好办法，终于让龙汉良和大家见了面。作为英雄的家属，他们有太多的话想当面去问、太多的疑问要去核实。

办法是老刘的二女儿想出来的，刘志枚的大妹是这样告诉父亲：龙汉良是九号车队的，那家属就不会只有咱们一家，咱们应该把大家召集起来，这样一起去见龙少爷，他肯定会见咱们的！不行就大喊起来，总会引人注意的。

小女儿：还是二姐聪明！

老刘有些担心，大喊总是不礼貌的：总不能在这里大喊吧！

二女儿：喊，就得大喊，不喊谁知道咱们呀！现在到了紧要关头，咱顾不了那么多礼节啦！喂，谁是九号车队的家属，你们都过来一下！谁是九号车队龙汉良少爷的战友家属，你们都来一下，我是刘志枚的妹妹……

欧昭通的弟弟欧兆铭、吴忠标的妻子抱着儿子、林广怀的老婆带着双胞胎儿女、龙老七的小兄弟“猴子”、黎旺（“大头”）的亲弟弟黎福等人都围了上去。

家属们听取刘志枚大妹的建议——大家只是要求龙汉良讲讲亲人在滇缅路上的真实生活，罗寅生理解大家，和龙汉良商量之后，同意和家属们会面。当龙汉良拄着拐出现在大家的面前时，因为激动，刘志枚的妹妹带头鼓起掌来。

龙汉良认出了龙老七的小伙伴：“猴子”！

“猴子”：少爷你好！

龙汉良：还在做老本行吗？

“猴子”：不，我在码头扛包，其他小伙伴开始卖报纸了。

龙汉良又发现了吴忠标的老婆和孩子：嫂子你好！孩子该会说话了吧？标哥要知道肯定会高兴死了！

吴妻教导着快要两岁的儿子：快叫叔叔。

小孩子有些扭捏起来。

龙汉良又发现了林妻和那双胞胎：林婶，大同、小异！

林妻和龙汉良又是一番寒暄。

罗寅生：各位家属代表，医生叮嘱，龙汉良现在还在恢复期，不能长时间说话。这样吧，大家每人问一句最想问的话，好不好？

大家一致称好。

龙汉良：你一定是欧兆铭！

欧兆铭：您怎么猜出来的？

龙汉良：长得和你哥哥还是蛮像的！听说你学习成绩很好！

欧兆铭有些不好意思起来。

龙汉良：你母亲好些了吗？

欧兆铭点头：还好，谢谢关心！

龙汉良：我和你哥哥，一起坠入过悬崖，后来又一起逃了出去，差点儿死在高黎贡山里！

欧兆铭：我怎么从来没听哥哥在信里讲过？

二女儿冷静地来了一句：他们一直是报喜不报忧！

龙汉良发现了刘志枚的两个妹妹，可他怎么也猜不到她们的身份。

二女儿主动问道：猜猜，我们是谁的家属？谁的妹妹？

龙汉良：“大头”的妹妹？

刘志枚的两个妹妹一起摇头，黎福上前：我才是他弟弟，我们没有妹妹的。

龙汉良：哦，李万龙，要么是庞大温的妹妹！

二女儿：我们是刘志枚的妹妹！

龙汉良：啊？我怎么从来没听刘志枚说过自己有两个妹妹呀！

二女儿和小妹互相望了一眼，颇有些失望的样子。

龙汉良：你们的哥哥很了不起，会医术，帮我治过拉肚子！关于哥哥，你们想知道什么？

二女儿：请问，少爷还会返回滇缅路吗？

龙汉良口气有些含混：可能，不回了！

现场忽然一下子静了下来，这种安静着实把龙汉良也吓了一跳，刚才还热烈的场面顿时冷却了。

二女儿：那说什么也毫无意义了！

二女儿忽然低头哭泣起来，众人都愣住了，尤其是龙汉良。

二女儿一把拉过小妹，快速冲出了病房……

就是这次会面，让起初还两难的龙汉良完全改变了主意，家属们需要他把大家的消息带回到滇缅路上，这是谁、什么东西都难以替代的珍贵，必须完成它。

龙汉良已经甩掉了拐杖，他在一件件收拾即将带走的东西：吴忠标儿子的照片，孩子在笑着；刘志枚妹妹带给姐姐的一本连环画《花木兰从军记》；“猴子”捎给龙老七的腊肉；林妻带给丈夫林广怀的本地产咖啡豆；欧兆铭给哥哥写的一封信…………

龙汉良准备再次启程。

龙汉良心中默默念道：亲爱的 grandpa，原谅孙儿的不孝，我不能和您一起过生日了，我再次食言，实在是迫不得已。我不能看到刘志枚妹妹那失望的眼神，他们迫切希望我能把亲人们的信息带到滇缅路路上，这或许是对这些机工队员们最大的精神安慰，我不能辜负他们的殷切期望！

亲爱的祖父，相信吧，我们一定会相会的。那一定是在祖国光复的那一日，是在中国民众赶走日本侵略者的那一天！

再见，我亲爱的祖父，天主保佑您！您的不孝孙儿——龙汉良。

4

欧昭通被审查了，好在他事先做了准备，为他传话、替他说好话的就是吴惠琳，尽管吴忠标对此和吴惠琳抱怨了好几回。龙汉良刚回来，就被吴惠琳叫走了，两人甚至把重逢后甜蜜的接吻都先搁置一旁了。

龙汉良：……什么事这么着急？

吴惠琳：欧队长可能有麻烦了。

还没等吴惠琳说完，吴忠标似乎察觉到了什么，赶忙跟了出来。

吴忠标：汉良，有件事我得告诉你，其实这事儿也不必避着吴队长。是这样的，你能回来，我真的很开心，看到儿子的照片，只能是更感谢你了，我想大家都一样开心。但有一点你得清楚，你这次回来，是欧昭通使了花招儿才促成的，他这么做首先是为了自保，现在昆明警备司令部外调处已经派人来调查这事儿了，我提醒你，千万要公正，不要被他蒙蔽，更不要不分是非地替他说好话，该怎么样就怎么样！我知道你们曾经一起出生入死过，但事实就是事实，欧昭通砸死“大头”，是有法医鉴定书的，你一定要记住这一点。

吴惠琳将吴忠标推开。

龙汉良：标哥说的是真的吗？

吴惠琳点头：欧昭通写了一篇赞扬你的文章，要我通过管理二科的那个王胖子以最快的速度以电报形式发给了《星岛日报》的吴大记者，所以你回新加坡的事大家都知道了，不管欧昭通怎么想，反正我是愿意看到你回来。

龙汉良：所以你这么配合欧昭通。

吴惠琳：你答应过我会回来的，你想否认吗？

龙汉良：否认也没用啊，我这不是回来了吗？

吴惠琳：欧队长专门要我告诉你，他没有杀死“大头”，标哥是故意和他过不去，假如人家找你核实的话，你就这样说……

吴惠琳小声给龙汉良交代了几句。

龙汉良迟疑：这样行吗？

吴惠琳：我不觉得欧昭通像个杀人犯，既然都是战友，能帮助一下就帮助一下他——事实是黎旺主动要求欧队长砸死他的，因为“大头”受了重伤，自己也不想活了，欧队长不愿意看着他受罪！

龙汉良一个人往大队部走去，他忽然回忆起自己也差点儿遭欧昭通砸死的往事。当龙汉良进屋时，路振邦正在很严肃地接电话，他示意龙汉良先等候一下。

路振邦：是的，需要三十辆车，好的，我尽快安排。

龙汉良：路主任。

路振邦：上面有紧急任务。

龙汉良：要运什么东西？

路振邦：汉良，不好意思，这是绝密！

龙汉良：不好意思，我不该问的，主任找我有事吗？

路振邦：欧昭通被审查，他嘴很硬，坚持说自己没杀人，我想听听你的看法，当时你在现场的。

龙汉良早已想好了对策，他这次下定决心要为欧昭通做假证了：主任，我知道情况，本来早该告诉你，可真相说出，欧昭通恐怕会坐牢！

路振邦惊讶：什么？欧昭通真的杀人了？

龙汉良：是“大头”让他干的！“大头”身负重伤，他请求欧昭通让他快点儿死，减少一些痛苦，欧队长犹豫很久，很不情愿地照做了！

路振邦：这么解释就合理了，也是情理之中的事，这些都是你亲眼所见？

龙汉良：我当时也曾经要求他这么杀死我，可欧昭通坚持要帮我活下去，所以才一起走出了……路主任，这事儿我看您最好不要告诉外调处真相，那样他们不会轻易相信的，得想个别的办法！

路振邦：可毕竟是欧昭通砸死的“大头”，行了，大局为重，任务这么紧，先加紧运货吧！我知道怎么给外调处的人解释了，你一会儿可能也要被他们问。

龙汉良：我坚持说醒来时“大头”已经牺牲了。

路振邦：就这么说！

事情果然有了转机，只有吴忠标一人对此极大地不满意，甚至对龙汉良也产生了怀疑。欧昭通自然是感谢龙汉良的配合以及吴惠琳的帮助。

欧昭通：……汉良，我得好好谢谢你。

龙汉良话里有话：我也是在帮我自己，更何况你救了我。

欧昭通：我认为那段经历今生不会再有了。

龙汉良把欧兆铭的写给哥哥的信递给了欧昭通。

龙汉良：你弟弟我很喜欢。

欧昭通：真的吗？他学习很努力的。

龙汉良：真羡慕你们，刘志枚有两个可爱的妹妹，你有一个懂事的弟弟，他一再告诉我说你母亲一切都好。

欧昭通：我真的不相信你会再回来！汉良，你真让我、也让大家敬佩——听说马上有紧急任务了，咱们一道努力吧！好好工作才能回报路主任对我的信任！

龙汉良：路主任是为了大局才不让他们继续追究下去了，你心里全都明白。

欧昭通眼睛没看龙汉良，只是点头，他心虚着呢。

龙汉良：我希望你也能理解标哥，他是我大哥，他也是为了给自己的兄弟“大头”一个交代。

欧昭通：有你在这里，我怎么还再计较？再说了，都是机工兄弟，来这里就是来支援抗战来了，有点儿小矛盾不算什么，你放心好了，汉良。

5

龙汉良从新加坡回来，新得了一个绰号“阿摆”——因为脚骨折没有完全治好就出院，算是留下了后遗症，走路时一摇一摆的。大家的这种称呼中透着亲切，龙汉良自己也完全接受了，龙老七开玩笑说，少爷这脚伤就跟军功章一样的，伤越多，功劳越大，也像将军的肩章，星星多说明战功高。

因为伤还没有完全好，龙汉良被路振邦安排了统计员的工作，知道这次任务紧急，他还是想加入其中。出发时，他偷偷爬到龙老七的驾驶室，点名时埋下头蒙混过了关——龙老七早有准备，他有事要求到龙少爷。

吴惠琳头车、路主任居中、欧昭通殿后共计三十辆载满重要军事物资的美式卡车蜿蜒而行。奇怪的是，第一天平安无事，第二天车队没走多久大家就听到了那熟悉的警报声——一长两短的枪声，那是敌机即将到来的报警信号。

几乎同时，日本人的飞机已经扑了过来开始轰炸。路振邦急忙下车指挥，大喊着要大家迅速躲避、疏散，最前面是吴惠琳指挥着队员们疏散。

敌机大约十五架飞临他们的上空，开始狂轰滥炸。

这不是伙伴们第一次遭遇敌机，大家有的将车子迅速开到大树下，四周没树的赶紧往山拐角躲藏，还有的往后退，找山的背阴处。可这次日本人似乎目标明确，路振邦他们很快就发现又有十五架敌机呼啸而至，对着车队轮番轰炸射击，大有不灭掉车队坚决不离开的意思。

可有的司机不忍心让贵重的物资受损，坚持再上车和日机玩儿躲猫猫游戏，路振邦很着急但没好办法，机工们就是这么爱护物资，能救就出面救，加上敌机的投弹频次太高，整个车队中大概有四五辆卡车被炸毁，两名机工当场牺牲了。

埋葬完自己的战友，吴忠标第一个发起牢骚：这到底怎么回事？走了两天，每天都有日机追着咱们扔炸弹，还真耗上咱们了，是不是有人给提供情报呀？

林广怀：是呀，路上这么多车来来往往的，不炸别人，专门跟咱们这三十辆车过不去。

路振邦：没啥奇怪的，他们有侦察机，老远就可以看到车队。

吴忠标：路主任，我看他们是有目标的。林叔说的对，每天滇缅路上成百上千辆车，为啥不炸别人呢？

欧昭通心虚，但作为队长他不能不表态：标哥，最好找到证据再说话，不要轻易怀疑自己的队友！自上路之后，大家吃睡都在一起，谁能用什么办法给日本人传递情报？电报机？谁用过？谁会用？站出来给大家看看！

吴忠标顿时不再言语了。其实，龙汉良早就发现了问题，他此时避开大家，来到一高处，从这里他可以清晰地看到整个车队的全貌，他想找出问题来，而紧跟在后的龙老七也很快有了新发现。

龙老七：少爷不觉得有什么问题吗？

龙汉良：什么问题？

龙老七：日本人好像长了眼睛，就盯着咱们车队呢！

龙汉良：对呀，他们在高处，可以看得清楚。

龙老七：在高处就一定看得清楚吗？

龙汉良：当然。

龙老七：少爷往最后一辆卡车看。

龙汉良：那是欧队长的车。

龙老七：看车顶。

龙汉良：蒙着一大块黄布。

龙老七：我要再指给你看一样东西，你就要喊出来了，不过，少爷一定先答应我不要喊。

龙汉良惊讶地看着龙老七：你今天怎么了？

龙老七：少爷，我把自己当成天上的日本人了，所以偷偷看了好几次咱们的车队，终于有了一个让我害怕但还难以证实的发现。

龙汉良：你赶紧再指给我看！

龙老七：少爷再看看吴惠琳吴队长的头车——龙汉良赶忙顺着龙老七的手指望去，吴惠琳的驾驶室头顶也有一大块黄布。

龙汉良：黄布！

龙老七点头：假如把头和尾一连，就能清楚地看到一个车队，那就是咱们的车队！

龙汉良：难道是有人故意蒙上黄布的！

龙老七点头：但不知道为什么这样——我也不敢确认。

龙汉良：你肯定知道是谁。

龙老七点头。

龙汉良：告诉我！

龙老七：没用！

龙汉良：为什么？

龙老七：第一，他一定有说法，我也亲口听到了他说的话；第二，就算有这么两块黄布也不能完全证明他就是坏人。

龙汉良赞赏地说：老七开始动脑子了！

龙老七：上次跟着标哥和欧队长斗，吃了太多的亏！

龙汉良：那么，这次你把黄布的事情都告诉谁了？

龙老七：谁都没说！

龙汉良：那就好！

龙老七：来之前，我就知道欧昭通要带黄布，一直没明白他准备干什么。所以，我死拉硬拽地把少爷骗来了！为的就是关键时候帮我分析一下。

龙汉良：欧昭通是怎么解释的？

龙老七：刘志枚很好奇地问他怎么回事，他告诉刘志枚，这是他让弟弟从新加坡寄来的，寄之前还专门拿到双林寺找法师开了光，就是为了护佑车队的！

龙汉良：这个理由听着很好啊。

龙老七：假如车队没有被追着轰炸，那就好了，可惜啊！

龙汉良：我有办法。

龙老七：啥办法？

龙汉良：咱先不要胡乱怀疑欧队长，但可以试试没有黄布之后车队会不会安全。

龙老七：欧队长一向很鬼，让他放松警惕不容易办到。按以往的经验，他在蒙黄布之前，已经做好一切准备了。

龙汉良：你不要管那么多，到时你照着我说的做就是了！我的拳击手套在你驾驶室里吧？

龙老七：一直在呢！要它干吗？

路振邦刚刚给欧昭通和吴惠琳布置完任务，龙汉良忽然出现在他们面前。

龙汉良拦住了路振邦：等等路主任，等我五分钟，不，一共要二十分钟！我有重要的事情向大家公布。

众人停住了，不知他葫芦里卖的什么药。

路主任：汉良，任务紧急，不是什么大事还是等回去后再公布。

龙汉良：不，这里更浪漫，更有纪念意义——各位留步，听我说几句话！各位熟悉或者不熟悉我的战友们，我是龙汉良，外号“阿摆”。大家都知道，我前一段时间因为治伤回新加坡了，可不到三个月，我又回来了。很多人都说我因为爱国才回到了滇缅路，其实，那只说对了一半儿，我龙汉良是为了爱情和诺言才回来的！今天，我是瞒着路主任和欧队长偷偷跟上你们大家的，我来就是为了宣布一件事，我和吴惠琳小姐订婚了！

众人都觉得很突然，开始议论纷纷，就连当事人吴惠琳也感到一头的雾水。

吴惠琳赶忙上去拉他一把：汉良，我怎么没……

龙汉良甩开吴惠琳：为了给吴小姐一个惊喜，我没有提前告诉她！也没做更多的准备，大家都知道，在滇缅路上开车，随时都会面对牺牲，今天我们就已经损失了两个好兄弟！所以，我们一定要坚持下去，等赶走日本人，我再和吴小姐结婚！假如我们那时候还活着的话！

众人开始了热烈地掌声，尤其是刘志枚，她特别羡慕龙汉良在爱情方面的执着和敢做敢为。

龙汉良：谢谢大家！因为事情太过突然，让大家吃惊不小！对不起！刚才吴惠琳小姐专门提醒我，说不要忘记我还有一个竞争者，他就是欧昭通队长！

欧昭通很是尴尬，他看着龙汉良，不知道他接下来要做什么，这么公开两个人的私事似乎不太妥当。

龙汉良：欧昭通队长是我的好朋友，也是我的生死兄弟，我们俩一道从无人谷逃了出来！吴小姐说，为了公平竞争，在正式订婚之前，我应该和欧昭通再次竞争一下，胜利者才有资格获取吴小姐的芳心！欧队长，你敢不敢接受挑战呢？

其实，龙汉良的这个理由太过牵强，欧昭通知道这里面龙汉良一定对他隐瞒了什么东西，但具体是什么他又一时弄不清楚，可不上前应战似乎不够男人味儿，于是很勉强地答应了。

欧昭通：好呀，我全力配合你，好兄弟！咱们怎么竞争？

龙汉良：很简单，老七，把东西拿来！

龙老七递上了早就准备好的拳击套：一局定输赢，机工兄弟们来做裁判！

众人齐声叫好，连一向严肃的路主任都跟着喊好。一场拳击比赛开始了，战地的比赛显得很简陋也很另类，很特别。只有刘志枚注意到，龙老七趁大家不注意，悄悄溜出人群。

按照龙汉良事先的安排，龙老七分别撤下了头车以及吴惠琳驾驶室上方的大块黄布，而这一切都做得干净利落、无人察觉。他特别不忘记留个假象——假如从驾驶室内往上看，那个黄布的四角还都在，不上去仔细查看，还以为黄布仍然在车顶，龙老七笑了——为自己小把戏的成功而扬扬得意。

这场比赛以龙汉良取胜而结束，大家在欢呼声中再次上了路。

果然，再接下来的行车中，很长一段时间车队都没有再遇见敌机的干扰，连路振邦都感到不解，只有龙汉良与欧昭通明白是怎么回事。龙汉良已经猜到了欧昭通的奇怪举动，但他还不能完全认定，因为对方早有准备，假如他坚持说一头一尾蒙上经过大师开过光的黄布就是为了避邪保佑大家，即使客观上引导了小鬼子的飞机轰炸，你也不能断然判定欧昭通是奸细行为。

所以，龙汉良把此事记在心里没有声张，更何况任务还在完成的过程之中，沉默或许是最好的选择。

6

或许是幸福来得过于突然，一向意志坚定刚强的吴惠琳开始变得脆弱起来。不仅对自己，对龙汉良也是一样，除了不时回味龙汉良的幸福宣言之外，她不住提醒龙汉良要注意安全，她把心上人的平安当成了天大的事。

吴惠琳一脸幸福满足的模样，不住回味着：……今天是我一生最幸福的日子。

龙汉良赶紧应和：我也是。

吴惠琳有些怀疑：真的吗？我对你今天的表现还是有些不放心啊。

龙汉良：因为我太突然了。

吴惠琳忽然严肃起来：不是不是，本来一切都好好的，宣布就宣布呗，为什么又扯出欧昭通来？你是不是想故意挑衅他？事情不是早都过去了吗？干吗非要扯出他来呢？

龙汉良被人看出了蛛丝马迹，难免有些紧张：没那么多为什么，当时就是那么想的。

吴惠琳：管你有没有，反正我是不想再胡猜什么了。我自己快乐幸福就足够了！汉良，那可是你说过的，咱们等抗战胜利就马上结婚！

龙汉良：那当然。

吴惠琳：你是什么时候喜欢上我的？

龙汉良：上次离开腊戌时，你主动吻我。

吴惠琳：我明白了，那时的你脆弱无比，只要是个女孩子主动吻你，你都会答应的！

吴惠琳年纪不大，有时却总能一语中的。

龙汉良：瞎说，在新加坡治伤的时候，我也常常想起你。

吴惠琳：把林婉珍完全忘记了？

龙汉良：你看你，好好的，又突然提她干什么？

吴惠琳：你们男孩子都是没良心的家伙，有了新欢就忘记旧爱了，要么就是喜新不厌旧。

龙汉良：惠琳，不要再说婉珍了好不好，她已经牺牲了，多不幸啊！

吴惠琳：好了，不提她了！不过，我现在要你发誓。

龙汉良：发什么誓？

吴惠琳：抗战胜利……

龙汉良：哦，我龙汉良现在郑重发誓，等抗战胜利赶走小鬼子，我一定娶了吴惠琳小姐，在大陆和新加坡分别办一次婚礼，要把九号车队所有的战友都叫上。

吴惠琳：你确认今天宣布订婚不是一时的心血来潮？

龙汉良：完全发自内心的，别忘了，我龙汉良可是当着全体队员的面宣布的，还和情敌打了一架……

龙汉良、吴惠琳都笑了，笑得那么开心。

因为吴惠琳拒绝了开导队伍的航车，路振邦生气了，把她叫到一旁小声地批评她，可吴惠琳振振有词反驳着。

路振邦：吴队长，你今天到底怎么了？

吴惠琳：主任说是开头车的事儿啊，我不舒服。

路振邦：这可不像你吴惠琳说的话呀！昨天还好好的，又说又笑的。

吴惠琳：我是女人，总有不舒服的时候，路主任你是懂的。

路振邦有些着急：时间不等人啊，明早要是过不了汉马桥，我怕日本人炸桥，那样就完不成任务了！林广怀技术好，可年纪大花眼了，晚上看不清楚，九号车队就你技术好，让你开夜行的头车，你偏偏和我作对！

吴惠琳不急不忙：反正今天我开不了第一个。

欧昭通跑了过来：路主任，不用和吴队长啰唆了，有人去了。

路振邦：谁？

欧昭通：汉良。

吴惠琳一听，赶紧去追龙汉良了。

路振邦：还是汉良觉悟高，这个吴惠琳今天到底怎么了？！

欧昭通：怎么了？掉进甜蜜的小窝里出不来了！原先啥都不怕，现在前怕狼后怕虎的，哪像个队长的样子！都是汉良宣布订婚一事给闹的，吴惠琳不正常了吧？

吴惠琳着急慌忙地一把拉住了准备上车的龙汉良，不远处，龙老七已经举着大马灯在等待了。

龙汉良：惠琳，别拦我，没看见老七在前面准备了半天了。

吴惠琳：我不管。

龙汉良：你今天到底怎么了？你技术好，为什么不开头车？

吴惠琳执拗地说：我不愿意。

龙汉良：不愿意，我来。

吴惠琳：我也不想让你开。

龙汉良：你这是故意不讲理了！

吴惠琳急切地说：汉良，你真的不晓得开夜车有多危险，连林广怀"车王"都说眼花找借口不开，你有多好的技术？敢开头车？不要命了！这路多险啊，和"滚尸床"差不了多少，而且还是夜间行车！我不同意！

龙汉良笑了：原来是老婆大人心疼我！明白了，心领了。

吴惠琳：那就不要上去。

龙汉良：惠琳，时间不等人，我来了就得上啊，林叔是眼花，我是男人，我不上谁上？冒险，这险总得有人冒吧？

吴惠琳也生气了：汉良，你瞎表现什么呀，既不是领队更不是队长，为什么非要冲在前面？真要出事了怎么办？

龙汉良：惠琳，咱不要再争了，争论下去明天一早肯定过不了汉马桥了，让开。

吴惠琳：就不让！

龙汉良一把将吴惠琳摔倒在地上，然后上车发动了。

吴惠琳气急：龙汉良，你敢打我？咱们还没怎么样呢！我一定要你认错！

吴惠琳说着就要去追龙汉良已经开行的卡车，却被赶来的路振邦拉住……吴惠琳悄声哭了起来。

车队顺利地过了这段险路，可事情过去很久，吴惠琳依然不愿意和龙汉良讲话，还是龙老七的话提醒了龙汉良，让他觉得应该去体贴吴惠琳。

龙汉良感慨：老七，你说，吴惠琳怎么完全变了？从前什么不敢干啊，七岁就抓过蛇，十岁会开车，上次“滚尸床”你都看见了，可现在胆小如鼠！我怎么嘲笑她她也给我来个毫不在乎。

龙老七：不，这次我觉得是少爷的不对。

龙汉良：你怎么向着她说话？没搞错吧？

龙老七：少爷你被惯坏了，不懂得心疼人！也不太体会吴小姐的用心！你想想，吴惠琳敢当着那么多人的面说你，和你顶牛，正好说明人家心里有你、喜欢你，怕你出事才啥都不顾了！我真羡慕少爷啊，这兵荒马乱的，还有这么一个漂亮、懂事的女孩子关心少爷。少爷不要嫌弃吴小姐多事儿，应该好好珍惜她才对呀。

龙汉良好好打量了一下龙老七。

龙老七：你看我干什么？

龙汉良：士别三日当刮目相看，真没想到你个小叫花子还一套一套的，居然给我上课来了。

龙老七：上什么课？我哪敢呀！我也是被吴小姐感动了，多不容易啊。

龙汉良一拍方向盘：行，等车队完成任务，我要认认真真地给惠琳道个歉。

龙老七：少爷这次必须说话算数，其实也不一定等完成任务，有机会就去说几句甜言蜜语。

龙汉良：也行。

龙老七：错了就错了，认错就好了，有什么大不了的？真是的……

龙汉良没有想到，吴惠琳接下来的举动更让他担心了，一个从她眼前飞过的炸弹发生爆炸，她以为龙汉良被炸死了，她哭了，但没有哭出声来。等知道炸死的是另一个战友而并非龙汉良时，悲喜交加过于迅速的吴惠琳精神上有些失常了！

这么多天以来，一个女孩子奔波于艰难行走的滇缅路，天上是随时可能到来的炸弹，脚下是随时可能坠落的峡谷，身边又是一个让她担惊受怕的恋人，加上几天难以得到很好的休息，一个健康的人，遇见了她一生最严酷的挑战。

第五章　爱与死的抉择

1

尽管路振邦带着大家尽力往前赶，但小鬼子的飞机还是跑在了车队的前面，而且开始了轰炸。这次敌机的目标很专一——就是要炸掉前面的汉马桥，彻底阻止所有车队的通过。

汉马桥完全被炸毁了，眼下最大的问题是——车队完成任务的时间不足 24 小时了，而且此地本来就人烟稀少，要让修桥的工兵部队即刻赶到也是不可能的事，必须自己想出办法来。最着急的要算带队的路振邦了，他当初可是给上峰拍了胸脯的，延迟 1 小时进军事法庭的！

大家一时毫无办法，龙汉良却有自己的想法，他拉着吴惠琳往河边儿跑，龙老七想要跟随，被龙汉良阻止了。

龙老七：少爷，你们这是要干什么？带上我呀。

龙汉良：谈恋爱怎么带上你，你不成了多余的人吗？

龙老七：这会儿还有心思谈恋爱吗？

龙汉良：不可以吗？小叫花子？你准备来当电灯泡吗？

龙老七：我以为你们是要去玩水呢！算了，不去就不去了。

龙汉良见四周无人，赶忙向吴惠琳道歉。

龙汉良：惠琳，我向你承认错误，我向龙老七承诺过了，一定得找机会向你道歉。

吴惠琳：为什么？

龙汉良：你阻止我冒险，是因为心里有我，我太急躁，错怪你了，希望你不要放在心上，好不好？

吴惠琳还在矜持。

龙汉良：行不行，你说句话呀。

吴惠琳不语，似在考验龙汉良的耐心。龙汉良拉过吴惠琳拥吻起来，吴惠琳躲闪不及，只得就范。

龙汉良终于停了下来：原谅我了？

吴惠琳点头。

龙汉良：真的？

吴惠琳：真的。

龙汉良拉起吴惠琳就跑：那就好，咱走。

吴惠琳：你要干什么？

龙汉良：跟我走就是了！

吴惠琳：干什么，说清楚才去！

龙汉良自顾自向河边跑去：游泳！

吴惠琳：我知道你当过海岸护卫队队员，可我没带游泳衣呀！

龙汉良：我也一样。

吴惠琳担心：那怎么游呀？

龙汉良：光屁股呗。

龙汉良说着，跳下了河水。

吴惠琳生气：那边桥炸成那样子了，你还有心思去玩水！

其实，龙汉良只是去试探河水的深浅，搞清楚状况之后，只穿着一件花短裤的他就湿淋淋跑来找路振邦，身后跟着龙老七。

林广怀：少爷，我正要找你呢！

龙汉良：林叔，我知道你为啥找我，我已经想好过河的办法了。

林广怀：总不会是游泳过去吧？

欧昭通：大家都没好主意，你就比别人高？说出来听听。

龙汉良：是这样的，我到上面几个地方看了一下，有一段河水不是很深，最多齐我腰这里。

路振邦：是吗？那太好了，我在岸上看，还以为至少都是一人深！

龙汉良：对面我也趟蹚过去看了看，有一块比较平缓的河岸可以利用它上去。咱们可以搭浮桥过去.

欧昭通：拿什么搭？木板？

路振邦赶忙阻止欧昭通，示意他听龙汉良讲完。

龙汉良：木板是最上面的，我看那边有一些老乡不用的破船，到时可以拆下来。最关键的是咱们可以利用浮力让卡车通过。

路振邦：怎么做？

龙汉良：刚才前面加油的时候我注意到加油站有不少空油桶，把它们连接起来，上面架上木板，应该问题不大。

欧昭通：那得多少个空汽油桶才够？

路振邦：我知道那边还有一个加油站，或许还能解决一部分油桶，只要保证方法有效就可以！

龙汉良：得一百多个吧，在学院实习时做过类似的试验，理论上是完全可行的！

林广怀笑了：我说这臭小子有办法吧！是不是路主任？

欧昭通：万一不行呢？

龙汉良：欧队长，没试怎么知道不行呢？现在什么情况，时间不等人啊。

路振邦：我同意汉良的办法，现在情况紧急，必须做出这样的努力，大家分头行动吧，准备钢丝绳、汽油桶。我想好了，这次一旦获得成功，将来一定给龙汉良先生申请滇缅路上的架桥专利！还要让政府好好嘉奖咱们这些聪明的机工！

经大家的努力，浮桥最终还是搭好了，河水从浮桥下哗哗流过。“车王”林广怀第一个小心翼翼地冒险驾车驶过浮桥。紧接着是龙汉良，他在路振邦的指挥下，驾驶卡车第二个慢慢通过。再接着就是第三辆、第四辆，每过一辆，大家就发出一阵欢呼……

龙汉良刚刚帮着最后一辆卡车过了河，正准备和吴惠琳说话，忽然，天空中传来敌机巨大的轰鸣声。敌机开始将大量的炸弹往下倾泻，吴惠琳拉着龙汉良就往岸边躲去。

这时，龙汉良发现那个叫洪天明的机工似乎要返回自己停在岸边的卡车驾驶室取什么东西，赶忙阻止，可炸弹声太大，对方完全没有听到。龙汉良害怕洪天明出事，赶忙不顾吴惠琳的阻挠直冲他而去。就在这时候，一颗炸弹在离他们不远处爆炸了。一只人的大腿居然还连着裤子从吴惠琳眼前飞过，她担心龙汉良，抬头望去，龙汉良被巨大冲击波掀起的沙土埋了进去。

吴惠琳想喊叫，但她忽然发现自己失声了，那是过于紧张的缘故。她最爱的亲人被活活埋在了沙土之中……

等吴惠琳迷迷糊糊醒来时，听到周围很多人都在叫自己的名字，她费力地睁开双眼，发现大家都围着她。

众人：醒来了，醒来了。

吴惠琳：汉良，汉良呢？

龙汉良一脸的泥土：我在。

吴惠琳：我以为你……

龙汉良：我没事，可那个洪天明牺牲了。

吴惠琳一下子又晕了过去。

路振邦现在有些讨厌欧昭通，他越来越变得神经兮兮的，似乎总要向他汇报什么，又总是欲言又止。

路振邦：你有话要说？

欧昭通悄声地说：吴惠琳好像出了点小问题，刚才她给龙汉良胡闹，说要脱离机工队伍，要是不同意，她就自己跑回新加坡去！

路振邦大吃一惊：什么？！简直胡闹！不会犯什么不好的怪病了吧？小欧，你应该让刘志枚去看看。

欧昭通：已经安排去了。

刘志枚给吴惠琳快速诊断一番，龙汉良赶忙迎了上去。

龙汉良着急地问：……小刘，吴惠琳她到底怎么了？

刘志枚把着吴惠琳的脉：受到惊吓了，应该没什么大问题，休息几天就好了。

这时，龙老七急忙跑了过来，神色慌张。

龙老七悄声地说：少爷，你这几天一定要把吴小姐照顾好。

龙汉良：出什么事了？

龙老七：刚才我听欧队长和路主任说，要是吴小姐影响队伍拖后腿的话，会把她按退伍处理。

龙汉良紧张地问：怎么处理？

龙老七：放下，暂时住在老乡家里，等回来时接走，让她退伍么！或者直接扔下不管呗，还说这跟打仗没什么两样。

龙汉良：有我在就不会的！你放心，我会好好照顾吴惠琳的，别忘了，她现在和我已经订婚了……

犹豫了一会儿，路振邦决定还是亲自打探一下吴惠琳的真实状况，这样心里更踏实一些。

路振邦：吴队长，你到底可不可以坚持下去？

吴惠琳不语。

路振邦：记住，你不只是机工，还是长官，要起好的带头作用，你要没了士气，会影响好多机工兄弟的。

吴惠琳强忍着，点头。

欧昭通：可千万不能有大小姐的娇气。

刘志枚实在看不过眼，冲上前来，她手里还拿着几株小草。

刘志枚：路主任，欧队长，我觉得你们有些太过分了。

欧昭通：小刘，这是我们长官之间谈话，你不要插嘴。

刘志枚：吴队长是女孩子，又是为了工作受了惊扰，也不是什么大事，等完成任务后休息一段时间就好了。你们不但不鼓励，还这么以男人的强标准来要求她，这不公平。

路振邦顿了一下：小刘说的也对，我们怕她掉队，所以本意是要给她一些压力，也是鼓励她！

刘志枚一把拉过吴惠琳：吴队长，我给你吃个好东西，来……

吴惠琳像个小孩子，高兴起来：什么好东西？啊，什么草？

刘志枚：保证让你嘴里香香的……

2

第一个敏感地察觉到吴惠琳出问题的不是别人，而是欧昭通。不知为什么，他忽然有一种幸灾乐祸的念头，龙汉良刚刚宣布和这个美女订婚，美女就意识不太清醒了。特别是看到洪天明的大腿被炸得从她眼前划过时，她当时就在狂喊之中再次晕厥过去。

接下来，吴惠琳又做出了异于常人的行为，欧昭通第一个发现有一辆卡车和大多数卡车行进相反的方向驶去。他仔细一看，居然是吴惠琳独自驾驶着卡车，而跟在车子后面的是奔跑的龙汉良，龙汉良拼命地叫喊，但吴惠琳就是听不见或者说是来了个压根不理睬。

欧昭通兴奋起来，他不替战友担忧，反倒有一种看戏的感觉，他要看看龙汉良怎么来解决问题。眼看着吴惠琳越开越远，龙汉良一点儿办法都没有。他来到一个高处，向下望去，盘山公路显现在他面前，他忽然有了主意，紧接着不顾危险地直接顺着“之”字形的山坡中间直线往下快速跑去，这样的话有可能跑在吴惠琳的前面，好拦住吴惠琳。

路振邦显得忧心忡忡：看样子你没说错，吴惠琳真出问题了好像，这可怎么办?!

欧昭通心里高兴，但脸上却装作毫不在意的样子：神经病！事先一点儿征兆也没有啊。

路振邦：你还在这里干什么，快帮汉良去呀。

欧昭通这才意识到自己的表现太过冷漠无情，于是和大家一起往山下追去。

吴惠琳驾车疾驰，忽然，她发现了拦在前面的龙汉良，他满脸尘土、衣衫不整，脸上还有血印，那显然是被树枝划烂的，但她咬咬嘴唇，没有减速的意思，固执的龙汉良也没有退缩的意思。

龙汉良用手一指，大喊一声：停车，吴惠琳！

吴惠琳忽然惊醒，车停在了龙汉良的面前，车与龙汉良只有不到一米的距离，刺耳的刹车声，激起的高扬的尘土，看到这些众人这才松了一口气。有些恍惚的吴惠琳下了车，跑向龙汉良，猛地扑在他怀中。

龙汉良气急地大喊起来：吴惠琳，你到底要干什么？你这是当逃兵，更是在浪费大家的时间，你说，你到底要做什么？

龙汉良完全没有意识到一场疾病已经侵入到吴惠琳的内心，他还在按惯常的方式要求对方，显得很不近人情。

吴惠琳不住自言自语：我要回家，我想我爸妈了，我要回去和你结婚，汉良。

说完，她猛地哭出声来……

龙汉良被吓住了，他一下子由怒转忧，轻轻抚摸着吴惠琳的背，开始安慰起她来。

龙汉良：好，好，等完成任务就回去……

刘志枚觉得有个好办法或许可以帮一帮吴惠琳，毕竟自己是队里唯一当过护士的人么！她很认真地在树林中找寻着什么，忽然，前面有人拦住了去路，把她吓了一大跳——原来是欧昭通。

刘志枚：吓死我了。

欧昭通：你到底要干什么，跑得那么快，我还想给你说句话呢，一转身就看不见你了。

刘志枚：连上厕所都不行吗？

欧昭通：我一直跟着你。

刘志枚惊讶：啊？

欧昭通：啊什么？我可没想偷看你，我看你分明是在找什么东西嘛！

刘志枚：你不懂。

欧昭通仔细看着刘志枚手里的植物：是安神草。

刘志枚：你知道得还不少。

刘志枚顺手摘了一株草：这个你知道是什么吗？

欧昭通看了一眼：青蒿。

刘志枚：那这个呢？

欧昭通：马鞭草。

刘志枚惊讶了：欧队长，你以前到底是干什么的？就算是学医的也未必懂这么多呀，你是不是专门受过什么训练呀？

欧昭通：当然，特务训练。

刘志枚吓得使劲盯着他：啊？真的是……特务？

欧昭通：开玩笑的，你刚才是想考考我对吧？那我可以告诉你，青蒿和马鞭草都是治疗疟疾的特效药，不过，不一定对每个人都有效。要说，还是外国人厉害，我手里就有两针奎宁特针剂，比普通的金鸡纳霜管用多了。

刘志枚：那药我听说过，咱说好了啊，到时我要是得了疟疾，你一定得拿出来，别太吝啬了。

欧昭通：真笨，哪有盼着自己得病的！万一真是你得了疟疾，那是一定的，你得保密，只能是咱俩用。再说了，路主任那里有金鸡纳霜，用不着咱的特效药。小刘啊，我觉得自吴惠琳出状况之后，你对她很不错呀。

刘志枚：你吃醋了？

欧昭通：有一点儿。

刘志枚：瞎说什么呀！其实，我有些感动，被吴惠琳和龙汉良之间的真正感情打动了，你说，龙汉良是不是这世界上很少见的好男孩？

欧昭通：是很出色，帅气、有钱还有善心，只是偶尔脾气暴躁。

刘志枚：你看，对待吴惠琳他是这么细心，对待那个牺牲的林婉珍也一样啊！还记得上次他装病跑去看林婉珍吗？为了爱情，他什么都可以做呀，难怪吴惠琳这么喜欢他！

欧昭通：我不是也一样吗？我这么急来找你，就是怕你被蛇咬了，或者中了漆毒，浑身长泡浮肿，我不是也一样细心吗？

刘志枚：好像是这样的。

刘志枚有些忘乎所以地深情地望着欧昭通，却被欧昭通躲了过去，他不想助燃她的妄想，因为他并不真的喜欢眼前这个女扮男装的女孩子，尽管她一厢情愿也很主动。欧昭通总是振振有词，理由也颇为高尚。

欧昭通告诫刘志枚：战争时期，不要有个人的感情流露。

刘志枚：讨厌，我是认真的。

欧昭通真的有些担心起吴惠琳会进一步做出傻事，那样子的话受害者就不知道会轮到谁了，他向路振邦建议下掉吴惠琳的配枪，还说自己已经咨询过刘志枚，她当过护士，说从症状上看，吴队长可能得了应激性综合反应症。

路振邦：那不是精神病的一种吗？我还有一些医学常识的。

欧昭通：没那么严重。

路振邦：什么意思？

欧昭通：也没什么大不了的，我们每个人在适当的外部条件的刺激下都有可能得这种病。问题是吴惠琳带着枪，万一一时意识糊涂，恐怕会伤到别人。

路振邦同意了欧昭通的建议，最后这个决定是由龙汉良来执行的，尽管费了一些气力，也受到吴惠琳的怀疑、不解与阻挠，但最后还是完成了。

3

谁也没有想到，任务这么紧，更加严重的状况却不会因此而减少，反倒会接二连三地到来——吴惠琳得了疟疾，龙老七也感染了。在这么多人里面，数路振邦和林广怀最有经验，路振邦一眼就看出了问题所在，可任务紧急，他虽说也很想救人，可在滇缅路上，最残酷的不是疟疾，而是有时候为了更高的目标更大的利益，必须抛下得疟疾的患者，哪怕他们是你的至亲的亲人。

现在，这种残酷马上又得重演了。

其实，路振邦那里就带着金鸡纳霜，那是一种必备的良药，问题是对有些严重的疟疾患者它往往是无效的。

林广怀在马来给荷兰人挖了几年金矿，对疟疾的治疗也有些经验，他告诉龙汉良，疟疾初期和重感冒蛮像，一般不会传染。更何况，疟疾的潜伏期有时候会有一二十天，不一定是这次出任务才得上的。

吴惠琳的病情开始加重，在又一次仔细诊断了吴惠琳之后，路振邦得出结论——吴惠琳的疟疾可能是恶性的。这就意味着，如果不及时治疗，可能会因为虚脱死掉的。而眼下这种环境，及时治疗只能是幻想。

加大药量，这是路振邦唯一能掌握的办法。

龙汉良并没有慌张，他找到刘志枚，希望能得到另外的办法。

龙汉良悄声地问道：小刘，我看路主任的药好像不太管用。

刘志枚：已经快到危险的上限药量了。

龙汉良急切地说：小刘，他们都是咱的战友，千万不能丢下他们，你当过护士，你想想看，还有没有其他什么土办法可以试试。

刘志枚想了想：嗯，有一种办法可以试一下。

龙汉良兴奋地说：你快说。

刘志枚：青蒿或者马鞭草。

龙汉良：这山上有吗？

刘志枚：有，我刚刚给吴惠琳采集香草的时候还看到过。

不一会儿，刘志枚拿着两株青蒿急匆匆跑了回来。

龙汉良：这么点儿够吗？

刘志枚：不够，我突然想起一件事，也许能有特效。汉良，照这个去多采一些，我有事请教欧队长一个问题。

其实，刘志枚是想到了欧昭通怀里藏着的那两个针剂，因为不敢确定欧昭通是否愿意真心拿出，她没有直接给龙汉良讲清楚。

刘志枚：欧队长，把你的宝贝拿出来吧。

欧昭通知道刘志枚说的是什么，但自私的他此时却开始装糊涂：小刘，什么宝贝？莫明其妙。

刘志枚：治疟疾的奎宁特针剂，你那里有的。

欧昭通：我哪有你说的这个？

刘志枚有些惊讶了：欧队长，我一直很敬重你，现在队友得了恶性疟疾，金鸡纳霜吃了也不管用，你不能见死不救，不管吴惠琳曾经怎么得罪过你，龙老七又是怎么和标哥在一起总和你不对付，现在不能再计较那些了，救人要紧！都是从南洋来的机工兄弟！

欧昭通矢口否认：小刘你也太能随口胡编了，我哪里有什么奎宁特，你亲眼看见了？

刘志枚生气地说：你怎么可以这样！！刚才在小树林里是你主动提的，说实话，我根本就没见过什么奎宁特，但我相信你，你说有就一定有！当时不管是炫耀也罢，还是假装讨好我说只有咱俩能用也罢，现在请拿出来吧！

欧昭通：莫明其妙，我真的没有，刚才只是吹牛而已。

刘志枚执拗地问：真的没有？

欧昭通一口咬定：真的没有！

刘志枚：我还是了解欧队长的为人的，你很严谨，不会信口开河的。要是再不主动，那我不客气了！

欧昭通有些害怕：你要干什么？

刘志枚：搜身，搜你的身！

刘志枚现在只想救人，根本什么都不顾了！吴惠琳是个和自己一样的女孩子啊！怎么可以见死不救？

欧昭通：那怎么行？男女授受不亲啊。

刘志枚：都什么时候了还管那个！救人要紧！我要动手了！

欧昭通软了下来：哎哎，别动手，我给你就是了。

欧昭通一直在敷衍，并非准备真的死不承认，而是在想接下来的对策。好在他很快就有了一个让奎宁特到不了刘志枚手里的好办法。

刘志枚一听这个，立即变得面色柔和起来：我知道你在跟我开玩笑，欧队长是个很有觉悟的长官，要不怎么能当队长呢？路振邦怎么不随便选别人来任命呢！

欧昭通：你现在给我平反。

刘志枚：怎么平反？

欧昭通：说我并没有携私报复，我和吴惠琳、龙老七都是机工兄弟！

刘志枚：那还用说?!

欧昭通小心取出奎宁特针剂：能抢到就是你的。

刘志枚上来就抢，欧昭通故意失手，奎宁特针剂飞到不远处的乱草丛中。

刘志枚赶忙下去寻找，欧昭通也跑了下去，他是认真地要找到，果然，他找到了，可他没有捡起来，而是趁刘志枚不注意，使劲地将奎宁特针剂踩入泥土之中……

刘志枚很单纯，几番找寻无果，也只是表示失望和遗憾：都怪你，故意不拿出来，多重要的药品还要开玩笑！

欧昭通：我也尽心了。小刘，算了算了，这事儿一会儿不要在大家面前提了。

刘志枚：为什么？

欧昭通叹口气：提了也没什么用了，可能已经摔碎了！我承认我自私，我留着特效药是为了我自己，或者你刘志枚去用。后来我被你说服了，你真诚善良，我更了解你了。不过，现在说什么都来不及了，再说了，人家会怀疑你和我一起搞鬼呢，大家本来就反感你总和我在一起……

面对欧昭通，刘志枚总是没有免疫力或者抵抗力，就算是眼睁睁看见的错误，也会被他的直率所蒙蔽。欧昭通不是那种遇见问题或者自己的短处被人抓住就着急躲避的人，而是会迎着上去，大胆接招儿，把你心里想说的话先替你讲出来，然后再找对策。当你发现对方是个坦荡的人，你就会丧失警惕性，对对方所说的哪怕是谬误都会相信。这就是受过特务训练与一般人不同之处，别说刘志枚，就算是经验老到的路振邦、聪明过人的龙汉良也经常被欧昭通的这一招蒙蔽，丧失应有的判断力。

刘志枚只能沉默，就当此事从未发生过。

龙汉良在“大副”的帮助下，将马鞭草、青蒿捣碎，刘志枚从林广怀那里弄了一些酒和植物的液体和好，然后给吴惠琳喂了下去。

但一个小时过去了，依然不见吴惠琳有丝毫的好转，看样子得和吴惠琳、龙老七做最后的告别了。

现场的气氛凝重起来，像是有人喊了“一、二、三”的口令，大家的心情一下子坏了许多，这种告别是无可奈何的、痛苦的，甚至是恐怖的，是生离死别，它会随时发生在任何一个现在还健康的队友身上。

4

就在龙汉良跪在那里，面朝西，在祈求天主保佑吴惠琳、龙老七时，路振邦已经做出了一个重大的决定。

龙汉良双手合十，十分虔诚地祷告着：主呀，拿出你向来的仁慈吧，救救这两个可怜的好人吧。他们不是信徒，但他们相信你的存在，更相信你无所不在的力量。原谅这一两年来，我龙汉良不曾好好做功课，可我心里一直在默念《玫瑰经》，我也一直信赖与仰慕你，主啊，给他们力量吧，给他们活力吧，千万不要把他们扔在这深山老林与虎狼毒蛇为伴，救救他们，求你了……

龙汉良祈祷归来，发现吴惠琳、龙老七依然不见好转，刘志枚使劲摇头，眼泪都快要下来了。更让龙汉良惊骇不已的是，就在离吴惠琳、龙老七他俩不远的地方，几个机工在按路振邦的叮嘱指挥，开始给两个病人挖坑、准备将他们掩埋了。

一场不可调和的冲突即将激烈地爆发。

龙汉良大怒，一把拉住路振邦：路主任，这是怎么回事？

路振邦不急不怒：按程序办事。

龙汉良声音加大了：什么狗屁程序？人还活着！怎么可以挖坑?!

路振邦：谁也不愿意这么做，可只有这样才能对得起即将牺牲的战友，我们不能把他们陈尸荒野，对不对，龙汉良代理副队长。

龙汉良：不对。

路振邦：怎么不对？你是谁？你龙汉良怎么可以决定队伍的走向？耽误了运输任务，是要掉脑袋的，你负得起这个重大责任吗？

龙汉良一挥手：我不管那么多！反正得带着他们一起走！直到我看着他们在我眼前咽气。

路振邦：带着他们，弄不好大家都得被传染，谁都走不出这深山老林，更不要说完成任务了！汉良，我知道你对这两个战友的感情深厚，不过，该对他们做的，你和我们大家都做了，都尽了最大的努力，是对得起自己良心的！这是天灾！

龙汉良：不，是人祸！假如不来这里，吴惠琳完全可以过着舒适的生活；龙老七要不是为了挣那可怜的四十块国币，也可以继续在新加坡要饭！至少不会有生命危险！他们来了，是为了抗战而来，为赶走侵略者而来，他们病了，我们就有责任继续努力为他们治病！直到他们死了为止！

欧昭通：怎么可以说没管他们？那刚才大家都在做什么？

龙汉良：不要你说话！

龙汉良见欧昭通插话，把怒火直接喷射到这个昔日的学长身上。

路振邦：你说得都对，我和你一样心里难过！我路振邦从内心里钦佩每一个不远万里来滇缅路上当机工的华侨兄弟姐妹！没有你们，中国可能已经被缩成很小的一块地方苟活着，甚至已经临近灭亡了！正是因为你们的冒险甚至牺牲，你们在滇缅路没日没夜地驾驶，我们的抗战物资才能源源不断被送往前线，国家一定会记住你们的！可眼下运输任务紧急，我们没时间再等待奇迹发生了，必须出发。

龙汉良：好，你们走吧，我留在这里！

路振邦猛地拔出枪：你敢违抗命令私自留下，就不怕军法处置吗？

龙汉良也抽出吴惠琳的枪对准路振邦：你敢！开枪试试，看大家能不能让你活着出去！

众人顿时紧张起来。

路振邦真火了：你敢拿枪对着你的上司！

龙汉良：那又怎么样？你开枪吧！要么咱一起来吧，看谁怕谁！

欧昭通出乎所有人的预料，忽然站在了龙汉良一边。

欧昭通：路主任，你拿枪对着的不是龙汉良一个，而是对着我们大家全体机工！大家都过来，不能让路主任欺负咱们机工兄弟，咱们大老远来到这鬼地方，难道就是为了让人拿枪指着吓唬的吗？路主任不道歉，我们就不会往前行进一步！

众人犹豫着。

路振邦又拿枪逼着欧昭通：欧队长，你这是要干什么？挑拨我和诸位机工的矛盾吗？你的立场站到哪里去了？

欧昭通：我是南洋华侨，你现在这种做法，说明你路振邦就是军阀，是恶霸！

一直默不作声的吴忠标忽然出现了：欧昭通！你应该站在路主任一边才对呀！今天怎么改弦易辙了？

欧昭通：标哥，你什么意思？你半天沉默，一开口居然不替咱们机工弟兄说话？

吴忠标冷静地说：欧队长，你是咱九号车队的队长，不是南洋华侨的领袖！当下最要紧的是配合上峰完成运输任务，你这么挑拨矛盾，是想吃官司吗？是想延迟完成军事任务吗？你是什么居心？要和企图炸毁咱们车队的日本人站在一边吗？他们可是盼着咱们完不成任务呢！

欧昭通：标哥你胡说！

这时，林广怀小心翼翼推开路振邦、龙汉良两人的枪，夹在两人中间。

林广怀：都不要激动，都是为了国家，为了救人，那就有的谈。我们可以静一静，想想除了你们刚才说的两条路，到底还有没有其他办法。

路振邦只好先收了枪，龙汉良也收了枪。

路振邦：各位知道，我们这次执行的任务十分重要！不，万分重要！本来这都是军事机密，我不该说出来的，可现在这种紧急情况下，我再不讲出来大家或许真的不晓得本次任务的迫切性与重要意义。日本人在江西前线遭到我军将士的顽强抵抗，恼羞成怒之下，居然对我们的将士使用了化学武器！我军毫无防备，损失巨大！百姓也跟着遭殃！各位或许不晓得化学武器的危害，那会让人求生不成、求死不得呀！还会给我军将士以及附近百姓造成终身贻害！我们这次就是带着防化装备送到前线的！我们责任还不重大吗？吴惠琳、龙老七是我们的战友，将他们丢下，我路振邦心里不难过吗？我也是人啊！军人就是这样，讲求服从国家大局，牺牲个人，不为别的，就因为我们是军人，我们没有别的选择！我们的牺牲就是为了更多百姓不再受侵略者的欺辱！个人必须服从国家的最高利益！你们还在犹豫吗？

大家议论纷纷。

路振邦：时间就是生命，我相信大家的觉悟，我用枪对着龙汉良不对，我向大家认错！请大家用脚投票吧！现在，服从大局的站到我这边来！

这的确是一个艰难的选择——一边是国家的最高利益，另一边是自己朝夕相处的兄弟姐妹，难呀！人群中，欧昭通第一个站出来。

欧昭通：我也是侨生，和你们大家一样，我理解汉良，我们是生死与共的兄弟，但我觉得个人应该服从国家，大家不要骂我。

刘志枚也站了出来：我学过医，知道恶性疟疾的结果，我同意路主任的要求，也希望汉良最终和我的选择是一样的。

刘志枚也站到了路振邦一边。

“大副”出面了：汉良，不要难过，要恨，我们也应该恨日本人，是他们逼着我们这样的！我们今后一定要找鬼子报仇！我觉得国家利益大于个人感情。

“大副”也站在了路振邦一边。

林广怀没有说话，也选择了路振邦一边。接下来是更多的人，这下子龙汉良成了孤家寡人，显得很是另类。

龙汉良最终站到了中间，声音有些哽咽。

龙汉良：各位，或许我刚才不够冷静！路主任说得对，个人应该服从国家！可他们两人也是咱们的兄弟姐妹，撇下他们我会良心不安的，我首先得表态，我也要选择路主任一边！

众人沉重地鼓掌，一下一下地，像是在肯定龙汉良的转变。

龙汉良话锋一转：但是，我希望大家给我一个机会，给我多两个小时，给我一辆问题最多的卡车，我要再努力一次，看到底会不会有奇迹出现！大家先走一步，我随后赶上。我保证，就算不能救活他们，也会把军事物资安全送到贵阳的，我龙汉良发誓！

大家难过起来，他们其实害怕失去龙汉良这个好兄弟。

龙汉良笑着，带着苦涩：放心吧，死神是不会找我的！他们试过很多次了，也没有收走我！大家请尽快上路吧，我会把他们照顾好的。

吴忠标第一个上来，和龙汉良握手道别。这个场面确实让人动容，因为，这或许就是大家的生离死别。

路振邦、欧昭通、“大副”、刘志枚、林广怀等一一上前，也和龙汉良珍重道别……

标哥：贵阳见。

路振邦：汉良，不要勉强自己。

路振邦把自己的手表卸下，交给龙汉良。

路振邦：这个用得上。

刚转身，路振邦又拿出一小盒金鸡纳霜。

路振邦：不行，试试再加大剂量。

龙汉良接过，默默点头，这是他的选择，他要再努力一次。大队离开没多久，龙汉良听到了一阵疾驰而来的卡车声，是林叔！林广怀走下车来，匆匆忙忙，手里还拿着两株鲁比森草和一块肥皂走了过来。

龙汉良兴奋地说：林叔也要跟我一起当逃兵吗？

林广怀：可不要乱说啊，是路主任专门让我赶来的。刚才我们走之前，我已经给你把车修了修，应该不成问题，油也加够了。就是油箱上方被炸弹弹片弄破了，上坡时一倾斜可能会漏油，到时你拿这个堵堵，很管用的；还有这个，这个叫鲁比森草，是路主任想起的一个秘方，巧了，我在马来金矿时也见过有人拿这个治恶性疟疾，或许会有用的！

龙汉良：那要谢谢路主任了，他是个有心人啊。

林广怀：刚来时他还再三叮嘱我，要我告诉你不要小资情调，不行就狠狠心，尽快赶上队伍，你自己更不能有三长两短，对吧，少爷，别忘你今后还要伺候龙老爷呢。

龙汉良：我知道了，路主任也是好意。林叔，这个拿什么服？酒吗？

林广怀摇头：捣成汁，用……不能让吴小姐他们听见……

林广怀在龙汉良耳边交代了几句，就匆忙离开了。等龙汉良将这些鲁比森草捣成泥，准备给两个重病号喂服时，却听见吴惠琳在叫自己。

吴惠琳忽然小声地说：汉良，你过来一下。

龙汉良不知道吴惠琳要干什么，赶忙转过身来。

龙汉良：什么事？没看见我在忙吗？

龙汉良小心翼翼地靠近了吴惠琳。

吴惠琳：再近一点儿。

龙汉良开玩笑地说：现在可不是咱俩亲热的时候。

吴惠琳忽然发力，一把抢过龙汉良腰间的手枪，迅速将子弹上膛。龙汉良吓坏了，一时不知道该怎么办。

龙汉良：惠琳，你，这是要干什么？

吴惠琳拿枪一指龙汉良，厉声地说：你不要过来！

龙汉良：你要干什么？

吴惠琳：你不要管！汉良，我已经知道我得的是恶性疟疾，根本就没救的！你刚才和路主任的争执，我都听见了，路主任是对的，死不可怕，咱们千万不要给华侨丢人！

龙汉良吓坏了，但仍然装作很镇静的样子。

龙汉良：我知道，知道。

吴惠琳：汉良，你是知道的，我从小就把你当大哥哥看的，尽管你实际上不喜欢我，我其实心里一直都很明白。现在，我知道自己快不行了，有句话我要告诉你，听你亲口说和我订婚，我吴惠琳今生无怨无悔。

龙汉良：惠琳，别那么说好不好？

吴惠琳有气无力地说：我一定得告诉你，我真的很高兴，你能当着大家的面宣布和我订婚的事。我太开心了，结果高兴过度了。那天我生怕你出什么差错，以为你让炸弹炸死了，让沙土给埋了，结果变得脆弱了，前怕狼后怕虎的，给你拖后腿了，很抱歉。

龙汉良安慰着吴惠琳，一边想着怎么才能把枪夺下来。

龙汉良：大家都不计较的。

吴惠琳忽然把枪举在自己的太阳穴：我亲口听你说过，你爱我，这是我吴惠琳这辈子听到的最美的语言，就算到了天国也会默默颂念。去吧汉良，追上队伍，完成任务要紧，不要管我们俩了，记住，有个叫吴惠琳的女孩子一直一直深爱着你，她今生无怨无悔！

龙汉良：惠琳，不要胡闹！

吴惠琳正要扣动扳机，却被龙老七一把拉住了。

龙老七嘲讽般地发话了：吴小姐，等等等等，你太自私了！

吴惠琳准备继续：老七，不要瞎闹，不干你事。

龙老七着急地说：怎么不干我的事？你只想着自己，你一死很简单，我龙老七怎么办？把我一个人放在这里喂狼吗？还是让少爷给我一枪？他要真能狠下心刚才拔腿就走了！我这会儿还能喘气儿呢！你应该先打死我，你自己再死好了，这样少爷也好没牵挂地走呀！少爷，记住，我已经三个月没领工资了，没顾上去拿，一共一百二十元国币，到时候回新加坡交给“猴子”，说我这个大哥没给他们丢脸！少爷，好好当机工，一定要运很多很多的东西到前线，好让国军打鬼子！还是你来开枪吧，我怕吴小姐手脚不利索！

龙汉良一把扑上前，抢过手枪，一粒一粒地卸下子弹。

龙汉良：你们俩这是干什么？只想图自己省事吗？那我留下来干什么？不就是为了再试试、再努力一次吗？你们这两个胆小鬼！想死还用得着枪吗？看看这两个坑，就是给你们挖的，你们要是愿意，我现在就可以一脚一个把你们踢下去，马上把你们埋了！要么你俩就乖乖听我安排！

吴惠琳一下子哭了，龙老七也不住砸自己的头，谁不想活下去呢？只是无奈罢了。龙汉良把鲁比森草汁与泥巴和在一起，递给吴惠琳。

龙汉良：惠琳，你先来。

吴惠琳望着那黑乎乎、令人作呕的绿草汁加黏糊糊的、像大便一样的泥巴，厌恶至极，本能地干呕了几下。

吴惠琳：上次把我当羊来喂，现在是要我当野猪吗？野猪才啃臭泥巴呢！

还是把我当狗，要我们吃大便！

龙汉良又递给龙老七：你先试试！

龙老七也断然拒绝。

龙汉良火了：吴惠琳、龙老七，你们俩听好了！这是你们活命的最后机会！你们现在就做出选择，要么吃下去，要么在这里等死，不吃我龙汉良就走了！绝不多等一分钟！

吴惠琳：少拿走吓唬人！我们早说了，没把握就不要再试了，给我们一枪，痛痛快快死掉，也比咽下这狗屎一样的东西强！

龙汉良：你们不晓得，这是路主任让林叔专门送来的秘方！有人治好过，他还要咱们尽快赶路追上他们呢！

龙老七笑了，很勉强：少爷是不死之神。

龙汉良：可你们不吃就成了我的累赘，什么神都会被你们拖死的！

吴惠琳、龙老七还是拒绝。

龙汉良站起身，走了几步，大骂起来：你们是懦夫，连药都不吃，这不是辜负了大家的期望吗！你们是笨蛋，好歹不分的大笨蛋！好，你们不吃，我给你们做做样子，我来第一个吃……顺便告诉你们个小秘密，知道乌干达的黑猩猩为啥从来不得疟疾吗？对了，就是像我这样吃黑泥巴……

龙汉良抓起泥土大口大口地嚼了起来，嘴上流着绿草汁和黑泥巴，很是恶心，他也有反应，想干呕，但他知道不能在吴惠琳、龙老七面前呕出来，他装作吃得很来劲。再后来，龙汉良又抓起了“药”，先后递给吴惠琳和龙老七，强迫两人吃了下去。两人开始还拧头抗拒，后来无奈，也开始被迫咀嚼起来，这三人浑身泥巴，形成一道极为滑稽怪诞的场景，却足以让知道内情的人默默流泪……

5

吴惠琳、龙老七的病情奇迹般地发生了转机，两人吃了那些和着泥的鲁比森草，每人拉了好几泡屎！之后看起来就像个人样子了，很显然，臭烘烘的奇怪偏方起作用了！这是不是就是人们常说的“良药苦口”呀？

龙汉良把吴惠琳背到带顶篷的后车厢上休息，自己带着龙老七在前面，看老七面色好了许多，他甚至开起了玩笑。

龙汉良：老七，要是不打仗了，我就改行当医生。我还要向政府当局或者军事委员会申请一个治疗恶性疟疾的专利，配方是鲁比森草 100 克，配黄泥巴 200 克，生吞，每两小时服一次，然后排便……

车子开始慢爬坡，没多久，当车子转弯时，龙汉良忽然发现一个大圆木横在卡车前面十几米远，他只得紧急刹车。

龙汉良：不好，老七，可能有土匪！要不怎么会突然出现路障呢!!

龙老七吓坏了：哪里，人在哪里？

龙汉良伸手去摸枪，却发现枪不见了。

龙汉良：老七，我的枪呢？

龙老七：刚才休息时给你了！

龙汉良急忙找枪，但还是没找到。

龙汉良：枪是男人胆儿！老七，我可听路主任说这山里有劫匪，你放机灵一些，看我眼色行事。

龙老七忽然说：那吴小姐怎么办？她还在后车厢货堆里睡大觉呢！

龙汉良：这会儿我宁可她啥也不知道，呼呼大睡才好呢！

龙老七：怎么不见有人？滚木会不会是山上自己滚下来的，我去挪开。

龙汉良：等等，先不要下车！

这时，七八个着五彩民族服装的妇女、汉子载歌载舞突然地出现在他们面前，他们舞姿奇特，但热情洋溢。

龙汉良一下子轻松下来：原来是好客的山民！刚才吓死我了。

龙老七仔细辨认：这是什么族呀？昆明训练营也没有这个民族的图片呀。

龙汉良：我也不晓得，听说，云贵一带还有不少原始部落，到现在还住在深山里从来没走出过大山的，这不奇怪。

这时，领头的一个男人示意龙汉良把车开到路边，还扬扬手里的用牛角做的酒壶，意思要请车上的人喝两杯。龙汉良有些犹豫，示意不用，还双手合十谢谢对方，可领头人却一再坚持，还笑眯眯的，两人隔着车前窗玻璃你来我往了好几个来回。

龙老七：少爷，下去喝两杯，盛情难却啊。

龙汉良看看表：我怕耽误时间，就剩三个小时，紧赶才可能追上路主任他们。

龙老七：没事，我先下去探探。

龙汉良只好将卡车靠一边，带上手刹。忽然，他又想起了林叔教给自己的招数，不忘悄悄把钥匙拔下，塞进鞋底里，这是为了防止意外的出现。

领头人先是给下车的龙汉良、龙老七来了一通谁也听不懂的祝福，然后将酒倒入牛角杯，要龙汉良喝下，龙汉良只是用手语比画着感谢，不喝。领头人这才意识到对方可能不太相信自己，于是先喝了一杯，示意酒是安全的。

龙汉良礼貌地说：先生，感谢你的好意，我们在赶时间，不能久留。

领头人忽然开口，用的是不太熟练的汉语：机工先生，我们久居深山，最近才晓得有南洋机工回国为抗战服务，实在钦佩万分！请允许我代表我们的土司大人，向你们献上美酒和热情的歌舞，然后送各位英雄上路，请一定笑纳。

龙汉良喝下。

领头人做出手势，那些男女舞蹈者一拥而上，围着龙汉良和龙老七载歌载舞，把他们弄得头晕目眩、头脑发蒙，龙汉良这才发现本该高兴的龙老七脸早变了色。

龙老七：少爷，还记得海南话么！要有情况的话，咱们就说海南话吧！他们听不懂！

龙汉良：当然。

龙老七立即改用海南方言：少爷，这些人好像是坏人，至少那个头人不怀好意。

龙汉良：我没看出来。

龙老七：开始我也不知道，刚才你喝酒时，一个女孩子趁头人不注意，使劲给我偷偷打手语，意思让我们赶快逃命。

龙汉良：看样子在训练营你的手语没白学，那就奇怪了，难道他们不是一伙的？

龙老七：这些族人好像是被头人雇来的，要么就是被迫拉来当托的。

龙汉良：干得好老七，咱得尽快设法脱身。

可是一切都晚了，龙汉良话音未落，几个舞者忽然涌上，趁龙汉良、龙老七说话之际，用大黑布将他们盖住，然后将两人抬得离了地。等龙汉良、龙老七再次被人掀开黑布、见到天日时，才发现自己已被捆绑得很是结实，头人笑眯眯地看着他们，头人身旁还站着四五个拿着腰刀、猎枪的汉子。

头人：英雄们醒了？让你们受惊了！

龙汉良：先生这是要干什么？不要太热情了，这个玩笑也开得太大了！请不要耽误我的任务，要不我们会坐牢的！

头人：那我就打开天窗说亮话了！我叫挥戈，是这里土司的侄子，拦住你们不是想要你们的命，只是要你们的车。

龙汉良：这车就是我们的命啊。

头人：不，我们只要车。

龙汉良：先生是劫匪？

头人：多难听的词儿！劫匪？当然，为了生存反正什么都得干，你们要好好配合，就给你们一个出路，相反呢，恐怕只能喂狗熊喂狼吃了。

龙汉良：我们一定配合，请解下绳索。

头人：那不行。

龙汉良：你们那么多人，我们又是空手，难道还害怕我们反抗吗？

头人：实话告诉你，那些苗人是我强逼他们来的，关键时候也不会帮我的。

龙汉良：那好，先生要什么，直说吧。

头人：卡车，那辆美国大卡车。

龙汉良：拿去好了，只是别捆着我们两个，要不要我们帮你们开车？

头人摇头苦笑：汉人狡猾，我们早就上驾驶室去了，钥匙不见了！

龙汉良：我刚才紧张，也不知道把钥匙丢在哪里了。

头人：狡猾！不怕我要了你们的命吗？

龙汉良似乎并不害怕，他知道对方要的是什么，拿不到车钥匙，基本上杀了他们也没用。

龙汉良：命？拿去好了！

头人：真是不理解你们这些傻瓜南洋青年，这是何苦呢？那么大老远跑来，辛苦不说，还得搭上人命，值当吗？

龙汉良用海南话对龙老七说：我得对这老小子动手了。

头人似乎感到了一种威胁，尽管他根本听不懂海南话。

头人拿出那把镶嵌着各色宝石与银饰的尖刀：现在告诉你们实话吧！你们这么豁上命真不值得，运输处管理二科的某人就是我的好朋友，我经常与他打配合，劫持掉队的司机，然后把车子再卖给他！他可以拿到奖金，我拿了钱挥霍，他还要从我这里拿钱，还能在上司那里买好！他的舅舅就是你们运输处的头目！你们太实诚，也太傻了，还天天在路上帮他们卖命！

龙老七：不要胡说！我们是给国家做事！

头人：国家？国家是谁？能帮到你们吗？那现在就让国家来救你们吧！

龙汉良瞅准机会，猛地用头顶向头人，头人被撞得吱哇乱叫，那几个带武器的年轻人着急了，抽出腰刀，先是威胁龙汉良，然后准备对已经自己解开捆绑的龙汉良砍去，龙汉良机敏地躲过，年轻人不会轻易放过他，一阵追打，龙汉良终于体力不支，再没人出面救他就只能等死了。

这时，一声枪响，那个持刀威胁龙汉良的年轻人中枪倒地。吴惠琳拿着枪冲到头人面前，头人吓坏了，赶忙照着吴惠琳的要求，解开了龙老七身上的粗绳。吴惠琳杀红了眼，见龙汉良、龙老七捆了头人，就要开枪打死头人，龙汉良赶忙制止。

吴惠琳：还留着他的命干什么？不是他下令让人砍你的吗？

龙老七：他现在是俘虏了，咱不杀俘虏！

龙汉良：那可不一定，不交代事情，同样是个死！

吴惠琳：汉良，咱们应该赶紧上路，要不等会儿他的帮凶一齐赶来，我们脱不了身了！

龙汉良：你越慌张，说明你胆怯了！咱不用担心，我们早就知道这些族民是这家伙胁迫雇来的！

吴惠琳：是这样的吗？

龙老七：还是族民用手语告诉我的！不过，少爷，是该走了，绑着他干什么用？

龙汉良：不行，他刚才吹牛说和管理二科的一个人一起做生意，得把这件事落实，假如是真的，我就要举报这个吃里爬外的家伙！

吴惠琳：这人是谁？

龙汉良：你等会儿就知道了！挥戈，你刚才说的都是事实吗？

头人又改了主意，其实，他也怕报复：我什么都没说，我还要告状，说你们汉人虐待少数族民！

龙汉良拿过吴惠琳的枪，故意慢慢将保险打开。

龙汉良对准头人的脑袋：挥戈，我这里是一张条子，上面把你刚才吹牛的东西写上去了，把名字也写清楚，最后只要你签个字，我就放了你，不签，就该轮到你去喂狗熊了！

头人仍死硬不松口，龙汉良打开手枪保险。

头人吓坏了：我签，我签。

龙汉良：你是叫挥戈对不对？要签假名字也没用，我还有这两个战友做证呢！

挥戈只好乖乖签字……

事实上，龙汉良的车晚到了整整四个小时。

路振邦率队完成了任务，开始替那掉队的三人担心起来，就在这时，一串密集的喇叭传了过来，路振邦和战友们转身望去。集合地点大门处，龙汉良驾车而来，而他的车两旁分别是吴惠琳和龙老七在慢跑。

路振邦：都安全回来了！龙汉良，真有你的！

双方终于会合了，大家兴奋地相拥在了一起。对机工兄弟们来说，这种历经生死之后带来的喜悦完全是无法用语言来形容的。

第六章　挣扎中的救赎

1

欧昭通不会想到，那个在汉马桥被炸死的机工洪天明整整折磨了他一年多的时间。起初他没有在意，以为是开车过于劳累，晚上释放一下而已。可后来，洪天明总是和他喃喃细语，纠缠着他，和他讲事实摆道理，甚至质问他到底是不是日本人的奸细，他开始反驳甚至准备狠狠揍一顿洪天明，可自己的手却每次都被不知什么力量牢牢控制住了，让他完全抽不出来。欧昭通开始向对方吐吐沫，大喊大叫，终于他被彻底弄醒了，迎接他的是被吵醒伙伴的埋怨甚至怒骂。

这是噩梦，不是恶梦。恶梦是偶然的侵袭，噩梦是魔鬼般无休止的纠缠，让你痛不欲生，甩也无法甩掉。

其实，洪天明和欧昭通算不上什么好朋友，在新加坡时两人甚至不认识。这个从来也和自己没有过多交集的、看上去老实甚至笨拙的汉子，嘴上笨笨的，话很少，总是爱笑，但笑起来还不如不笑。大家在一起总是和他开些善意或者不怀好意的玩笑，在整训营里，作为小组长的欧昭通帮他解了几次围。洪天明就认定欧组长是个关键时刻肯帮他的好人，这个定义一旦下了，他就自认为与欧昭通近了很多。欧昭通也是慢慢才注意到这一点的，其实，他当时那么做更多是在作秀给别人特别是给路振邦看的。

也怪了，当欧昭通回忆自己的“业绩”时，那么多经他手送掉的性命，他基本上没有太多的伤心，甚至连基本的同情、一声叹息都没有。他通过自己当主编的《机工通讯录》这本临时的刊物，巧妙地将滇缅路沿途的军工厂、加油站、军需仓库的准确位置以代码的方式传递给了田中茂森，然后就有了结果——上面那些军事单位多多少少都遭到飞机的轰炸甚至特务的炸弹袭击，除此之外当然还有人员的死亡。对这些同胞的死亡欧昭通已经麻木，说习以为常也毫不过分。

唯独洪天明之死让他难以越过，在梦里，洪天明的带着裤子被炸断的大腿向他飞来，明明是越过自己惊动了吴惠琳，在梦里却狠狠砸向自己，让他由心底疼痛。最要命的是这个动作一直在梦中重复，隔一段时间就要重现一次。

欧昭通仔细回顾自己和洪天明的交往，忽然意识到，洪天明是整个车队唯一真的把自己当成了亲人的机工。因为以前自己无意中对他的照顾，他开始默默地回报欧昭通。那些细小甚至卑微的动作，一般人是察觉不到的，比如递个毛巾，倒个水什么的，他讲话的时候，洪天明在远处点头表示赞同或者带头鼓掌。最让他感动的一次就是在昆明整训营，吴忠标怀疑是欧昭通向路振邦写密信差点让龙汉良逃走一事败露、组织龙老七等人痛揍欧昭通，冲上去拉架、最后护住欧昭通不被打的就是这个洪天明。

对了，就是这么个闷葫芦一样的男人，给自己做了些很小的事，欧昭通为什么就总是铭记于心呢？实际上，说铭记于心他自己都不相信，他根本都想不起洪天明给自己做过的事，但洪天明总出现在他的梦里，让他难堪让他纠结，说明在无意识中欧昭通还是感受到了洪天明的善意与温暖，这是人间最珍贵的东西。欧昭通是自私冷血的人，他可以控制自己的情绪和表情甚至意志，但他无法压抑自己的良心发现，这让他经常思念起病中的母亲以及两年多没再见到过的弟弟欧兆铭。

必须要摆脱那些噩梦了，欧昭通忽然萌生了这样一个念头，就算是服役、替母亲看病还债，自己给日本人也回报得不少了，或许该提出退休的要求了。他知道这是困难的，田中茂森以及他的手下是无孔不入的，随处都有他们机敏的眼睛，想迅速逃脱根本不可能，甚或还有很大的危险。欧昭通忽然想到，自己或许通过拖延来进行暗中的对抗，直至借故摆脱田中茂森的纠缠。

欧昭通想到的一个简单的办法就是搬出宿舍，他开始在驾驶室睡觉，尽管不舒服，但内心能平静一些。好在最近任务时紧时松，经常有白天休息晚上拉货的情况，出任务时经常好几天时间就是睡在驾驶室里，大家都一样的。

欧昭通找到龙汉良，要他教自己祈祷，连动作以及祷告的方向他都要弄得清清楚楚，很认真的样子。龙汉良最近要么忙于出车，或者不忙的时候就去照顾吴惠琳，根本顾不上和他多说话。

欧昭通决心和自己的过去告别，他做的第一件事就是给队里的十几辆卡车重新刷漆。这些卡车的车顶大多数被他以防潮的名义刷了一种反光漆，这是田中教习他用街面上可以买到的化学材料配制的，一般人难以察觉，但在高空侦察机完全可以发现车队的目标，进而通知轰炸机实施轰炸。想到这些，欧昭通就有些恼怒，他自己也好几次成为日本飞机的轰炸目标，奶奶的，这不是自己找的么！上一次去送防毒面具，自己的黄布就导致了包括洪天明在内的六名队友遇难，再后来，还有敌机通过他的指引炸毁了九号车队的好几辆车子，甚至有一次他自己也差点儿挨炸。反光漆的事情，到现在为止，还没有人发现，要立即动手消除它才好，否则还得做噩梦。

可一贯和他不对付的吴忠标还是注意到了这一点。吴忠标总是能敏感地发现欧昭通的破绽，但总是找不到突破口，这都是因为吴忠标没有专业知识。龙汉良有能力，但龙汉良总是偏袒欧昭通，因为他们过去有感情，自从高黎贡山活着出来之后，两人偶尔有冲突，但感情还是强于和一般队友的关系，从某种角度上来看，他成了欧昭通做坏事最好的防护墙。

事情往往是这样，当你想悄悄做出改变且迈出了第一步时，恶魔忽地就出现了，抢先一步堵住你忏悔或者自我救赎的前行之路。

正在刷漆的欧昭通听见了一丝动静，一转头，见孙大夫正笑眯眯地看着自己：欧队长，你的脸色很不好啊，是不是病了？

孙大夫这句话其实是他们之间的接头暗号，但不知为什么，欧昭通似乎有些抗拒，或者说不想见某个人，他故意装傻。

欧昭通看看左右：真的吗?

孙大夫很坚定地说：我准备给路主任汇报一下，为了队里的工作顺利，你应该去昆明军人总医院检查一下。

欧昭通：不必了。

孙大夫：必须去啊。

欧昭通：我说过不必了。

孙大夫察觉到了欧昭通的用意，干脆挑明了：别忘了家里还有老母和弟弟啊，是陈沫要亲自见你……

2

田中茂森肩上的徽章终于发生了改变，这一步迈得很是不易，他向前走出了一大步，但代价是极大的——他已经两年没有见到家人了，其实，少将曾经有一次机会问他是否要回去，但被他拒绝了。

他肩上的变化说明了一切，如今，“滇缅路封锁特别课”已经升级为“滇缅路封锁委员会”，更多的人以及兵种加入了它，使它变得更加强大起来。对滇缅路的包围正在缩小，眼下，因为给法国的维希政府施加了足够的压力，日本的军机已经可以借助安南机场起飞了，这可大大缩短了轰炸滇缅路的路程。

田中在感到欣慰与兴奋的同时，常常产生一种莫名的无奈感，那就是日本的野心太大了，想吞下自己的目标简直好比吞下青天！尽管从上到下，日本人从来没有表现出任何一丝的悲观，但田中自己还是感受深刻。彼国幅员真辽阔啊！这种感觉是当你真的沿着中国的东海海岸线飞行时才会产生的强烈的震撼。

真正让日本人眼下纠结的是英国，他们的利益正在发生冲突。英国是日本人当初最崇拜的老大哥，连议会那一套甚至交通规则比如右舵驾驶等等都学习自对方，更不用说都是海洋国家，造船就必须是首要学习的，英国人向来与日本人交好，也傲慢地对待日本人。但日本人现在不一样了，他们觉得自己日益强大，可以向英国人挑战了，第一个要做的事就是把对方在亚洲的利益抢夺过来。滇缅路其实就是在英国殖民地的包裹当中，想彻底摧毁滇缅路，必须先要英国人屈服，这就是“滇缅路封锁委员会”的终极目标，砍断了中国抵抗的血管，中国必然投降，最后这一步是日本帝国的目标。

昔日强大的英帝国有些难以首尾兼顾，不得不在日本人的威胁下暂时关闭了滇缅路上最重要的一关——惠通桥，时间长达三个月。这是日本人的要求，否则就会对它的属地马来半岛甚至缅甸开战，为了稳住大局，英国人妥协了。

田中的脚步并未停止，他深知日本对英殖民地之战迟早会发生，只是时机尚未到来。他已经以商人的身份抵达泰国，准备和对日本友好的泰国合作，把前沿阵地再往中国方向推进一步。

面对陈沫发来的请示，仔细研判之后，田中茂森密电予以批准。田中至少掌握着三个在滇缅路上的奸细小组，而他们背靠背互不相识，都为日本人服务。欧昭通这一线是通过陈沫、机工的队医孙大夫连接的，他们要实施一个针对宋子良的暗杀计划。

3

欧昭通很痛快地接受了新任务——刺杀将要来九号车队视察的运输处主任宋子良。其实，欧昭通完全清楚，接受是死、不接受也是死，不如先痛痛快快接受，然后再想其他办法。前天，他给卡车涂新漆的事一定已经引起了孙大夫的警觉，他们从来就没有完全信任过自己，所以，就算心有旁骛，也不能让对方看出什么来。果然，陈沫试探他，被他巧妙解释过了。紧接着，陈沫给他看了弟弟欧兆铭的最新照片，的确，弟弟长大了一些，更像男人了，十五岁多了。还有他母亲躺在床上的照片，这些都是田中专门找人拍摄并寄到陈沫手里的，就是为了让欧昭通明白，必须无条件地照日本人的意思去做，因为人质还在他们手中。

宋子良可不是一般人，他是运输处的主任，现今蒋主席的亲戚——宋美龄的亲弟弟，他近期要探望机工先锋第二大队，说不定蒋介石的小公子也会陪同，这是陈沫从内线得到的准确情报。在此之前，宋子良曾经几次深入机工队伍，甚至还陪同陈嘉庚慰问机工，曾经有过很好的刺杀机会，但陈沫没有得到上级的指示，从来没有实施过，现在，这却成了重大任务。

必须增派一个杀手，这样才能确保任务实施完成，否则恐怕难以保证——这是欧昭通给上司陈沫提出的唯一的请求，陈沫最后答应了，于是给他派来了一个叫阿昆的泰国华人。陈沫似乎察觉到了欧昭通内心的焦虑，为了让他安心，特别告诉他，田中茂森已经同意，假如此次行动成功，欧昭通可以退休返回新加坡。

欧昭通装作很是欣喜的样子，心里却盘算着怎么来逃脱虎口。陈沫还说，至于让阿昆怎么进入九号车队而不被察觉，这些都要靠欧昭通自己想办法并独立完成。

得到指示后，欧昭通首先想到的是如何保护自己。他很清楚，就在九号车队，怀疑他的人就有吴忠标、林广怀等人，必须做到滴水不漏才行，否则迟早会被揪出来的。

这次的任务出奇的困难，欧昭通所要面对的是几乎无遮挡的主动行为，要想实施成功或许并不难，难的是成功之后的顺利脱逃。要是提前把周围的不利要素巧妙利用，更早地做好布局，或许还有安全撤出的可能。

阿昆是龙老七领着前来找龙汉良的，他说自己是龙汉良父亲保镖老阿昆的儿子，因为流落泰国很久，去了新加坡闯人生才知道龙家少爷已去滇缅路当了机工，所以跑来找少爷帮忙弄碗饭吃。龙汉良一时无法判断，他找了林广怀以及吴惠琳，在他们的帮助之下，确认阿昆是老阿昆的儿子。龙汉良找欧昭通求助时，欧昭通很痛快地答应了，他还专门给阿昆发了一套机工的制服，收留阿昆在车队做事。

其实，这是欧昭通事先谋划好的，之所以绕了这么大一圈，就是为了避嫌——避欧昭通的嫌疑，而阿昆的那些关于龙家、吴家以及林家的关系，全部都是陈沫根据欧昭通的提示落实的。今后就算阿昆出了问题，也和欧昭通无关。

但欧昭通很快就发现了新问题。这个阿昆在泰国当过兵，貌似机灵其实是个忠厚之人，他几番试探欧昭通之后，发现他的伙伴欧昭通并没有考虑好刺杀之后两人的退路。这让阿昆很是不解，也起了疑心，这家伙一句话就戳疼了欧昭通。

阿昆：我不傻，欧先生，你这是给自己找退路呢！

欧昭通：你在胡说，阿昆！

不管怎么样，欧昭通还算阿昆的上级，他不允许手下这么冒犯自己。

欧昭通接着说：行刺成功，我掩护你逃走，放心吧。

阿昆：这地方不用车子怎么能逃远？万一目标是白天来，那不是找死么？就算逃出现场，这四周都是大山，能活着出去吗？

欧昭通：阿昆，你到底什么意思？

阿昆：老兄，我不光是为自己考虑，也是为你着想。

欧昭通：不明白。

阿昆：上司告诉我，假如我失手，你一定会上去补枪，就算我死了，你也完成任务了，可你能逃走吗？

欧昭通：必须成功才行。

阿昆：我说的是如何顺利逃走，没说成功或者不成功！

欧昭通：阿昆，你到底想说什么？

阿昆出语惊人：这件事，我想咱们应该放弃。

欧昭通：放弃？这是日本人的意思吗？

阿昆：我的意思。

欧昭通陷入困惑之中，阿昆这小子到底什么意思啊？是真的动摇了？或者是受某人之托来试探我欧昭通？我不想干，可日本人太坏，我也不能轻易相信这个阿昆啊……

欧昭通是个疑心很重的人，但阿昆接下来的举动让他忽然看到了当年的自己，也是迫不得已选择了干坏事。随着行动日期的临近，阿昆偷偷找到他，要求他帮着自己把预收的杀手酬金寄给自己在泰国的亲戚——他是为了救女儿的命才答应了这件事的！怪不得呢！阿昆不是在试探自己，而是向他讲出了心里话，希望真的得到欧昭通的帮助。夜里，欧昭通一个人辗转反侧，不断地回忆着白天阿昆说的话，到底怎么才能帮到阿昆同时也不伤害自己呢？对了，只有延迟或阻止这次行动，才能让阿昆这三分之一的钱到达他在泰国亲戚的手上。

欧昭通下决心帮助阿昆，得承认，这是欧昭通的一个善念。

欧昭通想出了一个很好的主意——主动向路振邦举报这次可能发生的刺杀行动。由于欧昭通没有讲出更多有价值的线索，路振邦反映给运输处调查科的情报并没有引起其上司更大的注意，至少表面上如此。其实，调查科早就开始了惯常的布置，因为揪出隐藏在机工中的日本人奸细是他们很久以来的任务，他们准备不再隐瞒宋子良的行程，只要做好足够的准备和预防，利用这个大好时机让暗藏的敌人露头，直到抓住奸细。

就连欧昭通都没有想到，自己的这个主动动作，虽然最后没有阻止宋子良的到来，但在后来的调查中客观上起了保护他的作用。调查科的人怀疑到了欧昭通，可怎么也解释不清楚一件事——既然欧昭通有重大嫌疑，他为什么会主动向路振邦反映线索呢？这从任何一个角度都解释不清楚啊！

在最终做好了逃脱的准备之后，欧昭通没有忘记办妥最后一件事——把阿昆的地址和钱放在了龙汉良的铺盖下面，这中间还差点受到吴忠标的干扰，后来被他巧妙岔开了话敷衍过去了。

就像欧昭通所预料的那样，路振邦通知他和吴惠琳把枪交回大队保管，这也是为了确保宋子良的安全，对此，他并不慌张。在即将动手刺杀的前一个小时，欧昭通使用工具，熟练地打开了保险柜，轻易地找到放枪的位置，他专门挑出吴惠琳的枪，仔细检查了一下子弹，然后擦去自己的指纹，小心锁好保险柜。

奸与忠之间往往不是那么黑白分明，还是有一个看不见摸不清的、发灰的中间部分，可要想泾渭分明那可是难上加难。成功了就是救赎，失败了就是万丈深渊、覆水难收。

阿昆拿到了行刺用的手枪，就在宋子良出现在人群之中时，他找到机会拔出枪。可就在他还没有机会上膛时，一个矫健的身影出现了，上前把阿昆制服。

欧昭通也上前助了那人一臂之力，但出乎所有人的预料，他捡起阿昆掉在地上的手枪，直接把子弹射向阿昆！

欧昭通高喊：他是刺客！

阿昆被他打死了，这是他事先计划的一个部分，他是不会上前补枪杀死宋子良的。欧昭通发现一个女性坚定的声音冷冷地传了过来，仔细一看，那人正是制服阿昆的人，她的出现完全出乎他的预判——林婉珍！

林婉珍冷冷地说：欧昭通，你涉嫌刺杀，请跟我们走一趟……

4

陶志几乎没多想，直觉上就判断出欧昭通是奸细。作为一个特工人员，当然不能只凭直觉，还需要大量的分析与严谨的推理，但好的直觉却是侦破案件最需要具备的基础。

陶志眼下遇到了很大的困难，其实说到底都是情感的困扰，不是来自对手，而是自己曾经最亲近的人和眼下的上司——龙汉良和吴波涛。

陶志曾经用过林婉珍这个名字，这是龙汉良、吴忠标他们最熟悉的名字。陶志才是她的真名字，到新加坡之前专门改成了“林婉珍”。陶志在校期间就积极宣传抗日，其侨属背景被有关部门注意到，他们有意培养陶志。恰逢舅父去世，陶志肩负使命来到新加坡，以学生身份做掩护，配合陈嘉庚等侨领的抗日募捐，等招募机工时，更是投入到联合工人阶层报名参加机工的火热生活之中。

对于自己的国民党党员身份，陶志从来没有对龙汉良透露过。面对龙汉良热烈的追求，陶志当然感受得到，但那时的热血陶志，一门心思忧国忧民，恨不得立即上前线去打鬼子，花前月下对她来说是极为奢侈甚至可笑的事情。既然肩负使命，就必须严格遵守相关条例，对龙汉良绝对保密。

不过，都是正当年龄的寡男孤女，龙汉良的风度与执着还是让她陷入了情感的漩涡。尤其当龙汉良做出替代她承担所谓的“通共”罪名并勇敢担当时，陶志感动得大哭，那一定是真爱，那是愿意牺牲自己来解救恋人的勇敢行为，在古代就是英雄，就是大侠，他就是几乎所有妙龄少女心中的偶像与永远追随的对象。与吴惠琳不同的是，陶志没有那么感性，她更理智、更有男人般的果断与决绝，当上司提出要她换个身份牺牲恋情成为一名特工人员时，痛苦一夜的她做出了选择。在她看来，恋爱重要，龙汉良也很优秀，但几千万的同胞仍在苦难当中，只有赶走侵略者，或许才能安静下来享受爱情。从内心里，她从来不希望自己的恋人来到国内当机工，这太危险太可怕了。所以，当林广怀说出打算要陶志给龙汉良写告别信以断绝所有念想时，陶志接受了。她哪里知道，本来是一片关怀之心，却给予了热恋中一心想和她见面的龙汉良致命的一击。

自从有消息说有人要对宋子良行刺时，陶志就已经暗中开始了对九号车队的调查。事实上，机工队伍里混有日本人的奸细，这是运输处调查科早就知道的信息，陶志与上司吴波涛和无形的对手几番交手，就感觉到了对手的强大。他们前不久破获了一个案子，但没有向前深入，因为这个嫌犯居然采取了自杀的行为，逼迫调查者中止了所有的线索，很显然这个家伙早有预案。

陶志是受过严格训练的特工，这一点她甚至强过了顶头上司吴波涛。阿昆早就进入了她的视线，为了吸取上次的教训，她不准备惊动对方，准备在有把握不使宋子良受到伤害的前提下活捉阿昆以取得更多的线索。

欧昭通的做法又一次让他们受挫，好像有一个一直站在他们背后、洞悉一切的人，目标就是不断地干扰甚至阻止他们的计划。

陶志的第一个干扰来自身边，那就是上司吴波涛。在她看来，吴波涛就是另一个改了名字的龙汉良，同样对她情有独钟，这让陶志有些心烦。小的时候，无论大人小孩都喜欢她，因为她长得可爱，性格开朗。等她到了青春期之后，发现男孩子喜欢她更多，完全是因为她容貌出众。男孩子选择对象第一要素就是容貌，面相一般的女孩子对此总是很鄙视，实际上，这和女孩子总把高个子男孩当第一选择是一样的，是动物生存的优选法本能，谁也不要鄙视谁，还好，上帝是宽厚与公平的，有弱点的人可以凭着后天的努力改变自己并使自己变得强大。

最初，吴波涛是不愿意让陶志来九号车队办案的，理由很简单而且他也不避讳——龙汉良是她以前的恋人。接下来，吴波涛和陶志对于阿昆案的分析总也到不了一起，争吵激烈时，吴波涛甚至放话，假如有必要的话，他准备向上级报告提请陶志同志回避此案，这个当然遭到她的严词拒绝。

陶志坚持认为欧昭通有重大嫌疑，吴波涛却认定龙汉良是主嫌。这种先入之见影响到了吴波涛乃至陶志理性的分析与判断。

龙汉良就更让她不解了，好像成心和她过不去似的，他居然来主动“自首”了，真不知道他葫芦里卖的什么药。

按程序，陶志还要对昔日的恋人来个面对面的问话。

陶志：姓名？

龙汉良：龙汉良。

陶志：年龄？

龙汉良：二十三岁。

陶志：身份？

龙汉良：先锋二大队九号车队队员。

陶志：你要坦白什么问题？

龙汉良沉默。

陶志：说呀。

龙汉良：不方便。

龙汉良示意旁边负责记录的专案组组员，意思是此人在，说话不方便，这把陶志弄得有些尴尬甚至恼怒，好像是自己家人不懂规矩被外人看了闹出了笑话。陶志和龙汉良前面的恋人关系，这个组员同样清楚，看到龙汉良这么说，组员强忍着没讲话，他知道陶志会处理的，这是个厉害果决的女人。

陶志火了：有什么不方便的？他是专案组成员，我的同事，我们有纪律必须两人以上问话才行。

龙汉良忽地起身：那我不说了。

陶志：你坐下。

龙汉良：我又不是你的部下，更不是你们找来的，凭什么要听你的？

组员很有眼色，找了个借口对陶志悄声地说：陶志同志，咱们也是为了更好地了解情况，这样，我在外面待着，有事我立即会进来帮你的。

组员刚出去，陶志就发火了。

陶志：龙汉良，你到底搞什么名堂？

龙汉良：婉珍！我正要问你呢？

陶志：叫我陶志！

龙汉良：林婉珍，你到底怎么想的？

陶志：我还想问你呢？专案组还没有找你，为什么主动找上门来？你这是干扰我们的调查！

龙汉良：就是为了见你，更为了听你解释清楚！

陶志：解释什么？

龙汉良：为什么化名林婉珍？为什么骗取我的感情？为什么不辞而别？

为什么发出已经战死的假消息？这一切都是为了什么？

陶志：好家伙，一下子四个为什么！很简单，为了国家为了抗战！

龙汉良一下火了：好大的名头！为了国家！那我们这些人是为了什么？为了自己吗？

陶志：我只说自己，根本没有否定机工的意思！

龙汉良：婉珍，你太自私、太任性、太绝情！我一直想和你在一起，想知道你的一切，可你却只顾自己的理想与信念，你考虑过我的感受了吗？没有！你晓得当我知道你牺牲的消息时，是个什么悲痛的感受吗？

陶志背过身去，很显然她有些尴尬，龙汉良指责她，说她自私其实也并不过分。在这方面，陶志可以说粗线条，甚至有些粗心，是啊，她只为自己的高尚所激励，可她知道恋人的感受吗？

龙汉良也是个敏感的人，他已经看到了一个和自己年龄相仿的高个子男人出现在外面，他和刚才出去的那个组员正说着什么，带着焦躁，那架式明显是上司训斥手下，然后就怒气冲冲地要闯进来。

龙汉良忽然意识到了什么，脱口而出：婉珍，你是不是爱上了那个组长？看他着急的样子！

陶志：这和你有什么关系？

龙汉良：当然有关系，或许你是有了心上人，才借口国家、抗战而抛下了我！

陶志：荒唐！汉良，我本来不该告诉你，我其实另外怀疑有其他人作案，你为什么不请自到？假如没事，请回去吧！

龙汉良：你心里还有我？怕我吃亏？太好了！

陶志：我根本就不相信你是日本人的奸细！就这么简单！

龙汉良：我就是为了见你，才主动找上门来的！

陶志：你这是变相地干扰我们办案！汉良，我再多说一句，你并非毫无嫌疑，你不能往自己身上再添油加醋了！

龙汉良：只要能见到你、和你多说几句话！

陶志：荒唐！

龙汉良：你更荒唐！你本来就不该出现在这里的！

陶志：什么？这是我的本职工作啊！

龙汉良：既然牺牲了，就不该再活过来！

吴波涛急匆匆闯了进来，口气酸溜溜地说：看看，这哪是问询，简直是甜蜜的争吵嘛！

等龙汉良离开，吴波涛再次讲出自己的观点，说实话，他还是做了很多调查的。他认为龙汉良主动来坦白，或许就是为了更好地逃避责任，来个障眼法；而组员更客观一些，认为龙汉良或许是为了自己的私人感情主动“坦白”的吧，这个人看起来很透明啊，不像是奸细。

吴波涛训斥起组员来：你这是什么意思？奸细会在自己脸上写上那两个字吗？

陶志：我觉得应该仔细分析一下案情，或许能大概得出结论。

吴波涛：好啊。

陶志：阿昆自称是龙汉良父亲保镖的儿子，所以为完成任务提前混入了机工。

吴波涛：这说明阿昆的背后一定有个强大的间谍组织，事先知道宋主任要来探望机工。

陶志：我完全同意。

吴波涛：而且这些人了解龙汉良的背景，这里面欧昭通最有条件。

陶志：了解龙汉良的背景不是什么难事，他家是新加坡的亿万富翁。阿昆在行动前，不断地接触欧昭通，多次谈话，说过些什么不清楚，这是吴忠标和龙老七都看见过的。

吴波涛：欧昭通一定知道大家看见了阿昆找他，他告诉我们，他是在给阿昆教怎么干活的。

陶志：也许是传递情报。

吴波涛：不能排除，你继续。

陶志：阿昆在行动前，在大队部的保险柜偷到了一把手枪。

吴波涛：这对一个训练有素的奸细来说不是难事。

陶志：问题是我打听过了，为什么阿昆偏偏拿到的是吴惠琳的枪，而欧昭通的枪和吴惠琳的枪是放在一起的！巧合吗？

吴波涛：你想说，是欧昭通做好预案，做了记号，特意叮嘱阿昆拿吴惠琳的那把手枪？

陶志：完全可能。

吴波涛：好，假设欧昭通是奸细，那为什么主动反映给路振邦，说有传闻宋主任要来，建议取消宋主任对机工的探望呢？

陶志：这个，现在还难以解释。

吴波涛：我以为，做障眼法的恰好是龙汉良，有人看见他也多次找阿昆谈话，神神秘秘的。最关键的是咱们刚刚调查欧昭通，就有人要杀欧昭通灭口？那天所谓的“抢劫”欧昭通，会不会是龙汉良和凶手的有意配合？他故意躲开去小卖部找绳子，让凶手独自去杀欧昭通以避开调查组对他的怀疑？这说明奸细们那天的目标是欧昭通而不是龙汉良。

陶志：那欧昭通夺枪杀死阿昆不能解释为灭口吗？

吴波涛：那是任何一个机工痛恨奸细都会做出的事情，当时，好几个机工都说自己也会上前杀死阿昆，只不过欧昭通是队长，且能熟练使用手枪罢了……

陶志一时无话可说，这其实是欧昭通的忏悔之下做出的一个举动，他首先是为了自保，但假如陶志继续不从人的情感与纠结出发，只凭逻辑推理，那她毫无疑问地钻进了死胡同。

紧接着，有人“适时”地举报了龙汉良，吴波涛立即带人去搜查，他们在龙汉良的褥子最下面的一层夹层中找到了几百块钱和一封信，这让龙汉良一时难以解释清楚，被调查科限制自由了。

5

欧昭通最近遭受了几个不同方向的致命打击，虽然自己曾经预料到处境的危险与艰难，但发展到致命的这一步还是一万个没想到，他再次感受到挣脱苦海的艰辛与不易。

那天去完大队部，欧昭通正在和龙汉良坐下休息，一个身着机工制服的陌生人不知从哪里钻了出来，目标很明确，抽出刀子直奔欧昭通的要害捅去。欧昭通到底受过训练，身手还算敏捷，急忙闪过，但身上已经被划伤，鲜血冒了出来。多亏有龙汉良助阵，本来不占上风的欧昭通总算反败为胜，控制住了对方。

欧昭通让龙汉良控制住陌生人的双手，拼命击打对方的头部，让龙汉良都看不下去，连连阻止。

龙汉良：欧学长，欧学长，你不能要他的命啊，先停下，停下。

欧昭通：可他像是要我的命啊，和他无冤无仇的。

龙汉良：那先问问清楚再打，要是机工兄弟，揍一顿就行了。

欧昭通马上想出一个对付此人的好主意来。

欧昭通：汉良，你这样，返回小卖部，借一根绳子来，咱把他捆好，带回大队部审问一下。

龙汉良：小卖部不近啊，学长你一个人可以吗?

欧昭通：应该没问题。

等龙汉良离开，欧昭通反复质问陌生人，到底是何人所派，但对方决不吐口。欧昭通想起一招儿来，把他拖到悬崖旁。

欧昭通干脆挑明了：你小子，还想耍花招儿，等我兄弟拿绳子，玩儿缓兵之计？对不对？那是我的调虎离山之计，你要不回答，我不会给你机会等他回来的。

陌生人似乎犹豫起来。

欧昭通：只要你说出谁指使你来的，我饶你一条命。

陌生人：是孙大夫。

欧昭通：为什么?

陌生人：说你本该上前继续补枪，杀死宋子良，可你不仅不动手，反而不经批准就杀死阿昆，所以找我杀你。

欧昭通点头：和我猜的差不多。

陌生人痛苦地呻吟着：快，快帮我止血，你们刚才下手太狠了。

欧昭通：好的，你站起来。

陌生人站立起来。

欧昭通趁他不注意，转身趁帮陌生人解衣服包扎的一瞬间，猛地将他推下悬崖。等龙汉良回来时，欧昭通告诉他，这个人自杀了。至于什么原因当然不能告诉龙汉良了，这事只有欧昭通自己心里明白。

龙汉良：你应该拉住他，在没弄清楚事实之前。

欧昭通随口编了一个能说得过去的小谎：我问了，他说自己是一大队的机工，看见我买东西，想抢我的钱。

龙汉良：这兄弟，要点儿钱都会给他的，何必这么要面子非跳下去呢！咱怎么办？下去看看吧，都是机工兄弟？

欧昭通：算了，不是我心狠，现在大队还有运输处调查科的人正找我毛病呢！咱多一事不如少一事，赶紧走吧。

必须教训一下那个带枪的孙大夫，否则今后还会欺负自己的——欧昭通知道自己在日本人那里的分量，敢这么对待自己，一定是孙大夫自己的主意，陈沫不会如此因小失大的，除非今后准备彻底废弃欧昭通，眼下他还是有用处的。

见到孙大夫，欧昭通直接挑明了：孙大夫，我不希望今后再见到你。

孙大夫一样不甘示弱：我也一样，要不是我劝阻陈沫，恐怕你还要遭殃！

欧昭通：那就再派人来吧，孙大夫。

孙大夫：果然很狂妄啊。

欧昭通：行动失败就灭口，你们够狠！

孙大夫：阿昆是我的亲戚！你不上去补枪干掉宋子良，还杀死自己人，这才是行动失败就得灭口！

欧昭通：你信不信，我只要举报，你孙大夫马上就会入狱被枪决！

孙大夫：欧昭通，你说得都对，我光棍一个，而你的母亲、弟弟都在我们手里！

欧昭通立即上前，掐住孙大夫的脖子。

欧昭通：我现在就要你死，信不信?!

孙大夫被卡得满脸通红，眼看就要窒息。

孙大夫使尽全身力气，推掉欧昭通，甩出一句话：我要死，你母亲、弟弟活不过明天！

一听到这个，欧昭通立即软了下来，不再蛮横了，他是个能屈能伸的人，眼下警告一下对方就好，更何况人质在他们手里。

欧昭通：孙大夫，对不起，我失礼了。

孙大夫整理了一下领子：这还差不多。

沉默片刻，欧昭通发问道：下来要我怎么做?

孙大夫：相信你早有准备，把责任设法推给别人吧。

欧昭通：具体怎么办？

孙大夫：我差点儿被你弄死，还得帮你。

欧昭通：帮我就是帮你。

孙大夫：这样，我们设计一封举报信马上投到运输处，他们会立即有反应的，这里面有些细节，需要你来提供，在不伤害到你自己的前提下……

欧昭通感受到的另一个巨大的压力正是来自陶志，那是一种本能。他在这一点上与对手陶志极为相似，尽管事先做了很多缜密的布置，但还是有破绽的。现在，必须主动出击，把水搅混，把更多的真假难辨的线索主动提供给调查组，让他们费尽气力去一个个分析，最好陷入泥淖之中难以自拔。

在这种较量之中，欧昭通忽然感受到了一种乐趣，那些不知情的人被自己调配着、支配着胡乱忙碌着，忽东忽西的。龙汉良就是受自己的教唆去主动自首，其实，按照龙汉良的智商是不会犯这种低级错误的，可人一旦陷入感情的漩涡立即就变得不够理智，眼下的龙汉良急于知道陶志当初抛下自己的真相，其他一概不愿意过问。

欧昭通使出一个杀手锏——把自己悄悄放在龙汉良床铺下阿昆的信与现金的消息“举报”给了调查组，对方果然相信，现在把龙汉良暂时关押在了大队部。

欧昭通心里明白，他手里的最后一张牌是吴惠琳。事先他已经做了周密的铺垫，只要说服了吴惠琳，调查组一定会再次上当的。

欧昭通走进吴惠琳宿舍时，孙大夫刚刚给她打完针，待孙大夫收拾起自己的药箱离开之后，正要开腔，吴惠琳先开口了。他最近很关心吴惠琳，特别是在龙汉良被扣押之后，而这个举动多少让吴惠琳有些感动。

吴惠琳：欧队长，多亏你对汉良和我的照顾。

欧昭通：客气了，大家都是为了抗战救国嘛，大老远的，一个女孩子，简直太不容易了。

吴惠琳：当初想当机工，人家还不要女孩子呢！要不是我是大学生的身份，加上会开车，想当都当不上。

欧昭通：告诉你一个不好的消息。

吴惠琳：汉良出事了？

欧昭通：新加坡沦陷了，路振邦已经不让大家往家里寄信寄东西了。

他之所以现在提到这个问题，是为了先给吴惠琳增加些压力。这个可怜的病号立即慌了起来，自己身体不行，还得操心远在新加坡父母的安危。

吴惠琳：啊？不知道我爸妈怎么样了？就没有一点儿消息吗？欧队长，你应该从王胖子那里打听一下。

欧昭通：王胖子被处分了，最近没有看到他，可能暂时停职在家。

吴惠琳快急哭了：那可怎么办？

欧昭通：我也着急，家里有个病重的母亲，还有一个弟弟。听说只要是参加机工的，日本人都会报复呢！

吴惠琳：真是恨死日本人了！

欧昭通：惠琳，你也不要着急，你家是大户，消息比一般人多，一定会有准备的，再说，你人在国内，着急又有什么用啊？

吴惠琳：谢谢你这样安慰我。

欧昭通突然冒出一句：还有，那个，汉良被扣押了。

吴惠琳差点跳了起来：为什么？

欧昭通：说是上次刺杀宋子良他有嫌疑！

吴惠琳：怎么可能?!

欧昭通：我也是这么想的，可汉良自己居然主动上门去了，不知道给人家都说了什么！

吴惠琳：阿昆是他的亲戚，人家当然要怀疑他。

欧昭通：我看不完全是。

吴惠琳：那还有什么？

欧昭通：你还记得那个叫林婉珍的女孩子吗？

欧昭通终于找到机会，使出了杀手锏。

吴惠琳：记得，不是已经牺牲了吗？

欧昭通：那都是假消息！她还活着，现在名字叫陶志，就是这次调查宋子良案子专案组的成员！

吴惠琳：那他们岂不是会见面了？

欧昭通：那是一定的，关键汉良还主动去，这是什么意思啊？

吴惠琳：汉良心里从来就没有彻底放下这个叫婉珍的人！他一定是为了

见林婉珍才主动找上门去的！欧队长，你说他们会不会重温旧梦啊？

欧昭通：有可能，不过，应该相信汉良，他不是当着大家的面已经宣布和你订婚了、抗战一胜利就娶你吗？

吴惠琳：抗战胜利？还没胜利小鬼子就打下新加坡了！

欧昭通：惠琳，我今天给你说的，你千万不要告诉别人，这样吧，你先好好休息……

果然就像欧昭通预料的那样，吴惠琳也没告诉任何人，但她却直接去了大队部，和陶志、吴波涛他们大吵了一架。欧昭通其实就跟在后面，等吴惠琳闹得差不多了，他又出面把吴惠琳搀扶回去。他的细心与周到，吴惠琳深受感动，还为以前自己对欧昭通的恶劣态度表示道歉。欧昭通心里飘过那么一丝的同情和软弱，可是为了自保，他已经变得无路可逃，不管什么人在他眼里只有利用的价值而无其他。他再次给吴惠琳加码，压得对方喘不过气来。只要吴惠琳再往前进那么一步，自己完美的脱身计划就可以实现，只是，他自己深深知道，他离那罪恶的深渊也更近了一步，眼下已经管不了那么多了，先顾自己的命要紧。

吴惠琳说，自己最近脑子很乱，常常有幻觉，和上次执行防化装备的那次运输任务极为相似。

欧昭通立即帮吴惠琳找出根源：都是这些该死的专案组，没本事抓奸细，尽拿咱们这些下苦力的机工开刀！

吴惠琳：说实话，那天我开枪的念头都有！

欧昭通：那可不行！咱们想想别的办法，把汉良救出来。

吴惠琳：只要能让汉良获得自由，让我干什么都行。

欧昭通假装认真思考了很久才说：惠琳，你看这样行不行？你来个假自首好不好？

这是欧昭通的第二步棋，他心里慌张，但实施起计划来却有条不紊。

吴惠琳：让我主动承认是日本人的奸细？

欧昭通：对。

吴惠琳一下子站了起来：那怎么行？到时候专案组万一信以为真，我跳进黄河也洗不清自己了。

欧昭通：惠琳，你先坐下，不要着急嘛！这只是一个策略，我两次被他们审查，到最后不都是没事了？不管谁来调查，都必须重证据，没有证据谁也不会把咱们怎么样！现在真正的奸细根本找不到，他们专案组看起来很忙碌，那不过是做做样子给他们的上司看，过一阵子就没事了！你先假装承认，把汉良弄出来，过几天你再翻供，说是患病神志不清，这样一定会救出龙汉良的。

吴惠琳：这样好吗？

欧昭通：相信我好了！

吴惠琳：我相信你，不过，接下来该怎么做呢？

欧昭通：你先写个自首书。

这是欧昭通的第三步棋。

吴惠琳：写什么？怎么写？多少个字才行？

欧昭通：我也不知道啊，不过，我可以试着帮帮你……

6

陶志真有些糊涂了，线索很多也很乱，现在又多了一个嫌疑犯吴惠琳，她隐约察觉到对手就在自己跟前不远，他随时掌握着调查组的进度，随时都可以干扰到调查组正常的调查，这的确是个难以对付的家伙。

吴惠琳那天到来时，完全被一种情绪左右。但从表面上去看，她只是激动，言语激烈，但看不出逻辑方面有什么问题。在新加坡时，陶志和吴惠琳只见过一次，不过，两人连一句话都没有讲过。

现在，陶志必须面对吴惠琳了，不管她说什么，都必须接受。她知道对方是龙汉良现在的恋人，但没有料到爱得那么深，当吴惠琳像发连珠炮一般对她狂吼怒喊时，她没有生气，反倒有一种莫名的嫉妒和感动，对方的质问的确在情理之中。就连吴波涛和另一个组员都看不下去，但唯独陶志示意要让吴惠琳讲完。

吴惠琳第一句话就是——我想问你们有拘捕证吗？怎么可以随随便便扣押一个人？你，林婉珍！我明白了，这一切都是你在背后指使的吧？你这是工作吗？笑话！你这不是借着工作之名偷偷和前男朋友谈情说爱吧?!

陶志的怒火被点燃了，她感到了莫名的侮辱，立即反驳对方：你——无耻！

吴惠琳：无耻的恰恰是你林婉珍，现在的陶志！林婉珍，真搞不懂你为什么要到这里来？你不是为国捐躯了吗？政府的抚恤金都发了呀！为什么改名字？还不是为了自己往上爬？还说是为了抗战！既然是抗战，那就去前线啊！或者，和我们这些机工一样，没日没夜地运输物资不好吗？凭什么随便关押一个好人？你到底是什么目的？

陶志：除掉奸细！就这么简单！

吴惠琳：奸细？奸细在哪里？干脆说我是奸细好了！恐怕是有别的打算吧！你大概是想找回过去的爱情吧！

陶志：荒唐至极！

吴惠琳：你要真爱汉良，就不该在他最需要你的时候抛下他！为了能见你，他挨了处分，为了跟你一起回国抗战，他选择替你担下罪名，以致于坐牢，最后被坡督逐出新加坡，来到国内找你，却说你已经牺牲！我问你，你知不知道在滇缅路上汉良好几次都死里逃生？知道我和叫花子差点死于疟疾，是汉良舍命坚持救下了我们，这样的人他是奸细？是为日本飞机指引轰炸目标的人吗？一个亿万富翁的少爷，他那么做是为了什么？为钱？为了美女？他什么都不缺啊！有必要不远万里来这里以当机工做掩护来当奸细吗？你们这些专案组的都是猪脑子吗？赶紧放了他，否则我这把枪绝不会饶了你们。

吴惠琳说着就掏出了手枪。

陶志也毫不含糊，立即掏出自己的枪，而且上了扳机。就在这危险时刻，路振邦和欧昭通闯了进来，一把夺下吴惠琳的枪，而吴波涛也下了陶志的手枪。

路振邦：吴队长，你今天累了，赶快回去休息吧；欧队长，你赶快送吴队长回去休息。

欧昭通：是。

欧昭通扶着吴惠琳慢慢走出。

吴波涛：路主任，这样的人怎么还配着枪？

路振邦：我认为不能随便怀疑一个人，而且她还是我们的副队长。

吴波涛：太危险了。

路振邦：是的，看样子欧昭通和吴惠琳都暂时不要带枪了。吴科长，你有所不知，吴惠琳上次受了很大的刺激，一直在打针治疗……

吴波涛：真像个泼妇！

陶志不同意上司如此简单的结论：吴科长，不可以这样说吴惠琳！我不怨她，这样的机工为国家抗战出力，我敬佩她还来不及呢！

吴惠琳离开没多久，就让人送来了一封信，说是自首书。大家一番分析，认为吴惠琳“交代”的过程有些牵强，但路振邦确认这的确是吴惠琳本人写的。

深夜，陶志没有离开大队部，她就是那种不管遇见什么困难都会咬牙坚持下去的人。她告诉吴波涛，自己坚持先前的判断，前面之所以遇到挫折，正说明他们工作做得不够细致，放心吧，她一定要把奸细揪出来！

但更进一步的坏消息又传了过来，根本没有让陶志好好思考与喘息的机会——吴惠琳写了“自首书”，承认自己是奸细，然后就自杀了！

案发现场就是吴惠琳的宿舍，吴惠琳的枪在昨天被收缴，她利用孙大夫给她打针不备之际，夺下孙大夫的枪杀死他然后自杀。为了谨慎起见，吴波涛还专门找来刑事专家，结论完全认定是自杀而非他杀。这让陶志再次犯了糊涂，难道吴惠琳真是藏在最深处的奸细吗？除非有直接的证据，眼下还真的不能完全排除她的嫌疑。

吴波涛很有把握，但他没有先下结论，他要让陶志先开口。在此之前，他已经给出了一个结论，陶志坚决反对，现在吴惠琳自杀了，他要陶志先发表一下意见，自己最后再做总结。

陶志：从案件现场来看，很显然是吴惠琳开枪打死了孙大夫，然后自杀身亡。

吴波涛：畏罪自杀？

陶志：表面上看是这样。

吴波涛：陶志，你为什么总要和别人不一样啊，这么明显的证据，还有什么再要追究的？

组员：和前天有人举报吴惠琳是奸细关联起来了，毫无疑问，那个孙大夫似乎也有奸细的嫌疑，很可能是一系列间谍行为的背后总指挥，一直潜伏在机工队伍之中。

陶志：吴惠琳患有轻度精神类疾病，会不会被人利用？

吴波涛：可自首书是她自己的笔迹啊，这一点怎么解释？

陶志：这也是我琢磨不透的地方，她这么做或许是为了让咱们早些释放龙汉良，又或者是什么人专门扰乱咱们的办案？

吴波涛：你也太低估一个假装病人的奸细的智商了，我看，把整个案件梳理再三，我认为吴惠琳就是间谍。恐怕在新加坡的时候，吴惠琳或许已经接受了日本人的训练，然后很积极地要求加入机工队伍，表现积极。这次接受了孙大夫的指派，准备对宋子良主任下手，阿昆的枪就是她给的，她知道枪的放置地方，不料事情败露，咱们不断地找龙汉良、欧昭通问话，也给了她更大的压力，她选择了自首，不料却遭到孙大夫的威胁，情急之下，她夺过孙大夫的手枪，打死了孙大夫，然后自杀。

组员：那前面车头蒙黄旗给小鬼子的飞机打信号，也就有了合理的解释。

吴波涛：毫无疑问，我看可以结案了，陶志，你还有什么意见？

陶志无奈地说：我同意结案，但保留个人的意见。

虽说已经结案，但陶志觉得自己最对不住的人就是龙汉良，当她来到吴惠琳的墓前时，龙汉良比她早到一步，等龙汉良祈祷完毕，她才上前。陶志是想安慰龙汉良，却遭对方无情甚至无礼的对待。

陶志小心翼翼地说：汉良，这是意外，谁也不愿意看到事情这样发生。

龙汉良连看都不看身后的陶志：都是你们逼的，吴惠琳她患有轻度的精神分裂症啊。

陶志：我知道你们感情很深，看到这样的结局，我心里也非常难过。

龙汉良：这下你们满意了吧？

陶志：已经结案了。

龙汉良：那好，不送。

陶志：我话还没有说完，结案是结案了，但我保留意见。

龙汉良：只要你愿意，那就继续吧！

陶志：汉良，你心里不痛快，可以找我发牢骚，甚至骂我都可以！但请理解我们，虽说不在前线，但这是特殊的战场，和真正的战场一样你死我活！我们这么做，也是在尽一个战士的职责！不存在故意找谁的麻烦！要恨，就应该把仇恨记到小鬼子的头上！他们现在还在屠杀我们的军人和百姓！虽然眼下我还没有充分的证据，但我已经基本掌握了事实，相信我，我会抓到奸细的！

龙汉良语气缓和了许多：我知道，也了解你。

陶志：我也一直不认为你是奸细，但这个事情太复杂了，远远超过我们的估计，这个奸细一定是受过专门训练的人，他的预判与缜密，常常打得我们措手不及！

龙汉良：那么，还要继续吗？

陶志：你说呢？

龙汉良：说心里话，我希望你们继续。

陶志心里暖了一下，她想上前拥抱对方，但觉得似乎眼下这样做不妥，停下了，改为握手。

陶志：我又看到了从前那个阳光的你，还是那么帅气、无邪。

龙汉良：对不起，我现在心里只有对吴惠琳的内疚。

陶志：我知道，我马上就要回去了，听说你们也快开始新的任务了，祝一切顺利。

7

陶志回到了昆明，在此之前，她还悄悄私下找了吴忠标等人，从她自己的角度开始推理演绎这个案子，她坚信自己有能力还原真相，给冤屈的吴惠琳一个说法。她已经几乎整整一天没有离开自己的座位，墙上钟表的指针已经到了晚上七时，早已过了下班的时间。

陶志回忆着吴忠标、刘志枚的叙述，企图把整个案件梳理清楚。

龙汉良一睁眼，看见欧昭通正要举石砸死自己，他坦然接受，这是龙汉良的说法，除了龙汉良再也没有人能够证明此事存在与否，更无法知道真相。假如是真的，又是龙汉良自己说的主动求欧昭通砸死自己，那就是龙汉良与欧昭通之间除了过去良好的关系之外，还有什么秘密或者默契，龙汉良暂时不能或者不愿意对其他人讲出真相，这个问题的解决完全在龙汉良的身上。

刘志枚亲眼见到欧昭通要砸死龙汉良，她大喊一声，欧昭通见被人看到，无奈放弃了自己最初的打算。这又是一次欧昭通企图杀死龙汉良最直接的证明，可刘志枚最后在对质时又说自己或许看错了。这里面同样有两个可能：一是欧昭通确实想要龙汉良的命，刘志枚等人找寻他们的队友突然出现，打乱了他的计划。二是刘志枚的确看眼花了。又或者还有第三种可能性，这也是陶志目前无法解开的秘密。

龙老七第一个发现了车顶的秘密，龙汉良曾经宣布向吴惠琳求婚，让老七悄悄拆下黄布，后来的轰炸果然少多了。但欧昭通并不回避，他当着龙汉良的面解释过，给吴惠琳也说过，说那些黄布是开过光的，可以保佑车队的平安。

吴忠标坚定地认为，“大头”黎旺就是欧昭通故意撞下山的，龙汉良也是欧昭通的目标之一，因为他是欧昭通追求吴惠琳的最大障碍。问题是，欧昭通自己也坠入山谷，假如是故意的，为什么不保护自己的性命，为了吴惠琳他甘愿冒着生命危险弄死龙汉良吗？他有多大的把握呢？事后龙汉良为什么不再追究此事呢？

吴忠标说自己亲眼看见欧昭通趁人不注意在龙汉良的床铺下塞进什么东西，质问时急忙狡辩。那么这事龙汉良自己知道吗？好像不知道，那么后来问他，他为什么说得那么含混，他是有意替欧昭通打掩护或者在遮掩什么吗？真要那样，龙汉良本身也就真的难以脱开嫌疑了。

那天，陶志命令欧昭通坐下时，曾无意中瞥见了窗外一同陪着欧昭通来专案组的龙汉良，他们为什么要一起来，是为了在路上商量对策吗？

所有的疑点都聚集到了龙汉良身上。陶志不相信龙汉良是奸细，更不相信他会是奸细的同伙，但他不可能是完全不知情的。或许，有些细节，龙汉良自己也不知道。看样子，解开问题谜团的关键还在龙汉良那里！

陶志按照自己的想象，重新演绎了一下欧昭通作为刺杀行动参与者的整个过程，这一推理就是为了排除吴惠琳的嫌疑。欧昭通撬开大队部的保险柜，取出吴惠琳的手枪，这把枪他一定是提前做过记号的，这样，就能确保阿昆拿到的是吴惠琳的手枪而不是欧昭通的手枪。这样一来，即使被发现，那么调查组也会从作案工具来分析，自然就把目标对准了枪的所有者——吴惠琳。阿昆准备对宋子良开枪，还没打响，就被一直跟踪的陶志推开并制服。欧昭通见事情败露，迅速地捡起掉在地上的手枪，突然开枪击毙阿昆，大喊是刺客，而且连开数枪，目的就是确保阿昆毙命，其动机完全合理。同时，也等于灭了口，阿昆不会再开口讲出真相的。

欧昭通找到吴惠琳，劝她写一个自首书，为的是救出龙汉良，理由这么合理以至于吴惠琳不得不答应。欧昭通把“自首书”交给调查组，就在调查组研究案情时，他设计了一石二鸟的毒计，先控制住吴惠琳，等孙大夫进到房间为吴惠琳打针时，猛地袭击孙大夫，然后用孙大夫的枪先毙了孙大夫，再杀死吴惠琳，抹掉枪上的指纹，把枪放在吴惠琳的右手，然后假装第一个到现场，大喊出了凶案，里面躺着的孙大夫、吴惠琳再也不会开口了……

陶志还从一大堆材料中找到组员的关于孙大夫的调查——一个姓陈的商人总和孙大夫定期或不定期地接触，现在已经不知去向。那么，孙大夫就是奸细，是负责在车队给欧昭通发出指示的人，是欧昭通的上司。

陶志一下子兴奋起来，她不断搓手，好像得出了新的结论，开始书写调查报告。

第二天，当吴波涛与组员进入办公室时，陶志已经完成了自己的报告书，出乎她的预料，吴波涛居然耐心地听完了她的缜密的分析，同时对未解的谜团表达出忧虑来。

吴波涛：好一个欧昭通，真要如你分析的一样，那他足可以当间谍的教员了！这里面就没有疑问吗？副主任到这里，专门找过我，说要我们最好提高警惕，说有人可能要对宋主任下手，这个问题恰好是欧昭通反映的，假如他就是奸细，他为什么主动暴露奸细的任务呢？

陶志：是的，的确还有一些谜有待我们进一步解开，比如，欧昭通为什么主动“透露”宋子良的行踪？龙汉良被褥里的钱和信到底是怎么回事？欧昭通在关键时刻为什么不帮着阿昆继续行刺宋主任，就算我当时制服了阿昆算一个理由，还有不少谜题有待破解，但解密的关键点似乎在龙汉良身上。我从大家反映的问题里发现，龙汉良总是有意无意地替欧昭通辩解，尽管他们早在新加坡的时候关系就很亲密，据说龙汉良经常帮着欧昭通，给他一些钱去给母亲治病。在前面的几次冲突中，大家都说龙汉良和欧昭通互相之间的关系冷却了一阵子，后来又和好了，原因现在依然成谜。我觉得，假如深入接触龙汉良，我们一定会得到意外收获，对挖出真正的奸细有莫大的益处。

组员：为什么单单接触龙汉良。

陶志：难道你没有发现，吴忠标、刘志枚、龙老七都反映过问题，讲出自己的疑惑，唯独和欧昭通接触最多、感情最深的龙汉良却从来没有主动找过咱们。

组员：他有不便讲出的难言之隐？

陶志：他一定有所怀疑，但因为所谓的兄弟情，再或者其他的原因，他不断犹豫或者故意回避，因为假如真的了解到真相，作为曾经的兄弟，龙汉良自己一定万分痛苦，所以，他就是被蒙蔽最深也是最知情的案中人，必须让他讲出来，很多不解的难题一定会迎刃而解。

吴波涛：陶志同志，现在已经结案了，尽管我十分认同你的分析，以及你付出的努力。

陶志：可真正的奸细还逍遥法外！他们或许还会继续破坏滇缅路的！

吴波涛说了句“稍等——”，然后进到自己的小办公室，不一会儿又走了出来。

吴波涛：我请示了上级，已经批准你去继续调查了。

陶志：谢谢。

吴波涛：陶志，你心里清楚，我是不愿意让你离开我视线的。我也害怕你下去吃苦。

陶志：我是军人，揪出奸细是我的天职。

吴波涛：我最欣赏你的，就是不顾一切地拼命工作。

陶志：我知道。

吴波涛：要不要改个身份？

陶志：谢谢你提醒，想得这么周到。

吴波涛：还有，把这个也带上。

陶志一回头，看见吴波涛手里拿着一沓钞票。

陶志：用不上。

吴波涛：不是公款，是我自己的，或许能用上。

陶志低下头。

吴波涛：枪怎么办？还是带上吧。

陶志瞥了一眼那把手枪：我考虑过了，还是换个身份更便于工作，这个拿着不方便。

吴波涛：有道理，可最新传来的消息，日本人可能马上就要从缅甸登陆了，万一，我是说万一遭遇，还可以抵挡。

陶志：嗯。

吴波涛：要是改主意了，现在还来得及。

陶志：嗯。

吴波涛：不对，是永远来得及。

吴波涛说完，默默离开了。

陶志：等等。

吴波涛站住了，但他没有回头，他很害怕对方此时看到自己的眼睛。

陶志：谢谢你一直以来对我的关切和照顾。

吴波涛：都是革命同志，不用客气，祝你一切顺利。

陶志：我会完成任务的。

吴波涛终于关门离去，陶志眼睛湿润了，她感激上司的大气与宽容。这是一对儿真正的工作伴侣，他们谁也没有料到，这么平淡的分手，居然最后成了他们的永别。吴波涛后悔万分，要知道将来是这样的结果，他宁可和陶志大吵一架，被她狠狠骂一顿，也一定会阻止她的滇西之行。

生活中没有那么多的假如。

第七章　魂断惠通桥

1

当龙汉良发现一身便装的陶志背着一个大背包跳下车来，声称要加入车队时，就明白她一定是冲着欧昭通来的。此时的他惊喜中带着忧虑，陶志是那种死较劲的人，假如没有经过深入的研判与相当的把握，是不会跟车来的。

不管是什么理由，大家都对昔日的婉珍的到来欢呼，毕竟是一个漂亮的女孩子，还和大家几乎都认识。

龙老七第一个冲了上去，带着巴结的腔调，带出他从前的职业——小乞丐的味道：林小姐，你怎么来了？

吴忠标：现在应该怎么称呼你，是林小姐，还是陶小姐？

陶志：随便，我已经从调查科辞职了！

吴忠标：成老百姓了？

龙老七：太好了，反正又能和龙少爷在一

起了。

吴忠标：那来这里做什么呢？

陶志：我准备做记者啦，先好好跟大家出一次车，完整地体验一次机工的生活，然后写一本关于机工的书。

龙老七：一定要把我写进去。

刘志枚：陶小姐，一定得有我在里面。

龙老七：刘志枚，你不要跟我争好吗？连这个也要抢啊。

刘志枚：陶小姐，我最钦佩的就是你和吴惠琳小姐。

陶志：为什么？

刘志枚：是当今的花木兰啊，多潇洒啊。

陶志：花木兰？花木兰得有枪啊，我辞职就没枪啦，所以，算不上花木兰。

陶志是故意把自己没枪的事实大声告诉大家的，尤其想让欧昭通听见。

刘志枚：陶小姐，你上我的车吧，这一路我来照顾你！

龙老七不干了：刘志枚，你那技术就算了，还是我来吧。

欧昭通这时走了过来：都不要争了，让陶小姐跟着汉良好了。

龙老七急忙改口：对，对，他们俩才是真正的一对儿。

吴忠标：算你今天还有点儿眼色。

欧昭通：汉良，陶小姐就交给你了，大家准备出发！

龙老七嘟嘟囔囔，也上了自己的车，然后使尽摔了一下车门，表示了一下自己心中的不满。

任务完成得相当顺利，返回的途中，大家基本上轻松下来。要不是返回时拉着地方政府委托的“重要物资”以及十几个军人跟车保卫，简直可以说成了一段轻松的旅行。陶志找机会就给龙汉良拍照，不停地换着景别，但龙汉良总是一副无精打采的样子。

陶志：嗯，就要这个状态，慵懒、轻松，完全不在工作状态中，能抓住它们太不容易了，汉良，能不能笑一个？

龙汉良强装微笑。

不料陶志却很满意：太好了，就是这种苦笑，里面饱含着辛劳与无奈，你们太不容易了。

龙汉良：婉珍，你不要再装模作样了，拍够了没有？

陶志：你说不拍，咱就谈点儿别的。

龙汉良：你可真能装，憋这么长时间，这才露出苗头来？

陶志：我看你一路闷闷不乐，好像我欠了你五百大洋似的，几次都找不到谈话的契机。

龙汉良：说吧，到底想知道什么？

陶志：很多，让我想想从哪里开始。咱们还是抓紧时间说说正事吧，汉良，那个《机工通讯月刊》，你是知道的吧？

龙汉良：当然，还在上面写过不少文章呢，大家都写过，不会写字的工友也是由我、吴惠琳、欧昭通帮着写的。

陶志：你记不记得办刊物这个想法到底是谁出的？

龙汉良：好像是吴惠琳，忘了，谁提出的又有什么关系？

陶志：是不重要，可你要知道，我们从已经发出的月刊里，找到了有系统的传递信息的痕迹。

龙汉良不以为然地问：什么信息？

陶志：滇缅路沿途军用仓库、油库的具体位置。

龙汉良吃了一惊：真的吗？

陶志：现在哪有时间开玩笑？最可怕的是，这些地方的确也已经遭到了日本人的轰炸！

龙汉良：确定吗？

陶志：确定。

龙汉良：还有什么？

陶志：我要问问你和欧昭通在新加坡的情况。

龙汉良：问吧。

陶志：你是否知道欧昭通要来当机工的真正动机？难道大家都怀疑的人，和你走得最近，你却什么都不知道、没感觉，你说这正常吗？

龙汉良：抗日嘛，还能有什么？

陶志：就这么简单？不是说他肄业后一直找不到工作吗？

龙汉良：有过。

陶志：有过是什么意思？龙老七告诉我，欧昭通曾经自己配制过所谓的防潮湿材料，这事你还记得吗？

龙汉良点头。

陶志：真的是防潮湿材料？为什么要涂在车顶？后来吴忠标看见欧昭通又涂抹了新油漆，他是在掩盖什么痕迹吗？

龙汉良：我中学对学化学很感兴趣的，那材料组成里似乎有反光物质……

陶志：我们已经悄悄取过材料样本，和你得出的结论一样的！我知道，他是你曾经的救命恩人，你们曾经亲密如亲兄弟，可面对那么多疑点，你就不愿意站出来说点儿什么？你有义务帮着我们清除奸细啊！我看你是被所谓的兄弟情谊蒙蔽了，你今天不站出来，就会有更多的机工兄弟遭殃，滇缅路就会再次发生被破坏的惨剧！你深爱的吴惠琳，她可以说是为你而死的，她是担心你出事，才写了假的自首书，最后却被其他人利用了！那么爱你的一个人，一个在热恋中的女孩子，会轻易选择自杀来结束自己的生命吗？

龙汉良有所触动，他叹口气：我也怀疑过。

陶志赶紧咬住：怀疑说明你有自己的分析！你真的相信她是自杀的吗？

龙汉良：很可能，她那段时间精神恍惚。

陶志：没错，可难道就没有其他可能？难道不会有人利用了这一点吗？那个孙大夫，基本上可以证实他是日本人的走狗，你是否发现过欧昭通和他的来往？

龙汉良：这个，好像我还真想起几件事来，让我想清楚再说好吧，我自己先得梳理一下……

陶志：好，不急，我会慢慢等你。

龙汉良：你这次跟车，就是为了这个？

陶志：当然，我刚才给你说的话，千万不要告诉任何人，那样会惊动欧昭通的。

龙汉良：就是说，你们已经基本认定欧昭通是奸细了？

陶志拍拍自己的那个颇为时尚的小牛皮包：是我，不是我们。报告的草稿就在我手里，只要几个关键的细节得以落实，证据链就会完全打通！汉良，不能再犹豫了，把你知道的告诉我。

龙汉良陷入对过往的回忆之中，陶志今天讲的几个细节，自己从前也是不知道的，那么，欧昭通必然是对自己做了隐瞒，可这是什么目的呢？他最近的举动是很反常。但龙汉良有些害怕继续想下去了，不是真相不要紧，可问题是疑点真的指向唯一的嫌犯欧昭通，他龙汉良接下去应该怎么做呢？就算他是亲兄弟，似乎也不该向调查科隐瞒啊，隐瞒就是对死去的机工兄弟的不公，就是对吴惠琳的亵渎。这个曾经深爱过自己的女孩子，到死都不知道事情的真相。

梳理很久之后，他还是得出了初步的结论。龙汉良最不该做的事就是，他居然趁着陶志不注意，悄悄找了欧昭通，完全忘记了陶志告诉他不要给欧昭通透露半点儿的叮嘱。很久之后，欧昭通已经死了，龙汉良再想起这些，才意识到那是一种血缘的本能。

龙汉良：欧学长，这一路你太累了，我帮你开一会儿。

欧昭通：我就知道你要来找我，正好乏了，你来吧。

龙汉良与欧昭通互换位置。

欧昭通直言不讳：汉良，你不该来找我。

龙汉良：为什么？

欧昭通：我可以确定这不是陶志的意思，是兄弟你自作主张来的。

龙汉良：欧学长，我们俩生死与共快三年了，有些事情我还是没搞清楚。

欧昭通：你是要帮着陶志搞清楚吗？

龙汉良：不，首先是为我自己，我不希望咱们之间隔着什么？我好好回忆了一下，咱俩之间确实有东西阻碍着。

欧昭通：我也是这么认为的。

龙汉良：有些事，我并没有告诉陶志，比如，你向陈嘉庚开枪的事；再比如，你在船舷上忽然爬上和我争执，再比如，你的那些所谓的防潮湿材料……

欧昭通沉默不语。

龙汉良：不说，是因为我也不完全清楚，今天，你必须先告诉我——那些我不知道的事，我不能再这样糊涂下去！假如你不愿说，或者有顾虑，那也得给我说明白，我不会告诉陶志的。

欧昭通：我确实有不说出的理由，但等时机成熟，我会全部告诉你的，我的好兄弟！

龙汉良：欧学长，我觉得你已经被邪恶裹胁了，陷得很深，难以自拔。

欧昭通：汉良，我求你一件事。

龙汉良：你说。

欧昭通：不管我发生什么事，你都得帮我照顾我弟弟欧兆铭。

龙汉良：这算什么？托孤吗？

欧昭通：不开玩笑，这世上与我最近的就是你了。

龙汉良：放心好了，你是我学长，就是我哥哥，欧兆铭当然就是我弟弟了，假如你有事什么的，我会等着你出来，有罪不可怕，可怕的是隐瞒罪恶！

欧昭通眼泪在眼眶里打转：我知道，谢谢你，汉良——我现在，其实，很久以来，我一直在想办法，自我……救赎……算了，不说这个了，我很后悔，很想念我母亲，不知道她怎么样了……汉良，这次完成任务回到驻地，我会做一个重大的决定，你会替我高兴的……

龙汉良一下轻松下来：我相信你……

这时，忽然车外响起一片枪声，龙汉良急忙停下车。

欧昭通：糟糕，好像有土匪！汉良，先趴下，快趴下。

还没等他说完，两颗子弹“嘣、嘣”地穿透了驾驶室的玻璃，差点儿就击中了龙汉良。

2

这场意外而来的偷袭对车队来说是灾难，但对于欧昭通来讲则太及时了。刚才龙汉良来找自己掏心窝子，弄得他浑身不自在。队伍出发时陶志一出现，他就暗自叫苦，知道勒向他脖子的绳索开始套紧了一些。陶志是来索命的，龙汉良则是帮助她完成使命的人。在以往，欧昭通还有路振邦、吴惠琳甚至孙大夫可以为自己所用，可眼下，真正能帮到自己的人几乎没有了，而虎视眈眈的吴忠标、林广怀、龙老七随时会扑向自己。

在龙汉良来找自己之前，他就已经开始琢磨着怎么来应对此事，未雨绸缪是田中茂森教给他的。陶志必定会找他核实一些情况，龙汉良知道后也不会直接告诉陶志，而会先直言不讳地向欧昭通质问，这在某种程度上帮着欧昭通赢得了思考以及巧妙应对的时间。按照他对龙汉良的了解，这是一个仗义的爱面子的人，只要自己坚持不说自己是奸细，被戳穿了也示弱，最好是装作完全被蒙蔽，索性说自己是受害者就更好。所以，他使用了缓兵之计，他说将在完成任务后做出一个重大的决定。其实，这到底是个什么样的决定，他自己都没有想清楚。按一般人对其字面的理解，他欧昭通能做出的就是向政府坦白自己的不当行为，获得政府的谅解从而从轻发落。

而在内心里，欧昭通已经做好了完全的准备，就是一定不能跨过怒江。在过怒江之前，找到恰当的机会逃走。要去哪里呢？这个真不是他能想象出来的，反正不能跟着车队回去，更不能落在陶志的手里。为达此目的，他准备豁出去了，假如需要的话，他什么都敢做出来。现在好了，遇见袭击者，先不管是什么来头，至少可以暂时回避龙汉良那质问的目光了。

有二十多个全副武装的家伙持武器向车队包围过来，欧昭通和龙汉良迅速跳下车子，躲避着来袭者的子弹。

欧昭通掏出枪：多亏路主任这次把枪还我了。

龙汉良：怎么办？咱们车队可是第一次碰见这事，还好，不是有押车的军人吗？

欧昭通：别指望他们。

龙汉良吃惊：你怎么知道？

欧昭通：刚才在二科休息时，王道里王胖子悄悄告诉我，说这些人都是家丁，根本打不了仗……汉良，咱们得和后面的人集合。

龙汉良一下子就想到了陶志：对呀，婉珍、标哥他们肯定慌了。

欧昭通：不要紧，有我呢，今天我要大开杀戒了啊。

龙汉良：我要有枪，也得冲上去。

欧昭通：汉良，自己找家伙。

欧昭通和龙汉良往车队后方跑去。和欧昭通了解到的一样，那些所谓的军人一听见枪声，都扔下枪，自己先逃命去了，但其中的好几个家伙并未躲过袭击者的子弹。

龙汉良：标哥、老七，跟我去抢枪。

欧昭通：大家不要慌，听我指挥。

这时，陶志不知从哪里跑了过来，她手里拿着一支长枪。

龙汉良：婉珍，你要小心。

陶志：要小心的是你们大家，我在湖南前线和鬼子面对面干过，一点儿也不怕的，你们大家都是受过军事训练的，现在考验大家的时候到了，现在最重要的不是保护物资，而是先要保住我们机工自己的命！

欧昭通：陶志同志说得对。

陶志拉开长枪的保险：欧队长，咱们做个分工，你带人在这里顶住他们，我绕到他们后面去，我大概看了一下，他们也就十来个人。

欧昭通：好的，汉良，你们听我指挥，注意保护自己，端起你们手里的枪来……

一场不大的战斗开始了，偷袭者似乎没有料到能遇到这么专业的武装抵抗，这里不仅有前面顽强的抵抗，还有背后的突袭。实际上，袭击者自身也并不是真正的战斗人员，自己组成时间也并不长，只是由日军临时训练而已。很快，袭击者的头目发现真正的敌人不是那些正面的机工，而是背后单枪匹马的那个女人。当他把目标对准陶志时，一点儿也不含糊的欧昭通却如鱼得水，带着机工们一次次的进攻颇为成功，现在，形势开始逆转了。

欧昭通的枪法让一开始还胆怯的机工们大为惊讶，他们自己慢慢也得到激励，胆子大了起来，随着袭击者枪声的减少，机工们更加勇敢了，他们在开枪的同时，还大声地叫喊着，这也算一种另类的战鼓在擂动，不断鼓舞着自己。

欧昭通这时已经有了一个主意，他想趁乱打死陶志，假如成功，那最致命的威胁就消除了。这是一个大好的机会，成功之后还可以把责任推到袭击者身上。

欧昭通对龙老七说：老七，今天怎么样？

龙老七：过瘾啊，我打着好几个，至少是伤了。

欧昭通看得出来，初次接触敌寇的机工们有些兴奋，这主要是因为对手是训练不佳的所谓日泰联军，要是碰见日本人的正规军，今天的结果恐怕完全不是眼前这个样子。

欧昭通：吹牛吧你，我看你瞄准时闭着右眼，好像不是左撇子啊！那是怎么回事？打枪还闭眼，能打上吗？

龙老七有些尴尬，但他有眼色，善于巴结人：欧队长，你今天真了不起。

欧昭通：你好好保护少爷，我去看看林小姐。

龙老七：林小姐不是绕到后面去了吗？

欧昭通：我得去看看，怕她有什么危险。

龙老七：好。

袭击者的头目已经带着一部分人开始撤退。陶志急于想弄清来袭者的真实身份，她抓住了一个腿部负伤的家伙。

陶志：你们是哪里的？

对方摇头，示意听不懂陶志的话，陶志赶忙用英语问了一遍。

对方这才用不太流利的英语回答：日泰游击队的。

陶志：目标是什么？

对方：探路，破坏公路。

陶志：就这些？不会这么简单，不说实话，我的子弹饶不了你。

对方：前面八百米的小桥，我们的人在安装炸药。

陶志一听，立即向前方迅猛跑去。当陶志赶到小桥时，那个安放在桥底的炸药包已经被点燃。

欧昭通先陶志一步赶到了，他拦住那个安放炸药包的家伙，和对方扭打起来，但很快就发现自己竟然不是那家伙的对手。欧昭通被对方刺伤，就在这危险时刻，陶志赶到了，一枪击毙了炸药安放者。

此时，情况紧急万分，炸药包安装得很是牢固，她一时难以找到处理的办法。欧昭通大喊一声，用尽力气甩过去一把锋利的匕首。陶志接过，终于割断了导火索，为了确保安全，陶志再次细心检查起其他可能安放炸药的地方来。

这是一个绝佳的机会，只要欧昭通抓住它来偷袭陶志，陶志必死无疑，可不知为什么，欧昭通却犹豫起来，或许是因为这个女人在一分钟前刚刚救了自己的命！纠结中的欧昭通甚至能听到自己心脏发出巨大的“嗵嗵”的敲击声，时间在一个毫秒一个毫妙地敲击着他的内心，一次次问他是否要扣动扳机。

是龙汉良的一声叫喊暂时中断了欧昭通内心的挣扎。不放心陶志的龙汉良赶了过来，这才发现，不远处的地上还躺着欧昭通。

龙汉良：欧学长，你怎么了？

欧昭通：没事，快去看看林小姐。

龙汉良见到毫发无损的陶志，终于松了一口气。

陶志：多亏了欧队长，要不这座桥就被炸了。

欧昭通：不，要不是林小姐，我的小命今天也完了。

袭击者被击退，欧昭通到现在也没有搞清楚对方的来历，其实也不想知道。现在的他却意识到日本人或许已经逼近了他们，那些豺狼一定会践踏这片土地以及这里的老百姓，他也不希望这些畜生过来，但他希望眼下乱起来，只有乱，他自己才能得到脱逃的机会。

当没有可以利用的停留借口时，欧昭通只好命令大家上路。

到了惠通桥，远处已经有了重炮的声音，那或许预示着日军先头部队已经追了过来，欧昭通眼前一亮，脱身的机会终于要到来了。惠通桥是单行的桥梁，平时分时段通过，今天不知为什么，传言很多都说政府准备炸桥，因为日本人马上就要过来了。平时不算拥挤的桥却人满为患，而且大多数是往桥东而去的。

轮到欧昭通的车队时，他故意先安排了龙汉良等人的几辆车子过去，自己故意找借口留在了后面。忽然，宪兵们开始活跃起来，他们开始拼命将桥上的人与车赶到东岸。欧昭通立即明白政府要炸桥的传言是真的，他不顾一切地往西岸冲去，这或许是他最后的机会。

陶志早就注意到了欧昭通的举动，她顾不上给龙汉良打招呼，急忙追了过去。就在她几乎抓住欧昭通时，对方开枪了，然后迅速地消失在混乱的人群之中。不到半分钟，三声巨响依次传来，惠通桥从中间、桥西、桥东被炸断，桥上无数的人、车掉入奔腾的怒江，这其中就有负伤的陶志……

3

1942 年 5 月 2 日，此时此刻的惠通桥一派乱象，日本人的炮兵已经开始了不间断的炮击，他们似乎早已设定好将要袭击的目标——那就是东岸国军的碉堡以及远处山上的通讯设施与住所。从桥西不断地涌入大量逃往东岸的人群和车辆，尽管从桥西那边的宪兵很早就阻止人车再通过大桥。所有人都明白，千万不能留在西岸，留下基本上就意味着迟早要落到日本人手里，那就意味着难以想象的灾难。

由于负担着太多的使命，建成才三年多的惠通桥，路面已起伏不平，有的地方高一尺多，对人尤其对车来说确实很难走，但此时已经别无选择，大家几乎只有一个方向——桥东。所有人都相信，眼下只有奔腾的怒江能够阻止鬼子的步伐。

龙汉良放眼望去，陶志的身影被他捕捉到了，因为她跟所有的人行进的方向相反，大家都是面朝龙汉良，唯有她背对龙汉良移动着，身影越来越小……

宪兵开始发狂了，因为他们已经得到了上级极为准确的命令，以及重要的信息——已经有日本人混入涌向桥东的人群，必须炸毁桥梁，否则昆明不保，昆明被占，那就意味着重庆也就快要沦陷了，这是一个舍小保大的无奈选择。

龙汉良想上前去拉陶志回来，但被宪兵们用枪指退了。

龙汉良是看着陶志从自己眼前消失的，她挣脱龙汉良之后，快速冲破宪兵的阻拦，直奔大桥的另一端。宪兵们忽然得到了一个特殊的信号，那是三短两长重复三遍的枪响，他们似乎早就知道这个信号意味着什么，于是不顾一切地将民众往前推，接着他们大喊着让大家趴下不要动。再接着，就是巨大的爆炸声，惠通桥被早已埋好的炸药炸成三节坠入怒吼的江中。爆炸掀起的声浪，将自己车子上“九号车队”的黄色醒目的旗子撕碎了，飞得早已不知去向。而那座曾经立下汗马功劳的大桥、滇缅路上的生命之桥，瞬间就沉入怒江之中，其中包括许多没有来得及过桥的车辆和行人。

龙汉良的耳朵一时什么都听不见，但陶志临走时给他的交代却一个字都不会忘记，下面这段对话，成了他们今生的最后一次交流。

龙汉良：婉珍，你要去哪里？干什么？

陶志：你不用管我，一定要替我保管好那个牛皮包！

龙汉良：咱车队马上就要过来了，你稍稍等一下。

陶志：不，这么挤他们怎么过来？我得找到欧昭通。

龙汉良：他是队长，难道还会跑了不成？

陶志没有答话，她猛地甩开了龙汉良，那个力量出奇的大，居然让他自已差点儿摔倒，看样子，陶志这一趟是下定决心一定要找到欧昭通的。

龙汉良迅速跑向自己的卡车，那辆车子已经倾覆，还好，驾驶室没受损失。他很快就找到了陶志的那个牛皮文件包，它曾经与她形影不离，此时龙汉良似乎还能感觉到上面的温度，而几分钟之前，它还在陶志的身上，而现在它的主人已经没有任何消息了，他希望她还活着，能在大桥爆炸之前跑到西岸的安全地带。

龙汉良打开包，想看一下里面的内容，但马上犹豫了，在过桥的时候，陶志是这么叮嘱他的——汉良，欧昭通一定有问题，我已经写好了报告，等回去就把它交上去。你替我保存好，等我回来，但有一条——不许你看里面的内容。

龙汉良：婉珍，我你还不相信吗？

陶志：这是机密，汉良，请理解我的工作性质。

现在，陶志是死是活还不晓得，该不该此时看看里面的内容呢？龙汉良犹豫起来，他一连做了几个想打开牛皮包一探究竟的动作，有一次都抽出了纸张，但最后关头还是忍住了。龙汉良担心的是——假如真看到欧学长就是日本人的奸细的结论，我今后怎么面对欧昭通？怎么称呼他？他可是我的好学长、救命恩人啊！不管别人怎么说，我龙汉良还是不能相信他真是奸细，除非他当着我的面亲口承认。

这时，龙老七出现了，龙汉良还没和他说几句话，两人就被一群宪兵抓了起来，进到屋里，居然发现了林广怀和“大副”，这才晓得，有日本人混进了逃难的人群。宪兵队一时弄不清谁是真正的奸细，这才眉毛胡子一把抓，见到青壮年的男性，就全部抓了起来。

龙汉良不明白的是，日本人的奸细？奸细来东岸做什么？

林广怀还是慢条斯理的样子，他说，奸细给小鬼子指引炮击的目标，搞破坏做策应啊什么的，他们动作很快啊，这么迅速就从缅甸打进来了！要是给他们过到这边，昆明不保了，昆明要是沦陷那重庆就完蛋了！所以，宪兵队必须炸桥！看样子是早就计划好了的，丢卒保车嘛！

龙汉良心里很是着急，他一定得尽快过到怒江西岸去，九号车队还有一部分兄弟被阻在了那边，生死不明，尤其是陶志，他更想知道她的下落。他希望林叔想想办法尽快出去，然后想办法渡江。

没等林广怀说话，一阵剧烈的炮声再次传了过来，紧接着就是密集的重机枪的声音。

龙汉良他们不知道的是，此时怒江边上正在进行一场激烈的反登陆战斗，抢先到达的日本人已经在枪炮的掩护下，开始武装泅渡，他们将充好气的皮划艇放入江中。东岸沿岸的国军起初不动声色，他们实际上早有准备，等日本人过到一半时，这才开始射击，日本人纷纷掉入奔腾的怒江之中。这场登陆与反登陆的纠缠持续了整整一夜，等天蒙蒙亮时，枪炮声稀落下来，而林广怀也想出了一个绝妙的主意。

龙汉良向看守提出，只要见到队长，他就能快速帮着宪兵队识别出奸细，至少可以筛选出不是奸细的人。看守将信将疑地带他见了队长，果然，听了龙汉良的建议，队长大喜，走时归还了被没收的小牛皮包，但最早队长是勉强见了龙汉良的，他不认为会有人比自己还高明，尤其是这些被他的宪兵队抓来关起来的嫌犯。

宪兵队长：我可以先告诉你，日本人很狡诈的，什么中国话、云南话，他们这些奸细都会，我们已经审了好几次。

龙汉良：肩膀上的厚茧，右手食指向上的部分。

宪兵队长眼睛一亮：小子，知道得不少啊，不过还是没用！他们会说自己是猎人，平时总扛着枪，也经常拿这个地方扣动扳机。

宪兵队长用左手食指点了一下右手食指第二关节的上面部分。

龙汉良：那就用最后一个办法，会说海南话的、马来话的，基本上可以排除。

宪兵队长：为什么？

龙汉良：因为那都是我们的机工兄弟，日本人不会专门跑到海南那里学习我们的语言到这里使用，这样，你们至少可以排除一部分，我们的机工我能识别出来。

宪兵队长这才认真地打量起龙汉良来。

龙汉良继续道：只要说是本地人的，要他们说出村子的名字、亲属的名字，头人的名字，然后让他们村子里的人前来保他们出去，说不出来的就有很大的问题。

其实，这都是林叔的主意。

这个林叔到底阅历丰富，龙汉良暗自佩服。被放出后，龙汉良和林广怀、“大副”、龙老七等人沿着江边找寻能帮忙过江的老乡，老乡们纷纷摇头——他们这些外来的人不晓得，怒江一年只有两个季节——旱季与雨季，而每年的四月到十月正是雨季，现在是五月，眼下的怒江正像一个狂怒的河神，怒江怒江，愤怒之江，没有人愿意冒险渡江。日本人够厉害吧？从小在海里长大的基本都会水，可还是打不过来。龙汉良还想出钱——重金之下必有勇夫。老乡看他心诚，告诉他实在想过去，可以往上游走个一百多里，那里有个双龙桥，可以过去。

龙汉良不能接受这个建议，这里都是翻山越岭的山路，走到那里就得三四天，那是最快的速度，再找到队友们，不知已经发生什么样的事情，必须尽快过江，这是他眼下唯一的选择。

林广怀以他当年当海员的经历，终于想出一个好办法，他们分别行动，找来了长绳、废弃的卡车轮胎等物，林广怀亲自动手，组装了一个临时的渡江筏子。

林广怀指挥着准备渡江的龙汉良和“大副”：老乡的办法就是用羊皮筏子，轻，还能浮出水面，咱们这个更好！就这样，先套上内胎，软，在身上能把人漂起来；硬的这个汽车轮胎，绑在外面，就算万一碰在石头上，人也不会受伤——再有，找一根长长的绳子，绑紧在这里，你万一过不去也没事，我们在岸这边再把你拉回来。

龙汉良叮咛龙老七，一定要替自己保管好陶志的那个牛皮包，然后和“大副”成功地渡了怒江，在运输处的管理二科，终于见到了九号车队的吴忠标、刘志枚等人。

这里领头帮着张罗接待失散机工的正是管理二科的王道里王胖子，龙汉良他们或许不知道，一个致力于消灭机工的阴谋正在形成。

4

欧昭通怎么也想不到，本来已经脱离了陶志的自己居然会再次落入陈沫的手中。什么是魔鬼缠身？这个就是了——田中茂森和陈沫！从昆明撤离之后，按照田中的部署，陈沫立即来到泰国北部，组织起一只熟悉中国话的泰国青年组成的“日泰联军”。惠通桥被炸毁前，九号车队的遭袭就是这些人干的。

欧昭通坐在一小树丛中，十分狼狈，他刚要喘口气，一个十分熟悉的声音传了过来。

“欧桑，好久不见，你还好吗？”陈沫语气和缓，似乎以前什么也没有发生过一样，他只是在问候一个久未见面的老朋友。

欧昭通不敢回头，他其实不用回头就已经知道那人是谁了，太糟糕了，这世界真小，又到了他手里了，凶多吉少啊！

陈沫全副武装趾高气扬地用手枪枪口托起欧昭通的下巴：欧队长，你一定没想到吧，大日本帝国用兵神速吧！24 小时，从缅甸打到这里！

欧昭通：陈先生，你好！

陈沫：欧桑，这次你又欠下血债了，我的日泰联军，让你带着机工打死了十几个呢！

欧昭通：我以为是劫匪呢！不打，我就得死啊！

陈沫：欧桑你可真是高人，你弄死了孙大夫，又杀了吴惠琳，既排除了专案组对你的怀疑，又除掉了对手，还嫁祸于人，真是田中先生的高徒啊——田中先生向你问好！

欧昭通沉默。

陈沫：可你不晓得，我有多么狼狈，差点儿落在他们调查科的手里啊！走吧，我们找个地方好好谈谈。

在一间废弃的教室里，几个不久前吃过欧昭通和机工抵抗的苦头、活着跑掉的日泰联军士兵拼命地殴打他，欧昭通浑身是伤，大声喊叫着，很显然，这些日泰联军显然是接到了陈沫的命令才这么做的。

陈沫立即给田中打电话请示，按他本人的意思，直接杀了欧昭通最好。这种容易反复的狠毒家伙留着是个祸害，不知什么时候会给你背后来一刀子，杀死孙大夫就是最好的例子。但田中告诉他，惩罚一下欧昭通就可以了，因为日军虽然占领了滇西，也逼迫中国人自己炸断了惠通桥，滇缅路临时被关闭了，但中国还没有灭亡，日军会在合适的时间攻入怒江东岸。而欧昭通的确是个人才，还是要好好利用利用他，尽快剿灭残余的机工。

陈沫进入正在严刑拷打欧昭通的小屋子，假意完全不知已经发生的事，大声斥责那些泰国人：你们在做什么？为什么殴打欧先生？都给我滚蛋！

陈沫替欧昭通擦去嘴角的血迹，解开他身上的绳子。

陈沫：这些泰国狗，真下得了狠手！看把欧桑打的……

欧昭通：要打要杀，随便。

陈沫准备买个好：真是硬骨头，田中先生的意思是枪毙你，可我爱惜人才，觉得我们或许还能合作。

欧昭通：我不想干了！

陈沫：什么？我在田中先生那里求情半天，你就这样答复我吗？

欧昭通：我已经按约定完成了任务。

陈沫：合约该延长就得延长嘛，大日本帝国还要你继续替它出力呢。

欧昭通摇头。

陈沫：不能半途而废啊，别忘了，你的母亲、弟弟还在新加坡，那里现在已经完全是我们的新领土，已经改新加坡为南昭岛啦！

欧昭通：什么？

陈沫：你整天替国民政府辛苦工作，一点儿都不晓得外面的事情吗？

欧昭通摇头。

陈沫：我希望你再好好考虑一下，俗话说，识时务者为俊杰。

这时，一个日本兵进入，给陈沫耳语几句，陈沫急忙离开，似乎急着要去见一个重要的人。欧昭通听到一阵笑声，这个声音他不觉得陌生。他急忙贴近窗户，就这么一看，他吓坏了——眼前这个人不就是管理二科的王道里吗？难道他是日本人的奸细？欧昭通仔细偷听起来。

陈沫：怎么样了，都集中起来了吗？

王胖子：再给我两天的时间，来的机工会更多。

陈沫：为什么？

王胖子：管理二科现在是怒江西岸唯一的机工之家，大家流离失所，遇见日本人打过来，只能先到那里躲避。

陈沫：要注意，不能让他们察觉到什么，更不能让他们跑了。

王胖子：不会的，我已经竖了一块牌子，号召大家集中起来。

陈沫：然后怎么安慰大家呢？

王胖子：就说一起想方设法渡过怒江去。

陈沫哈哈大笑起来，王胖子也谄媚地跟着大笑，不过，他的那种带着喘不上气来的笑声更让欧昭通难以忍受，甚至觉得恶心。

陈沫：都送到怒江喂鱼好了。

王胖子：如果不嫌麻烦的话！陈先生，我得尽快赶回去了，时间长了他们会怀疑我的。

欧昭通心里已经有了一个主意，不管谁在管理二科，他都得设法过去通知一下大家，要让他们尽快离开，不上王胖子的当。欧昭通手上沾的血太多了，现在的他得抓紧机会尽快洗去自己的罪恶。但要完成这个想法，必须先臣服于陈沫，千万不能让他看出自己内心真正的想法。

陈沫果然同意了欧昭通的要求，给他配枪，重新加盟日泰联军，共同对付机工。欧昭通瞒着陈沫，一番化装之后，衣衫褴褛地找到了身处管理二科的龙汉良，对方见到他用惊喜万分来形容也毫不为过。

龙汉良仔细辨认了一下最终相信了自己的判断：欧学长，怎么是你？我一直在找你，发生什么事了，你为什么穿成这样？

欧昭通左右看看，面露焦躁之色：这个先不要管，你们赶快离开这里吧。

龙汉良：出什么事了？

欧昭通：我只能说这么多。

龙汉良：不行，你不说清楚，我就不准备走。

欧昭通着急起来：机工里有小鬼子的人。

龙汉良：是谁？你又是怎么知道的？

欧昭通：我不能说，你也不要再问了。

龙汉良：不说出名字，我是不会和大家离开的！欧学长，你得告诉我，陶志现在哪里？

欧昭通：我不清楚。

龙汉良：有人看见她最后和你说过话。

欧昭通：是的，可她也和刘志枚说过话，宪兵催我们离开，我拼命跑，枪声响了，然后桥就炸断了。

龙汉良忽然看见了欧昭通身上的伤以及血迹。

龙汉良：欧学长，你到底出什么事了？是被什么人打了吗？怎么成了这样？

欧昭通：汉良，我的事一言难尽，咱们还有时间说清楚的，你先回去，告诉大家，尽快离开这里！

龙汉良：那学长你怎么办？

欧昭通：我会有办法的，还记得阿美吗？

龙汉良：记得。

欧昭通：她爹给我说过，他知道一条通往东岸的秘密小路，那里几乎没人晓得，你带着大家从那里尽快逃走吧！

龙汉良：那条路我也知道。

这时，吴忠标走出来，高声喊着在找龙汉良。

欧昭通：汉良，标哥在喊你，你按我说的办吧，管理科的人的话千万不要信！就这样，我得先走了。

龙汉良一回去，就把欧昭通说的统统告诉给吴忠标了，哪曾想吴忠标这次居然和欧昭通意见很近似，他说：我就觉得王胖子不对劲儿。

龙汉良：问题是欧昭通怎么知道的？

"大副"跑了过来：标哥，王胖子这会儿不见了！

吴忠标：汉良，不管欧昭通是个什么情况，他还是告诉咱们危险情况了，我看咱们尽快离开这里好了，日本人迟早会找到这里的！

龙汉良：我还是想弄清楚欧昭通到底是怎么知道的？

吴忠标：汉良，我怀疑小鬼子是利用这里，想让更多的机工兄弟来这里聚集，然后来个一锅端！

龙汉良：嗯，我还真没想这么多！标哥，你也许是对的，赶紧通知大家吧，咱们现在就走吧！

几人起身来到院内，却发现从外面突然涌入几十个日泰联军的士兵，并举枪对准了他们，很显然，日泰联军已经把他们包围了，龙汉良等二十多人被陈沫的手下全部抓住并控制了起来。

5

龙汉良这才明白，欧昭通说的都是真的，自己和标哥他们也太不相信从前的欧队长了，尽管这个人或许真有什么问题，但这次他说的没假。龙汉良现在顾不上想清楚欧昭通来找他的原因，满脑子只想着设法尽快逃出，这些家伙明显是对着机工来的，不会轻易放过这几十个人的。

王胖子就是日本人的走狗，龙汉良回忆起往事，觉得王道里沦为奸细不出他的意外。这家伙曾经被自己举报过，但仗着自己很硬的关系，在家休养了一段时间又露面了。

王胖子对那些守卫的人说：你们几个负责看守里面的机工。告诉你们，这些机工很激灵的，也很野蛮，可不是简单的司机，都受过训练，会使用武器的。

日泰士兵：明白，我们吃过他们的亏，恨不得现在就宰了他们，给死去的弟兄们报仇!

王胖子：不在这一两天上，耐心一些，等再聚齐一些机工，一起送他们上西天。

日泰士兵又补充：放火烧最好，干净还省事。

王胖子：盯牢他们，不许他们互相说话，门口不少于两个或三人看管他们。

日泰士兵：是。

王胖子又指挥余下的士兵：你们埋伏在外面，一旦有人上前打听，就把他们架进来，绑好。

日泰士兵：是。

王胖子亲自在一块木牌子上书写了“落难机工兄弟会合联络处”，然后将牌子竖在了大院子的外面，这样路过的人几乎都可以看到。王胖子知道，一定还有更多的机工会来这里聚集。

屋内，所有的机工都被五花大绑起来，动弹不得。

吴忠标小声说：我觉得欧昭通和小鬼子有勾结。

龙汉良：很有可能。

刘志枚却不赞同：不会吧，有勾结为什么还要来告诉我们?

刘志枚不放过任何一次机会替欧昭通说好话。

日泰士兵：不许说话！再说话不客气啦!

看守士兵扬扬手里的长枪。

刘志枚小声地说：完了，他们这是在等着抓更多的机工兄弟。汉良，你得尽快想出办法来才行啊。

龙汉良：我也着急呢，和标哥商量商量。

刘志枚：再不行，我就死在这里啦！

龙汉良：瞧你那份出息，死就死了，别让人家看不起！

刘志枚：我和你们不一样。

龙汉良：有啥不一样，都是吃饭长大的，都为了国家跑来当司机的，死了国家就追认咱们是烈士好了。

刘志枚：我真的和你们不一样。

龙汉良挨近刘志枚，近得可以闻到她的呼吸……

龙汉良：小刘，你今天怪怪的，说说看，你哪里和我们不一样？

刘志枚忽然有些羞涩起来。

龙汉良：我见过你父亲，还有两个妹妹，大妹妹应该多大了？

刘志枚：大妹应该十六了，不，十七了，小妹妹十一了，当初，我就是替父亲来当的机工。

龙汉良：你特别喜欢花木兰，你妹妹专门托我带过《花木兰》的小人图画书给你。

刘志枚点头，忽然，她哭了。

龙汉良：你哭什么呀？

刘志枚哭得更厉害了。

龙汉良：千万不要哭，要不第一个被弄出去枪毙的就是你啊。

刘志枚：那我不哭了。

龙汉良：小刘，我觉得你对欧队长不错啊，什么事都替他讲话。

刘志枚：我的确喜欢他。

龙汉良惊讶地说：什么？

刘志枚：但他好像不太喜欢我啊。

龙汉良：那，你确定吗？你们，怎么恋爱呀？他是男的啊。

刘志枚：龙少爷，到这份上，我也管不了那么多了！实话告诉你吧！我是女的。

龙汉良：啊？什么???

刘志枚：小声些！我说的都是真的！

龙汉良：怪不得你从来都不和我们一起上厕所呢！想起来了，第一天体检，你就求我帮忙的，我还说你神经病呢！

刘志枚：对呀。

龙汉良：队里有女生，你干吗不说出来？大家好照顾你呀。

刘志枚：我也那么想过，可万一惦记我、想欺负我的比照顾我的还要多怎么办？

龙汉良：有我在就不会。

刘志枚：少爷，我想我爸和两个妹妹了，我知道你聪明，快想出好办法来，我不想死在这里啊。

龙汉良：嗯，我这不是还在想吗？

龙汉良忽然发现，屋外似乎已经有几个士兵开始把木材、杂草等抱到关押龙汉良他们房间的外面。

龙汉良：小刘，我有个主意，也许能把大家救出去。

刘志枚：让我引诱他们看守吗？

龙汉良：真聪明。

刘志枚：不是聪明，是怕死，我不想死。

龙汉良：这些家伙很警惕的，得让他们相信你是女的。

刘志枚：你说怎么办？

龙汉良：我很担心，你刘志枚能不能完成这个任务，因我没见过你妩媚风骚的样子！

刘志枚：我会，我一定能做出来，我想活着出去啊。

龙汉良：可这些家伙太警觉，刚才要水喝都不给！

刘志枚：少爷，我有办法。

龙汉良：什么办法？

刘志枚：凑近我一些，亲我！

龙汉良：那怎么行？咱俩不是男女朋友，男女授受不亲呀。

刘志枚：你亲我，我的脸就憋红了，好看一些，你再亲亲我的眼睛，让它们好看明亮一些！

龙汉良犹豫着：可爱的小刘，可我下不了手啊。

刘志枚：又没让你用手，你的手被捆着！快，只有这样才能救大家出去。

龙汉良一下子领会了刘志枚的意思，同时也想出一个好主意来：这样，这样……然后你喊叫，他们会过来的，然后你这样……

龙汉良把计划告诉给了刘志枚，还让她千万不要慌张，不要让看守识破了。刘志枚很快就按照与龙汉良约定的，忽然喊叫起来，两个日泰士兵走近龙汉良和刘志枚，警惕地端着枪对准他们。

士兵蹩脚地带着云南方言的语调发问：干什么？

刘志枚：他非礼我！

士兵仔细看看刘志枚：他？你是男的，他非礼个屁呀。

同伙却意见不同：不对，这是个小妞啊。

士兵：机工里怎么还有女人？是假装的吧？

同伙开始嘀咕起泰国话来，脸上带着龙汉良也能看懂的淫荡：不管是什么，带过去检查一下。

两个士兵把刘志枚带到一个稍稍隐蔽一些的地方，其中一个一把拉开刘志枚的上衣，果然，露出不大但白皙的半个胸来，她挣扎着，努力不让对方再往下进行。

士兵：是女的。

同伙也露出难得的笑容，难看而淫荡，粗鄙而急切。

士兵：你看好他们，我先来。

同伙：放心。

刘志枚：等等，我要洗一下，味道太不好闻了。

士兵：可以。

同伙：大哥，小心有诈！

士兵：一个女人能把咱俩咋样？不用怕！我去找水，让她当着咱的面洗。

士兵给刘志枚解开绳索，刘志枚活动活动手腕，露出灿烂的笑容，那一刻，她恢复了女儿身，更是带出英雄的气魄，真的很美很美。忽然，刘志枚猛地大力用头撞向猝不及防的士兵，撞得他满脸是血，紧接着，她猛地夺过他手里的长枪，显然她早就跟龙汉良商量好了，再夺过士兵腰间的匕首，快速扔向龙汉良和吴忠标。

那个同伙惊呆了，这么一个瘦小的女人，居然爆发出这么巨大的力量，还没等他完全明白过来，刘志枚的枪已经打响了。就在这个时候，刘志枚赶忙跑去帮着龙汉良割断了绳索，很快地，所有机工兄弟都自由了。

龙汉良、刘志枚一人一支长枪，开始和那些便装的日泰联军交火起来，很快，机工们就占了上风，到底在前面已经经历过一次生死之战了。

刘志枚开心无比，大声叫喊：汉良，你亲我亲成功啦！标哥，汉良，今天最开心的就是我了，我杀了几个混蛋，从现在起，我就是女人啦！这一刻，我等了快三年啦！从现在起我不用再装男人啦!!!

正在酣睡的王胖子被几声枪响惊醒了，他顾不得拿枪抵抗，抢先第一个跳窗而逃。

突围成功之后，龙汉良、吴忠标带着十几个落难机工拼命往大山深处逃去，跑了很久，大家才休息了一小会儿。

龙汉良：……标哥，你看咱下来怎么办？

吴忠标：你不是说认识一个知道秘道的酋长吗？咱们去找他，把大伙儿带回怒江东岸去……

龙汉良拍拍抢夺来的长枪：我怎么有些不甘心呢！

吴忠标：你想再打回去？

龙汉良点头。

吴忠标：汉良，你真跟我想到一起去了！王胖子必须受到惩罚，还有欧昭通，是不是和日本人在一起？反正有嫌疑，陶志就是为抓他而死的，咱们最好把他也弄回东岸……

龙汉良：嗯，他身上明显是有疑点，也不一定就是和鬼子在一起，别忘了，咱们出事前，是他来给咱们报的信儿。

吴忠标：报信儿就应该光明磊落，为什么还要化装？鬼鬼祟祟的？

龙汉良：也许是被胁迫的，我看见他身上有伤啊——这样吧标哥，咱们让“大副”带着大伙儿先去前面的大塘待命，咱俩杀回去。

吴忠标：对呀，咱起码有两支枪呢！干他一回！

龙汉良：必须把那个管理二科烧了！王胖子还在的话，肯定还会有其他机工兄弟上当的！

吴忠标：这个王胖子真混蛋，啥时候成了鬼子的奸细了？咱一点儿没觉察到。

龙汉良：鬼子或许早就盯上他了，他因为贪污被告上法庭，要不是他的亲戚是运输处的副主任，恐怕这会儿在坐牢呢！走！

吴忠标：小刘怎么办？

龙汉良：你去找“大副”安排，我和小刘谈谈，小刘。

刘志枚走近龙汉良，坐下。

龙汉良：我们准备下去找王胖子算账，你想去吗？

刘志枚：本来很想去，但一看见标哥说欧队长的坏话，我就不高兴了。

龙汉良：你听见我们说的了？

刘志枚：对呀，标哥揪着欧队长不放，还怀疑他是小鬼子的奸细，我不那么认为，要真是奸细，为啥冒死给你报信儿呢？为啥还挨了打呢？

龙汉良：我现在才知道，你一直很喜欢欧队长。

刘志枚：那是两回事，就算欧队长做了错事，也一定被胁迫的，对吗？龙少爷，你们是好朋友啊，过去每次都是你出面替欧队长说好话的！

龙汉良：当然，标哥偏激，我只能那么说，其实我心里想的和你一样，咱得找回欧队长，然后再慢慢帮他，好不好？

刘志枚：我听你的，龙少爷。

龙汉良、吴忠标、刘志枚三人重新出发了。刘志枚走到小溪旁，捧起水洗脸。此时的刘志枚光彩照人，好像完全变了一个人，眼睫毛似乎也长出来了，身体凹凸有致，似乎获得了重生。

龙汉良：小刘，你背着枪的样子真帅啊。

吴忠标：小刘一直说想当花木兰！她现在就是啊！

刘志枚开口唱起歌来……

6

陈沫很快就发现，中国人是一盘散沙，尽管自己也有一半的中国血统。那些机工以美人计诱骗泰国看守成功脱逃，王道里开始给他吹风，说带头逃走的人名叫龙汉良，正是欧昭通的好朋友，应该对欧昭通提高警惕；而欧昭通对此不屑一顾，他的解释是假如自己通风报信，为什么他们不听自己的，非要在被抓后才拼命逃走？这不是脱裤子放屁吗？欧昭通说王胖子是个胆小鬼，枪一响，啥都不管只顾自己逃跑，是个怂包。还好，跑了十几个，又有五六个机工上当了，被关押起来。

欧昭通有一种本事，就是抓住已有的事实或现象予以发挥。本来他给龙汉良通风报信，要让陈沫知道必然会遭受严惩，他自己也很忐忑，可龙汉良他们没听自己的劝告被抓了，最后成功逃走了，这就成了欧昭通为自己辩解的理由了，王胖子当然说不过他。这时，外面吵了起来。

大个子机工不服，在里面高声叫骂着：王胖子，你出来！

王胖子此时就和陈沫在一起，他没有回应。

大个子继续叫喊着：真没想到，这个机工之家成了监牢了，你王胖子吃着国家的薪水，居然成了日本人的奸细，你愧不愧啊？你今后怎么回去面对你的家人？真可耻啊！

陈沫看着王胖子，王胖子满脸通红，任凭大个子在外面叫骂。

陈沫：奥桑，怎么了？任凭一个阶下囚这么无礼吗？为什么不去惩罚他？你怕什么??

王胖子嘴里嘟囔着。

陈沫：真替你感到害臊啊！你手里的枪是捅火棍吗？

王胖子：随他们说吧。

陈沫：哦，我明白了，奥桑是在给自己留后路呢！万一你们的国军打回来，你还可以再次反水呢，对吗？

王胖子：不是不是。

陈沫：难怪欧桑说你是软蛋呢！对不对，欧桑？

欧昭通苦笑了一下，算是应和。

陈沫忽地站起：奥桑，必须严惩这个捣乱的家伙。

王胖子：是，是。

陈沫：不要只动嘴，还应该动手！刚才他骂的是你，我全听见了，那实际上等于侮辱了我！你必须去惩处他！快点!!

王胖子：好，好。

陈沫：杀过人吗？

王胖子：没有。

陈沫：太好了！

王胖子汗都出来了：什么太好了？

陈沫：你们跟我来，咱们一起看看奥桑的表演。

王胖子：陈沫，我不敢，也不会啊。

陈沫：好办，我来教你……

陈沫命令两个日泰士兵将大个子机工押到院子外一个稍稍偏僻的地方。陈沫让大个子跪下，大个子不从，还高声叫骂。

大个子：小鬼子，有本事你放开我，咱俩一人一支枪，面对面干一次！拿刀也行！这样，你算什么男人?!

陈沫恼羞成怒，上前使尽踢打大个子的脸，大个子满脸是血，他将血吐出，继续叫骂着。出够气之后，他掏出手枪，上好膛，交给王胖子。

陈沫：来吧，今天让我和欧桑好好欣赏欣赏你的处女作。

王胖子接过枪，但他持枪的手明显在发抖。

陈沫：你要再犹豫，我连你一起毙了，你信不信？

王胖子：我，我照您说的办。

几乎与此同时，已经悄悄赶到的龙汉良他们三人也发现了下面情况——可恶的王胖子正要对大个子机工下手。

吴忠标拿枪：娘的，干他们！

龙汉良赶忙拼命阻止：不行标哥，他们下面到底有几个人咱摸不清，不能贸然下手，别忘了咱们的任务。

吴忠标：那大个子肯定是机工兄弟。

刘志枚：欧队长怎么也在那里。

吴忠标：都是奸细，这下可以下结论了吧？

龙汉良：沉住气！你们看见那块牌子了吗？是重新竖起的！里面一定还关着不少机工兄弟呢！

刘志枚：少爷你说怎么办？

龙汉良：等一下。

正说着，下面的王胖子已经开枪了，大个子应声栽倒在地，陈沫上前补了几枪。

龙汉良：娘的，这笔账一定要跟王胖子清算！

吴忠标：少爷，你说咱们现在怎么办？

陈沫收了枪，正要回去，一辆卡车开来，有人通知他，要他坐车离开，应该是突然有了什么急事。

龙汉良：这样，我下去，想办法找到欧昭通，他一定会帮咱们的，到时候你们听到两长一短的枪声就冲下去。

吴忠标：不行，我刚观察过了，下面还有不少泰国人埋伏着，还有，现在谁知道欧昭通到底是怎么想的，更何况王胖子认识你呀！你下去就等于自投罗网，不行！

龙汉良：那怎么办？王胖子你也认识啊。

刘志枚：我去。

龙汉良：你更不行，你一个女孩子，对付那么多男人。

刘志枚：正因为是女孩子，我去才最合适……龙少爷，是两长一短的信号吗？

最后，龙汉良还是决定由刘志枚先下去，因为王胖子只见过穿男装的刘志枚，这或许就是个机会！他安排刘志枚先假扮落难的机工，然后设法和王胖子周旋。其实，这是一个迫不得已的冒险之举，刘志枚完全是因为欧昭通的原因主动请缨的。这将会是她来滇缅路服务以来第一次以女儿身来面对她一直钟情的男人，接下来会发生什么，龙汉良、吴忠标甚至她自己也完全不知道。刘志枚本来是那种胆小心细的女孩子，可身份表明之后，她像是换了一个人。与龙汉良事先安排不一样的是，刘志枚并未穿机工的制服，而是捡了一条红色的破布像领带那样绑在脖子上，上身是一件白色的衬衫，下面才是机工的制服裤子，就这么小小的一点儿改变，让刘志枚在瞬间变成了一个妩媚的女人。她只想让自己更像女人，绝对让王胖子认不出来的，也必然会使欧昭通大吃一惊。

刘志枚放开地扭动着身子，直奔管理二科，忽然，斜刺里有两个身穿便衣的壮汉上前扭住了她，然后迅速地把她往里屋推去。

刘志枚早有准备，她大声喊着王胖子的名字。

刘志枚：王道里——王道里——

王胖子走了出来，看见一个年轻漂亮的女孩子叫自己的名字，感到很意外，也觉得很惬意，不过，得警惕一点儿，这人到底是谁呢？他不认识眼前这个忽然冒出来、还能叫出自己名字的女孩子呀！不会是国军派来杀他的特工吧？他心眼儿蛮多，想得还挺远。

王胖子：你谁呀？

刘志枚：表哥，是我，胡晓岚啊。

刘志枚早就编好了一个假名字，来时嘴里默念了起码四十遍，就怕说得不利索被人看出来不好办。

王胖子：哪个胡晓岚？

刘志枚没再多说，直接甩开那两个泰国人，扑向王胖子怀抱。用她那不大的胸就这么一挨一碰，王胖子立即就软了下来，他决定先认下她再做其他打算。他要是坚持不认，那两个泰国人就会把她当机工关押起来。

王胖子装作很关切的样子：晓岚，你从哪里冒出来的？

刘志枚：咱们不能进去说话吗？表哥，我想喝口水总可以吧？

王胖子示意泰国壮汉离开，然后跟在刘志枚后面，还不忘再欣赏一下刘志枚的一扭一扭翘得颇高的臀部，毕竟在这个环境里，女人太难见到了。眼前的这位，在大城市里或许毫不起眼儿，可在这里就是十足的美女啊！不过，她到底是什么人？其中会不会有诈？不管了，这么多泰国人拿着枪，怕什么？龙汉良他们早就溜之大吉了！

王胖子：你到底是谁？

刘志枚四处张望，似乎在找什么人。

王胖子：你是机工？

刘志枚：我是你表妹。

王胖子一点儿都不敢放松警惕：别逗我了，我根本就没有表妹，只有三个表弟，说吧，来干什么来了？

刘志枚：这里就你一个人？

王胖子：看你准备干什么了，有些事咱俩做就刚刚好，不需要很多人的。

王胖子脸上露出淫邪来。

刘志枚：外面刚才抓我的是什么人？

王胖子：跟你没有关系——明白了，你是帮龙汉良探路的人，对不对？

刘志枚故意装傻：谁是龙汉良？

王胖子：要么就是帮其他机工兄弟探路的。

刘志枚：对呀，有人说这里有小鬼子，所以让我来看看。

王胖子：不对呀，你怎么会知道我名字的？

王胖子一下子警觉起来，忽然掏出手枪对准刘志枚。

刘志枚：你要干什么？

王胖子：要是老老实实听我的，或许会有一个不错的结局，你要是敢反抗，我就不客气啦！来，过来。

刘志枚惊慌了：你要干什么？

王胖子：把你的手捆起来，跟我玩个好玩儿的游戏。

说完，王胖子猛地关上了办公室的门。

其实，欧昭通早就看见了刘志枚，他甚至听到了"胡晓岚"这三个字，他在琢磨着是谁指派刘志枚到这里来的，是龙汉良还是吴忠标的意思？在没搞清楚这些之前，他决定不出面，就算遇见也假装不认识刘志枚。他在琢磨着，这个小刘什么时候、又为了什么公开了自己是女人的身份？又为啥冒险跑进管理二科？对了，她一定是找自己来的，可是，她找自己要做什么？一阵嘈杂之声再次传了过来，刘志枚似乎在那边反抗着，欧昭通一直注意着那屋的动静。这会儿情况好像紧急起来，该进去帮刘志枚一把了，王胖子这个色鬼，一定是动了歪脑筋啦！果然，办公室的门被欧昭通撞开后，王道里差点儿捆住刘志枚的手。

欧昭通大喊一声：王胖子，你要干什么？赶快放开。

王胖子一下子泄了气：你管什么闲事啊？没事赶紧给我出去。

欧昭通：她是我表妹胡晓岚啊！

王胖子：娘的，真的假的？她刚才还说是我表妹呢！

欧昭通：都是这小鬼子害的，吓坏了，胡说八道了，表妹，你是来找我的吧？

刘志枚赶紧顺着欧昭通的话迎了上去：表哥！我可找到你了！

王道里有些糊涂了，但他意识到其中有问题。

欧昭通：王胖子，你要是真喜欢我表妹，也得等我和她说会儿话再谈其他的，行吧？

欧昭通把刘志枚拉到另一间办公室，王胖子当然在门外偷听，欧昭通拼命压低声音，但还是被他听见了大半儿，有人说胖子听力非凡，也不知真假。

欧昭通：小刘，到底怎么回事？

刘志枚：欧队长，我就是来找你的！

欧昭通：谁让你来的？

刘志枚：龙少爷。

欧昭通：还有谁？

刘志枚：标哥。

欧昭通：你不知道鬼子就在附近吗？

刘志枚：那有什么可怕？你知道今早是谁骗过那些看守的？是我！我给龙少爷说我是女的，我们这才骗过看守跑了！

欧昭通：原来是这么回事！我刚刚还在想，你什么时候恢复成女儿身了？你声音小点儿。

刘志枚：我可不是原来那个胆小的刘志枚了，我现在是杀过坏人的花木兰啦！而且再也不用装男人了，我是世界上最开心的人！欧队长，说句老实话，我就是为了能快点儿见到你，才主动要求来这里探个虚实的……

欧昭通：汉良他们怎么说的？尤其是那个吴忠标，一定不肯放过我。

刘志枚：标哥说你是奸细，可龙少爷不那么想，他说你是好兄弟，要拉你回怒江东岸去……

欧昭通一听就变脸了：你这是给我找麻烦呢，你以为王胖子傻呀？他是个大色鬼，他想占你便宜！他一点儿也不傻，肯定猜到你来这里是和龙汉良有关的，小鬼子在外面设了埋伏，就等着龙汉良来解救这些机工呢！

刘志枚：你和小鬼子是一起的？看来标哥没说错呀。

欧昭通：胡说，我是被他们胁迫的，你看看我身上的这些伤！

欧昭通撩开外衣，果然伤痕累累。

刘志枚：这些家伙太坏了，刚才龙少爷亲眼看见王胖子打死了那个大个子机工，看样子他是不会饶了王胖子的！

这时，王胖子忽然闯进来了。

王胖子：欧昭通，快想办法让你表妹躲一躲。

欧昭通：出什么事了？

王胖子：陈沫不知为啥突然回来了，马上就进门了！

欧昭通：你向他报告了？

王胖子：怎么可能，要追究起来，我是瞒情不报，一样倒霉的！

欧昭通：这是你管理二科的地盘，你应该有办法。

王胖子：你出去应付一下陈沫，我想想办法。

欧昭通快步走了出去。

7

欧昭通见陈沫快步要进，急忙迎上前去。

欧昭通：陈先生。

陈沫：欧桑，你一直在这里？

欧昭通：是的。

陈沫：奥桑呢？也一直和他在一起吗？

欧昭通：是的。

陈沫：没什么异常吗？

欧昭通：没有。

陈沫：没有看到一个女人进来找过王道里？

欧昭通：呃，有。

陈沫：真的吗？现在她在哪里？

其实，就在他们的正上方，刘志枚就爬在横梁那里一动不动，而她脖子上的破布早已没有了，那是王胖子安排的，王胖子之所以这么上心，就是因为刘志枚还没有被自己弄到手，否则早就向陈沫坦白了。

欧昭通：先请进吧，陈先生，是这样的，有个机工戴着一个红围巾，老远就大喊要找奥桑。其实，他是个男的，机工，估计是被太君吓成了神经病，非要当自己是女的，现在被关在那里，您需要看一看吗？

陈沫：你带路吧。

陈沫和欧昭通走进关押着六七个机工的屋子，果然，一个机工脖子上戴着一个围巾——其实就是刘志枚戴过的破红布，但那个机工显然不是王胖子，陈沫有些疑惑但表面上没有再坚持问下去。

欧昭通：怎么样？还不放心吗？

陈沫说了句“不用——”，又回到了大院。

王胖子浑身是汗，远远地打量着就要离开的陈沫，暗自庆幸自己的快速反应以及与欧昭通如此默契的配合……

就在几十米之外，龙汉良着急万分，他看到了那个头目模样的家伙返回了：到底怎么回事？小刘还不发信号。

吴忠标：我最担心的，就是欧昭通配合小鬼子，把小刘给扣下了！

龙汉良：我觉得不会。

吴忠标：那会是什么？刚才那个小头目进去了，很快又走了，真弄不清他们来来回回地到底要干什么！

龙汉良：王胖子是个大色鬼，原来就喜欢纠缠吴惠琳呢！会不会又看上咱们的花木兰了？

吴忠标：人家说，在这种地方，三个月不见女人，见了老母猪都会觉得是双眼皮的，王胖子一定要祸害小刘的，汉良，咱们不能在这里死等啊。

龙汉良：实在不行就硬冲，反正咱两条枪呢！

吴忠标：小刘要能再搞到一支枪就更好了。

龙汉良：真要冲进去了，这次一定要把欧昭通强行带走！

龙汉良向周边望去，一辆停放的卡车引起了他的注意，他当然有了主意。

危机过后，王胖子把欧昭通拉进办公室，然后闭上门，欧昭通有些弄不明白对方的意思。王胖子拿出两个酒杯，给两人倒上洋酒。

王胖子：法国城堡酒，起码一百年的老酒。

欧昭通：干吗请我喝酒？有什么事直说好了。

王胖子：欧兄什么时候开始给日本人干的？

欧昭通：王兄呢？什么时候反水的？藏得很深啊。

王胖子：彼此彼此，算了算了，没心情说这些，我觉得咱俩刚才配合默契，咱们应该为这种默契干一杯。

欧昭通和王胖子一饮而尽，王胖子忽然给欧昭通跪下了，把对方吓了一跳。

欧昭通：王胖子， 你要干什么？

王胖子：你答应我，不答应我就不起来。

欧昭通：你啥都没说，我怎么答应？

王胖子：把你表妹让给我。

欧昭通：那得是双方自愿的，我自己答应你没用啊，俗话说，强扭的瓜不甜啊。

王胖子：我求你了，很久没碰女人了，我刚才不给陈沫告密，也算是救了她。

欧昭通：我已经说过了。

王胖子：要不，你过去和她商量一下？我等你的答复。

欧昭通答应试试，他来到刘志枚身边，关上门。

刘志枚：欧队长，刚才王胖子找你做什么？是不是想让你说服我，和他在一起。

欧昭通点头。

刘志枚：想得倒美，我喜欢的人是你啊。

欧昭通：小刘，现在先不要提这事了，好吗？

刘志枚：为什么不提？进昆明训练营的第一天，你就帮我掩盖身份。后来，我总是找各种借口接近你，但你喜欢的是吴惠琳，我只能默默地关注你，甚至帮你隐瞒过不少的秘密！现在，我刘志枚可以光明正大地表明我的女性身份了，当然也可以向你表白我喜欢你了！有什么不对吗？

欧昭通：小刘，你不了解我，我配不上你。

刘志枚：不，是我配不上你。

忽然，门被王胖子撞开了，他身后的泰国士兵端枪对准了刘志枚与欧昭通。

王胖子：好深情啊，原来是这么回事！不过，我刚刚偷听到了，胡晓岚，不，刘志枚，你这是剃头挑子一头热，不要再费心思了！

刘志枚：滚开你个死胖子，就算天下男人都死完了，我也不会理睬你！

欧昭通：王科长，你找人拿枪对着我，算是怎么一回事？

王胖子：欧队长，既然你并不喜欢她，那就交给我好了。

欧昭通：你们谁敢上来？我绝不客气！

王胖子：那就看看谁的枪快！真是敬酒不吃吃罚酒！我算是给你足欧昭通面子了，要是不顾情面，我早就报告给陈沫了，说你勾结龙汉良，想解救这些被关押的机工，就这一条，你就该知道会有什么后果！死路一条啊！

欧昭通：你娘的王胖子，你小子还有这本事！现在就去喊陈沫过来，我还要说你调戏妇女不成反咬一口呢!

陈沫喊了一声“我来了——”，就这样忽然出现在几个人的面前，把王胖子、欧昭通都吓了一跳。

陈沫：嘿嘿，果然在我算计之中，早就知道这个女人是不怀好意的，你们两个不顾大局，为这样一个女人争风吃醋，像什么话！欧桑，别以为我摸不清你的心思，你是随时准备逃离我的家伙！可是，这样真的好吗？咱们应该坐下来，好好谈一谈，至于这个女人嘛，先捆起来……

忽然，一阵密集的枪声传了过来，紧接着，一声巨大的响声将陈沫他们身后的墙撞倒了。

再接着，第二下……

原来，这是龙汉良想出的开车硬撞的计策，也是无奈的选择，他根本没有把握能取胜，但只有这么放手一搏，或许能救出刘志枚。

陈沫慌了，顾不了太多，急忙自顾自逃命，王胖子也紧跟其后。还好，欧昭通和刘志枚刚才还没有被捆起来，现在手脚都是自由的，躲过龙汉良的撞击之后，他们直扑关押机工的房间。

吴忠标和龙汉良配合默契，一个打杀，一个掩护，那十几个日泰士兵，不是被打死，就是早早溜掉了，被关押的七八个机工全都被解救出来了。

龙汉良继续驾驶着车头损坏的破卡车，载着吴忠标、欧昭通、刘志枚等机工，向目标行进，然后弃车向山寨跑去……

第八章　激战怒江西岸

1

龙汉良的不甘心，决定了他不会轻易离开，他得找王胖子算账，不能让这个奸细活下去，否则出不来这口气会病倒的。吴忠标却希望尽快和前面等待的“大副”以及那十几个兄弟们会合，最终渡过怒江回到东岸。

吴忠标：汉良，你憋着气瞪着眼地又要干什么？我看眼下和“大副”他们会合然后渡江最重要。

刘志枚：我同意，标哥。

龙汉良咬牙切齿，实际上也是刚刚取得的胜绩让他有些收不住了，这么看来，打仗也没多难啊。再有，这次有欧昭通在队伍里，他想看看这个学长会不会接招儿。不接，说明他还是心虚；接了，也许还有救。欧昭通身上有很多解释不清楚的事情，虽说眼下活着更为紧要，也不是弄清楚那些事实的合适机会。

龙汉良：这个王胖子，敢出手杀咱们的机工兄弟，我心里过不去。

欧昭通：汉良，你想杀了王胖子吗？

龙汉良：欧学长，我亲眼看见他开枪杀死大个子，我咽不下这口气，你看我该怎么办？

欧昭通的回答干脆利落出乎所有人的预料。

欧昭通：弄他！我和你一起去！

吴忠标急忙反对：欧队长，谁去你都不能去！

欧昭通：为什么？

吴忠标：你的事情还没说清楚，最好不要离开大家。

刘志枚：对呀，欧队长还是不要去，他受伤了啊。

欧昭通一摊手，示意自己很无奈：这个，还是让汉良做决定吧。

龙汉良：欧队长和我一起更好。

刘志枚：龙少爷，你是想考验欧队长，可他身上有伤啊，弄不好会耽误你的大事，还是我去好了！

欧昭通当然明白刘志枚的意思，她是怕自己冒险丢了性命，而他真正的目的恰好是离开龙汉良他们，越远越好，他的内疚与纠结让他无法面对龙汉良和众多弟兄，尽管他现在很想忏悔，可忏悔也得找个合适的机会，而逃避成了他眼下最迫切的选择，哪怕是暂时的也行。他主动要求配合龙汉良去杀王胖子，其实是完全明白龙汉良的用意，龙汉良是在试探自己，但他不点破龙汉良，龙汉良是想让他彻底和过去的纠结撇清，只有杀了王胖子，才能逼迫他与那个陈沫彻底告别。

这时，“大副”带着一个青年跑了过来，这是个完全陌生的人，穿的衣服也是龙汉良与欧昭通至今也不晓得的族群服装，但看似熟悉。

龙汉良：“大副”，你怎么来了，大伙儿人呢？

“大副”：别提了，咱们的十几个弟兄都让他们的头人给扣了。

龙汉良：你们做了什么？得罪头人了？

“大副”：没有，是他女儿被小鬼子关在县城里了，要想放人，必须先帮他救出女儿！

龙汉良与欧昭通几乎异口同声地喊了出来：阿美！

青年立即回应：对，就是阿美！

刘志枚：你们认识阿美？

龙汉良：当然，三年前那次翻车，出来后不久我们误闯山寨，最后就是阿美救了我们，现在该咱们出手救阿美了！

欧昭通：对，就算头人不这么要求，咱们也应该救人！

吴忠标：那王胖子怎么办？

龙汉良：先救阿美，再惩罚王胖子，两件事都得做！

刘志枚：我也要去。

看样子，刘志枚打定主意要当欧昭通的跟屁虫了，吴忠标心里这么想着。

欧昭通：你还是和标哥一起原地等待吧！

龙汉良：这样，还是"大副"带着几个机工兄弟留在这里，我和欧队长、标哥，和这位带路的阿哥，咱们去县城救人！

刘志枚：我呢？

龙汉良：留在原地！

来到关押阿美的地方，仔细观察后他们这才发现，日本兵的看守十分严密，要想硬闯肯定不行，这些家伙训练有素，不是他们前几次遇见的泰国人所能相比的。

吴忠标：硬干算了，咱三支枪呢！

龙汉良摇头：不行。

吴忠标又来了一个怪主意，他叹口气：咱们要是会说日语就好了。

龙汉良：好主意。

欧昭通：我会讲日语。

龙汉良：我也能来几句，听懂没问题，九州口音。

吴忠标：那阿美有救了！

龙汉良他们知道想扮演鬼子，只会说日语不行，得有一身真正的军服，这样才能确保能浑水摸鱼马到成功。经过一番研究，他们决定"抓舌头"获得制服，光是找细铁丝就费了很大的气力。说来也巧，一个日军军曹带着两个士兵进了一家农户的院子抢东西，龙汉良觉得机会来了，着便装的他突然上前捂住一个日本兵的嘴，拉进小屋，然后勒死了日本兵。说句实话，要不是前面几次与泰军面对面的战斗，龙汉良是不可能这么果断地将一个大活人这么迅速弄没气息的。第一次这么杀人，对龙汉良来说是件极大的事，他的心跳得可以撞出心口了，虽说动作没有任何迟疑，但内心却飘过一丝同情。被他勒死的这位在家里一定还有父母，或许还有兄弟姐妹，就在这么瞬间死在异国他乡了。而且，他们知道，不能用刀子去杀，那样制服上会有血渍，就算弄到了也得清洗，还不一定能弄干净，那样就耽误了救人的时间。

几乎同时，吴忠标、欧昭通也对另外两个小兵下了手，欧昭通最为老练，干脆利索。吴忠标则根本没有经验，对方喊了起来，好在欧昭通及时上前相助，两人联手才制服了那个力大无比的家伙。这次联手，也让吴忠标对欧昭通的成见似乎少了一些，至少眼下如此。毕竟，他们共同要面对的是日本人。

欧昭通扮作军曹，龙汉良和吴忠标紧跟其后，三人着日军的服装来到了临时的看守所。在门口，欧昭通讲了几句话，意思是找一个叫阿美的女孩子审问游击队的事，日军岗哨居然放行了。岗哨大意了，是因为他们觉得这么个小地方大概没有人胆敢冒充日本人来劫狱。

来到屋内，欧昭通指着阿美，示意要提审她，看守的中国人遵行，让阿美站起来，然后锁上临时牢房的大门。阿美似乎赶到有些莫明其妙，似乎认出了眼前的小鬼子有些眼熟，她疑惑地看着龙汉良，为确保不发生意外，龙汉良故意不理睬她。

阿美停住脚步：你是那个海南人！

龙汉良示意她不要说话。

阿美：不行，我怎么能一个人离开，把大家留在牢里？我不跟你们去了！

欧昭通：你不去，你爹就扣着我们的人不放！

阿美仍然不走。

这时，远处的一个日本看守喊了起来，好像是在问这边发生了什么事，欧昭通打马虎眼说犯人身体不舒服，好歹给应付了过去。

龙汉良小声骗她：都要救的，先救你。

好容易说服了阿美，四人这才来到看守所的大门口内侧，眼看一脚跨出，救人的戏码就算大获成功。可不巧的是，此时外面响起一连串的枪声，这一下把龙汉良他们弄糊涂了，一时不知该怎么办才好，几人赶紧又返回。

还是阿美机灵，她偷偷快速爬上看守所高处的一个地方，仔细看了一下外面，忽然笑了。

阿美：是孙县长，他带人来救我们来了！

龙汉良：太好了，标哥，你掩护我们，前面有人过来你就开枪。我和欧队长解救里面的人，阿美，你告诉孙县长，里面有咱们自己人！

阿美一边躲着子弹，一边高声叫喊：孙县长，我在这里！这里面有人，我们里应外合好了。

龙汉良叮咛着欧昭通与吴忠标：咱们赶紧先把帽子摘了，省得孙县长他们认错人！

一阵激战，龙汉良与孙县长他们一道，救出了包括阿美在内的被关押人员，然后大家迅速撤离了县城，这个关押游击队队员的地方离日军驻扎地总部只有两华里，停留半分钟或许就会引来大麻烦。

2

通过营救阿美，龙汉良结识了孙县长。说是县长，其实是个副的，年轻有为，大学毕业没多久就来这里了。听说鬼子要来，正县长带着大小几个老婆以及金银珠宝早就溜之大吉，孙县长是个热血男儿，他发誓要跟鬼子干到底。

孙县长的游击队和鬼子一直斗到1943年的年底，后来因为叛徒的出卖被俘，最终英勇就义，这是后话。本地各民族的好汉，忠义双全，爱好和平，他们对鬼子的抵抗从来就没有中断过，这一带活跃着很多支抗日的队伍，有土司还有国军的将领。

孙县长本来想留下龙汉良他们一起打游击，后来知道还有几十个机工兄弟等着过江，这才打消了最初的念头。所以，当龙汉良提出要他帮忙找会说缅甸语或者泰语的人去杀死奸细王道里时，孙县长满口答应。这个地方靠近几国边境，各族民众一直有着往来，会说好几个少数民族语言的人也不少。

实际上，陈沫早就料到龙汉良他们会返身来再找他们，准确地说，是要找王道里。一切布置完毕，陈沫慢条斯理地讲着自己的计划，一旁的王胖子却有些心不在焉。

陈沫装作不经意的样子：王科长，我敢断定他们还会来的。

王胖子惊魂未定：啊？真的吗？这些家伙下手真狠啊，原来都是司机，现在一个个成了杀手了！

陈沫感慨道：战争最能改造一个人，瞬间可以从天使变成魔鬼，你王科长不也一样吗？不是也亲手杀死了一个辱骂你的家伙吗？他是你的同胞呢！

王胖子：还是心里过不去，这几天一直做恶梦呢！

陈沫：那怎么可以，这叫“妇人之仁”啊！到了这一步就是这么严酷，你不杀他，他就动手杀了你，就算为了活命，也不能心慈手软。告诉你吧，龙汉良他们的下一个目标就是你王道里！

王胖子吓坏了：什么？

陈沫：放心，我认为他们不会这么快。

正说着，外面有人报告，说是上司送文件过来。

陈沫：让他进来。

进来的不是别人，正是欧昭通，他二话不说拿起枪就开始射击，他的后面紧跟着龙汉良，也做着同一个动作，他们两人都身着日军制服。陈沫早有准备，急忙还击，还不忘把王胖子推到前面，然后自己从后门溜走。

欧昭通和龙汉良对准王胖子，扣下扳机，一直打到那只弹夹里没了子弹。得手之后，两人也不敢恋战，立即上车往回撤退。

龙汉良、欧昭通还是老办法，化妆成日本人闯进了陈沫的指挥部，因为事先找到泰语翻译弄清楚了王道里的藏身之地。

泰国军人见龙汉良他们驾车离开，纷纷开枪。说来也奇怪，陈沫只是不要手下去追，开枪可以，但不能击中对方，这让那些军人犯了难，他们不会知道，其实陈沫还有更多的盘算在里面。

一间大屋内，阿美的父亲、头人向龙汉良和欧昭通鞠躬致谢。他一声令下，一个年轻人将一块红布包着的东西拿了上来。头人慢慢打开，里面是一只手枪。

头人笑了。

阿美：龙汉良，欧队长，这是你们的枪，当年我父亲误会了你们，将你们缴械，现在我父亲说，可以物归原主了。

头人还从自己的口袋里掏出几颗子弹，子弹亮晶晶的，看样子头人一直装在口袋里当玩具耍弄。

阿美：我父亲一直没有使用过，但他保证能用，因为枪和子弹都是他自己亲自保存着，现在可以拿去打日本人了。

头人给阿美讲了几句。

阿美：龙汉良，欧队长，我父亲要设宴感谢你们。

龙汉良：不了，我们现在急需要您帮着我们尽快赶到怒江东岸去，我们是司机，开车比打仗更重要。

头人坚持要留，龙汉良坚持要走，两人靠哑语交流。

阿美：我父亲同意了，让我带路，咱们现在就出发。

大家的目标非常清楚——就是要尽快到达西岸的白仙桥，那里是一段怒江的拐弯儿处，两岸之间只有几十米宽，有一座一般人很少知道的吊桥，不用太费力可以渡到东岸去。只有附近的族人才了解它的存在。三年前，阿美无意中的一句话，龙汉良就记住了，所以，当他提出要带领机工兄弟过江，头人毫不犹豫地答应了他。

走了大约一个时辰，龙汉良他们听见了隐约的枪声。

龙汉良：遭了，阿美他爹一定有麻烦了！

欧昭通：明白了，怪不得咱们能那么顺利地杀了王胖子，又那么顺利地逃走了，一定是那个陈沫使的计谋，为的是能悄悄跟着找到咱们，所以才一路杀了过来！

龙汉良：我当时就纳闷，明明他们人多势众，为啥不死追咱三个，原来还是想把机工一网打尽呢！咱遇见真正的对手啦！

吴忠标：那怎么办？

龙汉良："大副"带人继续往前走，咱们三个回去看看。

阿美：不行，你们三个一定不是他们的对手，我父亲感谢你们营救我，也会拼死抵抗的，他希望的就是你们全部脱险啊！

龙汉良被当年的死对头、现在的恩人感动了：那我们更不能不管了！就这么决定了！把枪都集中起来，咱们回去看看！

欧昭通：要是还有一点良心，就不能放下阿美他爹不管！咱们都是站着尿尿的大男人！

大家异口同声，都声援龙汉良。不料阿美更坚决，她的眼中饱含着泪水，强忍着不让流出。

阿美：不行，咱们现在回去，能不能救出我爹还不好说，万一不行，又不能返回怒江东岸，岂不让我爹更失望？要回也行，一定要等我把你们大家带到白仙桥，看着大家安全过去。

龙汉良：那是个什么地方？

阿美：只有极少人知道的一个地方，有一座很难走的吊索桥，慢慢走，可以过去……

龙汉良、阿美、欧昭通、吴忠标目送几十个机工兄弟安全渡过白仙桥，这才急匆匆往山寨赶，等几人到达山寨的时候，眼前的一幕让他们目瞪口呆。山寨已几近成焦土，头人以及众多壮汉的尸体倒在四处，余烟四处在冒，躲避的乡亲们正在陆续返回，孩子的哭声不时传了过来，疯狂杀戮的日泰联军报复之后已经撤退。

为给阿美爹报仇，龙汉良杀上了瘾，决意再干一票，然后撤退。这一次，没有一个人表示异议。

3

商量了很久，龙汉良还是决定找孙县长帮忙，无论如何，有一只武装的游击队伍肯定比现在他们几个人几条枪强了很多。这次的目的很明确——干掉那个陈沫，给阿美的爹报仇。但等他们真的找到孙县长时，孙县长死活都不肯答应。

孙县长直摆手：你们不是那块材料。

龙汉良：我们都经过军事训练，前几天和他们干过，消灭了十好几个日泰联军呢！

孙县长：我听阿美刚才说了，我们现在面对的是小鬼子的正规部队，那不是开玩笑的！另外，你们的动机也不对，报私仇啊。

龙汉良火了：阿美他爹不也是咱们的同胞吗？就不该替他报仇吗？

孙县长：当然，要论起来，我和阿美爹比跟你们感情更深，但只是为了报私仇，难免狭窄了一些，万一不成功，还会损失更多的人。

龙汉良：那应该怎么办？

孙县长：除非你们有别人没有的本事！

孙县长说的不是没有道理，欧昭通说他刚才大概看了一下，游击队装备不行，重一些的武器都没有。小鬼子随便一个中队都有山炮，咱要硬干，真可能不行。

吴忠标：那就是说，白找孙县长了？

欧昭通：我自己再去试试。

吴忠标：你凭什么说服人家？

龙汉良：标哥，咱别拦着他，让欧队长试试，也许就行呢！

欧昭通一见孙县长就声明自己有重武器。

“开什么玩笑？我刚刚和龙汉良说完没多久啊，你们造出炮了，一袋烟的功夫？”孙县长和蔼地笑着，开着玩笑。

欧昭通：我说的是真的！咱们游击队没炮，但可以制造炸弹、地雷，这样的话，不就等于有了重型武器了吗？

孙县长眼睛一亮：谁会？

欧昭通：我可以试试。

孙县长又一次失望了：这种事不能说试试，我也可以说“试试”，但我弄不出来。

欧昭通早有准备：我可以，我们还有标哥，他以前是马来铁矿的矿工，爆破的事没问题——炸弹的事，我应该有办法解决！

孙县长：啊，那太好了，不过，刚才你为什么不说？

孙县长抱怨欧昭通刚才没亮出真本事。

欧昭通：念中学和大学时我都是化学课代表，这个是我的强项，试验都做成功过，不过，当初学这个怕引起大家的误会，就一直没说，现在突然提起此事，要是让兄弟们知道了，会认为我有事瞒着他们，其实不是的。

孙县长：面对强敌，除了勇气，还得有重型武器，否则报仇就根本谈不上！

欧昭通：你同意了？

孙县长：同意什么？

欧昭通：要我们一起参战啊。

孙县长：这不是开玩笑，你们得拿出好办法才行。

欧昭通：我们回去试试——制造炸弹的事，你一定要替我保密。

孙县长：没问题，我就说是我这里的国军伤兵兄弟完成的，你只是帮忙而已。不过，你究竟要怎么配制炸药？有效吗？

欧昭通从怀里掏出那个微型的日汉化学辞典。

欧昭通：只要有几个基本的材料加上我早已背熟的配方，要是真有个有实践经验的人好好配合，差不多会成功的！

孙县长：最好之前再加分量试验一下。

欧昭通：那当然，炸不死鬼子，咱们就会被鬼子杀了，这个重要性我欧昭通清楚。

就在欧昭通和孙县长谈话时，龙汉良也在跟吴忠标交心。很久了，他一直想把自己的真实想法告诉标哥，现在机会来了，难得有这么一个暂时清静的好机会。

吴忠标：汉良，你到底打算怎么办？

龙汉良：现在满脑子只想着杀了那个陈沫，给阿美爹还有死了的那么多机工兄弟报仇。

吴忠标：陶志小姐呢？她的死一定和欧昭通有关。

龙汉良：我早有怀疑，不过标哥，现在不是谈这件事的时候。

吴忠标：陶志本来和你已经过了江，非要返回，肯定是担心欧昭通逃走，只不过那时大桥被国军炸毁了，我觉得奇怪的是，陶志被炸死了，欧昭通怎么会安然无事？他们是在一起说话的，你不觉得有问题吗？

龙汉良：有问题的还有很多方面，比如，欧队长是怎么和那个陈沫认识的？是因为掉队被日泰联军抓住了吗？到底为什么挨了那些泰国人的殴打？但愿他只是被人家利用了，现在他要是真的能和咱们一起对付小鬼子，那就还算咱的机工兄弟嘛！

吴忠标：反正得多留意这个家伙。

龙汉良：我明白。

吴忠标：汉良，这个阿美，我看好像很喜欢你呢。

龙汉良：我怎么没看出来？

吴忠标：我是过来人，当然比你知道得多。遇见一个好姑娘不容易，该在一起就在一起，咱现在每天都是把脑袋拴在裤腰带上的，好一天算一天，你虽说是个大少爷，可连个女人的滋味都没尝过，白来一趟人世……

龙汉良：标哥，你一定是想嫂子和侄子了吧？

吴忠标难过地低下头：走的时候连招呼都没打，自上次收到家信到现在已经五个月没有他们的消息了，你说能不想吗？

龙汉良：是啊，我祖父还好一些，毕竟有罗叔照顾呢！

吴忠标：汉良，我拜托你一件事。今后我要是真出了什么意外，你一定要告诉我老婆和孩子，让他们知道我吴忠标没白来世上一趟，打鬼子、当机工从来没含糊过。

龙汉良猛地一拍吴忠标的肩膀：标哥，咱机工好多事还得靠你这个老矿工完成呢！别难过了，说不定我死在你老哥的前面呢！

这时，孙县长和欧昭通一起走了过来。

龙汉良和吴忠标站起：孙县长。

欧昭通：孙县长原则上同意了。

孙县长：龙少爷。

龙汉良：叫我汉良好了。

孙县长：大家都那么叫，我觉得挺好，也愿意这么叫。哎，问一下，你们这几个人里，有谁熟悉炸药吗？

吴忠标：我呀。

很显然，孙县长是按照欧昭通事先的叮嘱，故意这么问的。

龙汉良：对呀，标哥过去是矿工啊！孙县长准备找人解决炸弹的事情吗？

孙县长：我那边有个国军的伤兵兄弟，搞过炸药，想找个帮手一起做呢！

孙县长是个顾全大局的人，不管欧昭通出于什么考虑，他只要能弄出炸弹，他提出的要求在自己看来就不是个事儿。他还提出要龙汉良他们制定一个作战计划，业余的也算数，眼下打鬼子，谁不是业余的呢？

龙汉良和大家商量了很久，终于拿出一个比较好的方案。

龙汉良用石子、树枝在地上摆弄着，像是沙盘推演：我们是这样考虑的，这次咱们来个围城打援的方案，先故意透露给鬼子一个信息——说是游击队在这里包围了日本人的一个小队，大概百十来人，要他们来这里增援，他们必然要经过山岈，而这一带我们经常跑车比较熟悉，想选在这个地方，设下埋伏，埋好炸弹，然后两面夹击，好好教训教训小鬼子。

欧昭通：计划还不错，只是我要问你，鬼子凭什么相信咱们，非得按咱们说的路线走呢？

龙汉良愣住了。

欧昭通：说呀。

龙汉良：我们来个苦肉计。

欧昭通：说出来听听。

龙汉良：我们派人去找鬼子，就说家里人和游击队有仇，比如杀父霸妻之类的深仇大恨，现在就想借皇军之力杀掉游击队的孙县长，还说咱知道游击队的驻地所在，其实，完全可以给鬼子一个真地址。

吴忠标：他们要是不信呢？

欧昭通：问得好！

龙汉良：我们可以真假虚实结合，真的做出袭击他们小队的样子，甚至搞一次真袭击让他们相信。

吴忠标：鬼子一定会提前试探，霸妻什么的，最好能提前放出风去。这样好了，就说阿美被孙县长霸占了，好不好？

阿美：不好！孙大哥才不是那样的人呢。

吴忠标：你个阿美，这是骗鬼子的，又不是来真的，我们大家都知道你喜欢龙少爷。

阿美羞涩：知道还要那么讲。

欧昭通：汉良你继续。

龙汉良：就按标哥说的讲。

欧昭通：弄不好鬼子还会用刑考验你，你要坚持不住就全白费了！

龙汉良：我没打过仗，但知道道理是一样的，就是贪心，鬼子和孙县长他们结了仇，早就想把全县最大的一支游击队一网打尽，现在有这么个机会，一定会来试试，还有，他们自以为强大，根本不把中国人放在眼里，咱们偷袭，他们一定想不到的。

欧昭通：现在看来，炸弹是关键，咱们要是有炸弹最好，或者是大威力的地雷，那样的话，袭击他们就一定能够成功！

吴忠标：应该没问题。

龙汉良：把游击队的人数加上机工的人数，说多一些，这样他们为了快，才会派出卡车拉士兵围剿，如果不坐卡车，炸弹就难起作用。

欧昭通：还有就是怎么让鬼子相信咱们的信息，这些家伙不比日泰联军，完全是正规军队，想骗过他们恐怕不是那么容易的。

龙汉良：只要不怕死，就能让他们上当，实在不行，由我龙汉良去给鬼子报假信儿！

欧昭通：汉良，这个要谨慎一些，万一鬼子把你扣在他们驻地怎么办？

龙汉良：我会想出办法的。

欧昭通：那现在就得说出来，大家一起帮你想办法，另外，方案不过关，孙县长也不会同意咱们的计划的，这毕竟不是开玩笑的。

龙汉良：我自己跟着他们，要死一起死，他们就不会怀疑。

欧昭通：没那么简单。

龙汉良：办法还有很多，我还会说——只有我，才能知道去目标地的路怎么走……

4

亲耳听见龙汉良要去做诱饵，阿美吓坏了，他面对的是无比狡猾又狠毒的鬼子，此去基本上是有去无回。阿美心里担心，脸上尽量不表现出来，对这个阳光气十足的英俊少年，三年前她就动心了。可当时，作为头人的父亲坚持认为闯入他们大塘村的两个异族男人一定是政府的奸细，非要他们的性命。当两人被分别关押时，阿美见到了龙汉良，尽管他面色苍白，衣衫不整，手臂、脸上还带着没有完全结痂的划痕，但他那双无邪的眼睛还是深深地吸引了这个山地少女。本地的男孩孔武有力，但龙汉良面部轮廓更加洋气，尤其是他的那只高挺又有棱角的鼻子，说话激动时鼻翼就跟随着微微颤动，让阿美一下子就心动了，父亲的嘱托早就被她抛在了脑后。

那天，一看到异族装扮的阿美进屋，龙汉良善意地笑了一下算是打了招呼。阿美记得他的牙齿很白，上面没有一丝茶垢或者抽烟人才会留下的黄垢。

阿美：你是政府的密探？

龙汉良吃惊：你会说汉话？

阿美：不多。

龙汉良连说带比画着一通忙活，生怕姑娘听不懂：太好了，我们是司机，南洋的司机，是来帮着国家打仗的，开车、运输，你懂吗？

阿美警惕地问：司机怎么跑到这里了？司机为什么还带着枪？

龙汉良：我们出车祸掉进山里迷路了，带枪的是我们的队长，队长和副队长都带枪的。

阿美：你是广东人还是海南人？

龙汉良：你知道的还不少！为什么要问这个？我是海南人！

阿美：你真要说出几句海南话，我就相信你！

阿美不是那么轻信的人，这是她自小父亲教给她的生存法宝，对什么人都要心存警惕，这样才不会上当，虽然心动，阿美还是不忘认真地审查一下对方。

龙汉良：那很简单啊。

阿美：那就快说，刚才给你吃的是上路饭，我们头人把你们当成密探要杀你们呢！

阿美没有轻易透露自己和父亲的真正关系，也是为了给自己的未来留有周旋的余地。

龙汉良吓得站了起来：我，我祖上是海南文昌人。

阿美：猴子怎么说？

龙汉良：九酸。

阿美：我爱你。

龙汉良笑了：瓦艾鲁。

阿美：我相信你了。

龙汉良：你怎么会说汉话？

阿美：我们整个大塘村，只有两个人会讲几句，我是其中的一个，这里离外面太远了，别说你们了，就是我们自己有时也弄错方向走丢了。

龙汉良：你知道南洋华侨机工吗？

阿美：当然，我在缅甸的腊戍做过事，认识不少海南籍的机工，他们可友好了，我会好多句海南话呢！我知道你们是帮助国家运输物资打鬼子的，对吗？放心吧！我一定会帮助你们逃出这里。

龙汉良：那就太谢谢了，不过，你一个小女孩，头人会听你的吗？

阿美这才露出真正的身份：他是我父亲，脾气很坏的。

龙汉良：那你得想个办法才行。

阿美想了想：你得答应我一件事，我才会救你！

龙汉良：你说。

阿美：我等会儿见到父亲就告诉他，我已经看上你了，希望把你留下，我父亲一定会问你的，你必须和我说的一样，你们才可能保住性命！

龙汉良：我会的，你叫什么名字？

阿美：阿美。

龙汉良：阿美，好美的人和名字，我会永远记住你的。

阿美：我觉得你是好人，不是真的要和你结婚才救你。今后要是还能见面，你一定要教会我开车，能答应我吗？

龙汉良：一定答应。

三年很快就这么过去了，阿美怎么也想不到，自己真的会再次与龙汉良见面，见面的方式还是在被小鬼子关押的地方。这还不算，自己的父亲还因为帮助这些机工而死去，眼下，本来可以逃走的龙汉良却非要带人给父亲报仇。这难道就是人们说的缘分吗？两人注定今生会有事情发生吗？

其实阿美是那种很直接的女孩子，根本不需要绕弯子就能清晰地表达自己的感情。可今天不知为什么，几次想开口对龙汉良说些什么，几次都是在说废话，绕来绕去总是重复的废话，她甚至都觉察出了对方的不耐烦。

龙汉良早就猜到了阿美的心思，也很想直接表白，可他很怕爱情会给自己带来麻烦与累赘。现在的龙汉良已经开始迷信了，他好几次发现——凡是和自己有过感情纠葛的女孩子，最后的结局都不好，他认为都是自己的问题。要是追到了阿美，自己再给阿美带来灾难，他在这个世界上就又多一个对不起的人，他的歉疚就会太多，让他背上沉重的包袱。

阿美反复强调着：我是……不希望你出什么差错！

龙汉良：我才不怕呢！

阿美：我怕呀。

龙汉良：你又不是我家人，你怕什么？

阿美一时无话可说。

龙汉良似乎觉得自己说话不妥，赶忙补救：阿美，我是说我绝对不会有事的。

阿美：家里还有什么人？

龙汉良：咳，父母去世了，就一个祖父了。

阿美：也没有兄弟姐妹？

龙汉良摇头：想想也经常觉得对不住祖宗，人常说“不孝有三，无后为大”嘛。

谈话就这么中断了。

比阿美更着急的除了吴忠标，就算孙县长了，他只不过比龙汉良他们大上个四五岁，但成熟很多。阿美找到孙县长却不知从哪里开口，孙县长马上就看出了问题所在。事情都出在龙汉良那里，假如不弄清龙汉良的真实意思，阿美还会郁闷的，他作为游击队的领导者，或许直接问话会效果更好。

孙县长开门见山：今天叫你来，不是说打仗的事，你觉得阿美怎么样？

龙汉良：很好，漂亮。

孙县长：不温柔吗？

龙汉良：很温柔。

孙县长：我看你们两个可以在一起。

龙汉良：那怎么可以，现在乱哄哄的。

孙县长：我是怕你看不上阿美，会觉得我们阿美不好呢！

龙汉良实话实说：不是，三年前我就见过阿美，那时就动过歪脑筋。

孙县长心里有了底，这小子倒是直率：怪不得呢。

龙汉良：当时和欧队长逃出高黎贡山，又误入阿美爹的地盘，要不是阿美出面救我们，当时就被阿美爹宰了，哪里还敢动别的心思。

孙县长：这样看来，你们还是有缘分啊，怎么又不想了？现在人就在你跟前啊。

龙汉良：现在打仗啊，逃亡啊，哪顾得上这么多。

孙县长：你是真心要自己去鬼子那里当诱饵吗？

龙汉良坚定地：是。

孙县长：那就听我的，娶了阿美！

龙汉良：那怎么行？万一我死了，阿美岂不是太不幸了，刚成家就成了寡妇？这怎么对得起她？再说，我现在什么都没有啊！

孙县长：有心就行！汉良兄弟啊，我是这么想的，阿美早就想对你表示，可人家一个女孩子，不能太主动，你心里有她，就应该娶她！你要真想做诱饵，就听我老孙的安排，要不，我就找别人去干那事。

龙汉良：那也不成啊，总得给阿美送个什么定情物啊。

孙县长：那是后一步，你答应了？答应就好，赶紧想办法弄个定情物给阿美啊，要动动脑筋，不要钱，要有意义，我相信你会有办法的……

龙汉良找到假小子刘志枚帮忙：小刘，你是女孩子，你说，我应该送什么给阿美呢？

刘志枚听后，快速地投入了进去，那状态感觉像是自己要结婚的样子，她微微仰着头，带着幻想说：我要是阿美，一定会要一个最有纪念意义的东西。

龙汉良：这不是跟没说一样嘛。

刘志枚：少爷你不要着急嘛！我在动脑筋啊！好主意也不是那么快就想出来的！最好是，多少年以后，咱们还活着，儿女成群，他们要问咱们当初是怎么恋爱，又是怎么走到一起的……我们虽然老了，回忆起今天必然也是幸福满怀，我们最好什么都不说，拿出一个东西。

吴忠标、欧昭通几乎同时发问：什么东西？

刘志枚忽然停下：我怎么知道?！我只是启发一下龙少爷罢了。

龙汉良若有所思，忽然，他站了起来：我知道了。

刘志枚：我都没说呢，你怎么知道？再说了，连我自己都没想清楚呢！

龙汉良：结婚那天你们就知道啦！

婚礼就是在孙县长的那间不大的小屋里进行的，来贺喜的人脸上都挂着笑，拿大木板临时搭起的“桌子”上摆了一些水果、烤肉，每人面前都放了一大碗烈酒。

证婚人孙县长：各位战友们，今天是龙汉良先生和阿美大喜的日子，我这个年龄稍大的人就给他们当个证婚人吧！这新郎官呢，是新加坡大少爷，放着好好的日子不过，不远万里来国内当机工，那是咱们心中的大英雄，而阿美呢，是我们云南的大美女，这英雄配美女就是天作之合！我的这个小屋就是他们的新房，大英雄明天就要出征了，我们祝愿龙少爷马到成功！

大家一起举杯。

孙县长：我知道你们这些家伙们早就不想听我说了，但我还是要说，龙少爷，婚姻不是闹着玩儿的事情。你今后一定要好好对待阿美，不管生活中遇见多大的难处，无论如何，都要和她白头到老。

龙汉良：一定。

孙县长：阿美呢，你也一样，对龙少爷一定要好！那是咱们云南人的女婿，好好疼他，千万不要让人家说咱们云南人的坏话，听到啦？

阿美羞涩地点头。

孙县长：龙少爷，听说你准备了一个结婚礼物要送给新娘，拿出来让大家看看吧！

龙汉良像变戏法一样拿出一个锃亮的金属物，大家仔细一看，是一枚戒指，上面还隐隐刻着一个“龙”字。

刘志枚第一个认出了：是戒指！

吴忠标：是汉良拿弹壳做的！干了快一下午呢！

阿美满脸的幸福，尽管戒指很粗糙，上面还留着锉刀的细细的磨痕，但那毕竟是龙汉良亲手制作的，是自己的王子送的第一份礼物啊！

龙汉良：阿美，不好意思，这个有些简单粗糙了，以后抗战胜利了，好好补你！

阿美：快给我戴上，我喜欢。

众人齐声欢呼、叫好，纷纷举起简陋的酒碗，开怀畅饮。孙县长却专门把新郎龙汉良叫到一旁交代起来。

孙县长：你今天是新郎，不能多喝酒。

龙汉良：为什么？

孙县长：对未来的孩子不好，我算大哥，一定要提醒你。

龙汉良：谢谢孙县长，今晚你没地方住了。

孙县长：不是说好的嘛！明天去鬼子那里，记住我一句话，要激灵一些，假如情况不好，就设法先逃走！记住，保住自己的命是第一的，行动计划是第二的，这次不行，咱们早晚还有机会给阿美爹报仇。

龙汉良：是。

孙县长：我的“窝”让你占了，别忘了在鬼子那里说我坏话、骂我，越狠越像！这边我已经布置好了，鬼子的奸细一定会探到假消息的……

孙县长离开不久，自己的这些机工兄弟却闹了起来。这是难得的快乐时光，龙汉良不想扫大家的兴，伙伴们自然多喝了几碗，平时积压太多的怨气终于找到了爆发的出口。

刘志枚：欧队长，标哥，你们喝得够多了，咱们该走了，人家新郎新娘要“团圆”了！

欧昭通：不管，时间还早！你们看着吧，二十年后，又一个英雄好汉会站在大家面前，我们到时会对他大声说，嘿，小子！当初要不是我们，压根就不会有你！

吴忠标：欧昭通，你胡说什么呢！

欧昭通：我哪里胡说了？

吴忠标：什么叫又是一条好汉？你的意思是说，汉良明天说不定完蛋了？我看你居心不良，是咒汉良出事呢！

欧昭通大骂：放屁，吴忠标！

吴忠标：你这不是为汉良送葬吗？

欧昭通：呸！我这么说，是替龙家高兴呢！你懂个屁呀！你个没文化的工人大老粗！

吴忠标“噌”地站起：你娘的欧昭通，有文化的人才更能干坏事呢！“大头”的事还没完呢！早晚要和你算账！

欧昭通：也别早晚了，现在就来算吧！

吴忠标：你这个奸细！

欧昭通：你才是奸细，哪有奸细和你一起打鬼子的，娘的，我今天不会饶了你！

两个喝多的人扭打在了一处，互不相让，那可是真打真揍，谁也不让谁。

刘志枚：像什么话呀，今天是大喜的日子，你们只顾自己说胡话开心啊！少爷，你赶快劝劝啊。

龙汉良：都是好人，心里都有太多的苦，再不发泄一下，人会崩溃的。

刘志枚：少爷真体贴人，妈呀，我怎么这会儿也想起父亲和两个妹妹了，真不知道他们现在到底怎么样了！

一听刘志枚这句话，欧昭通、吴忠标都停了手，坐在地上像孩子一样大哭起来，哭得没有任何遮拦，刘志枚、龙汉良包括阿美也加入了哭的队伍，婚礼变成诉苦大会。

贺喜的人都离开后，新房内只剩下龙汉良与阿美两个人，两口子面对狼藉的四周，心中甜蜜，却担心着明天出征的结果。

龙汉良：阿美，真高兴能娶了你。

阿美一脸严肃，让龙汉良感到害怕：汉良，记住我的话，一定要活着回来。

龙汉良：死不了！

阿美：千万不能让我守寡。

龙汉良：今天是大喜的日子，不要说不吉利的话……

阿美哭了，开始她硬撑着不让自己流泪，现在她再也难以控制住自己的情绪。

龙汉良：不过呢，我想对你说，万一我死了，万一咱有了儿子，一定要把他带大，要他记住谁是仇人，一定要替我报仇……

阿美哭得更厉害了。

龙汉良：好了好了，就是那么一说，新婚之夜不要再难过了……

5

龙汉良被带到了日军中队长的面前，这是一个不到三十岁、满脸横肉的家伙，他会一些简单的中文。他一句话没说，就先对着龙汉良竖起大拇指，意思是夸奖对方的勇敢。

中队长：你有重要情况来报告吗？

龙汉良：是的。

中队长：厉害！听口音你不是当地人。

当中队长忽然冒出这句话时，龙汉良愣住了，一下子意识到对手的不简单。他的那个稍纵即逝的游离却被对方抓住了。

中队长好像看出了龙汉良的惊讶，平静地又抛出一句话：东南亚一带的人吧？你是司机？

龙汉良只好称是。

中队长：敢来这里的，只有两种人，一是了不起的人，二是恨死华人的人，你是哪一种?

龙汉良语塞。

中队长：看样子，你是得等我让你看过一场好戏之后才能回答。

他让人把龙汉良带进刑讯室坐下，对面的几个鬼子正在拼命对付一个中国人，那人浑身是伤，在接受着电烙铁的折磨，几乎奄奄一息。空气中弥漫着油脂烤熟后的怪味道，龙汉良强作镇静，但说实话他还真没见过这种阵势，更不忍心看下去。

中队长：好好看一会儿，等会儿再回答我，好吗?

龙汉良气得浑身发抖，他恨死了日本鬼子，这些残暴的家伙！不能退缩，这个家伙分明是要考验自己呢！不能被他吓回去！龙汉良开始有呕吐的欲望，但他极力忍住。

中队长开始了赤裸裸的威胁，这样先恐吓再威胁就是为了考验举报者，以确认其主动举报的内容的真假，尽量减少误判。

中队长：欢迎你给我们举报，但你应该知道，撒谎的代价是巨大的。当然，这只是一个开始，不要低估皇军的力量，我们是战无不胜的，你以及你的亲人会被我们撕碎，我要你必须事先了解这些，省得耽误你我的宝贵时间。

龙汉良坚持自己的主张。

中队长：……你希望我们怎么做?

龙汉良提出自己的“诉求”：杀了那个姓孙的，把我的女人抢回来。

中队长：好，你说的这些，我会派人去核实的，你或许不知道，我们的奸细到处都有，晓得你们为什么总打败仗吗?因为中国是个盛产汉奸带路党的地方。

龙汉良很平静，因为他知道孙县长那边早就安排好了，现在要看自己是否能沉得住气，这不仅仅牵涉自己的生死，还牵涉新娘阿美。昨晚的阿美疯狂又温柔，让他今生难以忘怀，他甚至觉得幸福的种子已经成功播下，这无形之中给他添了胆子。

龙汉良：当然。

中队长：要是撒谎，下场会比你刚才看到的更惨。

龙汉良：请尽快核实，尽快行动。

中队长在核实了所有的细节之后，终于准备出发了，可在这个关键时刻，陈沫不知从哪里冒了出来。

中队长：我正要通知你们日泰联军呢，有重要的行动你们也参加吧，虽说你们隶属海军，但歼灭敌军的机会难得，据说，孙县长的营地里面还有不少你们一直在拼命抓捕的机工呢！

陈沫：听说有人来当了告密者，所以中队长要急于行动。

中队长：是的。

陈沫：我刚才去看了一下，那个告密者我认识，是机工。

中队长：没错，但他没有撒谎，他承认自己是机工。

陈沫：中队长，这个家伙不能小看，我们吃过他的苦头，他的新娘叫阿美，她父亲的部族刚刚被我部扫荡过，他急于报仇，不会安心给我们当告密者。

中队长：你怀疑他是报假消息？

陈沫：是的。

中队长：哈哈，就算是假的又怎么样？我已经派人侦察过了，这是一个全歼他们的大好机会！我会害怕这些家伙什么？英国人有航空母舰都不是我们38师团的对手，还能害怕这些不堪一击的中国军队甚至游击队吗？他们拿什么来设埋伏？

陈沫：不过，还是小心为好。

中队长：我要带上这个告密者，要死他第一个死！赶快准备，和我们一同出发吧。

很显然，这个对手早就考虑到了几乎所有的可能，但对于自己的车队会踏进游击队的地雷阵，这是他万万不曾料到的。

孙县长带队伍埋伏在了公路两边的树林之中。老远就可以看见，日军的车队——四辆卡车上面装满了军人，急速向这边开了过来，第一辆、第二辆上面是日泰联军以及当地的伪军。

孙县长：你们不要急于拉响地雷，得先弄清楚龙汉良到底坐在哪辆车里，绝对不能伤到他！

吴忠标：放心好了，孙县长。

欧昭通：糟了，孙县长，汉良坐在第一辆车里，这可怎么办？

孙县长接过望远镜仔细瞭望，果然看见龙汉良，他身旁除了司机以外，还有一个鬼子紧紧挨着他，似乎负有监视他的职责，而安排龙汉良坐在第一辆车里，正是让他给鬼子们带路的！

吴忠标：这可怎么办？

正在孙县长犹豫之时，车队忽然停了，龙汉良自己也糊涂了，他大致向外瞥了一眼，很快就辨认出了车队现在已经进入了游击队事先布置好的伏击地点，难道发生什么事或者被鬼子察觉到了什么蛛丝马迹了吗？

狡猾的中队长专门下了命令，他这是在试探，还拿出望远镜四周观察起来。

龙汉良很耐心地等待着，但他很快就意识到了必须有所行动，给战友们发出明确的信号，否则孙县长他们是无法开始袭击行动的。龙汉良被夹在驾驶室的中间，就在车子准备启动、驾驶员注意力不在他这边的时候，他猛地拔出鬼子腰间的军刺，刺向右边看管自己的小队长，然后杀伤了司机。

龙汉良将两个人踢出驾驶室，不顾上面泰国军人的呼救，猛地开始倒车，直到车子逼停了后面的第二辆站满敌寇的卡车，伪军们纷纷跳车逃生。中队长愣住了，还没等他反应过来，枪声响了。而车队的最后方，游击队早将事先准备好的巨石迅速横在公路的中央，堵住了车队的退路。

龙汉良将车子猛地开向前方，与后面的车子拉开了一段距离，这就是发给战友最明确的袭击信号。吴忠标抓住时机，拉响炸药，一阵轰鸣，紧接着又是一阵震耳欲聋的爆炸声。

孙县长这才命令公路两侧的游击队向敌军进攻。

这场突袭之战，陈沫以及不少的日泰联军士兵都上了西天，中队长也负了重伤。因为担心敌人的增援部队赶来，孙县长命令大家迅速撤离。

在游击队的庆功宴上，孙县长对机工们的表现给予了很高的评价。

孙县长：我总觉得你们不光是司机，还是很好的战士。

龙汉良：孙县长，我们想留下来打游击怎么样？

欧昭通：我也这么想的，孙县长。

孙县长：我正要告诉你们，咱们尽快准备准备，得撤离此地了，鬼子受到重创，必然会疯狂报复的，我们游击队势单力薄，面对强敌需要暂时避其锋芒。至于你们几个，我想了很久，虽说你们能打仗，但国家可能更需要你们当司机。

吴忠标：我们打上瘾了，痛快啊。

孙县长：不，培养一个滇缅路上的合格司机是非常难的，虽说滇缅路暂时中断，但抗战不会中断，你们应该尽快回到怒江东岸，国家需要你们，至于打鬼子的事，就交给我们本地的战士吧！相信我们，一定要坚持到胜利的那一天。阿美你也带走，等抗战胜利时，我们在这里会合！最好多带几个你们生的小子来看我！

龙汉良心里明白，这次不仅要带走阿美，更要把欧昭通也拉到怒江东岸去。

6

刘志枚急匆匆跑过来，将欧昭通拉到一旁。她刚刚偷听到吴忠标和龙汉良的对话，急于要转告给他。

欧昭通：没错，我是不想回去。

刘志枚：为什么？想留在这里打游击吗？

欧昭通：不，我知道汉良和标哥对我有看法，真要回去了，或许还会惩罚我的！

刘志枚：可我希望你回去。

欧昭通：为什么？

刘志枚：你的秘密，我要是不说，没有人知道的。

欧昭通：瞎说什么呀，我能有什么秘密？

刘志枚：你现在告诉我，到底回不回东岸？

欧昭通警惕起来：你这是干什么？威胁我吗？

刘志枚立刻化强硬为温柔，但这个小小的转折却被敏感的欧昭通抓住了。

刘志枚：我希望咱俩永远在一起。

欧昭通：小刘，看见阿美和汉良结婚，你也想结婚了？

刘志枚：对，我是个女人，应该享有女人的权利，管它打不打仗呢！只要遇见了心仪的男人！

欧昭通立即意识到，不能把自己的真实想法告诉刘志枚，她现在过于在情感上向自己倾斜，这会让他很不舒服。

欧昭通：其实，我不是怕标哥，而是想回新加坡，我想我妈和弟弟了。

刘志枚：听说那里已经被日本人占了，你能回去吗？

欧昭通不语。

刘志枚继续：我一直喜欢你，你心里知道，却装糊涂。

欧昭通：小刘，我说过，其实你不了解我，再说，我也配不上你啊。

刘志枚：欧队长，我就实话实说吧！其实，上次陶志找我了解情况，我当时生你的气，已经把不少过去隐瞒过的事情都告诉她了！

欧昭通有些慌张起来，急于知道她说过什么给调查员陶志：你都说了什么？

刘志枚：她问到的，比如，你准备拿石头砸死龙汉良而我说了假话。

欧昭通：哼，我不怕你要挟！陶志已经死了，死人是无法开口讲话的！

刘志枚忽然抛出足以让他惊慌的一句话：可这次在桥上你向陶志开枪，我亲眼看见了！

欧昭通慌了神，一下子不知怎么应对：小刘，你可千万不要乱讲。

刘志枚：在惠通桥上，我看得清清楚楚。

欧昭通：你要怎么样？

刘志枚：和我一起回到东岸，然后结婚，否则我就把这一切告诉标哥和龙少爷。

几乎在同时，龙汉良找到吴忠标，请他帮着看牢欧昭通。为了不发生意外，龙汉良这次把自己一直闷着的心事全部告诉了吴忠标。从一进整训营开始，吴忠标就是欧昭通的死对头，特别是他的好兄弟“大头”黎旺死了之后。不做通标哥的工作，他或许会在返回的途中擅自下手杀死欧昭通的。

龙汉良：嗯，标哥，前一阵子忙着和陈沫、日本人缠斗，一直没时间说欧队长的事。我一直怀疑，欧昭通是日本人的奸细。

吴忠标有些牢骚满腹：不对呀汉良，你这么说让我感到意外，我不止一次发现，你实际上一直暗中护着他。

龙汉良：是啊，在新加坡时我们关系就很好。我们曾经一起经历生死，感情很深，就算他犯了罪，我也想挽救他，而不是简单地让法律惩罚他。这几次和日本人斗，他还是像个中国人的。

吴忠标：这个我承认，他还是有本事的。

龙汉良：把他交给政府抓起来，我们之间的兄弟情就彻底没有了。这次你要帮我忙，盯住他。我不能那么明显地说要带他去东岸，为什么呢？这几次，我都看出来，他想留在这里，宁可死也不愿面对咱们机工兄弟。

吴忠标：心里有愧呗。

龙汉良：是的，所以更要看牢他。

吴忠标：遇见龙少爷这样的人真是福气，都犯法了还向着他说话。

龙汉良：是不是真犯法，还要看陶志的那个调查报告，现在由龙老七保存着，等回去一看就全明白了，你记住我的话就好了。

研究了具体的办法之后，大家上路了。吴忠标注意到，欧昭通总是磨蹭，一直走在队伍的最后面。

吴忠标：阿美，还有多远就到白仙桥？

阿美：大概五六里路。

吴忠标给龙汉良使了一个眼色，对方立即示意明白。吴忠标故意放慢脚步，等欧昭通赶上，突然把欧昭通按倒，这个动作把刘志枚也吓了一大跳。欧昭通要掏枪，却被龙汉良按住了，他卸下了欧昭通的枪，交给了吴忠标。

龙汉良：欧学长，这是我的意思，你暂时委屈一下，等过了江我再给你解释。

欧昭通假装服从：汉良，你有什么直接说好了，干吗这样，不就是对我有怀疑吗？来吧，绑我好了。

龙汉良：标哥，捆住手，是个意思就行了，我不相信欧学长会逃走，这原始森林里谁也走不远啊。

龙汉良和阿美说着笑，前面的白仙桥已经出现了，可当他一回头，却发现标哥与欧昭通都不见了，刘志枚也没有影儿了。

龙汉良：遭了，欧昭通跑了！

阿美：怎么办？

龙汉良：找他们回来啊。

龙汉良和阿美一起往回返，一路还喊着吴忠标的名字。

找了很久，龙汉良终于发现了倒在地上的吴忠标。

龙汉良大喊：标哥，标哥，你怎么了？

吴忠标慢慢睁开眼，摸摸自己的头。

阿美：欧队长跑了？

吴忠标点头。

阿美：那个女孩子也不见了。

龙汉良顿时明白了一切：刘志枚！好了，咱们继续走吧，强求是无劳之举，咱们的心尽到了，不要再管他们了。

阿美：咱们往哪里走？

龙汉良：往前，回东岸。

第九章　魔鬼的“检证”

1

我们现在需要把时针拨回到1941年的年底。

已经牺牲的机工“大头”黎旺的弟弟黎福从工友那里听说了一个消息，日本人已经悄悄地准备了好几大本“花名册”——上面记录着上千名奔赴国内参加抗战的机工的名单，甚至还有机工家属的详细住址。这在以前根本不可想象，这里毕竟华人华侨居多，海外的华人华侨心更齐，面对华人华侨高亢的抗日热情，这里的日侨根本不敢张扬，他们只能偷偷地搜集爱国华侨的名单以图来日予以报复。现在情况的确有了小小的变化，自12月8日开始，已经陆续有日军的飞机开始轰炸新加坡了，这无疑给日侨壮了胆，他们四处挑衅，喝多酒后高声叫喊，就连英籍的警察现在也对他们避让三分。

要变天了！

黎福知道，假如日本人真打败了驻扎在马来、新加坡的英军，那这里的华人华侨就要遭殃了，特别是机工的家属们，他们绝对不会放过这些人，当然包括黎福自己。黎福通过一个间接的朋友，和那个平素喜欢吹牛的日侨拉上了关系，他是以谄媚者的身份上前套近乎的，很快就得到了对方的信任，紧接着就打听到了“花名册”藏匿的地点。那个日侨似乎看出了什么，警告他那个地方戒备森严，连鸟都飞不过去，就算进去也完全看不到——它们被存放在一个保险柜当中。

上次龙汉良因为骨折回到新加坡，黎福就认识了九号车队的几个家属，现在有必要求助大家了。黎福找到欧昭通的弟弟欧兆铭、龙老七的小兄弟“猴子”，商量了一个盗取“花名册”的详尽方案，由“猴子”盗取，让识字的欧兆铭来核实真假。

“花名册”就藏在一家日本商社中，“猴子”爬墙过去，骗过了武装守卫，等他真的费尽气力打开保险柜时却完全傻眼了，整整几十个本子，这样大的体积带出去很困难，这可该怎么办？他一时没了主意，后悔没有把欧兆铭一起带来，因为大字不识一个也确实耽误了时间，最好能把它们全带出去，可这里看守严密，随时都会被人发现，无奈之中的“猴子”只好把东西放回锁好，悄然离开了。

黎福、欧兆铭都觉得惋惜，大好的时机就这么错过了。还是读书人聪明，欧兆铭想出了一个好主意——不用带出“花名册”，直接把他们烧毁岂不更好？

“猴子”再次出动，这次欧兆铭坚决要求同行，他特别想看看自己是否在这份花名册当中。当他们打开保险柜时，欧兆铭惊呆了，那上面居然也有自己以及母亲的名字！还有其他认识或者不认识的机工的名字，当然还有他们的详细住址！日本人够细致的！这还了得！日本人假如要根据这个搜捕机工家属，那不是太容易了吗？欧兆铭发现了不少自己熟悉的名字，比如刘志枚的父亲、黎福，还有龙老七、林广怀，等等。必须烧毁它们，家属们才会安全啊！

不过，这次他们的运气没有上次那么好了，刚刚点燃几本册子，外面就有了动静。

“猴子”快速地将一个大桌子推到门口顶上。

“猴子”：欧兆铭，你先走。

欧兆铭：那怎么可以，咱俩一起来的。

“猴子”：不要啰唆了，咱得有一个回去给黎福报信儿的。

欧兆铭：你走，你动作快！

“猴子”猛地踢了一下欧兆铭：你赶紧回去告诉九号车队的家属，咱不能白来一趟啊。

欧兆铭知道“猴子”仗义，他是做好了死的准备了。这时，外面的喊叫声越来越大，似乎是越来越多的人正在聚集，没有时间再纠缠了，欧兆铭赶忙从窗口爬出，再上到屋顶，一路向来时的方向快跑，可刚跳下墙就被一个老人拦住了，要不是他突然袭击拼命用头撞晕对手，恐怕最终也会像“猴子”一样被抓。

黎福等了整整一个晚上才等到欧兆铭独自一人平安归来，他立即意识到伙伴遇到了大麻烦。“猴子”被日本人抓了，那就意味着不仅没有成功拿到名单，除了能帮助认识的那二十几个家属，其他机工是难以再帮到了——日本人应该十万分警觉的。

“猴子”受尽了非人的折磨，而且日本人全部用私刑来对付他，忍耐不了的他只能交代出同伙黎福与欧兆铭。

日本人立即把消息报告给了田中茂森，田中根据手下对逃脱者详尽的描述，已经知道作案者其中之一一定是欧昭通的弟弟。

2

乔装成日商、奔波于各地的田中茂森近来开始扬眉吐气，他觉得，重新穿上军服前往中国大陆滇缅路第一线迎接全面胜利的日子已经不远了。他经常往返于泰国、越南与马来几地，这次留下的目的，正是要配合日军全力清剿机工的家属。为此，他早已将一份秘密报告递交给了即将抵达马来的日军司令山下奉文。

三年多前，田中似乎早有预判，他那时已经开始了对机工信息的搜集。最早的搜集并不困难，因为华文的报纸一有热情抗日以及捐助的消息就会有登载，但那只是一部分，必须尽量得到更多更详尽的信息。田中的办法是发动日侨，还有被他腐蚀的马来警察甚至一小部分的华人变节分子，由他们依据自身的便利条件悄悄收集，并承诺到时将会有重奖。

在滇缅路的前方，“滇缅路封锁委员会”的进攻是有力的，身为主要责任官的田中很是得意，他已经是中校了，由此可见他做出的成绩。经他手中派出的奸细已经为有效打击滇缅路的运输立下很大的功劳。这其中最突出的就要算欧昭通了，他用田中茂森教会给的各种传递技术，分批地将日军飞机需要轰炸的目标送到这边，然后日机出动后多数都能击中对方的战略目标。

1941 年 12 月，太平洋战争总体格局之最后一役——日寇兵分两路，大举进攻英属马来半岛、缅甸。这对田中茂森来说可以说是比过节还要激动的好日子，它意味着即将彻底打败中国，他也就可以回家团聚了！

日军下达了进攻昆明的《大陆命第 590 号》，主要内容如下：大本营占领缅甸要域；南方军总司令官应与海军协同攻占缅甸要域；详细事项由参谋总长指示。

日军作战部提出“昆明计划”以切断驼峰航线、滇缅公路、滇印公路（史迪威公路）。若达此目的，即可阻止盟军发动对日本土袭击和控制以重庆为中心的所有中国城市。该计划为：兵力估计，昆明以西中国军队约 25 个师，滇南蒙自一带约 10 个师。作战过程，使用兵力 5 个师团。由于滇南卢汉部为中国军队之精锐，拟以 3 个师团从越南老街方向向滇西中国军队发动攻击。第一阶段攻击到蒙自，第二阶段攻击到昆明，作战时间为 1943 年 10 月至 1944 年 1 月，约 3 个月。作战所需后勤兵力，汽车 60 个中队、骡马辎重 30 个中队，从关东军调集，而这一点取决于中苏边境暂时没有战事。计划还需要 20 万吨的船只和 3 个月时间结集。为确保占领，需 3 个师团控制这一带，而怒江方面参战部队待战局稳定后返回缅甸。

这是一份在一般人看起来很乏味枯燥的数据，但对于田中来说却不然，日本军队向来是计划最周密的部队，假如不出意外，那么，这份数字基本上意味着胜利。田中茂森即将参与的马来作战计划的制定就是一个显著例子。

事实上，田中这半年多来还肩负着另一个重要的使命——作为“台湾陆军研究组”的南亚顾问在台湾、新加坡两地穿梭。

1941 年元旦在台北，让穿着夏服的人们也觉得有点热。在某军营中的十字路口，竖立了一块全新而整洁的标示牌，上面写着：“台湾陆军第八十二单位”，这单位的另一名称是“台湾陆军研究组”，看起来完全是台湾军队的一个单位，事实上，它是日本人即将进攻南洋的核心机构。

不要忘记，1895 年至 1945 年，这五十年台湾完全是日本的殖民地。

这军营——原先是供作旅团司令部的一所狭隘小房子——正在扩建中。木材的香味仍然残留在空气之中，并且从早晨到深夜，钉锤与刨木声不绝。在这营房里只住着大约三十人，他们都是从日本各地调来的，有军官、士官、仆役以及打字员，这其中田中茂森是作为新加坡的气象水文专家加盟进来的。

这里所有人都听命于一个人——日军驻华派遣军总司令部参谋长板垣将军，因为当时凄迷的国际局势，东京的中央政府当局开始考虑做南进的准备了，当然，这是绝密，田中茂森只是执行，做好自己的事就好了。

日本是个海洋国家，其军人只熟习中国东北的严寒天气，他们对于“暴风雨”或“丛林”这些字的意义，没有人知道，更不要说有什么实际经验了。正因为如此，为确保南洋之战的胜利，必须立即着手搜集在热带地区作战的基本情报资料。

这个莫须有的单位是在极端匆忙之下组成的，其番号是台湾军研究处。这个小单位是附属于台湾军司令部受军参谋长上村的指导，但是事实上则由林吉秀大佐负责。

据后来的日军军官回忆——对这个不虚装门面而杂乱选派的单位赋予了一项任务，那是在六个月之内搜集到与热带作战有关的一切可以想象得到的情报资料——陆军部队组织、装备、作战指导、兵器管理与处理、卫生、补给、占领区的管理以及军事战略、战术与地理资料等在内。

这单位的责任是将这些资料事项向东京大本营报告。再者，研究范围广及整个太平洋作战区域以及马来亚、菲律宾群岛、印尼与缅甸，这个单位的研究经费总计只获拨配二万日圆。

即使派在该单位服务的军官，也没有一个具有热带地区的任何真正经验，田中茂森也只是更熟悉当地的水文状况，当然，他也搜集了一些英军的军事信息。

奉派担任各种调查工作的十多位专家，全心全力从事这项准备工作，但不久他们便感到不耐烦起来，因为他们一点都不知道应该注意调查些什么，而且更糟的是，他们完全缺乏研究数据与资料。

有许多问题都必须予以决定。譬如说，使用于西伯利亚及中国东北战场零下二十度严寒天候的部队与武器装备，应该如何改编或换装才能适应在热带密林之中作战？对苏俄作战的战术战略，如何改变以应付英美的军队？苏俄、英、美部队的战术、装备、编制的比较为何？热带地区的补给与卫生问题如何解决——尤其是疟疾如何应付？在占领区内应采取什么措施才能和当地的风俗习惯与民情相配合？以及从马来亚、菲律宾、缅甸、印尼的军事地理中能找出什么情报资料，等等。

首先进行的是决定最重要的调查工作目标，然后依这十多位专家的能力与以往工作经验分配任务。田中茂森获派的任务加码了——他的方向是关于马来亚方面的气象、军事地理、装备、战术与补给。

还好，那位曾经在总督管辖下从事研究与热带国家贸易十年的南进协会处长今村先生，是一个资深官员并获相当充裕的预算支持。他对这些专家的研究帮助甚大。另外，菊池中将也给予助力甚多，他是前陆军大学军事地理教官。

有了南进协会的帮助，这些专家们便可以从在台湾与日本的任何一位具有热带知识与经验的人士获得情报资料。从一个常年在南洋航行的老船长获得关于大气预报、卸载的方法以及海岸状况等的指导。从石原矿业公司的官员那里，专家们学得有关马来亚地理的有用的军事资料，台湾大学教授提供有关热带地区卫生与疟疾防治的建议。台湾银行行长供给他们所研究的各个国家的银行营运状况。此外，专家们更从许多商行与个人方面获得甚多资料，尤其是从刚访问南方归来的大谷牧师那里得到许多益处。这些机关与个人都毫不吝惜地将专业知识与这座军营中的新单位分享。

这些情报资料本身并不是真正的战略资料，但都是有关热带国家的有用知识，包括田中茂森在内的这些身穿军服的人有责任从这些资料中选取、调整、改编适用于他们目的之重要情报。从军司令部给予他们的二万圆研究经费总额中，每月经费预算约二千圆供作向外间雇用资料报告人的经费，可见他们下的功夫都是为了确保下一场战役的胜利。最终，他们获得了如下最重要的情报资料：

一、新加坡要塞对海正面防御甚为坚强，但对向柔佛省（Johore Province）的后方，可说未设防，英国人后来果然吃亏在这一点上。

二、英军在马来亚正从事战斗机空防训练，但报纸所登载的飞机数目，乃是故意夸大宣传。

三、丰盛港（Mersin）附近的海岸防御坚强，地方行政管理甚严密，游客的进出均受严格限制。

四、吉打省（Kedah Province）的陆空部队似于近期内经过加强整补。

五、英军驻马来亚部队约五至六个师，总兵力八万人。欧洲籍部队人数尚不到总兵力的百分之五十。

将新加坡比作东方的直布罗陀，并夸称它的牢不可破的坚固性，很可能是炫示实力——或者是恫吓。但是，要塞缺少后防却构成了十分严重的缺点。要塞防务的坚强是故意作夸大宣传的，并没有顾虑到这样一来可能增强了民众甚至负责防卫人员的自得自满之心。

这个调研结果促使日本最终决定了对英军马来的战役，当然，以田中茂森的级别是完全无法知道这些细节的。

最近陈沫那边传来消息，欧昭通似乎遇到了麻烦，西南运输处的人在调查他。田中相信，欧昭通是自己培养的最出色的学生，他会想出办法来保护自己的。

随着战事的临近，田中兴奋异常，因为胜利到来的步伐似乎比他想象来得要更急迫。种种迹象表明，英国人已经完全无心恋战，特别是当他们依赖的“不屈号”航母以及“威尔士亲王号”战舰、“击退号”巡洋舰被日军飞机炸沉之后。

果然如日军当初预料的一样，愚蠢的英军守军一厢情愿地坚持认为日军无法从北部穿过马来亚浓密的森林，所以会从南部海域攻击新加坡，凭借这么多年来修筑而成的堡垒，英军更是坚信新加坡能够承受日军任何强度的攻击。

但实际上，就在珍珠港事件的隔天，日军就大出奇兵在马来亚北部的哥打峇鲁降落，为了出其不意，日军运用了罕见的轻骑兵工具——自行车，这也创下了一个军事史上的奇迹。

“皇军必胜”似乎已经没有了悬念，田中现在琢磨的是，怎么挖出更多的机工家属，然后好好惩罚他们，让他们彻底屈服于大日本皇军的淫威。他尤其痛恨的是组织机工前往中国抗战的领袖人物陈嘉庚——这个他一直欲置于死地而后快的老东西。有传闻说，陈嘉庚接受了坡督的委派，准备组织华人华侨对日军进行抵抗，田中想到这里就偷偷笑了，这不是中国人的老话——拿鸡蛋碰石头吗？

让田中没有料到的是，日军全面占领新加坡却用了整整五十五天！英国和日本都属海洋国家，英国应该说是日本的师傅，徒弟打师傅，于情于理都说不过去。果然，徒弟好不容易才砸翻了师傅，当然，他们怎么也不会想到，三年之后徒弟还要在这里向师傅称臣。

田中觉得自己已经完全对得住欧昭通一家了，这三年以来，欧母的医药钱、弟弟的念书费用，田中一贯遵守诺言予以支付。现在，这个奸细的弟弟居然敢和自己作对，这让他万万不能接受，他甚至有一种被欺骗了的感觉，甚至怀疑欧兆铭今后会是个和日本人作对的家伙。所以，当手下报告盗窃“花名册”的人里面居然有欧兆铭时，他立即下达了密杀令，连同那个没用的老女人一起灭掉。

3

龙万里越来越觉得，孙子龙汉良三年前奔赴大陆抗战是万分正确的选择，尽管当时他同样是十万分地加以反对。

年逾七旬的龙万里早已看破尘世，龙家的万贯家财在侵略者的面前也将烟消云散，此刻他唯一希望的就是孙子平安，等打败小鬼子后再返回新加坡。

差不多十多年前，儿子儿媳死于一场车祸，这让龙万里难过了好一阵子，觉得天快要塌下来了，还好，孙子龙汉良聪明善良，给他留下了很多的期望。从出发到大陆当机工开始，至今已有三年时间不曾见过汉良了，但爷孙俩的通信还经常有，这给了老爷子极大的安慰。说句实话，自己年轻时的经历恐怕也不会比孙子今天的遭难会更难，自己毕竟有老一辈留下的财产，而龙汉良还有更多的直接的生命威胁要去应对。现在，唯一让龙万里感到欣慰和骄傲的就是孙子龙汉良，这让他这个老者走在哪里腰杆都挺得很直。

日军要攻占新加坡的消息早就传来了，罗寅生很早就劝他尽早做出相应的安排。说句实话，日本人会来南洋打仗，这是他万万不曾料到的，小鬼子的确太猖狂了。眼下，好友陈嘉庚被坡督请去当抗战的顾问，还要他招募华人华侨拿起武器对抗进犯者，陈会长其实并不积极，不是他不爱新加坡，而是他看出了这背后的蹊跷。

英政府在意识到新加坡恐难保后，想利用占新人口大多数的华侨力量，再做最后的挣扎。于是，除大赦政治犯外，英政府试图让华侨社会自己团结起来抗日。而当时，被众华侨公认的侨领陈嘉庚德高望重，只有他可召集、凝聚人心，完成此任务。于是，坡督派人想方设法使陈嘉庚答应。在种种原因下，陈嘉庚只好同意担此重任，尽力完成好英政府所托三项任务。但正如他后来在回忆录中所记述的一样——“所有工作，余只限定介绍游击队员与政府而已，其他概辞绝也。”陈嘉庚很清楚，英军自己都不想或者说无实力抵抗，手无寸铁的华人华侨又能做出多大的有效抵抗？弄不好会祸害更多的华人华侨民众，他想拒绝，但实在拿不出拒绝的理由，当时，不冷静的人很多，尤其是戴上爱国抗日的名头。

1941 年 12 月 30 日，新加坡华侨抗敌后援会成立，陈嘉庚是当然的主席，龙万里自不甘落后，是重要的参与者之一。“后援会”下分设总务、财政、劝募、调查、宣传等部门，选举各部委员多人。在新加坡华侨抗敌动员总会成立大会上，就有人提议组织成立星洲义勇军，亲赴战场杀敌。但陈嘉庚认为“武装民众，我华侨素无此经验，若从兹训练义勇军，须数月方能毕事，实属缓不济急。且政府如需要军队，从英澳美调来，月余便到。彼等敌忾同仇，诚属可嘉，而年少寡经验，不计防守此岛屿殖民地，非我侨武力帮助可能有效，而参加此有损无益之工作也。”这个见地足见陈先生的老谋深算，但当时华侨的抗日热情无法阻挡，赞成者众多，龙万里是少数几个与陈嘉庚意见高度一致的人。

终于，星洲义勇军在抗敌总动员会的武装部领导下成立了。

义勇军成立后，所募华侨共约三千，于 1942 年 2 月 1 日正式加入组织者有一千人。在组织初期，义勇军请求英军配给服装和枪械，并要求所有华侨抗敌义勇军应与英军一样待遇。不料就仅仅这两点都难以得到英政府的圆满答复。英军部表示中国人的生活程度和英国人不同，待遇可以节俭些，每一义勇军的月饷，大约是限定新加坡币 18 元左右，这不是明显的同工不同酬吗？而且还有丧命的风险。至于枪械，是在新加坡已完全暴露在敌人炮火射程中，英军全部退守，情势最严重关头时，才发出旧式步枪一千支，以取代之前负责维持新加坡市区治安的人民保卫团手里的木棍，令义勇军去守前线。陈嘉庚再次重申不赞成华侨武装助英政府之事。“以此等乌合之众抗敌，当无效力，而英兵至少尚有五六万人，何须派此绝未训练之华人往前线。不但此一千人将就死地，敌人入境必因此多杀许多华侨。英政府此举，实可痛心”。

果然，义勇军高扬战旗拼上前线，虽然破天荒第一次给了日军一个意外的回击，但已无法挽回新加坡失陷的劫运。2 月 8 日深夜，日军在新加坡登陆，华侨义勇军助英军战至 2 月 13 日，后接英军当局命令解散，这是后话。

龙万里忽然想起自己的另一个孙子——欧昭通。其实，这孩子是自己儿子和那个女人的私生子，儿子发疯般地爱上了贫民家庭出身的女孩子，还让她怀了孕。龙万里对这样的不肖之子的丑行深恶痛绝，坚决不受两人的胁迫，逼着儿子娶了龙汉良的母亲，一个橡胶商的女儿。这个秘密，恐怕这个世界上只有当事人自己以及龙万里和罗寅生知道。

龙万里让罗寅生带上一些钱去看看那个女人，毕竟他也是龙汉良同父异母的兄弟的母亲。

龙万里万万没有想到，自己的这个决定做出得稍稍晚了一些。当罗寅生遵命去探望欧昭通的母亲时，恰好遇见了日本暴徒，他们刚刚掐死了欧母，欧兆铭刚回家就被控制，罗寅生再晚到一分钟，兆铭也会死在暴徒手中。

暴徒在武艺高强的罗寅生面前根本不堪一击，而罗寅生也不愿意恋战，他们根本顾不上太多，带着失去母亲的欧兆铭迅速离开欧家。

对于保护华侨之事，陈嘉庚一直不遗余力，战局紧迫，他还是尽自己所能，与众华侨一起坚持到最后，在不得不离开前，还为华侨们做了最重要的一件事，“不欲徒为一身安全而迟离去也”。龙万里当然紧跟陈会长，坚持最后才离开。

到了 1942 年 1 月 30 日，日军逼近新加坡，不但西洋人等均纷纷乘船逃离，连新加坡防御战装备大炮等也被撤走，英当局决议放弃新加坡的意图显而易见。除了船以外，由于没有其他交通工具可以选择，船票紧张，人心惶惶，偏偏当局规定“凡客船要出口，西洋人及中印等人购票，须由委员会公开分配也”。说白了，很多人已经无路可走，除非你有其他的方式。

这里还有一个小插曲，就是当自以为为了抗战做出贡献的陈嘉庚先生为船票一事求助国民政府驻新加坡公使时，对方竟然说未曾考虑过陈先生的需求。这的确激怒了陈嘉庚，你会发现，陈先生一直鄙视国民党腐败的官员与腐败行为，他在新中国成立后选择回到祖国定居，就说明了一切。

为保护侨领，几经努力，陈嘉庚还是领到了介绍书，只有拿到这个你才可以乘船撤离新加坡。龙万里有幸分到了两张，和他同样经陈嘉庚争取而拿到介绍书的还有二十多人。

龙万里做出了一个重大的决定，让罗寅生带着欧兆铭离开此地，而他自己坚决要留下。这让罗寅生难以接受，这个忠实的保镖，一生尽职尽守，鞍前马后奔波半辈子，与龙老爷亲如父子，怎么可以留下他一个七十多岁的老人不管？留下来就意味着死亡啊！龙万里一定在日本人报复的名单里。

不过，龙万里自己倒很平静：我年纪太大，恐怕走不了多久。你年轻有力，还有这个少年，你们在一起还算是个伴。最最重要的是，你要回到中国去，找到龙汉良和欧昭通，把这个秘密告诉他们，这个我是难以做到的了，而你罗寅生应该可以。假如遇见两人，千万不要说我还在新加坡，那样孩子们会担心的，就说我已经平安撤离到了印尼的一个由华侨保护的小岛上。

说完这些，龙万里拿出三根金条交给罗寅生。一根你们路上需要时使用，另外两根欧昭通与龙汉良每人一根吧！

4

负责攻打马来的日军第 25 军司令山下奉文得出了这样的结论：要不是有华侨的支援，我们早就解决中国问题了。这就是新加坡大屠杀的思想根源。而对此感受最深的除了高层的日军之外，田中茂森理解得最为真切了，当年他离开日本来到这里时，眼睁睁地看着陈嘉庚的“南侨总会”把一批又一批，多达数千名的机工送到了中国，本来马上就要咽气的、正在挣扎抗战的中国瞬间通过滇缅路的输血，居然又活了过来，与日军展开了更激烈的对抗。

作为极为痛恨华侨的日本军人，田中茂森对山下奉文“检证”命令的起草起了关键的作用——他最有资格说出当地的华侨到底是什么人在与日本人作对。现在，报复的机会来了，田中茂森要和日军一起大开杀戒了！

日军占领新加坡后，日军司令官山下奉文便与参谋长铃木宗作中将、参谋主任杉田大佐等人一起策划了对新加坡华人华侨的“肃清行动”，要求全岛日军在三天内肃清以下人员：一、曾经在南洋华侨筹赈会中积极活动的人士；二、曾经最慷慨地捐输给筹赈会的富裕人士；三、南洋华侨救国运动领袖陈嘉庚的追随者；四、海南人(这里得解释一下——在日本人眼中，海南人均属共产党分子)；五、凡在中日战争以后来到马来西亚中国出生华人(他们被认为或参加过抗战，或厌恶日军侵略及逃避日军征用而离开中国的人)；六、凡是文身的男性(在日本人看来，文身的男子都是私会党徒)；七、凡是以义勇军之身份，帮助英军抵抗日军者；八、公务员以及可能亲英之人士；九、凡是拥有武器，并尝试扰乱治安之人士。

1942 年 2 月 17 日，山下奉文命令新加坡警备司令河村三郎：“将潜伏着的持敌对态度的华侨连根铲除，以绝我军作战的后顾之忧。”参谋长铃木则明确指示：“判定出敌对分子后，当即处置”——处死。

按照这个标准，至少三千多机工的家属绝对难以过关，龙万里更是被列入其中。河村三郎很早就找到了龙万里，以装出的极其谦卑的态度邀请他出任新的“南洋华侨协会”的会长，但被龙老先生拒绝了。最后，这个职务改由林文庆老先生担任。日军还勒索南洋华侨，要华侨交出五千万元俸纳金，山下奉文当时给的理由是——你们这里的华侨支持重庆政府抗日，这笔俸纳金，是你们向日军赎罪的买命钱！日本人要七十多岁的华侨长老林文庆博士担任会长，并要他以协会的名义去筹钱，新加坡要负责其中的一千万元。

黎福被抓去的时候，完全不晓得日本宪兵要对他做什么。但他是个聪明的人，专门留意了前面排队的同胞。尽管这时绝大多数人根本不愿意多想，也对日本人的凶狠一点不知晓，因为大家都被要求自带几天的干粮在日本人指定的地点等候——因为日本人已经估算到要真正检证清楚目标群，的确需要几天的时间。在没轮到自己的时候，大家拥挤在一起，连着几天饱受日晒之苦。黎福很快发现，凡是戴眼镜的人、身上有刺青的人，还有就是衣着讲究的人都被关押起来或者直接拉走了；而没事的人，多数会领到一张纸条，上面盖有一个汉字——“检”，或者干脆在有些光着脊梁的人背上盖个“检”字。黎福忽然想起，自己的左臂上刺过一个龙样的图案，糟了，再不想办法就得被抓起来了！

的确，从1942年的2月19日起，日军即下令所有几十万华人华侨分区集中到几百处场所进行所谓的“检证”。不幸被“检证”出来的，即被卡车拉往郊外集中处死；侥幸过关的，则身上盖一个“检”字放回。日军屠杀被“指认”的华侨，其手段极其残忍，有将人互相捆绑推入海中用机关枪扫射的，有令其掘坑服毒自尽或用机枪射杀、军刀砍杀的，杀人花样令人发指。据回忆，那几天新加坡全城妇孺啼哭，天昏地暗，又是刮大风，又是下大雨的，真是血雨腥风，可能是上天有感应吧！战后调查，日军集中屠杀华侨的地点多达几十处，并有大量遗骸被掘出来。

黎福在找寻着逃走的机会，他悄悄观察着四周，不远处就是海边，只要到了大海，自己或许还有活路。事后证明黎福的选择是正确的，他猛地拨开众人，玩命向海边跑去，造成一阵混乱。日军并不惊慌，举枪向黎福射击，好在黎福早有准备，他跑着S形路线，不久就跳入大海之中。

九号车队的家属们因为黎福与欧兆铭的及时通知，基本上都很早转移了，除了黎福之外。加上“猴子”烧掉的两本多花名册，田中茂森抓到的机工家属有一千多人。他所负责的是对机工家属的惩罚，他依据手中的名单前往搜索，然后由日军宪兵队执行，将他们一一拉到海边的大船上，为了节约子弹，日军宪兵将这些家属牢牢地捆绑在一起，互为重量，推向了茫茫的大海。

龙万里正是其中的一员，老先生最后远眺着大海的北边——那是祖国大陆的方向，他没有流露出一丝的胆怯与犹豫，昂首迈向大海。

做完这些事，田中心中一阵快感上身，但没多久就噩梦缠身，几乎每夜都要失眠，最后只得尽快离开新加坡，他后来是靠安眠药完成睡眠的。

关于被日军“检证”杀害的华人数目，多年来因统计上的困难，一直没有确切的数字。1946年5月，英殖民政府市民咨询局进行初步的登记，只查出2721名遇难者。在1947年3月10日开审的检证案战犯法庭上，控方只能根据登记所得，指控日军屠杀了五千以上的华人。但咨询局及华人团体都认为不止上述数目，由于“全家遭难或被难者原属单身，或大人遇难只余童稚，均无从填报，或认为无甚用处，不欲填报”，实际遇害人数要比登记数目大得多，大约在五万至十万之间。

5

那天，要不是刘志枚帮着自己，欧昭通或许已经被龙汉良、吴忠标拉到了怒江东岸。欧昭通早就看穿了刘志枚的心思，他必须再利用她一次。这个女人自从恢复了女儿身份之后，变得胆大张扬了很多，那劲头好像从前都白活了，太压抑了，尤其对欧昭通的喜欢更是不加丝毫的掩饰。

欧昭通故意找了脚疼的借口，脚步明显慢了下来。吴忠标对他依旧警惕万分，其实也从来没有真正相信过他，不住地催促着，根本不是什么提醒，而是直白的命令。

吴忠标：欧队长，马上就到东岸了，千万不要耍花招儿。

在一个小小的拐弯处，一个背影突然上前，猛地用肘击中吴忠标的头部，吴忠标倒地，此人正是身材娇小的刘志枚，其实，欧昭通甚至连眼神都没有抛给刘志枚过，但对方就是心有灵犀，完全明白了他的意思。

欧昭通压低声音：快帮我解开绳子。

刘志枚替吴忠标揉揉受伤的头部，有些歉意：标哥，千万不要怪我啊。

刘志枚迅速帮欧昭通解开绳索，两人慌忙顺着来时的路线逃走。他们知道龙汉良很快就会来此地找寻，所以，两人找到了一个隐秘处，看着龙汉良过来找寻无果彻底离开后，才敢小声说话。

刘志枚：欧队长，咱们现在去哪里？

欧昭通：咱们？

刘志枚：对呀，现在这里就剩咱们两个了，你去哪里，我就跟到哪里。

欧昭通这才讲出实话：小刘，你真糊涂，我要回新加坡，你也去吗？

刘志枚：当然去。

欧昭通：你现在成了我的麻烦了。

刘志枚：欧队长，这一路不会顺利的，两人强过一人，你需要我和你结伴。

欧昭通摇头，显然否定了刘志枚的意见。他在盘算着怎么甩开刘志枚，因为他担心龙汉良等人并未真的走远，会随时再来找他们的。

刘志枚：那我怎么办？不是白白帮助你打倒标哥了？

欧昭通终于狠下心来，不愿意再给刘志枚一个很假的情感甚至是牵挂：谢谢你帮我，不过，我不是什么好人，尽管我完全清楚你对我有好感。现在摆在你面前的，只有两条路可以选，一是让我打死，二是自己赶紧渡江到东岸去，趁龙汉良他们还没走远，你还来得及……

让欧昭通没有料到的是，刘志枚态度坚决：你吓不到我。

欧昭通忽然拔出枪，打开扳机对准刘志枚，眼睛里冒出凶光来。

刘志枚这下有些不知所措了，她亲眼见过欧昭通举起大石头，也见过背对着自己的欧昭通似乎对着陶志开了枪。之所以说“好像”，是因为距离稍稍有些远她没看清楚，让她感到奇怪的是，每次这种场合都要让她看见。

欧昭通：你应该了解我的，我说到做到。

刘志枚犹豫着，但眼泪都流出来了，她伤心、自责，居然帮助了这么一个魔鬼！可她没办法，自己就是喜欢他，他说什么她都爱听，他做什么错事自己都愿意为他掩盖，看见他自己就立即变得完全没有原则。就这么对峙了一会儿，刘志枚无奈最终只得让步，独自赶上了龙汉良的小队伍。

欧昭通此时完全不晓得外界的情况，对于新加坡发生的事更是一无所知，他现在的目标就是回到母亲和弟弟身边去。

一艘装满了货物与逃难者的从泰国开来的混装海轮靠了港，海轮上下来的旅客熙熙攘攘，海警在严密地盘查这些带着大包小包的人，尤其是看着衣衫整齐的，更是打开包裹搜查。

经过将近四个月的漂泊，罗寅生带着欧兆铭终于到达了缅甸，他们将从这里出发前往中国，寻找龙汉良与欧昭通。

一路上，罗寅生心情沉重，是待自己如亲子的龙万里把存活的机会留给了自己，而现在他却完全不晓得老爷子的生死，他钦佩老爷子的远虑——路上就是靠着一根金条才躲过了几次风险。按照他对老爷子的了解，他留下也绝对不会与日本人合作的。不合作的话，老人家基本上是凶多吉少。想起自己这一辈子得到老爷子的恩惠，他禁不住悄悄流泪。他身旁的欧兆铭同样郁闷，当初离开新加坡的时候，他是被装在一个大箱子里蒙混过关的，后来他才晓得，是龙万里老先生给他的活命机会。他此时十分想念故去的母亲，他恨死了日本人，因为他们就是当着自己的面掐死母亲的，见到哥哥欧昭通，一定要让他知道这些。

海警检查完罗寅生的行李，却并不甘心，把手伸向他的全身，开始摸索起来，好像认定眼前这个壮汉身上有料。罗寅生忍耐不住，拒绝对方的无理要求。海警见状兴奋起来，他招呼过来更多的人，强行要按住搜身检查，罗寅生大怒，使出那一身功夫将对方打倒，这却引来更大的麻烦，所有海警的目标都指向了他。

海警中有人拿起了枪对准罗寅生，第一枪却没有击中，就在这时，第二枪响了，倒下的不是罗寅生而是那个海警，这可把现场的人全部弄糊涂了。

开枪的人是欧昭通。

欧昭通：罗叔——兆铭——快跟我来。

欧昭通原本是要离开口岸回新加坡的，却因证件问题被拒绝买船票，正在想办法之际，却巧遇罗寅生与弟弟欧兆铭。在开枪之前，他已经想好了逃走的办法——前面不远处就有好几辆汽车。

缅甸海警开始吹哨，然后向欧昭通他们放枪，欧昭通并不慌张，一边还击，一边威胁一个卡车司机跳下驾驶室，自己上去然后发动车子上了公路，载着罗寅生、欧兆铭驾车狂奔。

海警显然对此准备不足，他们自己的警车离现场还有一段距离，所以，没多久就被欧昭通他们甩出很远。

欧昭通的突然出现让罗寅生与欧兆铭喜出望外。

欧兆铭：哥你真厉害，一点儿没怕他们。

欧昭通：这个算什么？我们和小鬼子面对面打过仗呢！罗叔，你们怎么跑这里来了？

罗寅生：唉，一言难尽，等摆脱他们安静下来，我要好好给你说说。

欧昭通：兆铭几年不见，差点儿没认出来，长高了，嘴唇上胡子都有了，妈妈还好吗？

欧兆铭沉默了。

欧昭通：出什么事了？

等躲开那些海警的追击之后，停下车子，欧兆铭这才把自己和“猴子”、黎福等人盗取“花名册”被日本人发觉以及家里发生的惨事全部告诉给了哥哥。欧昭通立即意识到这是田中茂森指使手下人干的，此时的他心中五味杂陈，一时觉得有些头晕喘不过气来。让他万万没有想到的是，接下来罗寅生告诉给他的真相更是让他惊骇不已，真的难以接受。

欧昭通：罗叔，你们什么时候离开的新加坡？

罗寅生：都快四个月了，一路颠簸换了很多地方，你知道，南洋一带现在是日本人的天下。

欧昭通：我只晓得，新加坡现在被日本人称作“南昭岛”，其他什么也不晓得了！

罗寅生：新加坡人太可怜了，尤其是我们华人，唉，惨啊，真惨！小鬼子占领新加坡之后，开始了所谓的“大检证”。

欧昭通：他们要干什么？什么是“大检证”？

罗寅生：就是识别啊，对当初积极支持国内抗战的华侨以及参加过抵抗日军的“星洲义勇军”实行大报复！对你们机工以及家属当然更是屠杀勿论。最可气的是那些日侨，还有日本人的奸细，他们事先就把积极参加抗战的家属名字都悄悄记了下来，交给日本特务，占了新加坡日本军人就大开杀戒，好几万人都杀了，还有，为了省子弹，把人绑在船上，在公海上一个个推下去喂鱼，真是畜生啊……

罗寅生说着说着，止不住老泪纵横。

听到这里，欧昭通不敢直视罗寅生的眼睛，想起了自己当初将部分机工名单交给田中茂森的往事，心虚起来，自责与内疚让他觉得自己就是个十恶不赦的肮脏罪人。

欧昭通：龙老爷呢？

罗寅生：傻瓜，什么龙老爷，他是……

罗寅生看了一眼欧兆铭，把欧昭通拉到了一旁，那意思是说这件重要之事得让他弟弟欧兆铭回避。罗寅生费了一番功夫，才从最贴身的裤裆处掏出两块分量不轻的金条。

罗寅生：先把这个拿好。

罗寅生把欧昭通的真实身世告诉给了他，欧昭通现在才明白——自己是龙汉良的同父异母的哥哥！怪不得这么多次想杀死对方就是完成不了，原来他们是血脉相连啊！欧昭通忽然感到一阵晕眩，内疚与万幸同时强烈地撞击着他的内心，心跳得很疼。唯一让他不能接受的是，罗寅生现在要他尽快设法回到怒江东岸见到龙汉良，而他却无脸再见到这个弟弟，更是无法由他自己亲口说出这个秘密。他想起那天甩掉龙汉良他们之后，和刘志枚躲在草丛背后，龙汉良喊了他几句，最终放弃了寻找。按理说，龙汉良不是那种轻易放弃的人，可那天他就真放弃了，或许正是给他这个哥哥留个空间，留下一块余地，他或许已经知道了自己是奸细，这个弟弟想帮自己上岸回头，不想把自己逼得太紧啊！

欧兆铭想靠近罗寅生与哥哥，想听出什么名堂来，但他们的声音断断续续的，让他难以捕捉到，只好设法再往前靠靠。

欧昭通还没有完全从悲伤与纠结中抽出身来，不幸接踵而至，几辆装满海警、日本宪兵的卡车呼啸而至，他们似乎早就发现了目标，跳下车直奔欧昭通他们这边包围而来。因为刚刚从这边路过，欧昭通比罗叔他们更熟悉一些地形，于是带着罗寅生、弟弟迅速逃向森林深处。

眼看已经难以逃出，罗寅生为了确保完成龙万里的嘱托，当下做出一个决定。

罗寅生：少爷，把枪给我！还有，全部子弹都交给我！

欧昭通：干什么，罗叔？

罗寅生：给我！

欧昭通：咱们一起对付他们！

罗寅生：不，这些家伙不会这么笨，肯定会包抄咱们的，不能都死在他们手里！记住，一定要找到龙汉良，把我说的告诉他！你和兆铭快逃！我来拖住他们！快！

欧昭通：罗叔，这怎么行？让我们今后想起来，肯定会因为当了逃兵而愧疚的。

罗寅生：什么时候了还婆婆妈妈的，快滚！

罗寅生推开欧昭通兄弟俩，自己持枪主动向海警冲了过去。

欧昭通知道罗寅生是为了救兄弟俩，更是为了龙汉良而选择了主动牺牲自己，兄弟两人向森林深处跑去，一步一回头，他们实在难以扔下罗叔不管。罗寅生和海警们巧妙周旋，打打藏藏，很显然他是故意拖延时间，好让兄弟俩完全脱离危险。

跑出一段距离，欧昭通忍不住停下，隐藏好自己回头向远处的罗寅生望去。恰好看到，罗寅生打完子弹，海警们近距离射杀了他。

欧昭通兄弟最终凭借稍稍熟悉一些地形而摆脱了对手的追捕。

欧昭通再次陷入痛苦的回忆之中，过去的那一幕幕，几乎都是与龙汉良进行着激烈的较量，还有就是被魔鬼推动着，为自保不住地除掉自己前行路上的各种障碍。在海轮上，因为遇见了突然上舷梯的弟弟龙汉良，他最终选择了心之向善，拆掉了那颗足以毁掉数百人性命的定时炸弹。他在机工通讯录上用暗语标注目标，不久之后，日机就找到了目标准确地轰炸，燃烧的房屋、油库、死去的军人如同游魂在他面前闪烁，恍得他几乎睁不开眼来。

欧昭通杀吴惠琳时，对方惊愕地瞪着他，他忘不了她错愕、吃惊、恐惧的眼神；欧昭通将“大头”撞下深渊，再用大石击中他；欧昭通要砸死龙汉良，龙汉良忽地睁开双眼，逼得他犹豫起来；陶志在审查自己，龙汉良却一次次地替欧昭通打掩护；欧昭通在惠通桥上趁乱向陶志开了枪。假如龙汉良或者政府选择要审判他，说他罪恶滔天也不过分啊！曾经不断地安慰自己，自己的行为是尽孝，算什么孝道啊，这是真正的奸细行为！是不可宽恕的罪行啊！就算自己最后醒悟，想不断往回找到当初那个单纯善良的自己，可一切都已经晚了!!

他不能再往下想了，他已经做出了决定。

欧昭通：兆铭，这两块金条，你只要交给龙汉良就好了，其他什么都不要多说，从这里下去一百米，有一座桥叫白仙桥，过去就是江的东岸了，你自己走吧。

欧兆铭却显得很是冷静：哥，你这是要和我告别吗？

欧昭通没有说话，甚至看都不看他。

欧兆铭：龙汉良是你的亲弟弟，你居然选择这种方式告别人世，难道真的不需要当面和他说清楚吗？

欧昭通惊讶：你怎么知道？

欧兆铭：罗叔的话我都听到了，龙汉良和你是同父异母。

欧昭通：我没脸再见这个弟弟了！

欧兆铭：哥，你做了些什么，只有你自己知道，在这个世界上，你还有两个弟弟，龙汉良和我，而我失去了母亲，眼下就只有你一个亲人了，你要我亲眼看着最后一个亲人离开我吗？

欧昭通：我知道这很残酷。

欧兆铭：不，不是残酷，是胆怯！是你自己的胆怯！逃避是完全行不通的啊！不管发生过什么事，都应该直面它，哪怕是赎罪，也要直面自己不堪的过往。

欧昭通瞪大眼睛看着对方，这个弟弟已经让他认不出来了！他说的对呀！一个罪人无论如何也回避不了任何罪恶的！必须和龙汉良见上一面！

可让欧昭通没有料到的是，等他再次与弟弟龙汉良见上面时，时间已经来到了 1943 年的 9 月。

第十章　再上征程

1

龙汉良遇见了一个不大不小的麻烦，现在真不知道该不该回家，回家后又该怎么对老婆阿美解释。孩子才四个月大，正是等着吃奶使劲猛长的阶段，就等着他的这份补课费呢！钢琴课是上了，钱却一分没拿到手！

半年多前，龙老七成为了富商儿媳董爱莲的专职司机。对于绝大多数已经脱离滇缅路、艰辛维持生活的机工们来说，这份工作简直就像是到了天堂。龙老七一直挂念着昔日的少爷龙汉良，知道他多才多艺，恰好董爱莲有个七岁的儿子，于是主动给主人介绍了龙汉良来当孩子的钢琴教师。这里面其实还有个小秘密，去年在怒江东岸与龙汉良分手时，龙汉良叮嘱龙老七一定要保管好陶志的那个小牛皮包。后来逃到昆明之后，龙老七实在难以生活下去，就把皮包卖给了大街上行走的董爱莲，龙老七有那种生来就具备而一般人没有的察言观色的本事，一眼就看出衣着大方相貌端庄的少妇董爱莲的不俗身家。当下正在战争时期，昆明是大后方，但有私人小车而且雇用司机的女人毕竟是极少数的。

巧的是董爱莲自从买过牛皮包之后还与龙老七巧遇了一次，龙老七凭着自己的本事帮着修好了她的小车。当然，他故意拖延时间来和对方套近乎，把不大的毛病说得很严重，其中还拿了董爱莲的钱高价买了一些配件，好在董爱莲根本不在乎，反倒是听说了他的机工身份后，还主动邀请龙老七给自己当司机。

眼下，龙老七或许是机工里混得最好的人了。要知道惠通桥被炸后，国军确实把日军阻在了怒江西侧，此举让日寇“三个月内会师昆明，直捣重庆”的“大陆命 590”计划破灭，但也把尚未通过惠通桥的数百机工阻滞在怒江对岸，不少人惨遭日军追杀，他们此后颠沛流离，遭遇坎坷。流落到东岸的也不顺利，大部分机工无以为业，他们谋生无方，流离失所，浪迹街头，急待救济，所以昆明南强街青年会的门口，经常见到有饿死的南侨机工，没有人收尸，大早负责清扫的卫生工人拿一张草席一裹，丢到郭家凹山上就算完事。

就算再有理由，也不该把立下巨大功劳的机工撇下不管，这真的成了国民政府让人诟病的地方。要不是陈嘉庚自己也在逃亡，或许早就找国民政府最高领袖呐喊了。好在机工们自食其力，加上后来互助会的成立，大家总算有了盼头。

董爱莲坐在窗前，眺望着远处的灯火，一阵阵优美的钢琴声不时传了上来，她有些坐不住了，不禁心生波澜。她回头向柜子上望去，一个精美的相框中，一身戎装的青年军官帅气、洒脱地望着前方，他还抱着一个三岁大的男孩——那是自己已经牺牲了的丈夫，如今孩子已经八岁，正在跟着那个帅气的机工龙汉良学习钢琴。今天是个特殊的日子，她记得比龙汉良还牢！董爱莲站了起来，她犹豫着，今天到底该不该迈出那个她想了很久的关键一步。

董爱莲今年二十六岁，十八岁就嫁给了丈夫，现在的她胖瘦匀称，个子很高，皮肤白皙，双眼清澈，尤其是当她专注地看着自己心仪的男人的时候，更显得含情脉脉。

当她走下一楼时，她八岁的儿子小卓正在练习弹琴，姿势有些发僵，动作略显笨拙而紧张，而他身边的龙汉良不时做出指导，显得很有耐心。董爱莲不在乎孩子的动作，更留意那个教师。她穿着高跟鞋，一步一步很是优雅从容地从二楼的旋转楼梯走了下来。其实，她内心忐忑荡漾，因为要对龙汉良做出一个表白，但眼下还完全不清楚对方的真实意思，这有些冒险的意味。当然，有风险的行为有时收获更大，也更加甜蜜。平日里的龙汉良总是风度翩翩，不苟言笑的样子，让董爱莲多少有些敬畏。

董爱莲：今天差不多了，龙少爷，辛苦你了。

龙汉良：你客气了，董小姐。

在董爱莲看来，龙汉良那带着南洋味道的普通话都极具魅力，更不要说他的优雅举止了，就算他现在甚至比很多当地人皮肤更黧黑。

董爱莲：今天好像该付你辛苦钱了。

龙汉良：谢谢你记得。

董爱莲：小卓，你自己再练习一小会儿，龙少爷，请跟我来……

董爱莲在前，龙汉良有距离地跟在她的后面，两人向二楼而去。这其实并不太长的一段楼梯，却让两人都感到漫长，或许因为内心都有了压力，那步伐稍显凌乱与不整，难免有踏不准台阶，比如董爱莲就差点儿崴了脚，而龙汉良也觉得楼梯有些昏暗得格外留意才不会踏空。

这只有踩踏楼梯却无言的对阵之声早已传到了楼下龙老七的耳朵里，他拿着一本美国画报《人物》，有些心不在焉地浏览着。尽管画报里的大美人优雅迷人，但那些几乎都与自己无关，他的耳朵却一直注意着不远处的高跟鞋声音。直到二楼的一间屋子门猛地关上，龙老七这才笑了。说句实话，今天的事情是他早就料到的，或者说自己也参与了设计，准确地说他是设计者而不简单是一个旁观者。

龙汉良有些不解地望着董爱莲，她让龙汉良稍稍等候，他以为她是去取钱了，所以站立等待着。董爱莲慢慢走到衣柜前，姿势有些僵硬地重复了一次，才打开了一扇柜门，以此挡着，几乎是当着他的面换上一件性感的睡衣，龙汉良见状，急忙侧过脸去。

董爱莲知道，龙汉良之所以答应给孩子教钢琴，除了有报酬之外，他还惦记着那个包，尤其是包里的东西。说句实话，包里的内容她看过，但对那些内容完全没有兴趣。现在，她的上方，就悬挂着那只牛皮包——这就是陶志的那个随身携带、最后交给龙汉良的牛皮包。

董爱莲边穿边说：今后我叫你汉良好了。

龙汉良：董小姐随意吧。

董爱莲：今天是你的生日，我要送你一件大礼物！

龙汉良什么时候都不忘初衷：会不会是找到了那个皮包？

董爱莲笑了笑。

龙汉良：董小姐，说句实话，那个牛皮包是龙老七走投无路的情况下卖给你的，让我赎回来好了。

董爱莲：我已经说过了，不知是我的哪个姐妹拿走了还是让我给弄丢了，毕竟已经过去一年多了。

龙汉良：其实，牛皮包对你来说，完全是可有可无的；但对我来说却至关重要，那牵涉到对一个人的生平鉴定。

董爱莲合上了衣柜，面对龙汉良：我知道。

董爱莲走到床前，拍拍床：来，坐在这里。

尽管董爱莲说出这个邀请的时候，自己的声音都有些发抖，但龙汉良比她更加警惕，他当然已经察觉到了什么。

龙汉良：还是，还是这里好……

龙汉良站在门口没有挪动一步，屋里的气氛一下子有些紧张起来，楼下偶然会传来敲击钢琴的声音，注意，是敲击而不是弹，这是小卓的恶作剧。董爱莲知道属于自己最合适的机会其实并不多，她决定采取主动，一步步向门口的龙汉良走来，龙汉良紧张得几乎手足无措，一时不知该如何应对。

龙汉良稍显笨拙的举动把董爱莲也给逗笑了：这还像打过小鬼子的人吗？为什么这么紧张？

龙汉良当然察觉了对方的意图：董小姐，把钱给我吧，我得回去了。

董爱莲：汉良，你也小气了，根本不像个新加坡的大少爷啊，这么点钱还在乎吗？

龙汉良一咬牙：当然在乎。

龙汉良心想，一分钱难倒英雄汉！就算自己不在乎，儿子也得在乎，没钱他吃什么?!

董爱莲稍稍贴近龙汉良的脸，呼出热而辣的气息，这种气息让人晕眩而产生短暂的迷失，足以让任何一个男人难以把持，龙汉良也动摇了。

董爱莲抓紧时机再加法码，她的话让龙汉良几乎无路可退：傻瓜，把我也给你好了。

龙汉良：董小姐，我一直很尊重你，我有老婆孩子。

董爱莲：不喜欢我？就编这么个理由？

龙汉良：是真的。

董爱莲：算了吧！龙老七早给我交底了，你是单身汉！

龙汉良：不，真的有家了，是个男孩，四个月大。

董爱莲：我理解你，那是在滇西时无奈之举，娶我吧，我会给你更大的幸福，你要知道，我喜欢你很久了。

董爱莲不愿错过这个大好时机，上前就要拥吻，龙汉良急忙躲过。

龙汉良：董小姐请放尊重些。

董爱莲的欲望在燃烧着她，她不会轻易放弃，所以变得无所顾忌、更加猛烈：这种事情没什么尊重不尊重的，有激情就好了。

龙汉良猛地挣脱，拉门就往楼下跑去。

董爱莲失望至极：汉良，酬金你也不要了吗？回来。

龙汉良甩下一句话：你自己花吧！

龙老七看着龙汉良快步离开董家，路过门房时连龙老七看都不看，董爱莲一边整着头发，一边来到龙老七跟前。

董爱莲：老七，你骗我。

龙老七：我可不敢，董小姐。

董爱莲：他说自己有老婆。

龙老七：我给你说过。

董爱莲：我以为你说着玩儿的。

龙老七：董小姐有些过于着急了。还有，今天这个时候选得不对。

董爱莲：我不那么看。

龙老七：董小姐听我的就好了。龙少爷儿子才四个月大，正缺奶粉钱，根本没心思恋爱啊——

董爱莲：也许你是对的。这个，你找时间交给他。

董爱莲把早准备好的龙汉良教小卓的钢琴代课费递给龙老七。

未拿到报酬，龙汉良一时完全没了主意，最后选择了他经常光顾的酒吧。酒吧里闹哄哄的，烟雾缭绕，低沉的靡靡之音萦绕在每一个角落。龙汉良推门进来直奔吧台，气呼呼地猛地坐下。他太想发泄了，已经压抑得太久了，实际上他对董小姐蛮有好感的，但对方今天的举动带有条件交换或者要挟的意思，就算自己没有阿美在身边，也不会接受这样的表白。她还是不了解自己。当然，也没必要让那么多人了解自己。

龙汉良：老板，来一杯威士忌。

老板擦着吧台，头也不抬，他只凭声音就知道来者何许人：记账?

龙汉良大声地说：记账，不可以吗?

龙汉良的语气明显带有挑衅的意味在里面，老板只好照办，看样子龙汉良在这间酒吧里没少记账。

老板：好的，好的。

龙汉良接过酒，一饮而尽，把空杯子递给老板，示意再要一杯。

老板：现在不是过去了，大少爷。就算遇见不顺心的事了，那也要慢些喝，大英雄。

龙汉良脏话随口喷出：娘的！什么大英雄，沦落到这一步还能称什么英雄，气短倒是真的！

龙汉良把喝了一半的酒杯猛地一放，把旁边的顾客吓了一跳。

他身旁那位高个子的顾客有些不耐烦：先生你动作慢些好吗？残酒都洒我身上啦。

龙汉良：什么残酒？哪里残了？真娘！那又怎么样?

龙汉良现在最怕别人说“残”字，因为他的绰号就是“阿摆”，就是走路一摇一摆的，残疾嘛。

高个子不肯让步，立即站了起来：什么怎么样？干你啊！

龙汉良也火了，没站起就直接给了那家伙一拳，让他没想到的是那顾客还有一大堆朋友，那些人见状一起拥上来打龙汉良。龙汉良先是吃了点儿小亏，接着就大显身手，他手脚极快，没多久，对方就被一个个打倒在地上，龇牙咧嘴地叫唤，一旁的其他顾客开怀大笑，还不住跺地板呼叫，这场面更像是给龙汉良助兴的。老板赶忙跳出来劝，对方不依不饶，缓过劲儿来爬起来继续，龙汉良只好再次应对，再是一顿拳脚，警察忽然闯进来，大家这才停手了。

老板赶忙和稀泥，他给警察递烟，殷勤地说：老总辛苦，这里没事了，早就没事了，你们走好，啊……

警察冷冷地说：战争时期，十点就宵禁了，你们还敢违抗政府之令，还有你们这些打架闹事的，都跟我们去警局说话吧……

警察局的一间小屋，那是关押临时需要处理的嫌疑犯的地方，那些和龙汉良一起进来的，大多已经交保获释，唯有龙汉良靠在那里，一动不动。

警察：喂，龙汉良吗？

龙汉良：又怎么了？

警察：你可以回家啦。

龙汉良眼皮都没抬，其实酒劲儿还没过呢，言语含混地说：别骗我，我知道没人给我交保，我今晚就住在这里啦。

警察：龙老七你认识吧？

龙汉良一轱辘坐了起来：他在哪里？

其实，小屋之外，吴忠标、龙老七、林广怀等人都到了，隔着铁栅栏，大家开口了。

林广怀：汉良啊，你怎么还这么暴脾气。我这么辛苦，化了一天的缘，还要管你这事情吗？

林广怀现在是昆明著名的“林半仙”，但他自己却认为是个要饭的。

龙汉良：林叔，不好意思！标哥、老七，你们都来了？

吴忠标打着哈气：好着就行，老七一说你有事，大家都来啦！行了，没事我就回去了，志枚在等我，我明天还要去烟厂上班呢！

龙老七：罚款一交，这个月你白干啦！

龙汉良：董小姐的钱吗？

龙老七：是的。

龙汉良：你也快回去吧。记住，这事不要让阿美知道。

龙老七：可你现在回去，给阿美怎么交代？

吴忠标从自己口袋里掏出几元钱：少爷，这些钱先拿回去给孩子对付对付。

龙汉良：不用不用，我有……

林广怀：你有个屁呀，还以为这里是新加坡吗？还以为自己是那个龙少爷吗？我的给你。

林广怀也拿出一些钱。

龙汉良摸摸头，有些不好意思：谢谢，大家回吧，这下给阿美怎么解释呢？

林广怀：怎么解释？多说好话嘛！人家啥都不图，和你这样过，太不容易了。

龙汉良：行，回去一见到儿子，啥烦心事都没了。还有这个呢，你们帮我的这么多钱……

吴忠标：少爷就不要客气了，客气多了就显得太虚假了！当年大家报名参加机工，学驾驶的钱都是你拿出的，现在我们好容易有机会帮你一次，都是真心实意的。不要多说了，快回去看看吧，眼看天快亮啦！

关键时刻，还是老朋友管用，这些自己过得并不得意却牵挂着他的机工兄弟，到底是生死与共过，感情还是深啊！除了心怀感恩，龙汉良一路上琢磨着怎么给老婆解释一夜未归的事，但当他推门进屋，却发现阿美早已起来忙碌，而孩子仍在床上酣睡。

让他没有想到的是，阿美不仅没有责怪他，反倒有些兴奋，那眼神中充斥着疲倦与兴奋，不知这一夜是否因为挂念自己根本没有睡好，但他猜错了。

阿美：汉良，你可回来了。

龙汉良故意装作无所谓的样子：嗯，和标哥他们喝多了。

阿美并没有责怪他：平安回来就好。

龙汉良：教课费就这么多了。

龙汉良把林叔、标哥给他的钱拿了出来。

阿美一反常态：没事，没事，喝酒就应该掏钱，你是少爷嘛。

龙汉良：什么意思？讽刺我挣钱太少了？

阿美：没有没有。

阿美做出了一个奇怪的举动，她去了门口，使尽关上了屋门，还盯着窗外看了看。

龙汉良：阿美，你怎么了？

阿美大声地喊了一声，猛地扑到龙汉良怀里：怎么了？你发财啦!!!

龙汉良：一个无业落魄机工，拿什么发财？

阿美：你坐好。

龙汉良照办了。

阿美从床铺下翻了半天，取出一个用报纸包着的、不起眼的小包来到龙汉良面前。

阿美：汉良，打开吧。

龙汉良迟疑着。

阿美上前，打开红布小包，里面露出一块黄灿灿的金条，龙汉良眼睛都直了。

龙汉良：这是怎么回事？

阿美：你猜。

龙汉良：这让我怎么猜？这是横财啊。

阿美：该你得的。

龙汉良一副不屑的样子，说句心里话，比这更多多少倍的金条或者现金他都见过，那年他不过五岁，之后又不知见过多少回，对钱他早就麻木了。现在虽然缺钱，但龙家的祖训他一直牢记——不对不属于自己的钱动心。

龙汉良冷冷地说：不说清楚，我就不会高兴的，收起来吧！

阿美犯难了：我也说不清楚。

龙汉良：到底怎么回事？

阿美：昨天下午，一个十六七岁的男孩子，找到我，确认我是你龙汉良的老婆之后，就把这个给我了，吓了我一大跳。我问他好几遍，也不说是怎么回事，留下就走了。

龙汉良：奇怪，没说着要见我吗？

阿美：一点儿都没这个意思，而且像是做了什么见不得人的事一样，说完就走了，一刻都不愿意多停留。

龙汉良在仔细梳理着这个年龄段的男人：十六七岁的年龄，应该和龙老七一样大，会是谁呢？

阿美：我哪里晓得，要么就是你祖父派人带给你的。

龙汉良摇头：我已经四年多没见到祖父，收到他老人家的最后一封信，也快有两年了，而且，祖父做事最严谨，不会只拿东西不留信的。咳，这孩子到底长得什么样？又是怎么找到咱们的？

阿美：反正从没见过，管他呢。人家说是你应该得到的，我总不好拒绝吧？再说了，你儿子现在正缺钱，你也没有个固定的职业，有它换些钱不好吗？

龙汉良：阿美，我知道咱缺钱，可总得弄明白之后再说怎么花它，让我好好想想，看会是谁弄的这笔钱……

阿美一下包起金条，生气了：不行，人家这是给咱家的，咱家是三个人，有你还有我和儿子，不是你一个人的！哪有到口的肉再吐出去？

龙汉良没再理会阿美，独自开始琢磨起来：这会是谁呢？一定是和我很熟悉的人，现在因为某种原因不愿意见面，宁可找一个人来，还要送那么贵的东西。对了，送东西的人也肯定是委托他自己绝对信得过的人，差不多，应该是欧昭通，他不是留在怒江西岸了吗？后来又发生什么事了？得找标哥他们好好商量一下才对。

阿美：汉良，你嘴里自言自语啥呢？

龙汉良：阿美，告诉你，这里面有问题。

阿美：啥问题？

龙汉良认真起来：我也不清楚，反正你先不要动它。

阿美虽然不再说什么，但她知道，这个少爷严肃的时候自己还是蛮在意的。那就先收起来吧，她对自己这么说。

2

欧兆铭的确想不明白，哥哥为什么不自己找龙汉良，而是让他把金条交给龙汉良老婆。他这么质问哥哥，直到把他惹怒了。

欧昭通：现在说这个有什么用？反正你已经办好了。

欧兆铭：问题是，他弄不清是怎么一回事，能要这笔钱吗？

欧昭通：你不懂，给了他，我就了了一桩心事，他只能收下，管他怎么处理。再说，你只要不出面去说，他也找不到我。

欧兆铭：哥，我最近经常在想，你在车队里是不是做了什么对不起龙汉良的事，否则总是一副欠着他什么的样子。

欧昭通：兆铭，这些事一句话两句话说不清。

欧兆铭：我问你什么，你总说一句话两句话说不清楚，那今天你就痛痛快快自己说清楚，省得心里结疙瘩……

欧昭通：你回学校去吧，不要管我。

欧兆铭已经考入了西南联大的预科，平时不住在这里。

欧兆铭：我总不放心你。

欧昭通：不放心我？我是经历过生死的人，还会怕什么呢？记住，千万不能让龙汉良知道你来昆明了。

欧兆铭：为什么？

欧昭通：你最近的为什么太多了些！我太了解龙汉良了，他是个喜欢刨根问底的人。他要见到你了，必然会发问你是怎么从新加坡来这里的，你要万一说漏嘴了，罗叔的事他想知道，他祖父的事更想晓得，反正，我宁愿让他什么都不知道！至少现在是这样！

虽说知道了龙万里是自己的亲祖父，但因为平素毫无交集，所以欧昭通并不当他为亲人，也不愿意称呼他为祖父，还用着“他祖父”来称谓他。

欧兆铭：哥，你忘了，他祖父下落不明，而你现在是他龙汉良唯一的亲人，你怎么能继续瞒着他你是他亲哥的事！这太残酷了！对他龙汉良也不公平啊！

欧昭通：我有我的考虑。

欧兆铭冷笑一下，继续揪着不放：哼，恐怕是因为你太内疚了吧?!

欧昭通大怒：你滚！我不想再听你胡说八道了，滚！

欧昭通与弟弟在怒江西岸颠簸了足足一年多，中途遇见了很多危险，这才辗转来到昆明。多亏他脑子转得快，提前把金条埋藏起来，后来几次遇见小鬼子的搜查都化险为夷。本来，他的目的就是见到龙汉良，在适当的时候把罗叔讲的那些真相告诉给他。可越是走近昆明，他却越是犹豫了，总觉得无法面对这个同父异母的弟弟，就是见了也不知该怎么说、从哪里说，所以，索性不见了。过往的那些一同经历的事情，他根本不愿意回忆，总是设法回避，但那些清晰的罪行如同恶魔般紧紧缠绕着自己，特别是这个弟弟却总是不经意地提起，让他很是难堪。欧昭通知道落魄机工的艰辛，汉良也有了孩子，把金条交给龙汉良，他至少心安了一大半儿。

龙汉良来找吴忠标，两人悄声地秘密地协商着什么事。这些都让刘志枚看在了眼里。现在，刘志枚与吴忠标同居了。前不久，两人居然才晓得，吴忠标正是刘志枚父亲老刘的好朋友。其实，吴忠标十分内疚，两个远离家乡四年多的孤男寡女在一起互相取暖依偎，总是不道德的，因为他还有老婆、儿子。但战争的残酷无情已经让他们变得太过脆弱，这其中的人们大多感慨生命的短暂与无常，临时的抱团取暖不道德但可以原谅。这也是临时同居者之间脆弱且不堪一击的根源，果然，现在的刘志枚已经听到了一个消息——欧昭通回来了，她那颗压抑很久的春心又开始萌动了。

刘志枚很轻松地发问：忠标，你们刚才和龙少爷说什么呢，神神秘秘的。

吴忠标：管好你的事。

刘志枚：是不是欧昭通有什么消息了？

吴忠标：志枚，你现在是我的老婆。

刘志枚眉毛扬了扬：谁说的？住在一起就是你老婆了？别忘了，你在老家还有老婆儿子呢！

吴忠标：不要再提那些伤心的事了，他们是死是活我完全不知道呢。

刘志枚：可不是，我也有父亲还有两个妹妹，但愿他们能躲过日本人……

吴忠标：所以，我特恨日本人，尤其是给日本人干事的奸细。

刘志枚：怎么又提起奸细这个话题了？

吴忠标：志枚，你今天得告诉我，那天在白仙桥西面到底发生了什么？你砸伤我、帮欧昭通逃脱之后？

刘志枚一直不愿意提起那件事，害怕给欧昭通抹黑，尽管他的确已经很黑。事情过去了一年多，她始终在想，欧昭通还是喜欢自己的，要不早就打死她了。糊涂的女孩子永远是糊涂的，尤其在感情面前。

刘志枚望着前方梦游般地说道：我忘记了。

吴忠标：胡说！你不是说，他拿着枪逼你远离他吗？他利用了你偷袭了我，然后把你甩开了吗？

刘志枚：是这样的吗？

吴忠标：都是你这么告诉我的。

刘志枚：你既然知道了还问什么？

吴忠标：我忘不了那些事。

刘志枚：我和你不一样，我已经忘了，好了，我要上班去了。

刘志枚一到关键问题上就回避，这是有效的办法，吴忠标拿她一点儿办法都没有，只有生闷气的份儿。

欧昭通万万没有想到，一场偷袭正朝自己走来。听到陌生的敲门声，他感到有些奇怪，但还是起身去开门，因为欧兆铭经常这样，刚走就想起什么又返回了。

欧昭通边开门边说：兆铭，我不该骂你。

可是，门外站着的是龙汉良——他的另外一个弟弟。欧昭通知道，以龙汉良的聪明程度，他要是真想找自己，那一定可以找到。

欧昭通：汉良。

龙汉良：我就猜到是你。

欧昭通：你怎么找到我的?

龙汉良自信满满：你能找到我，我就能找到你。

欧昭通：咱们是兄弟。

龙汉良：过去曾经是!

欧昭通话里有话，但龙汉良却被蒙在鼓里：现在依然是!

龙汉良：那得看你怎么做了!

看样子，龙汉良对欧昭通的成见还是没有消除。

欧昭通：坐吧。

龙汉良把金条连原来的包装“啪”地扔在欧昭通面前。

龙汉良：欧学长，我要谢谢你的好意和慷慨。我现在的确很拮据，自己又没有稳定的工作，老婆孩子需要钱养活，但你必须告诉我金条的来历。

欧昭通犹豫着。

龙汉良：有伯母的消息吗?

欧昭通：已经去世了。

龙汉良：病逝的吗?你怎么知道的?

龙汉良抓住消息的来源不放，因为他知道问题就在这里，机工与新加坡的通信已经断了一年多了。

欧昭通只能答非所问：嗯，所以，活着的人要好好珍惜。

龙汉良：那要看怎么活下来了。苟活的人是难以面对生活的。

欧昭通：汉良，别的我不想多说了，只是想告诉你，这金条的确是你应该得到的。

龙汉良：那你就说说它的来历。

欧昭通不愿意面对龙汉良直视的目光：我现在不能说。

龙汉良：欧学长，我来替你说吧！你被迫做了日本人的奸细，潜伏在九号车队，日本人打到缅甸和滇西，你和他们再次见面，因为立功，所以获得了奖励！

欧昭通：完全不是。

龙汉良：至于为什么给我分一些，是因为我被你迷惑，总是在替你说话替你打掩护，所以，不给我你良心过不去。

欧昭通：不是。

龙汉良：那是到底是什么？

欧昭通无言以对。

龙汉良：欧学长，我可以告诉你，陶志的包里就留有关于你的调查报告，只不过让老七给弄丢了，要不，那就是证据，就算你不说，政府也能判你死罪！的确，我心软，因为你在我十五六岁的时候救过我的命，所以，除非我亲眼见到或者听你亲口承认，我是不会相信你是日本人的奸细的！你说，你到底是不是？

欧昭通不语。

龙汉良上前揪住欧昭通的领子：是不是？

欧昭通还是沉默，他甚至不敢看对方的眼睛。

龙汉良：沉默就是承认！

欧昭通一副毫不在意的样子。

龙汉良：欧学长，我宁愿你说一句“我是”但我现在、今后不会了！

欧昭通也咆哮起来：我不是！

这次的见面不欢而散，让龙汉良没有料到的是，吴忠标早就让龙老七跟踪他，弄到了欧昭通的确切住址，他认定欧昭通那金条来路不正。一个大胆的主意在他脑子里快速形成，他要弄死欧昭通，然后把他扔到郭家凹山上。

龙汉良刚刚离开不久，吴忠标、“大副”、龙老七几乎没费什么周折就控制住了欧昭通，对方似乎酒还未醒就被捆了起来，龙老七则负责瞭望观察屋外的动静。

吴忠标：欧队长，还认识我吗？

欧昭通：标哥！

“大副”猛地击打欧昭通的头部：娘的，标哥是你叫的么？

吴忠标一把揪住欧昭通：欧队长，欢迎你来昆明。不过，今天不是什么好日子，该是你见阎王的日子！

欧昭通意识到情况不妙，眼前的这个家伙向来与自己不对付，现在最好的办法就是拖延时间，但愿龙汉良或者欧兆铭能突然出现，否则今天一定是凶多吉少。

但欧昭通真的能沉住气：有话好好说嘛。

吴忠标：呸——汉良那么劝你，你一个字都不肯说；我们找你，你能老实交代吗？你能承认自己是小鬼子的奸细吗？

欧昭通：我不是奸细。

吴忠标：咱先不说奸细，金条在哪里？

欧昭通：什么金条？

“大副”：标哥，他给咱们装糊涂呢，怎么办？

吴忠标：什么金条？你给小鬼子卖命炸死多少机工兄弟弄来的赏金啊！今天来就是要一个结果，你必须拿出金条来。不然，要你的狗命！

“大副”：这小子也是见过大世面的，吓唬是吓唬不住的！

吴忠标：这口气憋了太长时间，使劲揍他，实在找不到，那就只要命不要金条！

两人开始了一顿猛揍，欧昭通被打得满脸是血，弄得满身都是，但依然缄口不语。

吴忠标：“大副”，你去搜。

“大副”开始了大搜查，床铺底下，柜子下面，箱子里面，全翻到了，就是没有金条。

吴忠标不相信欧昭通，刚才明明老七在窗外偷窥到龙汉良把金条留在了这里，怎么可能没有了？难道会飞走了？看样子得来狠的了，他拿出了一把匕首：看样子，得让它说话了！

欧昭通：这个，标哥你不能没拿到东西就害命啊，咱俩到底是一起杀过鬼子的，在西岸……

吴忠标：那是另一码事！

欧昭通：不管怎么样，也是兄弟啊。

吴忠标：兄弟？这会儿念叨起兄弟了?！欧昭通，你知道自己有多大的罪过吗？知道“大头”黎旺一家为他的死愁白了头吗？晓得多少机工因为你死在半路上了吗？知道现在机工有多惨吗？昆明的机工不少在要饭、在做零工，就这样还缺吃少穿的！还有一直称呼你欧学长的汉良，那么个大少爷，现在也没有固定的工作和收入，这都是因为什么？

欧昭通：我和你一样，恨死日本人了！我妈就是让日本人杀死的！

吴忠标：不，我们恨日本人，更恨为他们做事的奸细！你就是最大的奸细，不管你自己承认不承认！政府为了调查你费了多少力气，吴蕙琳被你弄死了，陶志恐怕也死在你欧昭通的手里了！这些，你认罪吗？

欧昭通：我没有做那些事。

吴忠标：嘿嘿，政府不能随便杀人，因为有法！我们不一样，法就在这把匕首上！私法，不是司法！我早就盼着这一天了！

就在吴忠标捂住欧昭通的嘴真的要捅下那一刀时，门被踹开了，欧兆铭站在那里。

欧兆铭：你们干什么？

吴忠标：你是什么人？

欧兆铭：你们又是什么人？有多大的仇，可以慢慢说，先放下刀子。

欧兆铭年龄不大，做事却很沉稳，他现在不清楚对方的来头，但晓得不能激怒他们是最要紧的。

吴忠标：他是奸细。

欧兆铭：绝对不是。

吴忠标：你怎么知道？

欧兆铭：我是他弟弟。

吴忠标：那也不行，这里的事你根本不知道！他的金条哪里来的？

欧昭通：不要讲！兆铭——

欧兆铭似乎早有对策：不，我要讲，怕什么！这是我哥哥的钱，他的亲爹找到了，给他留的遗产！是我从新加坡千辛万苦带过来的……

这时，龙汉良和刘志枚也赶到了，原来，刘志枚早就担心吴忠标会找欧昭通算账，急忙跑到龙汉良家里求助于他。

龙汉良打量着欧兆铭，立刻认出他来：你是——兆铭兄弟！你怎么在这里？标哥，先放下刀子！

吴忠标只得照办：少爷，这可是清算他最好的机会，又让你给毁了！你总是来的时候不对！

龙汉良：把事情弄清楚不迟！他要真是奸细，为什么还要带着弟弟找咱们？干吗不留在西岸日本人那里？

吴忠标等人悻悻离开后，龙汉良满是歉意，好在刘志枚帮着包扎了一下，都是皮外伤不大要紧。

龙汉良：……欧学长，都怪我，拒绝了你的金条，惹出这么大的事情。

欧昭通捂着肿起的脸：没事没事，我早就猜到兄弟你不会要，怪我太性急了！我想当你面给你，再说些心里话，可不知怎么搞的总是迈不开这一步！当时留在西岸，现在又回来找你，太难为情了……

龙汉良：大家在一起那么久，都是兄弟，就不要跟标哥计较了。

欧昭通：是，不怪他们，大家一起跟鬼子干过的！说句心里话，这都是我自找的。

龙汉良：什么意思？自己找打么？

欧昭通点头：心里苦闷，又没人说，你说难受不难受？我故意激怒标哥、“大副”他们，狠狠揍我一顿，也比我一个人痛苦好啊。

欧昭通实际上说了假话，吴忠标他们的到来完全是他没有料到的，这么说其实是为了讨好龙汉良，他最清楚如何讨龙汉良的欢心，他马上还有一个更加拉近自己与龙汉良关系的计划。

龙汉良笑了：那就行，还是弟兄们在一起好啊，有个什么事，大家商量一下，互相帮衬一下，都是那么老远来的，更不要提滇缅路上的感情了……

欧昭通：汉良，有件事我琢磨很久了，正好跟你商量一下。这钱是干净的，我应该可以完全自由支配，给你你又嫌多不要，你看这样子好不好——我把它换成钱，除了给兆铭上学留一些之外，索性拿出来，咱们办个咖啡馆怎么样？

这个提议立即让龙汉良感动了，尽管欧昭通还没有完全洗去自身的嫌疑，但这个可以慢慢来。

龙汉良：这个主意好。云南自己就产咖啡，俗称“猫屎”咖啡，味道不亚于巴西的。再说了，林叔不用再上街算命了，他调制的咖啡一定大卖啊，对了，他还会做西点呢。

欧昭通：咱们就可以自己养活自己了，你也不用到处找工作了，标哥、龙老七、“大副”、刘志枚都可以来，起码生计有保障了。

龙汉良忽然沉默下来：这个好是好，但不管怎么样，还得和兆铭好好商量一下。

欧昭通：不用，我能做主。汉良，你看咖啡店叫这个名字怎么样？“九号车队咖啡屋”？

龙汉良：太好了，听着就亲切！哎，真要开张了，咱们的机工兄弟一律半价怎么样？欧老板？

欧昭通：还是你来做老板，你说了算！那样的话，更多的机工兄弟会经常来这里的。

龙汉良：那会真的成为机工的娘家的，欧学长，谢谢你。

欧昭通：汉良，应该是我谢谢你，总算给我了一个机会，让我长出一口气啦！

龙汉良：那什么时候动手！

欧昭通：明天就干！

3

吴忠标明白，当欧昭通出现之后，刘志枚的心就完全不在自己这里了，几头牛都拉不回来。刘志枚辞了医院的工作，连招呼都没打。

吴忠标：志枚，你要想好，找这么个护士工作不容易，不能说辞就辞了。

刘志枚：天天看着男人女人的屁股打针，早就不顺心了，只是没说出口罢了。

吴忠标：不会是想去咖啡屋吧？

刘志枚：先辞了再说。

吴忠标酸溜溜地说：不会是还惦记着欧队长吧？

刘志枚：惦记又怎么样？

吴忠标：嘿，我看你这个花木兰越来越厉害了，干脆直说了吧！不能去咖啡屋，除了这儿，哪里都能去。

刘志枚：不，除了咖啡屋，我还哪里都不去！标哥，那里我去了一次，真是回到了过去当机工的日子，大家说的都是过去有趣的事，到底是战友嘛，这个你知道的。

吴忠标：我已经说过了，不能去。

刘志枚：吃醋了？吃醋好，证明你心里有我。

吴忠标：那要不吃醋呢？

刘志枚：无所谓。

吴忠标：那好，你自由了。

刘志枚：真的吗？

吴忠标叹口气：记住，你迟早会栽在欧昭通手里。

刘志枚：那我也情愿，我现在就搬出去。

吴忠标：千万不要后悔。

刘志枚：绝不。

刘志枚似乎早有准备，提起一个包袱就离开了，把吴忠标一个人留在那里发呆。就连刘志枚自己也没有想到，她自己最后果然是死在欧昭通的手里，这是后话。但从刘志枚自己来说，她不后悔，这是她的命，死，也是她的运到头了。

自“九号车队咖啡馆”开业之后，那里就成了真正的“机工之家”，每天咖啡馆内都十分热闹，近乎二三十个昔日的机工兄弟大声喧哗打闹，而外来的顾客几乎没有，他们中的大多数没有喝咖啡，也几乎不是原来九号车队的人，但大家因为都是战友，来这里就是为了一份情怀，是为了叙旧。而刘志枚则像一只快乐的小鸟在人群中穿梭着，不断地给大家倒水端茶什么的。

吴忠标：喂，刘志枚，你太不像话了！你是我老婆，不是交际花啊。

林广怀：人家是自由人，现在属于全体机工的。

吴忠标：反正这家伙抛弃我了！咳，林叔，再这样下去，汉良会赔死的！

林广怀：不会的，这些家伙都是仗义要脸的人，今天喝好了，明天就该想办法出去挣钱然后还钱了！

欧昭通：林叔说的对，钱是身外之物，快乐才是最重要的。

林广怀：大家有家难归，也就剩这一点乐子啦！忠标，你们在海轮上唱过的那首《告别南洋》你还记得吗？

吴忠标想了想：怎么会忘记呢？

林广怀：我喜欢那歌，你要还会，就来几句吧，大家静一静啊。

喧闹的众人安静下来。

吴忠标清清嗓子起了一个头，调子已经很不准了：再会吧，南洋！你海波绿，海云长，你是我们的第二故乡。

"大副"、林广怀、龙老七、刘志枚一个接一个开始跟着唱了起来：我们民族的血汗，洒遍了这几百个荒凉的岛上。再会吧，南洋！你椰子肥，豆蔻香，你受着自然的丰富的供养。但在帝国主义的剥削下，千百万被压迫者都闹着饥荒。再会吧，南洋！你不见尸横着长白山，血流着黑龙江。这是中华民族的存亡！再会吧，南洋！再会吧，南洋！我们要去争取一线光明的希望！

唱着唱着歌声不知什么时候改成了哭声，一股悲凉的气氛刹那间弥漫了整个咖啡馆，一群远离家人来此抗战的机工兄弟，联想起自己现在无家可归的情势，难免感慨难过起来，悲伤一时无法中止。这时，有人开始摔杯子发泄，欧昭通赶忙去劝，回应他的是更多的摔碎的杯子，林广怀上前拉住他，示意他不要再继续了。

林广怀：机工弟兄们，我理解你们心里难过，可这咖啡馆是汉良和欧队长出钱办的，咱们不能乱来啊。

机工们似乎依旧安静不下来。

欧昭通出面了：没事没事，只要大家开心啊，继续，继续啊——

机工们得到鼓励，又开始喧闹起来。

这时，刚才出门的"大副"急急跑了进来。

"大副"：喂，喂，马上要来一个重要的客人。

吴忠标：谁呀？除了机工，谁都不重要，哪怕委员长来了也一样！

"大副"：咱们都认识的。

林广怀：还卖什么关子，快说，到底是谁？

还没等林广怀问完，一个四十多岁的中年汉子走了进来，他和大家热情地打着招呼，尽管实际上他谁也没看清楚。与他的热情形成反差的是，大家看清他后，一律把脸拧向一旁不再理睬他。中年汉子走到吧台，看见刘志枚，打起招呼来，这时，大家才认出来来人正是昔日整训营的路振邦主任。

路振邦：你是谁？怎么这么面熟，一时还叫不上名字了。

刘志枚刚要说话，吴忠标咳嗽一声，示意她闭嘴，路振邦很是尴尬，刘志枚也赶紧离开。

路振邦：奇怪，机工里没有女孩子呀，除了那个大小姐贼大胆的吴蕙琳，这么漂亮的，是不是当地招的服务员啊……

路振邦大喊：waitress。

依旧没人理他。

路振邦：我是来消费的，这里不是"九号车队咖啡馆"吗？就没人理睬我吗？我是顾客啊，你们门口没写只接待机工啊……

林广怀慢腾腾走出来：先生，你来点什么？

路振邦：林叔。

林广怀：我不认识你。

路振邦：你是车王林广怀，我是路振邦啊，怎么会不认识我？

林广怀：你只需要说你想来点什么？

路振邦看看大家：既然都是啤酒，那就啤酒吧。

林广怀对身后的吴忠标说：听清楚了，是 beer。

吴忠标赶忙示意龙老七过来，他把一个空杯子递给龙老七，给他使了个眼色，龙老七急忙向柜台后面跑去。

林广怀：你来做什么？

路振邦：来看看大家。

林广怀：当初惠通桥炸了，机工兄弟们无家可归，我们上门找你，你像个乌龟一样躲得远远的，你那时去什么地方了？

路振邦说了句什么，就低下了自己的头，看样子他自己也有为难之处。

几乎同时，来到储物间的龙老七看看身后没人，开始往酒杯里撒尿，一股泡沫泛了上来。这时，恰好刘志枚进来，一看这个阵势赶忙转过身去。自从换过身份之后，她已经完全不习惯看男同胞在自己跟前撒尿了。而在从前，就是解大手，她也经常陪着他们。那时，她很怕一个小小的举动让人家看出来自己其实是个女的。

刘志枚扭过脸：喂——小叫花子，你在干什么？

龙老七：小刘，少给我装了，当初你女扮男装时，看过我小便多少次，现在装什么淑女啊！

刘志枚：谁稀罕看你啊，小老鼠有什么看的！我问你，这不是使坏吗？要对付谁呢？

龙老七：你马上就知道了。

龙老七甩了甩，整理好裤子，端着酒杯出去了。

吴忠标不看林广怀与路振邦，林叔故意找路主任说废话，实际上正是为了掩护吴忠标，他背过身在龙老七拿来的酒杯里加上一些啤酒的泡沫，递给路振邦。路振邦毫不迟疑地接过，大口饮进，接着又一下子吐出老远。

路振邦：这是什么？

吴忠标：啤酒啊。

路振邦：怎么是这个味道？

林广怀：哈哈哈，像马尿吗？不，路主任，我们拿出最好的来招待你，这是人尿！比马尿强多啦！哈哈哈！

路振邦很是尴尬，众人开始哄堂大笑，但还是强忍住了。

路振邦：你们这是干什么？

吴忠标、“大副”等十几个机工围了上来，一个个虎视眈眈的样子：干什么？没揍你就不错啦！

路振邦拔枪：看你们谁敢动一下试试。

吴忠标等人真的上手了，一把抢过枪：有枪了不起啊，老子和小鬼子都干过，还怕你的枪！老子正想找人出气呢，今天算你倒霉！

更多的机工拥了上来，要不是龙汉良及时出现，还不知会闹出多大的乱子。龙汉良听路振邦说有急事找他，就跟着来到了昆明大西门外胜因寺昆明师专内，那是他们最熟悉的地方——昔日的机工整训营。

龙汉良不住道歉，但路振邦说出的话却完全出乎他的预料。

沉默很久，路振邦才抬起头：汉良，你错了，应该道歉的是我路振邦，而不是你。

龙汉良：到底怎么回事？

路振邦：去年 5 月惠通桥被炸断，滇缅路算是中断了，重庆方面立即紧张起来，运输处也根本顾不上照顾大家，那么多机工兄弟来到运输处要求给予生活保障，一点下落也没有，我自己也是毫无办法，没有一分钱的安置费用！结果大家四处流浪，不少人还挨冻受饿，还有饿死的……想起来这些，我路振邦经常半夜会醒来，羞愧得无地自容！你们这些爱国华侨，抛家舍业不远万里来到这里吃苦，政府却不出面照顾，简直就是失职啊！

龙汉良：和前方冒死打仗的兄弟比起来，不算什么，后来的事情我也知道了。

路振邦：所以，大家冷对我，我活该！虽说不完全是我一个人的责任，但毕竟我是先锋大队的管理者，无论如何我难辞其咎啊！

龙汉良：只要主任不计较就好。今天你来看大家，大家也会感激你的。

路振邦：汉良，不是单单看你们，是有个大好消息，你听了一定高兴！

龙汉良：又要开始了吗？

路振邦开心地站了起来：是对日军的大反攻就要开始了！

龙汉良高兴地差点儿跳起：真的吗？

路振邦：当然是真的，我今天就是要找你们商量这事儿呢！你说，大家会不会不积极参加啊？

龙汉良：怎么会呢！大家在西岸都见识过小鬼子的残暴，都恨不得马上上前线杀鬼子呢。

路振邦：不，不是去打仗，还是做司机，修公路，做运输。

龙汉良：那就更没有问题了！

路振邦：小鬼子在新加坡也干尽了残暴之事，现在好多机工和家里快两年都没联系了，大家还有那种热情吗？

龙汉良：放心吧路主任，我们都知道一个很简单的道理，不打败小鬼子，那就永远回不去自己家！要想和家人团聚，就必须先把鬼子赶出中国，赶出新加坡，赶出南洋！

路振邦用力拍了拍龙汉良的肩膀：好，咱们现在就好好规划一下，我把上司的计划告诉给你。

自从知道了大反攻的消息之后，“九号车队咖啡馆”一下子冷清下来，每天只有很少的顾客在消费。而柜台内，就剩下林广怀、刘志枚、欧昭通三人，大家经常是大眼瞪小眼，谁也不理睬谁。

林广怀像是对自己做出了一生的总结：不说我也知道，我老了，干不动啦，所以不要我嘛！

刘志枚也紧紧跟上：真后悔说出自己是个女的，你呢，欧队长？

欧昭通：志枚，你和林叔招呼着，我有急事先得去找一下我弟弟兆铭。

刘志枚：不是在上预科吗？

欧昭通：回来再跟你说。

欧昭通眼下正在为弟弟欧兆铭的事情犯愁，他居然要去印度当兵！在西南联大的门口，欧昭通一眼就认出了正要和一群同学出大门的弟弟，他正兴高采烈地说着什么。欧昭通一把拉过弟弟。

欧兆铭：哥，我有事现在急着要去办呢，回头给你说。

欧昭通：我也有急事找你。

欧兆铭：干什么？

欧昭通：你要参军？

欧兆铭：对呀。

欧昭通：去哪里？

欧兆铭：这个很重要吗？

欧昭通：当然。

欧兆铭：印度。

欧昭通：印度？兆铭，这么大的事情，你怎么不和我商量一下？

欧兆铭：有什么可商量的，大反攻就要开始了，我实在没心思再念书了，想起咱妈我就恨得牙痒痒！委员长都号召“十万青年十万军，一寸河山一寸血”，这可是建功立业的最佳时机，不少女同学都跃跃欲试呢！

欧昭通：你还小，才十七……

欧兆铭：同学里还有更小的呢！瞒着年龄也要去呢！哥，你就不要管了，我去了，你压力也小了。

欧昭通：恰恰相反！你一走我压力更大了！

欧兆铭：我管不了那么多，哥，我要和同学一起去军事考核呢，等晚上回来，我找你再好好说说。

欧昭通知道弟弟是个极为固执的人，认准的事不会轻易改变；当然，他是不会让弟弟得逞的，他只需要做一件事就可以阻止冲动的欧兆铭。果然，欧兆铭当兵的资格被学校取消了，原因很简单——他唯一的哥哥欧昭通得了病，需要有人照顾。

4

给大家发完枪，路振邦忽然想起什么，拍了一下脑袋，赶忙在紧锁的柜子里找到一面卷着但崭新的旗子，展开后，“第二先锋大队九号车队”几个字映入大家的眼帘。

龙汉良不由得感慨万分，上次丢掉队旗是在怒江东岸，当时爆炸的气浪将旗子撕得粉碎，有的被炸飞坠入怒江之中。现在好了，这面曾经伴随着战友们三年多的旗子又回到了自己的家。

龙汉良：还是咱们的九号车队。

路振邦郑重其事地说：龙队长，请接旗。

龙汉良接过旗帜，扬臂左右挥舞一下，然后收起，向路振邦敬礼。

龙汉良：报告路主任，九号车队集结完毕，请指示！

路振邦：现在我命令，出发！

但出发却一点儿也不顺利，第一个来找麻烦的是欧昭通的弟弟欧兆铭。

龙汉良惊讶地说：兆铭，你怎么来了？

欧兆铭：我替我哥欧昭通来了。

龙汉良：我不是给你解释过了嘛，你哥也不同意啊。

欧兆铭：这件事上我不听他的，你知道吗？本来我是要去印度参军的，就是因为他的原因被退回来了，他现在在我面前说不起话啊。

龙汉良：不能这样说他。

欧兆铭：我没在他面前这么说，但他完全明白的——汉良哥，我一直没告诉过你，我母亲不是病死的，是我亲眼看见被日本人杀死的！我恨死小日本了，只要能上战场，就是死了，我也心甘情愿。再说了，我家不是还有一个男人留下了吗？

龙汉良：我理解你，问题是你不够条件啊。

欧兆铭：我就知道你会这么说。现在国家缺人，条件可以适当降低一些的，就像你们当年来当机工一样，也有不少不符合条件的嘛。实话告诉你，我已经悄悄练习四五天了，我基本上掌握了开大车的技术，我可以的。我还会用手枪。

龙汉良：在哪里学的?

欧兆铭：别忘了，我和我哥在缅甸码头遇见后，一起逃回的江东，他害怕中途万一出什么事，就教我用手枪了。别说，我的准头不比我哥差多少！再说，这一路还有你在，你总会帮我的，对不对?

龙汉良拍拍枪：你比划两下我看看，不要骗我。告诉你，那边现在很危险的，敌我双方的阵地犬牙交错在一起的。

欧兆铭接过枪，熟练地上膛：那有什么了不起！汉良哥，我从缅甸那边一路过来，见过鬼子兵的，枪声早就熟悉了，我不会害怕的。

路振邦走了过来：你是谁?没经过批准不能去。

欧兆铭：爱国难道有罪吗?这不是打击年轻人的积极性吗?

路振邦：道理你讲得没错！可不合格的年轻人会成为车队的累赘，龙汉良，不能随便破坏纪律。

龙汉良：兆铭，下次吧，主任都发话了，我帮不到你啦。

欧兆铭只得悻悻离开，龙汉良刚要上车，龙老七急忙跑来了。

龙老七：少爷，阿美来了，你快躲躲。

龙汉良：又来一个添乱的。

阿美一步快上：躲什么躲?我来了。

龙汉良很是尴尬，但一见阿美，他口气缓和下来，不知为什么，他有些怕这个老婆，却说不出为什么。

龙汉良：阿美，队伍马上要出发了，你来干什么?

阿美：和你一起走啊。

龙汉良：这不是捣乱吗?今天这是怎么了?刚说走一个，又来一个！

老远处，路振邦挥手高喊：龙队长，九号车队该出发了！

龙汉良：好，好。

龙汉良把老婆拉到一边：阿美，昨晚不是都说好了吗?该哭也都哭过了吗?现在怎么又变卦了?

阿美：那是昨晚，现在我变了，改主意了，不行吗？

龙汉良：我是去打仗，不是去玩儿。你看你，还带着儿子，让人家笑话我不说，到时怎么指挥大家？怎么当队长啊？

阿美：汉良，我打听过了，过去就有不少机工带着老婆孩子跟着出车，吃睡都在车上，有什么不行啊？

龙汉良：那是过去。

阿美：过去行，现在也一样行，不都是运送东西吗？我还可以帮你们装卸东西呢！

龙汉良着急了：不行，坚决不行！

阿美：少来这个，在家里我是队长，我说了算。

龙汉良：快回去，什么都安排好了，回吧。

阿美：今天非去不可，要不，你万一出什么事，我是你老婆，我都不晓得你是怎么死的，这不行！

龙汉良：我死不了，你们娘俩跟着，我反倒不安心了！

阿美：不行，咱是一家人，就应该在一起，哪怕死也应该死在一起。

龙汉良开始推搡阿美：行了行了，没时间跟你啰唆啦，大家都在等我呢！

被逼急的阿美忽然有了主意，她把襁褓中的儿子一下子塞给龙汉良，然后转身就走。

阿美：好，让这小子跟着你吧，咱俩离婚吧。

阿美说完不回头地大步离开，龙汉良勉强接住儿子，还手忙脚乱地差点儿把儿子整得掉在地下。

龙汉良高喊：阿美，阿美——

最终妥协的正是队长龙汉良。

第十一章　殊途同归英雄志

1

大队已经出发，只有三个失落的人聚集一处，相对无言。欧昭通在拼命擦着一个个啤酒杯，尽管它们已经足够干净了，他还对着窗外明亮处使尽观察着，完全是强迫症在作祟。

刘志枚：欧队长。

欧昭通：你喊错啦，现在九号车队的队长是龙汉良龙少爷。

刘志枚：我就知道你不甘心。

欧昭通：不，从现在起，我只想过安静的、和平的日子。

刘志枚：那，欧兆铭去了前线，你也真能安心吗？

欧昭通：小刘，你没事一边待着去，别来烦我。

刘志枚：你说心里话，真的不再动当机工的念头了？不会吧？

欧昭通不再接她的问话。

刘志枚：我心烦啊，真恨不得飞到新加坡去。可是，过不去啊！不晓得我爸爸和两个妹妹现在到底怎么样了，但愿他们平安无事……

欧昭通忽然想到一个主意：小刘，你真的想再去九号车队？

刘志枚：要去，就和你一起去。

欧昭通：为啥？

刘志枚脸红了，其实她想说的是另外一句话，只不过话到了嘴边又收了回去。

刘志枚改口了：早点儿打败鬼子，才能见到我的家人。

欧昭通：那就简单了，我有个好办法。

刘志枚：你说。

欧昭通：真想去的话，只有一个人能办到！等会儿林叔来了，我想法儿让他帮咱们。

刘志枚：林叔？

欧昭通：对呀，我希望今天的他最好和平时一样，还是喝多后再来这里。

刘志枚：林叔不喝多就不来。

正说着，林广怀摇摇晃晃走了进来，昆明地方邪，说谁谁就来。

林广怀：两位早。

刘志枚：林叔早。

林广怀：欧队长没礼貌，根本不像读过书的人。

欧昭通：林叔不要骂我没志向，你不也一样啊，压根就不像那个亚洲车王啊，整天浑浑噩噩的，只会把自己灌醉。

林广怀站定，明显言不由衷：我对眼下的生活很陶醉，生活不就是这样，麻醉自己，不想烦心事吗？

欧昭通：林叔，你难道真的不想家里漂亮的婶婶吗？

林广怀：不想啦。离开家乡前，我就告诉她，我是去为国抗战，也是为龙老爷报恩去了，我一走没消息你就嫁人，现在两年我们都没有联络啦，只要儿子女儿好就行，其他我管不了那么多啦。

欧昭通：嗯，林叔是个明白人。

林广怀得意地说：那可不是？

欧昭通：嗯，让我算算，大同、小异今年也该十二三岁了吧？林叔难道真的一点儿也不想念他们吗？

林广怀一时无语了，但欧昭通看得出林叔正在酝酿着力量，那将是一种爆发，明白此理的欧昭通往他的情绪里故意又加了一把柴火。

欧昭通：一定很可爱。要是婶婶不嫁人倒好，嫁人了，大同、小异不知会怎么样……

林广怀一下子火了：去你娘的欧昭通，都是你连累的，说什么说，要不是你，我们都参加机工去了！

林广怀在大骂欧昭通的同时，将手里的酒连酒杯一起砸向了欧昭通，欧昭通没有躲避，他的脸上立即开了花。

刘志枚上前要擦血迹，却被欧昭通阻止了。

刘志枚埋怨着：林叔，你错怪大欧了，他弟弟已经偷偷跑去当机工啦！

林广怀：那又怎么样？他欧昭通就是日本人的奸细嘛！至少是嫌疑！我没说错！

刘志枚：林叔，就算你说得对，他现在也想再去当机工的！

林广怀没再理睬刘志枚，摔门离开了，还把一个刚要进门的顾客吓了一跳。

刘志枚：你不要紧吧？

欧昭通：没事。

刘志枚：可是，你白受伤了，林叔走啦。

欧昭通：放心，我是故意刺激他的，他会回来的……

2

龙汉良带领的车队拉上货物之后立即上路了，他们在蜿蜒的山路上向西南方向行进着。透过车窗望出去，不远处公路的沿线都有隐蔽的防空炮兵在坚守阵地。

阿美拽拽身上的粗绳子：要这个有什么用，一路上勒得人难受。

龙汉良：那是最新的保险绳，是林叔从国外的画报偷师学来的，关键时候能保命呢！这次我给车队每辆车都装了一个。

阿美：给我解开。

龙汉良：怎么了？还没到地方呢！

阿美：没听见你儿子在哭吗？我要喂他了！

龙汉良边抱怨、边帮着阿美解开了保险绳。

龙汉良：真麻烦，阿美，不让你跟来，你偏偏不听。

阿美：答应了就不要再翻旧账了，反正我俩已经跟来了！

龙汉良无言以对。

阿美仔细看着窗外，忽然，她被一个熟悉的地方吸引住了。

阿美大喊着：停车停车。

龙汉良：又怎么了？

阿美：看见那个路口没有？那是通往我们寨子的路口啊，我不会弄错的。

龙汉良：行车中间不能随便停下来。

阿美：怎么不行？你是队长，下个命令不就好了？我要回去，带着儿子回山寨去，他生下来后还没回去过呢！

龙汉良：你不要命啦！这一带没有国军的防空炮火，停下很危险的，再说，这拉着重要的军事物资呢！出了事谁担这个责任啊？

阿美：你怎么这样死板！不就一分钟的事情吗？放我们娘俩下去，我今后也不用麻烦你啦！

龙汉良：不行，绝对不行！后面的车子会以为我出了什么事呢，都会停下来的。

过了大约一个小时，好不容易找到了一个合适的休息处，吴忠标刚要点烟，却被龙汉良拦住了。

龙汉良：标哥，这次拉的是军火啊。

吴忠标：哦，差点儿忘了。

龙汉良：忍忍吧！标哥，你知道刚才咱们路过哪里了？

吴忠标：只要往前开，我就开心。

龙汉良：刚才都到阿美家门口了，她想下去，让我给拦住了。

吴忠标：够快的，离怒江有一段子距离啦。

龙汉良：阿美一路给我找麻烦。

吴忠标：汉良，阿美不错的。现在抱怨，将来老了，这些吵架的日子都会变成你们老两口甜蜜的回忆的。

龙汉良左右看看：哎，阿美呢？怎么一眨眼又不见了？阿美——

无人答应。

龙汉良：标哥你招呼一下，不要让大家抽烟，我去找找她。

龙汉良一路喊着阿美的名字，却不见阿美回应。他四处张望着，忽然，他发现了一股冒起的青烟来。龙汉良顺着烟起来的地方找了过去，果然，阿美背着儿子，认真地点着火，火上居然有一只小铁锅，已经烧了一会儿，还在冒气呢。

龙汉良大声地说：阿美，你在干什么！

阿美：给你做饭啊。

龙汉良：别胡闹了，快灭了火！

阿美：怕什么？我从小在山里长大，不会烧山的，阿爸早告诉过我，烧了山会烂手烂脚的。

龙汉良紧赶几步上前，就要踩灭火堆，阿美赶忙阻拦。

龙汉良：你疯了，日本人的飞机会顺着烟找到这里的，万一要投下炸弹，咱们都活不了啦！

阿美：不会那么巧的吧！再说了，能那么快吗？

龙汉良几步就踩灭了火堆，但烟已经起来得很高很高了……

果然，天空中很快就传来了飞机的轰鸣声，显然，鬼子的侦察机就在附近盘旋，一直不停地找寻着目标，因为龙汉良的车队在山间树荫里行驶，一直不曾被发现，现在情况变糟糕了。

龙汉良拉起阿美就往车队的方向跑去……

龙汉良：标哥，赶快让大家躲避敌机。

正说着，敌机已经开始投弹，炸弹呼啸着直奔地面的车队而来。

龙汉良：老七，你们几个往山坳里躲躲。

吴忠标：我把这辆开到树荫下面。

龙汉良：动作要快！

这种场面大家都见过很多次，机工们都是技术过关的好司机，很快就找到了合适的隐蔽地点把各自的卡车收拾到位，唯有两辆卡车被炸弹的碎片击中，燃烧起小火来，再延迟一会儿或许就会爆炸。

龙汉良认出那是阿牛开的卡车，车上下半部装的是炮弹，一旦被炸到，就会车毁人亡；而阿牛似乎并不愿意轻易放弃，他努力着。但敌机紧接着第二颗炸弹就压了下来。

龙汉良直冲上前，大声命令着。

龙汉良：阿牛，你快出来。

阿牛不肯放弃。

龙汉良：人比东西重要，先要保住命才对。

阿牛这才无奈地从驾驶室跳了下来，直奔龙汉良这边而来。

浓烟瞬间弥漫了起来，龙汉良拉着阿牛往远处躲着，因为卡车一旦爆炸，会殃及其他人员和卡车。

龙汉良：大家快卧倒，小心卡车爆炸！

众人赶紧照做了。

龙汉良教着阿美：阿美，不能全部伏在地上，要这样，离开半尺，否则炸弹下来会把你内脏震坏的，快！

阿美动作笨拙，但照样学样，还是调整好了自己的姿势。

烟雾散去一些，让龙汉良大感意外的是，阿牛的卡车没有爆炸，也没有起火，而是继续往这边开来。

龙汉良：见鬼了，谁呀，阿牛，那人是谁？开你的车过来啦！

龙汉良赶忙端起枪来，拉开枪栓，对准前方，他害怕是日本人派来的便衣特务，来之前，路振邦早就把怒江西岸的情况告诉给了他。

吴忠标、龙老七等人也警惕地端起枪对准前面疾驰而来的卡车。

龙汉良大喊：站住！

卡车继续前行着，驾驶室里坐的不是别人，而是欧兆铭，他用并不太熟练的动作操作着方向盘。原来昨天出发时，欧兆铭趁大家关注于龙汉良和阿美吵架的工夫，自己悄悄钻进了阿牛车子的帐篷之内，然后藏在里面睡了一大觉，一路跟着到了这里。

龙汉良：不要开枪！是欧兆铭！兆铭！你小子，什么时候偷偷跟过来啦？快，到这边。

龙汉良指挥欧兆铭把车子开进一个大树下面。欧兆铭笑嘻嘻地从车上下来，一点儿也不害怕，向龙汉良敬礼。

欧兆铭：龙队长，欧兆铭向您报到。

龙汉良猛击对方一掌：你小子，怎么回事？

欧兆铭：我一直藏在阿牛的车里，直到敌机来轰炸，你让他躲避，我差点儿被烧了，赶紧扑灭了车上的火，冒险开了过来。

龙老七：这小子和我一样，胆子大、不怕死。

欧兆铭：你不是大声喊叫说都是重要的物资吗？咱不能随便让鬼子给炸了啊。

龙汉良：好小子，这次干得不错，我批准你入队了！欧兆铭听好了，入队！

欧兆铭：是，队长，我想要一把枪。

龙汉良：哪有富裕的枪给你小子，真想要，那就……

欧兆铭：怎么办？

龙汉良：自己找机会夺一支去！

欧兆铭：是，坚决照办！

正说着，敌机似乎发现了隐藏在山坳里的一辆卡车，于是试探着扔下了两枚炸弹。龙汉良见敌机飞远，赶紧指挥大家灭火。结果发现敌机还真的炸毁了其中的一辆，另一辆则遭受重创，看样子必须大修才能上路。龙汉良陷入苦恼之中，真这样，那车队这次可能无法完成任务了。

这时，龙老七指指远处，大喊起来：增援车队来啦！

龙汉良顺着老七指的方向望去，果然看见两辆破旧的卡车从北边摇摇晃晃地开了过来。龙汉良仔细一看，乐了。

龙汉良大喊：是林叔！还有欧队长、刘志枚！

林广怀的动作还是那么潇洒，他慢悠悠从第一辆卡车的驾驶室走了下来，第二辆车上的欧昭通、刘志枚也跟着走到大家面前，林广怀示意欧昭通上前报道。

欧昭通：报告队长，九号车队副一队队长欧昭通带卡车两辆、队员三人前来向你报到！

龙汉良紧紧拥抱着林广怀。

龙汉良：林叔，你可来了。

林广怀：我不放心你小子啊。

欧昭通：汉良，是我设法激怒了林叔，我们变卖了咖啡馆，林叔大展身手，找到两辆报废车，没花多少钱修了修就开了过来，还是林叔威武啊。

龙汉良：小刘，这里没有女兵啊。

刘志枚：谁说的，阿美不是女兵吗？

众人大笑起来。

欧兆铭：哥。

欧昭通：我就是不放心你啊。

欧兆铭：不放心的，不只是对我一个人吧？

欧兆铭做了一个鬼脸，他的意思是欧昭通还有一个弟弟也在这里呢！欧昭通当然明白弟弟这句话的意思。

龙汉良：林叔，我们暴露目标啦，下来恐怕很难办的。

林广怀：先别忙着上路，大家一人抱一堆干草上路。

龙汉良：林叔，古人打仗攻城，大家一人一包黄土，到了墙下一扔，变成了一个大土坡，一冲就上去了，你这是要干什么？

林广怀：你知道的，问题是要抱一些燃烧起来烟大的草，比如艾蒿什么的。

龙汉良指挥大家把被炸坏车上的东西挪到林叔新弄来的车上，大家继续前行，可很快，敌机又出现了。龙汉良赶忙下车，指挥大家躲避。林广怀让大家点起干草，没多久，浓烟就冒了上来，整个天空被浓烟遮蔽，敌机看不见下面的车队，但仍然不肯善罢甘休离去。

龙汉良：标哥，还是尽量把车藏起来，今天有风，烟也就只能抵挡一阵子。

吴忠标、龙老七等人开始分头行动。欧昭通也加入进来，他负责把后面的车辆开进山凹能躲避的地方。果然，一阵大风刮了过来，浓烟飘向一个方向，龙汉良的车队部分车辆又一次暴露了。龙汉良当机立断，一个健步上了车子，坐在他身旁的阿美都没来得及下车。

林广怀忽然冲了上来，将龙汉良拉下驾驶室。

龙汉良：林叔，你要干什么？

林广怀：我晓得你要干什么，下来，这事儿让我来做。

龙汉良走到林广怀的车子跟前：我来。

林广怀：我的那辆空车早就准备好了，你看上面的帐篷都盖好了，里面其实什么都没有！

龙汉良：太危险，我来。

林广怀：现在哪有时间啰唆，你闪开！

林广怀忽然发力，把龙汉良一把甩了出去，然后自顾自上了自己的卡车。

林广怀大喊：你们大家都往后撤，看林叔我今天怎么和小鬼子斗啊，都听我命令——往后！

龙汉良：林叔注意安全。

林广怀伸出手，背着身做出一个“OK”的动作，迅速把车子开向远方。

一场和敌人飞机的近似于游戏般的较量开始了，龙汉良和大伙儿远远地看着林广怀，手里都攥出了汗。这是一个无奈的选择，必须有人引导敌人开火。敌机紧跟林广怀的车子，打了一个提前量，眼看就要扫射上前冲的车子，林叔却忽然刹住车，然后猛地后退，敌人已经开火了，但完全打空了。

林广怀再次选择一个方向，假装慢腾腾地往前挪，敌机刚刚过来，他又突然加速换了一个方向，敌机再次扑空，炸弹爆炸了，落在了林叔的后面，结果当然是谁都没有伤到。

这场面让大家兴高采烈。

龙老七高喊：林叔厉害啊！小鬼子完全上当啦！

龙汉良和机工兄弟们如同看一场精彩的炫车比赛，兴奋地狂喊着，为林广怀加油。林广怀开到前方，敌机用机关枪扫射，他的车子停住了。

龙汉良等人吓坏了，以为他受伤了，急忙大喊：林叔！

龙汉良：我上去看看。

这时，林广怀却又一次突然发动了车子，其实他并未受伤，而是在戏弄敌机。敌机恼羞成怒，一下子纠集了三架，开始对林广怀进行密集的扫射和投弹，但林广怀却毫不畏惧，因为车子毕竟比飞机灵活，特别是这么小的拐弯半径之内。一架敌机不知为什么，居然一头栽了下去，发出巨大的爆炸声。龙汉良和弟兄们高兴地拍起手来欢呼。

就在敌机受挫准备离开、大家开心呼喊时，林广怀却出事了，不是因为他的技术，而是他驾驶的是一辆报废车改造后的卡车，几经折腾，刹车居然失灵了，林广怀完全无法控制，只能看着自己的车子坠入山下。

龙汉良大喊：林叔！

等大家一起冲下林广怀的出事地点时，车祸现场的林广怀早已被摔出驾驶室，双目紧闭、嘴里冒着血，命悬一线。

龙汉良上前抱住林广怀：林叔，林叔，你醒醒！

林广怀慢慢睁开眼睛，看看大家，似乎在找寻什么，未果后，失望地闭眼。

还是阿美聪明，她一下子上前叫道：林叔，林叔！

林广怀忽然又一次睁开了双眼，阿美急忙把年幼、仅仅半岁的儿子抱在林广怀面前。

龙汉良的儿子笑着。

看到龙汉良的小子，林广怀也笑了，显然，他是希望见到这个小家伙。满足自己的愿望之后，林叔突然闭上了双眼，永远地。刘志枚开始想尽办法给林广怀急救，但已经完全无效，大家难过地流下眼泪。龙汉良从林广怀的前胸衣兜里找出一张带着鲜血的照片，上面是林叔的老婆以及大同、小异一男一女两个孩子，他们对着镜头在笑着……

龙汉良明白，林广怀是怕飞机伤到自己、殃及车队拉的军事物资，才主动要求驾车引开敌人的飞机的。想到这里，心情更加沉痛起来，但是，这么多人、这么重的任务还压在他这个队长身上，只能是把仇恨埋在心里了。

掩埋了林广怀，做好了记号，龙汉良这才让大家准备上路，他想，一定要把林叔接回新加坡去，自己不行，也得让儿子完成此事。

3

也许是怪事，但它真的存在——只要欧昭通在，队伍里总会出大大小小的事。你说迷信也好或者其他什么都行，但的确事情就发生了。所以，就连龙汉良自己也心里有些发毛，比如说，欧昭通现在来找他，要他把老婆孩子送回山寨去。那个地方，不仅是阿美熟悉，龙汉良、欧昭通也熟悉。

龙汉良：大家不要再难过了，准备出发吧。

他刚发出命令，欧昭通就跑了过来：汉良，我有话要对你说。

龙汉良：出什么事了？

欧昭通：你怎么把阿美带来了？

龙汉良：她自己非要跟来，还说要死死一起。

欧昭通：真是胡闹，路上多危险啊，就算大人没事，小孩怎么可以……

欧昭通此话完全是出于善意，但听起来就是让人觉得有些不怀好意，或许是因为他总是带来噩运，比如吴忠标听完就觉得很刺耳。

龙汉良：阿美说她听老机工讲的，过去就有人带老婆孩子跑车。

欧昭通：对呀，不死也留下后遗症了，这又是炸弹又是颠簸的，我看把阿美送回去算了。

龙汉良：经过那个寨子的路口，她就想回老家去呢。

欧昭通：实在不行，我来送她回去，反正把货挪挪就行了，简单。

龙汉良有些犹豫，欧昭通其实说到他心里去了，他太担心阿美娘俩的安全了。这时，吴忠标走了上来，把龙汉良拉到一旁。

吴忠标悄声地说：他要干什么？多点儿心啊。

龙汉良：说是要替我送阿美回山寨呢。

吴忠标：不行不行，我不相信这个人。

龙汉良：哎呀，我也在犹豫呢。

这时，刘志枚跑了过来，其实，她老远就注意到了这面的状况。

刘志枚主动请缨：少爷，我去送阿美吧。

吴忠标：这还差不多。

龙汉良：你一个人恐怕不行啊，你是女的。

刘志枚有些生气了：龙少爷，过去怎么从来没听你这么说呢，和你们在一起三年多，哪里都跑过啊，现在我恢复了女人身份，反倒不相信我了。

龙汉良有些尴尬：不是不是，这一带让鬼子占领过，我总觉得小心一些为妙。

欧兆铭站了出来：我也去，我坐后面，这下汉良哥放心了吧？

龙汉良把自己的手枪递给刘志枚。

欧昭通上前把弟弟拉到一旁：我给兆铭说几句话。

欧兆铭主动要求送阿美，该轮到哥哥欧昭通担心了，这家伙毕竟还小，见的世面太少，万一出事，他欧昭通怎么办？

欧昭通：你行吗？

欧兆铭：人家好像不放心的是你，我必须顶上去才对啊。

欧昭通心里一阵暖意，这家伙是在替大哥考虑呢：行，得胆大心细才行。

欧兆铭：没问题。

欧昭通：我去给你们加油。

不管怎么样，龙汉良还是担心老婆孩子的安全，对这次分手有些不舍。

龙汉良：阿美，你要注意安全，别忘了怀里还有个小子呢。

阿美：知道，你自己注意就好。我回山寨里，父老乡亲的都会帮我。你儿子也会好好的。

龙汉良再次抱了一下儿子：臭小子，跟我再见吧。

龙汉良亲了一下儿子，拍拍阿美的肩膀，算是暂时告别了，其实，这会儿他倒有些不愿意母子俩离开自己了。

和车队分手之后，刘志枚驾车，而阿美怀抱着儿子坐在副驾驶位置，两个女人聊着天，后车厢欧兆铭躺在那里快睡着了。

阿美十分不理解刘志枚为什么要来当机工，这活计连男人都不一定能干好。

阿美：一个女人家，为什么要来这个鬼地方，还当司机啊？

刘志枚：为了我爸爸。

阿美：家里还有什么人？

刘志枚：还有两个妹妹呢！龙少爷见过的。

阿美：为什么说是为了爸爸？

刘志枚：那年我爸爸快五十岁了，失业了。为了挣些钱，非要回国当机工，我怕爸爸受苦，就冒名顶替、女扮男装当了机工。

阿美惊讶地挣大了双眼：真了不起，三年多一直和汉良他们在一起？他们也没看出来你是女的？

刘志枚一笑：没有。

阿美根本不相信：怎么可能啊，那你上厕所怎么办啊？

刘志枚：不一起去不就好了？刚开始总是怕被人发现，多亏了欧昭通，就是后面那小子的哥哥，他总是帮我，好几次都混过去了。再后来，经常出车都吃住在车上，真要上厕所，路上找个没人的地方解决，时间长了，大家都忙也没人注意这事儿了。

阿美：我能看出来，你喜欢欧昭通。

刘志枚脸红了。

阿美：那为什么不对他说？

刘志枚：他总说自己配不上我。

阿美：假话，欧昭通蛮帅的呀。男人就是这样，心里不在乎你，总是找各种理由。

刘志枚很惊讶，阿美一句话就点醒了自己，而这点儿事儿自己曾经拼命琢磨也没弄清楚。

刘志枚：我总觉得他有心事。

阿美：一个大男人，哪来的那么多心事。哎呀，小刘，你开过了，退回去一点。

刘志枚速度慢了下来，往前开了一点儿，找了一个路面宽一些的地方，掉转了车头。不料，刘志枚的车子刚停稳，就听见一声枪响传了过来。

刘志枚并不惊慌，她命令阿美：快低下头。

后车厢的欧兆铭也听见了清脆的枪声，他迅速趴下，然后左右观察了一下，没发现周遭有什么人，很显然，对方躲在了暗处，也在仔细观察着他们这边。欧兆铭找准时机，一下子跳到地面上，就在他跳下的瞬间，袭击者的枪又响了，显然，对方的目标就在移动的 欧兆铭身上。欧兆铭快步来到驾驶室外，拉开车门。

欧兆铭：小刘姐姐，你们赶快跑。

刘志枚：那怎么行？阿美怎么办？

阿美：我从这里上去就快到家了，你们不用管我。

欧兆铭：把枪给我，肯定能抵挡一阵子。小刘姐姐，你保护阿美快往山上跑，进到山里，他们也不容易找到你。

刘志枚：你不行，你才多大啊，出了事，你哥不会饶了我的。

枪声密集起来，欧兆铭躲避着。

欧兆铭：没时间了，赶快，万一出什么事，你回去告诉我哥一声就行了！别忘了，咱们的任务是护送阿美和她的孩子，必须完成任务才行。你不去，让阿美一个人带孩子走我不放心！

欧兆铭说着，帮着阿美以及刘志枚出了驾驶室，刘志枚刚要说话，被欧兆铭捂住了嘴。别看欧兆铭年龄不大，可关键时刻还是相当的老练，考虑得也很周全。

欧兆铭：小刘姐姐，不要喊叫，他们不知道你们是女的，也不晓得咱们有多少人，你不能暴露自己的实力，快跑！

刘志枚紧跟着阿美，借着车身的掩护迅速下了公路上的小坡，然后快步向山坡上的树林跑去。欧兆铭东一枪、西一枪，依靠车身为掩护，和对方周旋着，目的只有一个——为阿美、刘志枚逃走尽量争取更多的时间，对方摸不清这边有几个人，也是不断试探着。最终，他们发现对手只有一把枪，还是短枪，就大胆围了上来。欧兆铭并不胆怯，他突然跳出向对方开枪，对方一下子倒下好几个，显然是根本没有防备到欧兆铭的这一突袭。但是，欧兆铭的露面反倒让对方的枪声停止了，一个他熟悉的声音传了过来。

田中：老朋友又见面啦，这世界真小。

欧兆铭愣住了，他仔细望了过去，还是没看出对方到底是谁。

田中慢慢走了出来，他的枪对准了欧兆铭。

田中：我算过了，欧兆铭，你的枪里现在只有一颗子弹，投降吧！

欧兆铭在快速地判断着。

欧兆铭马上明白来者不善，他知道就是这个魔鬼派人杀死他母亲的，也就是这家伙一直在胁迫他的哥哥。他要是落入田中的手中，只能再次成为田中要挟他哥的筹码。好吧，这一颗子弹留给我自己吧。

主意已定，欧兆铭轻松很多，他大喊：田中，中国军队已经开始大反攻了，这个你不晓得吗？

田中：当然，可反攻只是一个开始，用你们中国话说，鹿死谁手现在还很难讲啊，过来，请再次与我们携手，你们兄弟俩前面对帝国做过的坏事，我们可以既往不咎。

欧兆铭：哈哈，太好了，马上就成全你。

欧兆铭突然举枪对准自己的太阳穴，可就在这个时候，田中的枪响了，他早有准备，一枪击中欧兆铭的手腕，他手里的枪掉在地上。欧兆铭还想捡起枪，但手腕上鲜血直流，也根本不听他的使唤。田中快步冲上，一脚将欧兆铭的手枪踢到一旁。

田中：你好，欧兆铭，很高兴在中国和你见面。

手下：田中先生。

田中：在这里，不许喊我田中，要喊田先生。

手下：是，田先生，好像还有人在山上。

田中：不管他们了，这个人才是我最想得到的。

手下：车子怎么办？烧掉吗？

田中：不，来而不往非礼也，我给他们留个信儿。

掠走欧兆铭的正是田中茂森，他已经离开新加坡来到中国云南怒江之西的日军占领区。得知滇缅路合并为史迪威公路，且继续发挥着运输功能，他决定冒险带极少数特工队员突入中国，给机工运输队伍以及新的运输命脉以致命的打击。

田中相信，有欧兆铭在自己手里，他的哥哥欧昭通应该知道人质的力量，他也必定会再次成为自己手中的傀儡。

4

当刘志攸独自一人把车子开到龙汉良他们面前时，大家吃惊不小，因为和她同行的欧兆铭不见了。刘志攸没有多说什么，把经历的险情一说，就拿出了那张贴在驾驶室里的纸条，上面写着一行字：欧队长你好，我是你的老朋友田先生，你弟弟在我们这里，一切都好！勿念，我会在合适的时候与你联系的……

还好，阿美已经脱离了危险，否则龙汉良会懊悔一辈子的。欧兆铭的失踪再次引起龙汉良的警觉，看样子老对手又露出尾巴了。不过，现在的局势与以往大不相同，日军明显处于守势，田中茂森就算要来破坏，也不敢明目张胆，只能是以小分队的形式出现，而他们的目标也一定是刚刚开始发挥作用的史迪威公路（其部分路段依旧和滇缅路重合）。眼下，国军在美军的配合下，正在逐渐开始收复滇西地区，史迪威公路仍旧是极为重要的战略通道。为此，国军的防空部队早就严阵以待，敌机的轰炸效用有限，而特务对特定目标的破坏会成为田中茂森的首选。

欧昭通很是难过，弟弟刚刚当上机工，就被老冤家田中掳走了。他很担心弟弟的安全，因为他很了解弟弟，这家伙比自己小几岁，但属于胆大的那一类人，而且一旦主意拿定，那就很难说服他改变他。欧昭通在想着田中会怎么对付弟弟，会不会让他受刑。他忽然想起，欧兆铭或许会主动寻死，他会做出这种事情来的！他心急如焚，但不知道什么时候能再见到弟弟，他愿意拿自己去和弟弟交换，田中这么做，不就是想要挟自己继续给日本人效力吗？

这还不算什么，自己人对他的怀疑才更让他痛苦。龙汉良知道，欧昭通至今尚未洗清奸细嫌疑，刚才开会拒绝了他的出席，这对欧昭通来说又是一次重大的打击。

找大家开会之后，龙汉良专门来和刘志枚谈话。

龙汉良：小刘啊，这次要不是你，我老婆儿子恐怕就死在日本人手里啦！我得好好谢谢你。

刘志枚：任务完成得不好。

龙汉良：欧兆铭被抓了。

刘志枚：龙队长，你恐怕想说的还不只是这些吧，有话就直说吧！

龙汉良：好啊，那我就不打算隐瞒什么了。你自己也知道，欧昭通是咱们的战友，咱们在怒江西岸一同和小鬼子打过仗，他表现得很好。但是，过去陶志曾经调查过他，说明他的嫌疑从未消除过，陶志同志不是还找你问过话么。

刘志枚：嗯，有这事儿。不过，我不认为欧昭通是奸细，特别是现在，否则这次他完全没必要再来这里冒险，一个胆小鬼是不会来冒险的。

龙汉良：当然，但有些事情恐怕得瞒着他，这事关车队甚至国军反攻的秘密。

刘志枚：你找我，是要我多留意欧昭通？

龙汉良：对呀，你和他感情不错，大家都晓得。你多了解一下他，有什么情况及时告诉给我。

刘志枚：给你当密探？

龙汉良：说得多难听啊，你这是帮助他，不要让他偏到坏人那一边去。

刘志枚没有反对，龙汉良就认为她没有拒绝自己交给她的任务。

刘志枚实在难以控制自己的情绪和担心，她实际上就是那种藏不住心里话的人，龙汉良刚走，她就把龙汉良的话悄悄透露给了欧昭通。

事实上，最先沉不住气的应该算是田中茂森，他托一个村民给欧昭通带来信息，希望他能到某地和弟弟见面。

好在龙汉良已经把情况汇报给了路振邦，他要求上级派一个特务排，悄然跟踪那个送信的村民——龙汉良认为田中一定不是随便找人来送信的。特务排当即便装带武器出发，还带上了龙汉良与欧昭通，因为车队里只有欧昭通稍稍熟悉田中茂森。

让龙汉良万万没有料到的是，田中茂森对此早有提防，在特务排武装到达送信人所在的村庄时，田中等人刚刚撤走，去向不明，很显然对方是有所提防的。这是龙汉良第一次和欧昭通的师傅打交道，初次碰面就以失手而告结束。

这家伙的确不好对付，得加倍警惕。

这次欧昭通没有再对龙汉良隐瞒，而是主动和龙汉良商议对策——当龙汉良知道这个田中茂森正是所有机工最直接的敌人时，立即变得兴奋起来，恨不得立即找机会和他交手进而处死这家伙。

龙汉良：欧学长，考验你的时刻到来了，我其实也想急着救出兆铭，可操之过急不行。你能不能先将个人私仇放置一边，假意和那个叫田中的家伙合作？

欧昭通：汉良，你跟我想到一起了。你说吧，打算让我怎么做？

龙汉良：不用说，你自己一定已经有了主意。

欧昭通：先弄清对方的终极目标，然后适时配合国军消灭他们，洗清你们所说的我的“嫌疑”。

龙汉良：那这次就得主动找寻田中。

欧昭通：他还会再来找我，这次我希望你不要理睬他，不要惊动他。你自己要明确一点，也要好好利用这一点，从现在起，就当我是一个双面间谍好了。

龙汉良答应了。

田中再次送来信件，这次把会面地点放在了交战地带的一处小学校里。欧昭通终于见到了田中，也见到了弟弟，欧兆铭毫发无损，这完全出乎自己的预料。

田中很是兴奋，他主动提及欧母之死，除了表示遗憾，他把主要责任推给了日本商社的几个家伙，说那些人因为太仇恨中国人而对欧母下了狠手，而此事其实与自己无关。其实，欧昭通心里完全明白，此时自己的愤怒没有任何力量，他只有一个念头——让田中尽快释放弟弟，田中满口答应，他说希望能和欧昭通再次真正的合作，一起重创这条史迪威公路。

看见欧昭通有些犹豫，田中茂森冷笑一声。

田中：欧桑，不要再对你的伙伴抱有任何幻想了，他们早就怀疑你是为我们日本人做事的，你就算为我们效劳过哪怕一次，那你将终身难以洗脱奸细的罪名，还是放下心来，回到我们的怀抱吧！不要再犹豫了！

欧昭通显得有些犹豫：田中先生，恕我直言，我怎么觉得日本人现在呈现的是颓势啊。

田中：我已经猜到你会这么说的，作为“滇缅路封锁委员会”的骨干，我对整体的局势一定比你要了解得更全面。现在的局面，表面上看起来有那么一些你所说的味道，但你还是不了解我们日本人，我们从来不打无把握之仗——我们，是战无不胜的！

田中茂森专门指指自己的心口。

欧昭通：我希望你能说服我。

田中：只需要几句话就能办到。

最终，欧昭通假意被田中完全说服，还是答应了田中，当然主要是为了弟弟。但很快，又一次重大的选择横亘在他的面前——刘志枚被田中茂森抓住了。

原来，刘志枚在劝阻欧昭通无果后，一路悄悄跟踪欧昭通，找到了这个地方。刘志枚根本不同意欧昭通去找田中，认为田中一定有什么阴谋在其中，而且一旦欧昭通与其会面，他就更加难逃汉奸的嫌疑。欧昭通主意已定，拒绝了刘志枚的提醒。

刘志枚也找过龙汉良，要他找路主任，再次组成军事小分队解救欧兆铭，这样就能让欧昭通不再有负担。龙汉良也拒绝了，但他没有告诉刘志枚自己拒绝她真正的理由——他担心此举会破坏他全歼田中的计划，欧昭通是作为所谓的双面间谍去见田中的。

这次轮到田中茂森不淡定了：这个女人也是机工，她能跟踪过来，说明欧昭通事先把自己的地点告诉过她，她要是知道了，车队的长官也一定会知道，这就意味着自己的秘密或许让对方全部了解了。

田中：欧桑，你原来是两面三刀啊，难道想做个双面间谍么，就是为了救自己的弟弟吗？你良心大大的坏了。当年，我们为救你的母亲花了很大的代价，你也回报了我们，可现在，你变了。

欧昭通：田中先生，这个女人怎么想的，我完全不晓得。

田中：她来做什么？为什么要跟踪你，是你们的上司派她来的吗？

欧昭通：应该不会，要派也不会派一个女人。

田中：她是和你很亲密的女人？

欧昭通摇头。

田中：那就简单了，我要你杀了她！只有这样，才能免除我们对你的怀疑。

这恐怕是欧昭通这辈子最艰难的一次选择了，他很后悔没有更加坚决地拒绝这个对自己痴情的女人，更为这个女孩子感到伤心与悲哀，还没有感受到爱的阳光与沐浴，这朵鲜艳的花瓣就要凋零了。而他一个大男人，或许还要终身背负这个沉重的压力与负担。他开始自责，也更加仇恨眼前的田中茂森，更责备弟弟非要参加机工给自己带来麻烦，心里该诅咒的不该诅咒的被他挨个轮了一遍，但心境依旧难以平复。

欧昭通没有第二个选择，他请求田中给他一个机会，他要把心里话告诉给刘志枚，这样，他才会心安理得，田中很痛快地答应了，还夸他有情有义。

他根本不会想到，自己还没给刘志枚开口说一句话，就已经泪流满面。他本来有很多话想对她说——你不该喜欢我，你不该为我操心，我这次应该坚决拒绝你，只要林叔跟我来就好，我其实也被你感动过很多次，我是自私的人，完全是为了救弟弟才这样做的，请你一定要原谅我，我罪该万死……

但这许许多多的话都没讲出来，刘志枚反倒先开口了。

刘志枚：无论你做什么，我都不怪你，我爱你。

欧昭通沉默着，甚至不敢直视对方。

刘志枚：我知道小鬼子要干什么，来吧，能死在我今生最爱的人手里，我毫无怨言，是我自找的，不管你喜欢还是不喜欢我刘志枚。

这一幕，连田中茂森都被感动了。真正的爱的确不需要千言万语，这个女人就算傻、就算是剃头挑子一头热，那也是真诚的。

刘志枚最后说了一句话：我的小名叫月月。

欧昭通内心在哭泣，脸上却面如死灰。

田中很快就收起了起伏的内心，尽管那一瞬间他想起了在日本的老婆与女儿，但要想回家看到她们，就必须战胜中国。他早就看穿了欧昭通，不会给他任何机会，反而要把他彻底拉到自己这一边来。

田中特意命令手下把欧兆铭也带到现场，他自己却没有露面——他担心欧昭通会转移枪口，让他感到意外的是欧兆铭。欧兆铭很平静，根本没有提出任何异议，这小子将来会是个很可怕的人物。自抓到欧兆铭之后，田中至少三次发觉对方有自杀的念头，不是怕死，而是怕不死，他死了，田中想拿他做人质的策略就会失败。所以，田中派人二十四小时看护着他，哪怕是去解大手。

欧昭通对着刘志枚开了枪，刘志枚一声都没叫出，欧昭通也不敢看她的眼睛。执行完枪决，田中茂森并未释放欧兆铭。欧昭通知道上当了，但他强忍着，希望田中能够告诉自己回去即将要执行的具体任务，田中要欧昭通先回去，设法弄清楚车队的运输计划，等这一切搞到后，自然会告诉他下面的计划。

5

刘志枚牺牲的消息是由欧昭通传回来的，他当然不会告诉龙汉良说凶手是他自己。好在弟弟欧兆铭还在田中那里，龙汉良或许不会怀疑自己。

对于欧昭通毫发未损地归来，龙汉良这次毫不犹豫地重新审视这个学长的真正身份，他也根本不相信刘志枚的死与他欧昭通无关。最让龙汉良感到惋惜的是刘志枚，他一下子想起了老刘以及刘志枚的两个可爱的妹妹。他更没有想到刘志枚对欧昭通如此信任和痴情，有些后悔没有对刘志枚讲清楚自己的计划，导致战友无辜丧命。他在想，假如真的见到了刘家人，该怎么解释刘志枚最终的结局呢？是牺牲了，还是发生了意外？最好的方法或许是隐瞒真相，尽管到现在为止他龙汉良自己也并不知道真相。

龙汉良现在还有一个最大的苦恼——不是如何搞清欧昭通的真实身份，而是无法知道狡猾的田中茂森的具体计划，而欧昭通一时似乎也成了个可有可无的角色。想了一晚上，龙汉良想出了一个好办法，先不要纠结于欧昭通在这场较量之中可能起的作用，而是好好利用一下这个双面角色。当然，对手田中茂森也不是笨蛋，或许他和自己想得极为近似，都想利用欧昭通。

龙汉良和路振邦相互配合，编造出一个即将要执行的重要运输任务的消息，故意让欧昭通透露给田中，欧昭通照办了。龙汉良没有避讳什么，直接告诉欧昭通，说这是个真消息，他想试探一下田中下来可能会有的动作。

用老奸巨猾来形容田中茂森有些不恰当，因为他今年也就三十岁，但其智谋不亚于他的上司大川内传七少将。听完欧昭通的报告，田中无动于衷，他说自己只是想知道具体的军事物资，对其行进路线并不感兴趣。

这更让龙汉良感到无法下手，假如不除掉这个藏在暗中的特务小组，那就像有一颗不定时的炸弹埋在了一个致命的但自己不知道的地点——这是最危险不过的事情，而史迪威公路上可以成为日本人目标的还有很多。龙汉良决定要龙老七发挥自己的优势，前去田中的住地，由欧昭通配合盗取对方的计划。

田中觉得今天的欧昭通有些奇怪，但他又说不出来怪在哪里。欧昭通很卖力地似乎要尽量纠缠着自己，不停地要和他掏心窝子，向他表忠心。这种赤裸裸的马屁拍得田中很舒服，一时也忘记了其他。欧昭通拼命表现自己，还关切起田中在日本的趣事，让他讲自己曾经经历过的不平凡的往事。在酒精的作用下，田中打开了话匣子，开始滔滔不绝起来。

尽管欧昭通算是他田中的徒弟，经受过他最严酷的训练，面部的表情控制也已经掌握得天衣无缝，但偶尔那不经意的一个瞬间还是暴露了小小的破绽——欧昭通有些心虚，或者说是心不在焉——纠缠自己是因为心有旁骛！

几乎与此同时，龙老七也潜入了田中的住所。龙汉良或许太过迫切了，忙中出了个大错，他几乎忘记了一点——龙老七有盗窃保险箱的能力，却大字不识几个，就算那份计划放在眼前，他也完全不认得。

龙老七傻眼了，这里根本没有什么计划，看样子田中连欧昭通都有所防备，他更看不懂这张五颜六色的地图，而且还是军用的那种，像梯田一样都是大圆圈套小圈圈。但龙老七不笨，他自有一套笨办法——他要把整个地图卷起来拿走，他知道，旁边有欧昭通配合自己纠缠着田中。还有，外面不远处，龙汉良等伙伴们也带着枪随时会接应自己。正当他准备慢慢卷起地图准备拿走它时，意外发生了。

田中以上厕所为由，走到了自己的书房，很显然他已经听到了一些动静。龙老七吓坏了，急忙顺原路准备返回，地图也只能撇在那里。田中举枪射击，龙老七几番躲避逃了出去，却被外面的卫兵再次击中。要不是龙汉良等人的接应，龙老七恐怕早死掉了。

龙汉良他们开始还击追兵，一番周折之后好不容易才摆脱了日本人。他知道龙老七什么都没弄到，但根本不愿意抱怨他——一个刚刚十九岁的还没尝过女人滋味的家伙，看这个样子恐怕支撑不了多久了。他想哭，又怕龙老七看见，费了很大的气力，给他强行灌了几口水，失血过多的老七才醒了过来。

龙老七手抖着，示意龙汉良拿笔，他想写东西。

龙老七拿着一枝铅笔，用尽全身的气力在龙汉良的小笔记本上写下了几个英文——那是他认识不多的几个洋文，而且写得几乎让人认不出来，随后，一句话没说头一歪，牺牲了。

龙汉良一下子想起了很多，这个小叫花子一直把自己当成了大哥，临报名当机工时才决定自己要跟着龙汉良姓——因为他根本不知道自己的父母是谁。就在昨天接受任务时，他才第一次承认，自己来这里根本不是为了当英雄，他是为招募公告里讲的四十元国币而来的——四十国币大约合坡币十多元，也就是龙少爷昔日的一双袜子钱。想到这里，龙汉良再也忍不住了，他为这个一直紧紧跟随自己的小叫花子哭了。

龙老七写的歪七扭八的几个洋文是“longshan bridge”，就是凭着这个，龙汉良搞清了田中的终极目标——炸毁龙山隧道和龙山桥，彻底斩断中印公路的运输线。

田中早有自己的打算，虽然那个窃贼没有拿走他住所的任何一样东西，但向来警觉的他还是害怕夜长梦多，必须立即行动了。对他来说，弄到足够分量的炸药却困难重重，几经努力，化装成机工的田中等人还是如愿以偿，成功开走两辆弹药车，连夜拆弹重新制作了炸药包。

龙汉良得知田中已经成功弄到弹药，很是焦急，他决定冒险阻拦田中的行动。利用熟悉道路的优势，龙汉良在离龙山隧道两公里处及时将田中的卡车堵住——田中一大早就向着目的地出发了。

现在，双方谁也不敢随意开火，开火意味着装满弹药的卡车会爆炸，而那或许将炸死所有在现场的人，无论是日本人还是中国人。田中茂森更是不愿意失去这个最后的机会，他得保住这些自制的炸药，只要保住它们，就能完成彻底摧毁龙山隧道的重大任务。他冒险带领特工小组潜入这里，不就是要走这最关键的一步吗?!

欧兆铭突然大喊：哥，你们不要管我，把我炸死！我是自愿死的，我绝不会怪罪你们任何人的！

田中的手下开始猛揍欧兆铭并捂住了他的嘴，欧兆铭很不以为然，继续挣扎着，试图激怒对方。

欧兆铭：打吧，能开枪打死最好！我一直等着你们呢！

欧昭通：田中先生，你说话不算话，该释放我弟弟了。

田中：让我们顺利过去，完成那个使命，你弟弟才能活，你自己看着办吧！

龙汉良：欧学长，你千万不能听田中这个魔鬼的！

欧昭通：不听他的，我弟弟怎么办?

看到欧昭通和龙汉良争吵起来，田中加紧了喊话，他要彻底瓦解这对昔日的好兄弟——欧兆铭在自己手上，不怕其兄长不照办！

田中：龙少爷，不要再替不堪一击的国军卖命了！你们听我的，待我完成任务，好好送你们回昭南岛安度晚年，这才是正途！

龙汉良：小鬼子，我和你们不共戴天！你好好做梦去吧！

田中：欧昭通，我们都在等你！

欧昭通突然发力，做出了一个令现场所有人都不曾料到的举动，他迅速制服了龙汉良，拿枪抵住他，为了让田中茂森彻底相信自己，他还特地捆住了龙汉良。

龙汉良大骂欧昭通：欧昭通，你他妈的确是真正的奸细！我今天才看清你的真面目！你不觉得可耻吗？你真的要遗臭万年吗？难道我付出那么多努力想拯救你，居然一点儿作用也没有吗？不要忘了，我们是兄弟啊！

吴忠标赶忙上前阻止，但欧昭通更快，用刀刺伤了吴忠标，吴忠标立即倒地。为确保能掌控局面，欧昭通也绑住了标哥。

欧昭通逼着龙汉良和自己一起上了卡车。

欧昭通对大家说：标哥，你们不要犯傻，这是我和龙汉良之间的事！田中先生，该你放人啦！

田中看到欧昭通已经屈服并按照自己的意思行事，释放了欧兆铭，欧兆铭迅速向机工这边跑来，田中兴高采烈地招呼手下上了卡车。

欧昭通开始倒车，给田中让出前往隧道的路来。

趁田中不备，主意已定的欧昭通忽然加速，开车直冲田中而去，就在卡车将要和对方的弹药车相撞之前，欧昭通突然解开捆绑龙汉良的那本来就不紧的绳子，命令他跳车。

龙汉良这才知道欧昭通的真正用意，原来欧昭通是在演戏，他在等弟弟获救之后，决意要和对方同归于尽。龙汉良明白，自己再犹豫就会两人一起死掉！龙汉良还在犹豫，却被欧昭通猛地踹下车去，他成功逃生，找个低凹之地隐藏好自己，几乎不到十秒钟，欧昭通驾驶的卡车猛地撞向躲闪不及田中的卡车以及几名日本人，几声巨响，大地在颤抖，田中茂森终于丧命于中国的土地。

龙汉良后来是从欧兆铭那里知道了自己原来是欧昭通的同父异母的弟弟，同时知道自己最爱戴的祖父已经葬身大海。

抗战胜利后，当他回到昆明时，再次巧遇董爱莲，她把那个牛皮包交给了龙汉良，连同里面陶志写就的关于奸细欧昭通的书面报告。

龙汉良没有打开那些报告书，现在纠缠于那个事实已经毫无意义了。他点燃了报告书，让他哥哥的秘密永远留在了过去。

第十二章　大结局

龙汉良选择留在了美丽的云南，和阿美生了五男二女，度过了幸福的一生。在当地，几乎没有人知道他曾经是亿万富豪的身世，只晓得他是县木材厂的一名老司机。

吴忠标于 1946 年 9 月返回新加坡，和老婆儿子团圆。

刘志枚的父亲在“大检证”中躲过抓捕，她大妹积极参加“星洲义勇军”卫生队，后被日军杀害，小妹妹后来当了教师，积极参与后来的找寻机工的活动。

“车王”林广怀的两个子女因“大检证”发生时年龄尚小躲过浩劫，林妻在 1948 年得知丈夫的确切死讯后嫁给他人。龙汉良在 1980 年让大儿子把林叔的骨灰送至新加坡安放。

欧兆铭后来参加了国军，在内战期间被解放军俘虏，后来参加了三大战役以及朝鲜战争，新中国成立后成为某部队的军官。

陶志（林婉珍）的好友、同学庄海莲在 1939

年奔赴延安，后来从事教育工作。

“大头”黎旺的弟弟黎福躲过了“大检证”，跳海逃生到了印尼，后来成为了一个餐馆的小老板。

吴惠琳、陶志、林广怀、刘志枚、龙老七以及其他机工牺牲在了滇缅路上，龙汉良每年都要祭奠他们这些死去的战友，风雨无阻。

从 1938 年到 1939 年，总共有三千二百多名华侨机工回国参加抗战。

1946 年，在爱国华侨领袖陈嘉庚先生和各方关心机工的人士的共同努力下，国民政府终于同意让南侨机工复员。当时国内机工较为集中的地区有昆明、重庆、遮放，故政府集中于此三地公布复员名单，发放复员金。此后，约四百六十名南侨机工回到他们的侨居地，牺牲和失踪共约一千八百人，还有六百多人滞留国内。

1989 年 5 月，在南侨机工回国参加抗日救国斗争 50 周年的时候，云南省人民政府在昆明西山公园的滇池之滨建立了“南洋华侨机工抗日纪念碑”。碑身以汉白玉砌成，碑前两层台阶均为 7 级，象征七七抗战，碑的上端雕有南洋华侨机工抗日救国团荣誉纪念章，4 条黑色横带象征当年 4 亿同胞齐心抗日，碑的正面镌刻有“南洋华侨机工抗日纪念碑”11 个鎏金大字，落款是“云南省人民政府立”；碑身的两侧砌成两面旗帜形状，象征爱国主义精神和国际主义精神，旗帜上雕刻 3 个七七纪念章，代表着回国抗日的三千多名南侨机工，碑身高 9 米，碑座高 3 米，体现“九三”胜利节，碑座正面刻着 4 个字：赤子功勋。碑座侧面和背后的碑文，记述了南洋华侨及南洋筹赈总会对祖国抗日的贡献。

为了安抚二战亡灵，新加坡和平纪念碑于 1967 年 2 月 15 日落成，矗立在美芝路，纪念碑四面都有不同文字的铭文，中文部分这样写道：“一九四二年二月十五日至一九四五年八月十八日，日军占领新加坡，我平民无辜被杀者，其数不可胜计。越二十余年始得收敛遗骨，重葬于此，并树丰碑永志悲痛。”

此后，新加坡每年 2 月 15 日都要在纪念碑旁举行悼念和祭祀活动，以缅怀在日本占领期间惨遭杀害的平民百姓。这一天也成了全民防卫日，全岛公共警报系统在中午 12 时 05 分鸣响，其目的在于提醒军民团结，共同保卫新加坡。

提到南洋机工，就不能不说最大的功臣陈嘉庚先生，我们就用百度的标准介绍他老人家吧——陈嘉庚的英文名是 Tan Kah Kee，1874 年 10 月 21 日—1961 年 8 月 12 日，又名甲庚，字科次，汉族，福建省厦门市同安县集美社（现厦门市集美镇）人，厦门大学、集美大学、集美中学、翔安一中、集美学村、翔安同民医院等均由陈嘉庚创办。

陈嘉庚少年时赴新加坡随父经商获得成功。1928 年日本制造济南惨案后，他领导华侨社会开展抗日救亡运动。1937 年 10 月，他发起成立“马来亚新加坡华侨筹赈祖国伤兵难民大会委员会”，任主席。1938 年 10 月，他联络南洋各地华侨代表在新加坡成立“南洋华侨筹赈祖国难民总会”，被推举为主席。他带头捐款购债献物，精心筹划组织，使南侨总会在短短 3 年多的时间内便为祖国筹得约合 4 亿元国币的款项。此外，他组织各地筹赈会为前方将士捐献寒衣、药品、卡车等物资，以及在新加坡和重庆投资设立制药厂，直接供应药品等。1939 年，他应国内之请代为招募 3200 余位华侨机工回国服务，在新开辟的滇缅公路上抢运中国抗战急需的战略物资。1940 年，他组织南洋华侨回国慰劳团历访重庆、延安等地，并发表演讲，盛赞中共领导的陕甘宁边区的新气象。

新中国成立后，陈嘉庚回国定居，历任中央人民政府委员，华侨事务委员会委员，华东军政委员会委员，全国侨联主席等，1961 年 8 月逝世于北京。第一、二届全国人大常委会委员，第二、三届全国政协副主席，华侨企业家，是马来西亚及新加坡地区著名华人企业家，生前曾为全球华侨领袖，爱国人士。